ハヤカワ文庫 NV
〈NV1122〉

抹殺部隊インクレメント

クリス・ライアン
伏見威蕃訳

THE INCREMENT

by

Chris Ryan

Translated by

Iwan Fushimi

First published 2006 in Japan by

HAYAKAWA PUBLISHING, INC.

This book is published in Japan by

arrangement with

THE BUCKMAN AGENCY

working with THE BARBARA LEVY LITERARY AGENCY

through TUTTLE-MORI AGENCY, INC., TOKYO.

エージェントのバーバラ・レヴィ、編集長マーク・ブース、副編集長のハナ・ブラックとシャーロット・ブッシュほか、センチュリー社のチームの面々に感謝する。

抹殺部隊インクレメント

登場人物

マット・ブラウニング……………元 SAS 隊員
デイミアン・ウォルターズ………マットの幼なじみ。ギャング
ギル………………………………マットの恋人。デイミアンの妹
アイヴァン・ロウ…………………元 PIRA の活動家。爆発物の専門家
ケン・ブラックマン………………マットの軍隊時代の親友
エレナー…………………………ケンの妹
ガイ・アボット……………………SIS の幹部
デイヴィッド・ラトレル…………SIS 長官
エデュアルド・ラクリエール……トカー・ライフ・サイエンス社の経営者
オーリーナ………………………同セキュリティ担当者
セルゲイ・マレンコフ……………工場破壊作戦の協力者
セリク・レシュコ…………………ベラルーシのギャング
レオニード・ペトール……………科学者
ジョージ・コールドウェル………〝農場〟の元研究員
ジャック・ポインター……………元列車強盗犯
ジャック・マトラム………………インクレメントの指揮官
ハートン
フランク・トレンチ
アンディ・ターントン　…………同隊員
ジャッキー・スナドン
ゴッドソール

プロローグ

ボスニア　ゴラジュデ　一九九九年

一発の弾丸が空を切り裂いて飛ぶ場面が、大きな揺れをともないながら、いまなおマットの意識を通り過ぎる。その場面が暗い片隅にしまいこまれて、ずっとつきまとうにちがいないということが、すでにわかっている。自分が殺したその他の男たちの姿が添えられて。

おれだけの墓場。

地下室は暗く、汚れ放題だった。天井から水がしたたり、床からは人間の排泄物の臭気がたえず立ち昇って、息が詰まりそうだった。最初のうち、マットは目を闇に慣らすために、そろそろ階段をおりていった。通りに面した石炭投げ入れ口の隙間から、白っぽい細い光が何本か射している。だが、窓はなく、電灯もひとつもなかった。

その男は、壁に鎖でつながれていた。まぶたが半分閉じている。殴られて意識を失っているようだ。黒い髪がべっとりと汗で濡れ、頬に痣《あざ》がいくつもある。肌についた血がまだ乾いていない。

マットはスミス＆ウェッソン・マグナム・ハンターを右手でしっかりと握って構え、のばした腕の肩近くを右目にくっつけるような格好で狙いをつけた。左側でジャック・マトラムがこちらを見おろし、すべての動きを目で追っているのが感じられた。マットは引き金にかけた指に力をこめた。

狙いをはずすな、と自分にいい聞かせた。一発で仕留められなかったら、もう一発撃たないといけなくなる。

銃弾は男の額に命中した。約三メートル離れていたが、メタルジャケットの弾頭が額を突き破り、頭蓋骨《ずがいこつ》を砕き、脳を切り裂くのが見えた。射入口から赤い血がひと条《すじ》垂れて、顔を伝い落ちた。首の力が抜けて、頭が前に垂れ、腕を壁につないでいる鎖がじゃらじゃら鳴ったが、男は声ひとつたてなかった。

「おみごと」マトラムが小声でいった。「さあ、早くずらかろう」

「何者だったんですか？」表の通りにとめたワゴン車に足早に戻るあいだに、マットはふと疑問を口にした。マトラムは答えなかった。「質問がしたければ哲学でも勉強するんだな」叱りつけるような口調でいった。「われわれは引き金を引けばそれでいい」

「それで、おれのできは？」基地に戻ると、マットはきいた。テントが五張り、サラエボの五〇キロメートル南にある市場町ゴラジュデの郊外の山裾《やますそ》に設営されている。SAS《レジメント》は一カ月前からここに宿営し、この年ずっと国連軍部隊を悩ませている武装強盗集団の掃討《そうとう》に専念していた。受けている指示はいたって単純明快だった。犯罪者を見つけて始末しろ。

「あいつは死んでた」マトラムは、マットに目を向けた。

「えっ？」

「夜中に隊員がひとりいって、おやすみのキスをした。おまえを連れていったのは、現場でどうふるまうか見るためだ。見習いに正式の任務をやらせるわけにはいかない。危険が大きすぎる」マットの顔を見るマトラムの顔に、いたずらっぽい笑みがひろがった。「びびるかもしれないからな」

「SAS《レジメント》でもう十年もやってるのに」マットは文句をいった。

「インクレメントでは、まだ五分程度だ」マトラムが応じた。「ここでは、これまでの経歴なんて関係ない。初日から力量を示すんだ」

　マットは怒りを抑え、しばしそれをとどめておく場所はないかと、心のなかを捜した。正規軍からSASに移って十年になる。くそったれの将校の相手をするのにも慣れた。黙って話を聞いて、従い、ほかに検討してもいい方法があるかもしれないと、ときどき言葉巧みに水を向ければいい。そうはいっても、他人の命令に従うのが、日増しに嫌でたまらなくなっていた。しかもこのマトラムは、そういう将校のなかでもきわだってしぶとそうだった。

「標的で練習するには及ばない。射撃はもう身につけて――」間を置いて、マットはつけくわえた。「――います」

マトラムが立ちあがった。身長一九〇センチあまりの長身で、マットよりも五センチくらい高い。髪はいわゆる砂色――くすんだブロンドで、顎は角ばって格好がいい。鼻は並みよりも肉付きがよく、顔はあばたがあって肌理《きめ》が粗《あら》い。だが、ブルーの目は澄み、ヘッドライトのような光を発している。ヘリフォードのSAS連隊本部に長年勤務するあいだになまりが薄れたとはいえ、コーンウォールの田舎《いなか》くさい発音がかすかに残っている。

「十五分後に部隊の連中と集合する。また一匹魚を釣らないといけないが、こんどのは生きてる」

マットはうなずき、自分のテントに戻った。きょうはのっけからつらい一日になった。まず、マトラムに、厳しい体育訓練をやらされた。つぎに、連隊付精神科医の問診があり、権威や死に接する態度についてさんざん馬鹿なことをきかれた。問診の趣旨は見え透いている。殺す相手が何者なのか、そいつの息の根をとめるために送り込まれた理由はなにか、といった厄介な質問をせずに撃ち殺す気があるかどうかが知りたいのだ。あげくのはてに、騙《だま》されて死んでいる男を撃つよう命じる前に、マトラムが現実的な質問をした。溺死させるには水の深さはどれぐらいあればいいか？　窓から突き落として殺すには、何階以上でなければならないか？　どういうロープか？　といったようなことだ。

マットは思った。でも、インクレメントに配置されるのは、どんな場合でも楽であるはずがない。SASですら、ここまで過酷な任務はない。

自分から試験を受けたいといったわけではない。そういう手順で選ばれることはない。将校の指示で試験を受けたのだが、正直いって、マットは選ばれたのを光栄に思った。インクレメントは男六名、女二名から成る小部隊で、各人の勤務期間は二年だった。SAS、正規陸軍、MI5、MI6、内務省、外務省など、さまざまな機関にかかわりのある漠然とした闇の領域で、作戦を行なう。インクレメントに汚れ仕事をやらせる人間はおおぜいいるが、まずい事態になったら、だれもが口を拭ってその存在を認めようとはしない。主な任務は暗殺だ。イギリスが殺したいと思う人間がいたら、引き金を引く役割を引き受ける——インクレメントはそういう部隊だった。

たいがいの場合、身許を偽り、法律を無視して、支援なしで、陰惨でつらい汚らしい仕事をやらなければならない。だが、出世の早道でもある。インクレメントで二年間の勤務をこなせば、ほとんどなんでも望みの職務を希望してよいことになっている。そして、まちがいなくその職務につくことができる。

「どうだった?」リードがきいた。

タイン川地方の出身でがっしりした体つきのリードは、マットにとってSASでもっともつきあいが長い親友だった。キャンプベッドに仰向けになり、二日前から文面に悩んでいる婚約者宛の手紙を書いている。

「だいじょうぶだったと思う」マットは注意深く答えた。「試験には受かっただろう」

「そうか」テントにいたもうひとり――クックスリーがいった。「だけど、参加する気はあるのか？　そっちのほうが問題だろう」

マットは黙したまま、その質問を頭のなかで何度もひっくりかえした。インクレメントに配置される可能性があるという話を聞いてから、この二日間ずっとそれを考えていた。評価されているのだというのはわかっている。北アイルランド、湾岸、ボスニアへの出征と、フィリピンやインドネシアでの汚い仕事が、上官のやつらの眼鏡にかなったにちがいない。優秀だと判断したからこそ、推薦したのだ。しかし、なにしろ暗殺が仕事だ。フェアな戦いということはありえないし、相手はたいがい一般市民だ。兵隊を殺すのに自責の念はないし、戦いはフェアであってもなくてもかまわない。率直にいえば、自分に有利なほうがいい。しかし、武器を持たない一般市民が相手となると、話はちがってくる。

「望まれればやる」マットはいった。「たった二年だ」

「マトラムが上官でもいいのか」クックスリーがいった。

「そんなにひどいやつなのか？」

「サダム・フセインから愛想をとったところを想像しろ」リードがいった。

「シン・フェイン党首のゲーリー・アダムズからのんきなユーモアをとったところを思い浮かべてもいいぞ」クックスリーがまぜっかえした。

マットは笑った。「いいかげんにして、ほんとうのところを教えろよ」

クックスリーが、前の日にヘリフォードで買った任天堂のゲームボーイから顔をあげた。

「じつはあんたとおなじで、食堂で聞いたことしか知らない。だって、インクレメントの連中は、おれたちには近づかないから、よくあるようなゴシップばかりだ。話には尾ひれがつく」

「それでも……」

「しぶといろくでなしだよ。それはまちがいない……」

「たしかに」

「だが、やつはアレを自分の王国みたいにだいじにしている。聞いたところじゃ、おぞましいサディスティックな王国みたいだぞ。楽しんでるんだ。つまりその、人殺しを」

「隊員を鍛えるだけのために、何発かためし撃ちをやらせるという話も聞いた」リードがいった。「このボスニアでやってる。国連の指名手配者リストから、何人か選んで、そいつらを殺すんだ。指示があったからじゃない。新しい暗殺の技術を試すためだ」

マットは深く息を吸った。「でも、インクレメントの連中はうまくやってるよな」

「出世はまちがいない」リードがいった。「将校になりたいんなら、引き受けるほうがいい。二年のあいだ、意味もなく人を殺し、ドジを踏みまくって、威張りくさったくそ野郎のふりをしていればいい。くそったれの将校になるのには、最高の訓練じゃないか」

マットは大声で笑った。ふたりにからかわれるのは結構だが、SAS《レジメント》にずっといるつもりなら、軍隊生活にとことん真剣に取り組むしかない。もう三十を過ぎているし、そろそろがんばらないといけない。あるいはもっとましな暮らしを見つけなければならない。昇進するか、それとも辞《や》めるか。決めるのは自分だ。

マトラムのテントに向けて歩いてゆくとき、マットはまだその選択肢について考えていた。雨の降るじめじめした不愉快な春の日だった。厚い雲が野山に低く垂れ込め、東から風が容赦なく叩きつけていた。マトラムが調達したジープに乗ったときには、マットは骨の髄まで凍えそうな風のせいで意気消沈していた。

ほとんど言葉も交わさず、一時間ほど走っていた。リアシートに三人乗っていた。エイブラムとアンズワースは、勤務期間の二年目にはいっている。ハートンはまだ一年目だ。みんな車内では武器の点検をして、きちんと作動することをたしかめていた。

「ターゲットはあそこだ」マトラムがジープからおりて、四人におりるよう手で合図した。

吹き荒れる風のなかに立って、マットは革ジャケットの襟元をかきあわせた。たとえボスニアでも、インクレメントは私服で作戦を行なう。政治的に問題の多い任務なので、イギリス軍の軍服を着るわけにはいかない。マットのスミス＆ウェッソンは、ジャケットのポケットに収まっていた。ズボンのポケットには、ハンティング・ナイフがはいっている。万一の場合にそなえて、ジープの後部にライフル五挺が積んである。

マットは谷を見おろした。あたり一面水浸しになり、濡れそぼっている。畑は耕されることなく荒れている。遠くの斜面に山羊が何頭かいて、そのそばにある農家のまわりに鶏《にわとり》の群れが固まっている。そこを除けば、畑はほとんど原野に戻りかけている。農民は戦闘に駆り出され、戻ってこないものも多い。「名前はエルヴェディン・ジャマコヴィッチ。汚らわしいクズ野郎だ。軍人でありながら、煙草とヘロインをアルバニアから密輸するのを本業のようにしている。裁判にかけてもいいんだが、地元住民が怖がって証言しないから、有罪にはできないだろう。裁判などやるほうが厄介だ」言葉を切り、マットに視線を据えた。「つまり、反撃があるかもしれない」

反撃。

北アイルランド出征のころによく聞いた言葉で、裏の意味がある。やり口はいたって単純だ。容疑者の身柄を拘束する際に、あえて抵抗するように仕向ける。取り押さえるために、やむなく撃ち殺す。以上。裁判はなし。長期の収監もなし。政治的困惑を招くような質問もなし。

エイブラム、アンズワース、ハートンが、いずれもマトラムの顔を見てうなずいた。

「だれが最初に行く？」ハートンがきいた。

「おまえとアンズワースが、最初に突入しろ」マトラムがいった。「ドアをぶち抜いて、まっすぐ突入だ」三十代はじめくらいの男の写真を出して見せた。焦茶色の目、くせのある黒い髪。「ジャマコヴィッチだ。きれいに一発で仕留めるようなことは避けろ。脚に二発、胸に一発、心臓はやるな。失血死するようにする。そうすれば、検死があっても抵抗して撃たれたと判断される」マトラムは笑った。

「おれたちが故意に殺したなんて思われ

たら心外だ」

一同はうなずいた。いずれも山から降りてくる雲みたいに陰鬱で不機嫌な顔をしている。インクレメントにとってはありきたりの仕事なのだろう、とマットは気づいた。

村は泥濘《ぬかるみ》に沈んでいた。一本の通りから、ぬかるんだ小径が三本分かれている。低いところが泥の大きな池のようになっていた。家屋は二十軒ほどあった。三軒は建築中で、二軒は爆弾の被害を受けていた。古い車の座席二個をゴールポストに見立てて、通りの奥で数人の少年がサッカーをやっていた。重い足どりで通りを歩く男たちのほうを、ひとりが見あげたが、興味を示すふうはなかった。仲間の少年が、ゴールを守れと叫んだ。銃を持った男の群れなど、このあたりの子供たちは見慣れている。サウス・ロンドンの暮らしとそう変わりがない。

ジャマコヴィッチの家は、ぬかるんだ小径の突き当たりにあった。築十年ぐらいだろうか、旧ユーゴスラヴィア時代の労働者にとっては夢のような家だったはずだ。安手のコンクリートブロック造りの、平たい箱のような二階建てで、風雨にさらされた壁がしみだらけになっている。私道に大きなトヨタのSUVがとめてあり、庭に直径一〇メートルほどの衛星アンテナが立ててある。

「いいか?」玄関の一歩手前で、マトラムがささやいた。

ハートンとアンズワースがうなずいた。

「よし、やれ」

ドアを破るのは簡単だった。二発撃って錠前を壊し、脚をあげて蹴ると、ドアは吹っ飛んだ。ハートンとアンズワースが、銃をいつでも撃てる構えで、廊下をすばやく進んだ。エイブラムズ、マット、マトラムがつづいた。二階から叫び声と、女の悲鳴が聞こえた。三人が階段を昇っていった。

「そっちだ」廊下のいちばん手前のドアを指さして、マトラムがいった。

マットは、右手のスミス&ウェッソンをしっかり握って、その居間に飛び込んだ。テレビと、床にDVDが二枚――『ハムナプトラ2／黄金のピラミッド』と『007／ダイ・アナザー・デイ』の安っぽい海賊盤――それにワインの空き壜が二本。あとはなにもない。キッチンへはいった。なにもない。バスルームもおなじだった。

銃声が家のなかで反響した。天井越しなのではっきりしないが、銃弾が撃ち込まれるたびに悲鳴をあげているのが聞き取れた。マットは銃を前に構えて、用心深く階段を昇った。踊り場の裸電球がひとつ揺れているが、カーテンが引かれていて、どの部屋も闇に包まれていた。

ジャマコヴィッチは、口をあけてベッドに仰向けになり、髪に血がべっとりついていた。片目を撃ち抜かれ、肺を三発が貫通して、黒いシーツに血がしたたっている。ジャマコヴィッチの愛人が、そのとなりで、まるで楯にするかのように、枕にしがみついていた。肌が蒼白く痩せた女で、目はグリーン、髪はメッシュブロンドだった。へそのすぐ上にフェラーリの刺青《いれずみ》があるのに、マットは目を留めた。女はなにかをいおうとしたが、恐怖のあまり硬直していて、言葉が喉でつかえ、小さなあえぎを発するのが精いっぱいだった。

「よくやった」ハートンに笑みを向けて、マトラムがいった。「この女も始末してくれるか」

「こっちは手早くやりますか」ハートンがきいた。「それとも、おなじように血を流してじわじわ死ぬように？」

マトラムは肩をすくめた。「どうでもいい。任せる」

ハートンが女のそばへ行った。ハートンは身長一六五センチぐらいの小男だが、犬のようにがっしりしている。服からはみだしそうなくらい筋肉が盛りあがり、どこの骨も太く頑丈そうだ。ハートンは女の髪をつかんで仰向けにした。

「かわいいじゃないか」ハートンはささやいた。「早く済ませてやるよ」

スミス&ウェッソンを、ゆっくりと女の右耳に押し当てた。女がもがいて離れようとしたが、ハートンの分厚い手に肩を押さえられていて、動くことができなかった。ハートンがそっと引き金を絞り、銃弾が脳を貫通した。頭蓋骨を突き破った弾丸が向こうの壁に当たるあいだに、小さな埃の雲がシーツにふりかかった。

兵隊のやる仕事じゃない、とマットは思った。

マトラムがそちらへ行って、女が死んだことをたしかめ、一同のほうをふりかえった。

「いいだろう。くらいたいやつは？」

「これからだれかがくらうんですか？」マットはきいた。

マトラムがマットに視線を向けた。「どういう意味か、わかってるはずだ、ブラウニング。それとも、おまえはこれまでずっと兵隊ごっこをしていただけだったのか？」

いい、くらう。その言葉を、マットは心のなかでくりかえした。弾丸を一発くらうという意味だ。

「意味はわかっています。そうしなきゃならない理由がわからない」

「おいおい、ここはボスニアだぞ。国連の平和維持軍がいて、ソーシャルワーカーやら、各国の査察官やら、CNNの取材班やらが、うじゃうじゃいる。ヨーロッパの人道主義者の半分が来てる」マトラムが語気荒くいった。「負傷者がいなかったら、撃ち合いなどなかったように思われる。それがくらわなきゃならない理由だ」片方の眉をあげた。「おれたちがやつを暗殺したと思われたら心外じゃないか」

部屋のなかで五人が立ちはだかり、四人がマトラムをまっすぐに見ていた。マトラムがポケットから硬貨を一枚出してトスした。「表はハートンとアンズワース。裏はエイブラムとブラウニング」手の甲に落ちた硬貨を、マトラムが見た。「裏」もう一度トスして、くるくるとまわるのを眺めた。「表はエイブラム、裏はブラウニング」

硬貨が手に落ちた。マトラムがそれを見て、うれしそうに目を輝かした。「なんと、裏が出たぞ」ゆっくりといった。「ついてるな。おまえの勝ちだ。ズボンの裾をまくれ。ふくらはぎにきれいな傷をこしらえてやる。おまえに痛い思いをさせたくはないからな」

マットは動かなかった。

撃たれたことは、これまで三度ある。湾岸で腕を、ボスニアで腹を、フィリピンで脚を撃たれた。慣れれば銃創はそんなに痛くないものだと、ヘリフォードのＳＡＳ本部の食堂にあるバーで古株の兵隊が自慢するのを聞いたことがある。ビールを飲みながら、弾丸を一発か二発くらうような経験はためになる、そうすれば怖がらないようになる、というような話をしていた。マットもいっしょになって笑ったが、酒のうえで法螺《ほら》を吹いているだけだというのはわかっていた。弾丸を一発くらったときのすさまじい痛みは、だれだって二度と経験したくない。弾丸に突き破られた皮膚がはじけ、変形した金属の固まりが肉を焼きながら貫いて、血管や神経をめちゃめちゃにするのだ。弾丸が当たった瞬間に、切り裂かれ、焼け焦げた肉の吐き気をもよおすかすかなにおいが、鼻腔へと昇ってくる。急激な失血で頭がくらくらし、視界が暗くなり、頭脳が働かなくなる。

戦闘中にやむなく撃たれるのならしかたがない。だが、世間の目をごまかすために撃たれるのはごめんだ。

「だれもくらう必要はありません」

マトラムが一歩踏み出し、マットの真正面に来た。「怖いのか、ブラウニング？」

マットはびくとも動かなかった。「必要ないと思っているだけです。そんなのは兵隊の仕事じゃない。自分たちのやっていることをうしろめたく思うべきではありません」

マトラムがさらに一歩進み、マットを上から睨みつけた。「おまえは弾丸のぶち込みかたもわかってない。くらいかたもわかってない」ひどく冷たい声だった。「インクレメントの素質はないな。いまも今後も無理だ。おまえはどうしようもない臆病者だ」

「おれを排除したら、あんたのほうが臆病者だ」

「気をつけろ。だれに向かってそんな口をきいていると思ってるんだ」

「臆病者にですよ。あんたは臆病だから、自分の決定に反対するやつを部下にしたくないんだ」

マトラムの筋肉がひくひく動くのが見えた。怒りのあまり顔を真っ赤にして、目をぎらぎらさせている。「おまえとはべつの戦場で会おう、ブラウニング」うなるようにいった。

「そのときにはおまえに礼儀を教えてやる」

マットは背中を向けて、部屋を出た。一階におりていって、ぬかるんだ未舗装の細い道を大股で歩き、村から遠ざかった。風が強くなっていて、雨が降りはじめていた。冷たい霙が激しい勢いで舞い、顔に叩きつけた。

こうなってはインクレメントにはいられない。どうでもよかった。いたくはない。自分が望めば陸軍には残れる。べつの部隊を希望すればいいだけだ。

だが、そういった方向性が消えつつあるのを、マットは心のどこかで感じていた。一年以上前から徐々に固まりつつあった決心が、急に明確なものになった。それを無視することはできない。この先、平凡な兵士としてはやっていけないし、かといって自分がくそったれの将校になることもできない。

なにがあっても、どのみちおなじだ。SAS《レジメント》での勤務はもう終わろうとしている。その後の人生を考えはじめる潮時だ。

1

　ジャック・マトラムは、リアシートに乗っているふたりのほうをちらりと見た。ふたりのうち、サイモン・クリッパーのほうが背が高い。身長一九〇センチ、ブロンドの髪は短く、目はグリーン、しまりのないやさしい笑みを浮かべている。スーパーの〈アズダ〉で買った〈ジョージ〉のジーンズにブルーのコットンのTシャツという格好で、このあたりに建ち並ぶ郊外の住宅に自然に溶け込んでいる。小柄なほうのフランク・トレンチは、身長一七三センチ、真っ黒な髪、ブルーの目、ゆがんだ笑みを浮かべている。

　ふたりとも無骨だが、人好きのする感じだ。こういう私服を着ていれば、パブへ行こうとしている平凡なふたりの男に見える。申し分ない、とマトラムは判断した。

　インクレメントの二年という勤務期間の半分を終えたところで、ふたりとも信頼できることを、マトラムは知っていた。クリッパーは暗殺を十一回やった。トレンチは八回だ。教科書どおりのできだった。潜伏して待ち、すばやく突入し、ターゲットを始末し、何事もなく基地に戻る。

ふたりとも命令に従うはずだ。このふたりほどよく訓練された殺し屋はいない。

「バリー・レッグ」マトラムは小声でいった。「あすのターゲットの名前だ」

クリッパーとトレンチが、さきほどマトラムがそれぞれに渡した写真を見た。三十五歳ぐらいだろう。髪は茶色、丸顔で、いま住んでいるスウィンドン郊外の住宅団地同様、平凡そのものの顔立ちだった。ふたりとも写真をふたつ折りにして、シャツの胸ポケットに入れてから、無言でマトラムの顔を見た。

「水曜日に、やつの息子のビリーが、放課後にサッカーの練習をする」マトラムはいった。「この住宅団地から練習をするグラウンドまで、一キロ半ほど見通しのきく野原を通る。練習が終わるのは七時だが、レッグは子供らがボールを蹴るのを眺めるのが好きで、たいがい早めに行く。この場所をあすの午後六時前後に通るはずだ」

言葉を切り、野原のほうを指さした。「おまえたちはここでやつを待ち伏せる。あそこへ追跡していって、殺す。なにも面倒はないはずだ」

クリッパーがうなずいた。「やつはひとりなんですか？」

「まずまちがいなくひとりだ」マトラムは答えた。「そうでなかったときには、いっしょにいるやつも片づけろ。だが、おれはすこし離れたところから見ている。ようすがおかしかったら連絡する」

「銃でいいですか？」トレンチがきいた。「それともナイフにしますか？」

いた。

「銃でいい」マトラムは答えた。「手早くすんなりやりたい」

時計を見た。七時前で、すでに夕暮れが迫っていた。乳母車を押して家に戻る若い母親ふたりが、遠くに見えた。その向こうでは、早いうちから飲みにいく男ふたりが、パブに向けて歩いている。スウィンドン郊外に、いつもと変わらない平穏な夜が訪れようとしていた。

〈ラスト・トランペット〉の事務室にはいってゆくと、グラスの当たる小さな音と、チキンやステーキをグリルで焼いているにおいが出迎えた。マットは汗まみれのTシャツを脱ぎ、洗面所に積み重なっている洗濯物の山にほうり投げた。

シャワーを浴びて、ビールを飲もう、と思った。きょうも店は順調のようだ。

ランニングをやったので、爽快な気分だった。スペイン南部の今年の夏は、最初から暑い。六月というのに、気温は摂氏四〇度を超えている。ビーチを八キロメートルほど軽く走ったために、へとへとになり、水分が抜け切ったが、頭は冴えていた。それだからマットはランニングが好きなのだ。筋肉に無理をさせると、頭も限界いっぱい働くようになる。

そうはいっても、心配事があるわけではない。日中の陽射しで干上がった砂の上を走りながら、マットはそんなことを考えていた。銀行には金がある。これがぜったいに最後だとギルに約束した仕事から得たものだ。〈ラスト・トランペット〉の負債はきれいに返済した。冬と春先は、バーもレストランもたいして儲かりはしないが、夏にはかなりの現金収入が得られる見込みがある。常連客は、ロンドン子がほとんどを占めるコスタ・デル・ソルへの移住者が中心で、それだけでもかつかつやっていける。七月と八月には、ユーロの札束でポケットをふくらました観光客が、格安航空会社の便でマラガに押し寄せ、一年分儲けさせてくれる。あてにできる安定した商売で、暮らしを立て、妻子を養うことができる。海岸線を八〇〇メートルほど行ったところに建てているふたりの家も、もうじき完成する。じつをいうと、ホセが采配をふるっているモロッコ人たちの作業は、竣工期限《しゅんこうきげん》に若干遅れている。だが、サウス・ロンドン生まれのマットは、建築屋が作業を引き延ばして余分に日銭を稼ごうとするのに、目くじらを立てるつもりはなかった。みんな生活が苦しいのだ。それに、いまはすこしぐらい余分に費用がかかっても出せる余裕がある。いい調子で暮らしているじゃないか。あとはこの調子を崩さないようにすることだ。

マットはシャワーを終えた。背中から水をしたたらせ、タオルを腰に巻いて、洗いたてのチノパンを捜そうとした。温かな唇がうなじにそっと触れたので、足をとめた。舌で耳のうしろをくすぐられるあいだ、じっと立っていた。そうっとうしろに手をのばし、彼女の恥部を引き寄せた。

「当ててみようか」ふりむかないで、マットはいった。「バーの奥のほうにいた男に餓えてるレディングの女だ。ルートン発の飛行機をおりたその足で来て、カクテルを飲みすぎて、日焼け止めはちゃんと塗ってない。陽が沈む前から酔いつぶれてる。早くやっちまおう、ベイビー。おれのフィアンセがいつ来るかわからない」

ギルが、マットの胸に巻きつけた腕に力をこめて、ぎゅっとしがみついた。「それで、そのフィアンセ、あなたがべつの女とやってるのを見つけたら、なんていうかしらね？」

マットはくすくす笑った。「ふたりとも細切《こまぎ》れにされちまう。なにしろ癇癪《かんしゃく》持ちだから」

マットはさっとふりむいて、ギルの唇にキスをした。ギルがマットの胸を指でなぞり、腰に巻いたタオルの下に体を入れた。薄っぺらな白いコットンのワンピースが、海からの弱い風にはためいた。マットがギルの背中をなぞると、肌が愛撫で柔らかくなるのがわかった。マットはギルの首に顔をくっつけて、強く抱き寄せた。ギルの髪が顔に触れて、皮膚をそっとなでた。

何度セックスをしても、ギルは新鮮で、そのたびにちがう。だから結婚する気になったのかもしれない。

すばやく手を動かして、マットはワンピースの紐をほどいた。ワンピースが床に落ちると、ギルは素裸だった。

バーはマットの予想よりもずっと盛況だった。火曜日の夜は、たいがいそんなに客がはいらない。このあたりに住むイギリス人は、週末に泥酔してから、回復するのに時間がかかる。水曜日にならないと、バーやレストランにはやってこない。そして、金曜日にようやく、腰を据えて飲む気になる。故郷を遠く離れていても、酒を飲む習慣は、なまりとおなじようにけっして変わらない。

顔を見知っている客が何人かいた。元陸軍兵士のボブは、このあたりに屋敷を構えている大立者のロシア人の警備コンサルタントをしている。ボブといっしょにビールを飲んでいるキースは、もとはロンドンの弁護士で、人生の前半はスペインで逃亡生活を送っている犯罪者の引き渡しを迫る訴追側弁護人をつとめていたが、後半はここで犯罪者が引き渡されないように弁護している。キースが上訴を何度も引き延ばしているうちに、そういった連中は快適な暮らしをしながら年老い、何人かはこの店の常連になっている。

バーを開店したとき、よけいな質問はしないという方針をマットは決めた。〈ラスト・トランペット〉では、どんな客でも金さえ払えば歓迎する。

海を見晴らすテーブルに、ペネロペとスージーがいるのが目に留まった。「三十代後半」とスージーはたびたび口にするが、もうそんな齢はとっくに超えているのが見え見えだった。ふたりともこの二年のあいだに離婚した。チリの白ワインを、ふたりで飲んでいる。声が聞こえなくても、話の内容は察しがついた。別れた夫の悪口と、手軽に結婚できるような独身男はいないかという話をしているにちがいない。

スペイン沿岸部の犯罪者たちは、仕事をして大金をつかむたびに女房を取り替える。ペネロペもスージーも、フォード・シエラの前の型みたいなものだった。そのあたりを乗りまわすのには役立つが、みんな上のクラスのモンデオに乗り換えてしまったので、あまり需要がない。

でも、もちろん、どんなあやまちを犯したにせよバーで金を使ってくれる客はありがたいものだと、マットは思っている。

見慣れない男の客がひとりいた。四十がらみ、髪はくすんだブロンドで、肥《ふと》りかけている。ひとりでポートワインを飲んでいる。樽入りのビールやトロピカルなカクテルがよく出るこの店では、めずらしい飲み物だ。きちんとプレスされた白い麻のスーツを着て、鮮やかなブルーのコットンのシャツは襟《えり》のボタンをはずしてある。カフにGAという刺繍《ししゅう》がある。肉屋に鯖《さば》を置いたみたいに場ちがいだ、とマットは思った。

きょうの《ウォールストリート・ジャーナル》が、ひらいたままテーブルに置いてあるが、読んではいない。自信に満ちた穏やかな表情で、波を眺めている。スージーがその肥った男をちらりと見るのがわかった。スーツと新聞を品定めしているのだ。《ウォールストリート・ジャーナル》は気晴らしに読む新聞ではない。金を動かしている人間が読む。つまりは金持ちの新聞だ。スージーはそういう男に惹《ひ》かれる。

「ここも暑いが、イギリスはもっとすごいぞ」マットに〈サンミゲル〉ビールを渡しながら、ボブがいった。

マットは、今週はじめてのビールを飲んだ。バーの客とおなじように、日曜日と月曜日は頭をすっきりさせていたかった。サウス・ロンドン育ちのマットの父親は、パブの経営者を何人も知っていて、マットがこの店を持つときに助言した。「バーを持ってて破産したやつはいないが、ただし自分が飲んだくれたらそうはいかない」

「イギリスがどうなっているって?」マットはきいた。

バーの帳簿の整理や建てている家の細かな手配に追われて、マットは一週間ほどまともに新聞を見ていなかった。ひょっとして、チャールズ皇太子がポッシュ・スパイスことヴィクトリア・ベッカムと寝ているところを見つかり、ベッカムがヴィクトリアと別れて、イングランド・チームの監督の彼女だったナンシー・デロリオとくっついたのかもしれない。とにかく、株式欄で運用している資産のぐあいを見るだけで、新聞をゆっくり読んでいるひまはなかった。イギリスを離れて久しいので、どの記事もどうでもいいことのように思える。自分の生活はここにある。海と爽やかな空気と銀行預金がある。そっちのほうがだいじだ。

「酷暑がつづいているそうだぜ」ボブがいった。「すげえ暑さだ。ロンドンのきのうの気温が三九度。観測史上最高だって。地下鉄が故障して、何百人もが地下に缶詰になった」

「道路は記録的な渋滞だ」二日前の《デイリー・メイル》から顔をあげて、キースがいった。「みんな涼もうとして海岸を目指す。ケント州沿岸に向かうM32高速道路は四、五時間渋滞。ペットボトル入りの水を配るために、救急車が緊急用の待避線を走らなければならなかった。そのうちにどこかの兵隊が頭にきて発砲した」

ボブがビールを飲み干して、もう一本注文した。「国じゅうがめちゃめちゃになりかけてる。こっちへ来てよかったよ。とにかくスペインでは、車がちゃんと走れるからな」

「その兵隊はどうなった?」マットはきいた。「おれたちの知り合いか?」

キースが首をふった。「細かいことは憶えてない。シュロプシャーのやつだったと思う。二年前に工兵隊を辞めたんだったかな。女房と継子《ままこ》を撃ってから自殺した」

マットは海に目を向けた。レストランの下は急な崖で、入江の岩場で波が砕けている。夜の最初の漁をはじめて網を曳いているトロール漁船二隻が遠くに見える。月が空に昇り、水平線に沈もうとしている夕陽の琥珀《こはくいろ》色の光と月光が混じり合っている。はるか向こうでは雲が形をなしはじめている——夏の盛りに北アフリカ沿岸からしじゅうやってくる大きな厚い積乱雲だ。イギリスでなにが起きていようが関係ない、とマットはきっぱり思った。ここはイギリスからは遠く離れている。

「結婚式はいつだ、マット？」キースがきいた。

「九月六日」マットは答えた。「ちょっとは涼しくなってるだろう。汗だくになるのはごめんだ。おれのにおいを嗅《か》いだら、ギルは悲鳴をあげて教会から逃げ出すよ」

「どのみち逃げ出すさ」キースがいった。「まともに考えればな」

果たしてそうだろうか？　とマットは思った。結婚式までもう二カ月しかない。ふたりが生まれ育ったサウス・ロンドンで、きちんとした式を挙げる。マットは結婚式にはあまり乗り気でなかった。式は四時で、披露宴がそのあと延々と続く。マットの幼なじみで親友でもあるギルの兄ディミアンが、花婿の付添人をつとめる。二百人ほどが出席する。どうしてそんなに多くなるのか、よくわからなかった。マットが選べば、せいぜい十数人だろう。だが、ギルがそうしたいといった。またいとこ、大おば、十二歳のときにギルが相互ホームステイをしたフランス人女性。そういった人々が全員、その日に一堂に会することが、ギルにとってはものすごく重要らしい。一度は別れそうになったわけだから、強いことはいえない。

「マット・ブラウニング」

質問なのか呼びかけなのか、声の調子からは見当がつかなかった。マットはふりむいた。白いスーツの男だった。まっすぐにこちらを見ている。

「ああ。おたくは？」

「ガイ・アボットというものだ。話がある」言葉を切り、ボブとキースをちらりと見た。

「内密に」

マットは、アボットのあとから、レストランの奥へ行った。アボットの目つきが気に入らなかったし、中庭の奥まったテーブルに向かうあいだ、ペネロペとスージーが目で追っているのがわかった。蚊が一匹、テーブルの上を這っていた。マットはまばたきもせずに、それを拳で叩き潰した。

おまえもこうして叩き潰してやりたいという意味だ。

「いい店じゃないか」アボットがいった。金属製の黒い椅子を引き出して、腰をおろした。「鮫肌のブロンドと焼きすぎのチキンが好きなロンドンの下町のギャングなら、こういう店を行きつけにするだろうな。いやほんとうにすばらしい」

マットは、両腕をテーブルに置いて腰をおろした。「おたくは何者だ？」

「いっただろう。ガイ・アボットというものだ。ヴォクスホールにあるちっちゃな会社で働いている。グリーンとベージュのでかいビルだ。きみも知っているあそこだよ」

アボットと名乗った男は、ポケットから煙草を出すと、口にくわえて、ライターの火を顔の前にかざした。染みだらけの赤ら顔を、白っぽい炎が照らした。デスクワークが多い人間の肌だ。「きみはうちの商会《ファーム》に借りがあるだろう。それを返してもらいたいんだ」

マットは視線をそらした。積乱雲が近づいていて、海のほうで雨が降りはじめているのが音でわかった。ＳＡＳでは、ヴォクスホールに本部があるその組織を、商会《ザ・ファーム》と呼んでいる。正式名称はＳＩＳ――秘密情報部だ。アボットはそのことをいっている。疑いの余地はなかった。

いつの日か来るだろうとは思っていた。いつの日か。向こうが用事のあるときに。最後の仕事を終えてから、もう一年以上たっている。マットと四人の仲間が、ＭＩ５に下準備をしてもらって、アルカイダの船を襲撃した。テロリストのために地中海で資金や装備を輸送していた船から、三千万ドル相当の黄金とダイヤモンドを奪った。盗品市場で売ると、一千万ドルになった。だが、あやうく命を落とすところだった。

おれたちは金を手に入れた。それとともに、おぞましい記憶が頭に植え付けられた。

マットはアボットに視線を戻した。「借りはない。なんの話かわからない」

アボットが口をゆるめ、ならびの悪い歯を見せた。「一杯やらないか。こういうことは、ワインでも飲みながら品よく話し合いたいね。バーにちゃんとしたワインがあるだろう。

上等なリオハかなにかが」

ワイン通をひけらかしやがって、と思いながら、マットはバーにひきかえした。ケースから赤ワインを一本出して、コルク抜きを捜した。ある場所はわかっていたが、あちこちを捜すふりをした。時間を稼いで――どういうふうに対処するか、考えなければならない。

いつかは決着をつけなければならないというのはわかっていた。自分のやったことに後悔の念はない。金を自分のものにする正当な権利もある。だからといって、政府がそう見るとはかぎらない。そんなに甘くはない。

マットは乱暴にコルクを抜き、グラス二客を持って、アボットのほうへ戻っていった。頭のなかを十ばかりの考えが駆けめぐっていた。やつらの狙いはなんだ？　また任務か？どうして協力すると踏んだのか？　二度と戦闘には戻りたくないと思っているのは、知っているはずだ。銀行には金がある。店もある。もうじき結婚する。いまや独立独歩の人間なのだ。

コンピュータが壊れたときに電話するコールセンターの相談員みたいにふるまおう。なにをいわれても、それは無理だと答える。

「飲んでくれ」マットはいった。「だが、それで終わりだ。なにをやらせたいのか知らないが、聞きたくない」

アボットが、自分でグラスにワインを注ぎ、くるくるまわしてから、グラスを口に当てた。女みたいにちびちびとゆっくり飲んだ。「なかなかいい。ちゃんとしたリオハが飲みたければ、やっぱりスペインに来ないといけない。イギリスで飲めるのは、オーストラリアのくずワインにオークの葉っぱを何枚か入れて香りをつけたような代物《しろもの》だ」

マットは、テーブルの上に身を乗り出した。「ワインの講釈が知りたければ、本を買う」

「こっちは万事知っているんだ、マット。船の襲撃のことも、行方知れずのアルカイダの資金のことも。あらいざらい調べあげた。本部のファイルにみんな書いてある」

アボットが言葉を切り、ダンヒルをもう一本つけた。「べつにいいんだよ。商会《ザ・ファーム》は怒ってはいない、マット。ぜんぜん気にしていない。みごとな働きぶりで、われわれは気に入っている。自分を褒《ほ》めていいぞ。アルカイダの資金を大幅に減らすことができたし、イギリスのネットワークにも打撃をあたえた。その間、多少の不都合はあったが、なにかも潤滑にいく仕事などありはしない。厄介だからこそ、仕事と呼ばれているんだ」アボットが、煙草を深く吸いつけ、煙を宙に吐き出した。「きみが非常に気に入ったものだから、こっちも仕事をしてもらえないかと思ったわけだ」

「うれしいね」マットは吐き捨てるようにいった。「だが、まわりを見てくれ。おれは商売換えしたんだ」

「ああ、たしかに。犯罪者が引退生活を送ってる海岸で、裸のシェフことジェイミー・オリヴァーを気取ってるわけだ。だがな、マット、きみらしくもないぞ。きみには戦いが似合う。こんな生活が望みだったら、はなから陸軍にはいらず、ファミレスの〈リトル・シェフ〉にでも就職していたはずだ。いまごろは地区マネージャーになっているよ」ワインをまたゆっくりとすこしずつ飲んだ。「しかし、そんなことが望みではないだろう？　人間がやるいちばんよくないことはなんだろう？　嘘をつくのがいちばんよくないと思っている人間もいるが、そんなのは馬鹿げている。最悪なのは、自分に忠実でないことだ。いまのきみがそうだよ、マット。戦いが性に合っているのに、シェフやバーテンをやっている。こんな暮らしをしていたらだめだ」

マットはにやにや笑った。海風が強まり、雲がぐんぐん近づいている。じきにここにも雨が降るだろう。「SIS《ザ・ファーム》が下世話な心理分析に凝ってるとは知らなかった。なにが目的か知らないが、聞きたくないといっているんだ。もう国のためにじゅうぶん働いた。その証拠の傷痕もある。いまは自分のことで精いっぱいだ」

「どういう話か、知りたくないのか、マット？」まるでいたぶってでもいるように、おもしろがる口調だった。「せめて仕事の内容でも聞いたらどうだ」

マットは椅子に背中をあずけた。アボットの態度は不審だった。なにか裏があるが、それが読めない。情報部の幹部と話をしたことが何度もあるわけではないが、こういう人間はあまりいないはずだ。アボットは、如才ないとはいえないし、話しっぷりもいやに派手だ。「ひとつきいてもいいか」

「どうぞ」

「SISと売春窟のちがいはなんだ？」

「そのジョークは聞きあきた」アボットが答えた。

「教えてやろう」アボットの返答が耳にはいらなかったかのように、マットはつづけた。「売春窟ではファックする前にせめて裸にはなる」身を乗り出した。「スペイン語でもフランス語でもドイツ語でも、好きな言葉でもう一度いう。あんたの話など聞きたくない。わかったか」

「わかった」アボットの声が鋭くなった。「そっちの流儀でやろうじゃないか、ブラウニング。事務室はあるか。どこかでインターネットにアクセスできるだろう。見せたいものがある」

マットは、バーを通ってゆっくりとひきかえした。かなり混んでいた。食事をしにきた常連の何人かに、マットは会釈した。ひとりがなにかをいったが、マットは知らん顔で通り過ぎた。おしゃべりをしている気分ではなかった。早くもみぞおちのあたりに悪い予感がこみあげている。アボットが見せるというのがなんであるにせよ、愉快なものであるはずはない。

オフィスは建物の裏の簡素な別棟で、調理場とつながっている。デスクと回転椅子、ファイルが何冊か置いてある。スペイン人の会計士が週に一度来て、帳簿をつける。そのほかの書類仕事は、マネージャーのジェイニーがやる。デスクにちらばっている書類は、ほとんどが建築家の描いた新築している家の図面だった。コンピュータは主に銀行の口座の残高確認と電子メールに使っている。前は株もやっていたが、いまではやめている。儲けた知り合いなどひとりもいない。マットも大損をした口だった。

「こいつは使えるんだろう？」アボットが、コンピュータを指さした。

マットはうなずいた。

「電源を入れてくれ。銀行の残高を確認したらどうかな」

マットは血が凍るような思いを味わった。デスクに身を乗り出し、東芝のノート・パソコンの電源を入れた。立ちあがるまでしばらく時間がかかった。アボットの息づかいがうしろから聞こえたが、ふりむきたくなかった。目を合わせたくなかった。

おれの金に手出しをしたのなら、こいつは生きてここを出られたら運がいい。海の魚はもっと栄養を取ったほうがいい。こいつの体には余分な肉がいっぱいあるからな。

マットはインターネットに接続した。「インターネット・バンキングをやっているのを、どうして知っている？」アボットのほうは見ないでたずねた。

「いいからアクセスしろ」

「もう見たくせに」マットはさっとふりむいて、アボットと向き合った。「おまえにそんな権利はない」

「いいからアクセスしろ」アボットが用心深い口調でいった。「わたしのような立場なら、なんでも好きなことをやる権利があるというのがわかるはずだ」

コンピュータは低いうなりとともに起動した。画面にＨＳＢＣ（香港上海銀行）のロゴが表示された。マットは顧客番号その他に加えて、パスワードを入力した。取引口座が表示された。取引明細のボタンをクリックすると、そのコマンドがモデムを通じて伝わっていった。ほどなく残高が出た。

ゼロ。

ブラウザの表示を更新した。念のために。

ゼロ。

マットは深く息をついた。取引明細をクリックした。記載された最近の取引は、三日前に町のATMから引き出した百ユーロと、会計士に三日前に送金した報酬六百五十ポンドだった。

そのあとで、残高が一万二千二百八十七ポンドから、一気にゼロに変わっている。説明はない。ただゼロがならんでいるだけだ。

「ほかの口座も確認しろ」アボットがいった。

マットは黙っていた。おなじ銀行に口座がほかにふたつある。いずれもオンラインで取引できる。ひとつは余分な金を預ける定期預金口座で、年利は情けないくらい低い。もうひとつはディーリング用口座で、金の大部分をきわめて安全な債券ファンドで運用している。リターンはたいしたことがないが、とにかく金は減らない。いままではそうだった。

「空っぽだ」マットは画面から目を離さずにいった。

「日曜の午後のゴビ砂漠みたいになにもない」アボットは、これ見よがしなやり口がよっぽどうれしいようだった。位置を変えてマットと向き合い、デスクの縁に腰かけた。煙草の煙が、頭の上を漂っている。

「アルカイダというのは偉い連中だよ。9・11同時多発テロ以来、われわれは使いかたもわからないくらい大きな力を手に入れた。世界のどこかの口座を凍結しようと思ったら、ただ要請すればいいだけだ。ウサマ・ビンラディンの名前を唱えるよりも早く凍結してもらえる。昔とはちがって、合理的な疑いを証明するなんていう厄介な手間はかからない」アボットが、マットの顔のほうに身を乗り出した。「口座は凍結、銀行はきみに理由をいわない。いまのきみはこの世で一ペニーも持っていないんだよ」

マットは、椅子を引いた。うなじに汗が噴き出している。いままでさまざまな形の危険に直面してきたが、たいがい落ち着いて立ち向かうことができた。だが、貧乏育ちなので、無からはじめた人間はたいがいそうだが、どん底に戻るのは恐ろしかった。

これまでさんざん苦労した。もう一度そんな思いをするのは嫌だ。

「どうしろというんだ？」

「いったただろう。やってもらいたい仕事がある。きみは適任なんだ」

マットは椅子から立ちあがり、窓ぎわへいった。雨が海岸線を越えて近づき、店にもぱらぱらと降りかかっている。ペネロペとスージーが、ワインを持ち、あわてて店内にはいってきた。〈ラスト・トランペット〉の常連数人が、屋根のあるバーのまわりで雨を避けている。

「前にも文無しになって、なんとかしのいだ」マットはいった。「金はあるときもないときもあるものだ。前に稼いだんだから、また稼げばいい。おれの口座を何度凍結しても、やりたくないことをやらせるのは無理だな」

「ちゃんと頭を働かせろ、マット」アボットが、窓のほうに顎をしゃくった。「問題は銀行の金だけじゃない。電話一本かけたら、きみを殺人で告発できるんだ。それに、きみのかわいいフィアンセもだ。ギルだったたな。彼女も殺人の共犯になるんじゃないのか」

マットは詰め寄った。顔の血管がふくれあがっていた。「おれはあの仕事で、国のために命を懸けたんだ」低い声で決然といった。「勲章がもらいたいくらいだ。だが、それはいいから、この先ずっとほっといてくれないか」

アボットが、口もとに笑みを浮かべながらうなずいた。「勲章をくれといえばよかった。勲章などお安い御用だ。栄光と名誉か。そんなものはくれてやる。丁寧《ていねい》に頼めば、銅像だって建ててやる。しかし、ほうっておいてくれといわれてもな」かぶりをふった。「そういうわけにはいかない」

煙草を口にくわえ、あいたドアのほうに向かった。雨をしのごうと麻のジャケットの襟を立て、マットのほうをふりかえった。「こうしよう。きみはいい子になって、われわれの頼んだことをやる。そうしたら、口座の凍結を解除する。なにか厄介な問題にきみがかかわっていたとしても、連座することのないように手をまわす。しかしだな、拒んでもかまわない。きみは自由な人間だし、やりたくないことをやらせるのは無理だ。その場合、口座は凍結されたままで、きみは文無しになり、破産し、ギルとふたり、殺人罪で起訴される」アボットは雨のなかに出ていった。「よく考えて、あした答を教えてくれ」

マットは向き直り、またデスクに向かって腰をおろした。右手にマウスを持ち、もう一度口座を確認した。残高はやはりゼロだった。べつの口座も調べた。ゼロ。何度見てもおなじだ。数字は変わらない。

デスクの横を拳で思い切り叩いた。震動がコンピュータに伝わって、がたがた揺れ、フォルダーが二冊、床に落ちた。アボットを走って追いかけ、ぶん殴って無礼な態度をあらためさせたい気持ちだった。口では強そうなことをいうが、体はぶよぶよしている。何発か殴れば気がすむ。

落ち着け。マットは自分に命じた。こめかみを素手で何発か殴れば、殺すことができるだろう。そういう殺しかたは何度か目にしているし、アボットを殺すのになんのためらいもない。しかし、殺したところで事情は変わらない。ふたり目のアボット、三人目のアボットがやってくるだけだ。SISにはああいうやつが山ほどいる。

だめだ。戦ってこの窮地を脱するには、腕っぷしではなく頭脳の力を使わなければならない。

マットは立ちあがり、事務室を出た。バーのあたりでギルが呼んでいるのが聞こえたが、気がつかないふりをした。靴を脱ぎ捨て、シャツを脱いだ。パンツだけになり、レストランから海に出る岩場の小径を駆けおりていった。

ビーチに出ると、雨が激しく叩きつけていた。生ぬるい海の水が肌にしみ透るのがわかる。いっそ嵐が襲いかかって、あのくそ野郎を吹っ飛ばしてくれるといいのに。

2

マトラムは、レクサスRX300のグローブボックスに双眼鏡をしまった。窓を閉めてエアコンをつけるとき、にんまりとほくそえんだ。これまでのところ、任務はとどこおりなく進んでいる。

今回の殺しは、この車とおなじくらいみごとに作りあげられている。

午後六時をまわったところで、住宅団地の通りはひと気がなかった。バリー・レッグが家を出て、近くのパブの前を通る静かな道に折れるのを、マトラムは見守っていた。蒸し暑い夜だった——今年はずっとそんなふうだ。半ズボン、ドタ靴、リヴァプールFCのシャツというレッグの格好は、ちょっと間が抜けて見える。あれはたしかスティーヴン・ジェラードの背番号だ。レッグはひとりきりで、通りの向かいの男に会釈したが、だれとも落ち合うようすはなかった。

マトラムは時計を見た。六時十分。レッグは息子の練習を早めに見にいくようだ。ただし、見ることはかなわないが。

「ターゲットが接近中」首につけたハンズフリーのマイクで、マトラムは伝えた。「準備は？」

「準備よし」クリッパーが答えた。

無線機のスイッチは入れたままにしてある。レッグが角をまわるのを、マトラムはじっと見ていた。道路を離れて、サッカーのグラウンドに通じる細い土の道に出ると、レッグの足が速くなった。トレンチとクリッパーが、その脇を歩きはじめた。トレンチはすこし先を進んでいる。マトラムはレクサスを前進させて、三人がグラウンドに達すると、三人が見える位置に移動した。

「〈フォックス＆ヘア〉を捜しているんだけど」トレンチがいうのが聞こえた。「どっちにあるか知りませんか？」

力強い声だと、マトラムは思った。相手は足をとめ、注意がそれるだろうが、そんなにばかでかい声ではないので、警戒はしないだろう。訓練が行き届いている。

「通り過ぎてるよ」レッグがいった。「一〇〇メートルほど戻ったところだ。右手にある。すぐわかるはずだ」

マトラムは双眼鏡を目に当てて、焦点を合わせた。レッグはトレンチとしゃべりながら、クリッパーのほうを見ている。脚を大きくひらいて立っている。肩を安定させ、右腕をいくぶん前に出している。

レッグはやはり兵士だ、とマトラムは思った。陸軍を辞めて二年たったが、射撃を開始する寸前の姿勢だというのは、いまも見ればわかる。

「見たことのある顔だな……」レッグがいった。

「じっとしてろ」トレンチが吼《ほ》えて、スミス&ウェッソン・マグナム・ハンターをジャケットから引き抜いた。

このリヴォルヴァーは銃身長が二七センチメートルもある。ふつうのハンドガンよりもはるかに長い銃身により、初速と破壊力が増した。大きな銃を隠す苦労よりも速度と正確さが優先されるこの仕事にはうってつけだ。

「……たしか北アイルランドで」レッグがその先をいった。

クリッパーもジャケットから拳銃を抜いた。クリッパーが先に撃ち、つづいてトレンチが撃った。いずれも二発を連射した。レッグの体に撃ち込まれた四発のうち、二発は脳をぶち抜き、二発は心臓をずたずたに切り裂いた。レッグは絶命して地面にくずおれた。

マトラムは双眼鏡を通して、小さな血の流れが地面にひろがってしみるのを眺めた。トレンチが死体に近づいた。ポケットから〈パンパース〉の乳児用ペーパータオルを出して、芝生についた血を拭い、ポケットにしまった。それから死体を肩にかつぎ、車にひきかえしてきた。マトラムがエンジンをかけたまま待っていて、死体はリアシートに横たえられた。

マトラムがレクサスを急発進させて、走り出した。暗くなるまでに死体は始末する。レッグの妻は狼狽して地元警察に電話をかけるだろうが、警察が捜索に乗り出すのは二日後になるはずだ。男が行方をくらますのはよくあることで、たいがい何日かたつとひどい宿酔いの状態で帰ってくる。それをいちいち捜していたら、警察は調書を書いているひまもなくなる。

マトラムはにやにや笑った。それまでには、殺人現場の物証もほとんど消えている。百点満点の作戦だった。

これでリストからまたひとり消えた。

「どうしたのよ?」ギルがきいた。

マットに投げかけられたその言葉は、ギルが毎日午前中働いているプエルト・バヌスのタンポポ保育園でマットが聞いたのと、まったくおなじ口調だった。厳しく、しつこく、一歩も譲らない感じだ。三歳の子供に効き目があるし、マットが相手でも効き目がある。

「一日ずっと犬小屋に隠れてたじゃないの」

〈ラスト・トランペット〉のテラスで、マットは〈ネッスル〉のアイスティーのグラスを前に座っていたが、ほとんど飲んでいなかった。この二週間ヨーロッパ北部を覆っていた猛暑が、ようやくスペイン南部に襲いかかったようだった。昨夜の嵐はアフリカ沿岸へと去ってしまい、空は晴れ渡っていた。正午近くで、太陽が頂点に達しかけている。マットの額に汗がにじんでいたが、それは天気のせいではなかった。

「困ったことになった」

ギルが目を伏せるのがわかった。そういう目つきを、マットは前にも見たことがある。

不意にあきらめの色を浮かべたと思ったつぎの瞬間、怒りが燃えあがった。「なんなの?」

ギルは両手の指を組み合わせ、マットの向かいに座っていた。金の婚約指輪のまんなかのひと粒のダイヤモンドを、右の人差し指でそわそわといじくっている。

「なんなの、マット?」二度目にきいたときには、さらに執拗な声になっていた。

「SIS《ザ・ファーム》だ」マットは答えた。「おれに仕事をやれというんだ」

「だめよ、マット。この話はすんでるはずよ。決めたじゃないの」

マットは口ごもった。どう説明すればいいのか? 黙って頭のなかでその問題をひっくりかえし、いろいろな角度から検討した。ギルには真実を知る権利がある。ギルに対して隠し事はしないというのが自分の信念だし、どのみちいつも見破られてしまう。しかし、アボットはギルまで逮捕すると脅した。残忍な報復がたちまち行なわれることに疑いの余地はない。SISは仕事を断わられるのをことのほか嫌う。

そんな重荷をギルに課すわけにはいかない。なにがあっても、ギルを護るのがおれのいちばんの仕事だ。

「きのうの晩、バーにいたあの男ね」ギルがなおもきいた。「白いシャツを着ていた」

「ガイ・アボットといって、SISの幹部だ」

「あなたにいったいなんの用があるのよ?」

「片づけなければならない仕事があるそうだ。おれがそれに適任だと連中は考えている」

「そういうことはやめたはずでしょう、マット」ギルがいった。「ふたりでそう決めたじゃないの。任務は二度とやらないって。わたしたちは結婚するのよ。子供だってこしらえるかもしれない」言葉を切った。もう目がうるんでいる。「いっしょに暮らしていくのよ」

やはり賛成してはもらえないだろう。

「わかってるよ」沈痛な厳しい声で、マットは切り出した。「でも、向こうはこっちに貸しがあると考えている。それを取り立てようとしている。一度だけ仕事をすれば帳消しにするといっている」

ギルは首をふった。「だめ。お金ならたくさんある。あのひとたちとかかわりを持つのはごめんだわ。消えちまえっていってよ」

「いったさ」マットは手をのばして、ギルの手を握ろうとした。ギルが手をひっこめた。

「口座を凍結された。おれたちは破産する」

「そんなこと、できるわけないでしょう」ギルが荒々しくいった。

「できるし、現にやっている」

ギルは顔をそむけた。「あのお金はいらない。レストランからはいるし、保育園のお給料もあるわ。新築の家もあきらめる。どうでもいいの」ふたたびマットの顔を見た。うるんだ目から、いまは涙がこぼれている。「ビーチに寝泊まりすればいいのよ。ふたりいっしょにいられれば、なにもいらない」

やはりいわなければならない、とマットは肚《はら》を決めた。ギルは真実以外はなにも受け付けないだろう。

「問題は金だけじゃないんだ。それは飴《あめ》と鞭の飴だ。仕事をやれば、金は返ってくる」

「鞭は？」

「起訴するというんだ。殺人罪で」

ギルが黙った。頬を伝い落ちる涙を拭った。「あれは殺人じゃなかった。そういって戦うのよ。左手をあげて、自分が無罪だっていうのを証明しなきゃ」身を乗り出した。「こんなふうに暮らしていくのは無理よ。この仕事が終われば、またちがう仕事をつぎつぎに頼まれる。ＳＡＳのやつらは、どこまでもあなたを使う。そして最後には、あなたの棺桶の蓋を閉めて、イギリス国旗で覆い、壁に飾る勲章をくれるのよ。わたしは嫌よ、マット。いまここで戦いましょう」

「馬鹿なことをいうんじゃない」マットは声を荒らげた。癇癪を起こしそうになっているのがわかった。腹の底で怒りがうなり声を発し、しだいに喉もとへこみあげる。「おれだけじゃないんだ。やつらはきみも逮捕するといっている。わからないのか。おれたちはやつらに叩き潰される」立ちあがった。「一度きりだ。ロンドンへ行って、話を聞く。ぜったいにこれきりにすると約束する。危険が大きいようだったら、くそくらえといってやる」

ギルは顔をそむけた。頬が紅潮している。顔にかかる髪を払いのけた。「わかった。ロンドンへ行ったら、わたしたちは終わりよ」

「なにをいうんだ、ギル」マットはどなった。「やつらがなにをするか、わかってるのか？　おれたちを留置して、都合のいい事故を起こし、二度と出られないようにするだろう。いまは向こうのいうことを聞いておいて、自由の身のまま、銀行の金も取られないようにするほうがいい」

恐怖と反発のないまぜになった表情で、ギルが二歩さがった。「あなた、変わってないわね、マット」小さな声でいった。「わたしの力で落ち着かせることができると思ったけど、無理みたい。いつだってつぎの仕事、任務、冒険が待っているのよね。そういうものをぜんぶ投げ捨てるくらい、わたしが好きだと思ってたけど、そうじゃなかった。マット、あなたにちゃんとした恋愛はできない。相手をなによりも大事にするということがないから」

背中を向け、家に向けて歩いていった。「わたしはあなたの奥さんになりたかったの、マット。後家さんなんかじゃなくて。いまはどっちもごめんだわ」

「で、ここいらではギャング連中のランチにどんなものを出しているんだ？」アボットがテーブルについて、メニューをざっと見た。マットはふくれっつらで向かいに座った。

「アジかなにかの薄切りでもないかと思ったんだが」アボットはくすくす笑い、ジャケットを脱ぎはじめた。「だが、まあクラブ・サンドイッチとグラスのロゼにしておこう。この暑さだ。ソーセージやマッシュポテトはとても食えたものじゃない。それにしても、地元の特産をあれこれそろえているのは、なかなかのものだな」

「客の希望には副《そ》うようにしている」マットはいらいらしながらいった。

アボットが、ハンカチで額を拭いた。肌を陽にさらしているのは首すじだけだが、そこが焼けてひりひりしているようだ。「それで、金を取り戻したいんだろう？」

「仕事の内容をいってくれれば答える」

アボットは、ジャケットのうちポケットから一枚の紙切れを出して、マットに渡した。

「あすの午前十時五分発ロンドン行きのBA便を予約してある。あす以降のいつでも、わたしのクラブにランチを食べにきてくれ。そこで話す」

マットはうなずいた。「どこのクラブだ？」

「ペルメルの〈オクスフォード&ケンブリッジ〉」テーブルに置かれたロゼをひと口飲んで、アボットがいった。「知っているはずだ」

3

手にしたメモが、ひどく薄っぺらく思えた。青い便箋一枚に、見慣れた丸っこい文字がならんでいる。マットは一度読んで屑籠に投げ捨てようとしたが、思い直してもう一度読んだ。

マット

ロンドンへ行きたければ行きなさい。自分が正しいと思うことをあなたがやってるのはわかってるけど、わたしも正しいと思うことをやらなきゃならないの。あなたがどんな危険な目に遭ってるだろうと思っておびえながら、一生ひとりで寝るなんて嫌。どうせあなたを失うのなら、先じゃなくていまのほうがいい。

婚約は解消します。これが最後、もう二度としない。連絡してこないで。

幸運を祈ります。さよなら。

ギル

マットは、アパートメントの部屋を見まわした。三年前にSASを辞めたときとおなじ、独身男の塒《ねぐら》だった。ほとんど気づいていなかったが、若い女の気配がそこかしこに残っている。小さなベージュのクッションがいくつか、ソファにならべてある。テレビの上には、ギルといっしょに写っている写真がある。バスルームの敷物は新しくなっている。ステレオはほとんど目立たない端のほうに押し込まれている。

マットはマガジンラック――これも買ったおぼえがないのに増えている物のひとつだ――に手紙を入れ、表に出た。一時間後には空港に着いていないといけない。まずはバーのようすを見にいくつもりだった。ギルがいるかもしれない。

まだ午前八時過ぎだったが、太陽はすでになめらかな弧を描いて、くっきりと晴れた青空にかかっていた。アパートメントからバーまで五〇〇メートルほどの距離を、マットは歩きはじめた。ロンドンへ行くのに持っていく着替えを入れた小さなスーツケースを提げていた。

ギルはきっと戻ってくる、そう自分にいい聞かせた。喧嘩《けんか》したり別れたりしたことは何度もあるが、そのたびに仲直りした。ギルは教練係准尉みたいに癇癪持ちだが、すぐに怒りが冷める。運がよければ、SISの仕事は単純で楽かもしれない。二、三週間後にはふたりの仲ももとどおりになる。

何日かたてば、ギルも落ち着くだろう。

「ギルを見た？」バーにはいりしなに、マットはジェイニーにたずねた。

マットの店を切り盛りしている四十代はじめのジェイニーは、メッシュ・ブロンドで、笑い顔にとても愛嬌がある。離婚して太陽の国に移住する前には、チンフォードで繁盛しているパブを経営していた。バーの仕事について、ほとんど知らないことはない。マットは、ジェイニーに頼りきっている。

「いいえ。なにかあったの？」

マットは首をふった。「ただ、どこへ行ったのかと思って」

「お役に立てなくて悪いわね。だけど、あなたに電話があったわよ」きのうの売上を記入していた帳簿を閉じて、ジェイニーが語を継いだ。「女のひとが、サンディ・ブラックマンというひとの代理で電話してきたって。急用だそうよ」

サンディ？　マットは怪訝《けげん》に思った。

パラシュート連隊にいたころ、サンディの夫のケン・ブラックマンは、マットの親友だった。五年間いっしょに軍務をこなし、その後マットはＳＡＳに入隊した。ケンのほうはあちこちで二年ばかり勤務してから除隊した。そして、生まれ故郷のダービーに帰り、前からつきあっていたサンディと結婚して家庭を持った。仕事はトラック運転手で、おもにスーパーの〈テスコ〉の荷物を運んでＭ１高速道路を往復している。スペインへの長距離輸送も二度ばかりやったことがあって、九カ月前には〈ラスト・トランペット〉で飲み明かした。すごい飲みっぷりだった。ふたりともビールを一〇パイント飲み、仕上げはポートワイン一本と、北アフリカのきつい葉巻だった。風が叩きつけるオールダーショットの寒々しい兵舎で、おれたちはなんで軍隊なんかにはいったんだろうと悩んでいたころのことを思い出し、ふたりで感慨にふけった。

人生でどういう目に遭おうが、凍え、腹をすかし、疲労の極みに達した陸軍入営当初のみじめな数週間とは、比べ物にならない。その数週間のあいだに結んだ絆は、人生でもっとも強い絆になる。

サンディとは、三年も会っていない。長女のジェイドの洗礼のときが最後だった。もう大きくなってよちよち歩いているだろう。そのあとで生まれた長男のキャラムも。

ケンが自分で電話をかけてこないのはどういうわけだ？

マットは、ブラックマンの家の番号をダイヤルして、先方が出るまで海を眺めていた。男が出た。聞いたことのない声だった。

「サンディに、マットからだといってください」マットはいった。「マット・ブラウニングです」

「なにがあったか、知らないのか？」

マットは黙った。その言葉の意味はわかっている。陸軍にいるあいだに、何度となく聞いた。

「《ダービー・イヴニング・テレグラフ》のホームページを見るといい」男がいった。

電話が切れた。マットは時計を見た。空港へ行くまでに、まだ三十分ある。奥のオフィスへ行って、コンピュータを起動した。ダービーの地方紙のホームページは、グーグルですぐに捜し当てることができた。ログインして、きのうの夕刊の第一面が表示されるのを待った。地方議会税の一パーセント引き上げが、大きなニュースだったようだ。それと、ロールス・ロイス社が余剰人員を解雇するおそれがあることが、取りあげられていた。何日か前かもしれない。自動車事故か？　喧嘩か？　ケンが新聞に載るようなこととは、いったいなんだろう？

数日前の紙面を呼び出した。環状線をあらたに建設するという発表、議会副議長の同僚に関する暴露記事。ちがう。やがて、三日前の記事の写真を見て驚きに打たれた。ケンだ。六四ポイントの活字で、その横に見出しがあった。〈恐怖にかられたダービーの男性が暴れて殺害〉

マットはマウスのボタンを突くようにして記事をスクロールし、読み進んだ。

ダービーのプライド・パークに住むトラック運転手ケン・ブラックマンが診療所で逆上し、二名を殺し、二名を負傷させてから、自殺を図った。

ロンディ・トゥガット医師とマージョリー・ケント医師が勤務するパーマーストン・ロード医療センターでの恐ろしい発砲事件で、診察を待っていたドロシー・ホートン（五十六歳）とアラン・マイター（二十四歳）が、ブラックマンによって射殺された。

医院の受付アンシア・ミルズ（四十六歳）は脚を撃たれ、チャールズ・バートラム

（四十一歳）は胸を撃たれて、いずれも軽傷を負った。ふたりとも入院したが、回復は順調で、二、三日中には退院できるとのことである。

パーマーストン・ロード医療センターで事件が起きたのは、けさの午前十一時過ぎで、つぎのような経緯だった。ブラックマンは鬱病に悩んでいるといって、GP（かかりつけの医師）ケント医師の診療を予約していた。ケント医師との約束の時間がずらされ、さらに十分待たされると、ブラックマンは受付に向かってどなりはじめた。そして銃を抜き、待合室の患者たちに向けて発砲してから、自分を撃とうとした。

事件を目撃したディヴィッド・ホルトン（二十九歳）は、こう語っている。「大騒ぎになりました。ブラックマンが手当たりしだいに撃ちはじめ、みんな物蔭に飛び込んだり、表に逃げようとしました。すると、ブラックマンは自分に銃を向けたんです。まるで悪霊に取り憑《つ》かれているみたいに見えました」

地元警察によれば、ブラックマンは現在アクシター・ロードの市営総合病院に監視付きで入院し、重態だが容態は安定しているという。

ブラックマン（三十八歳）は地元の運送業者Ｅ・Ｈ・ベリス・アンド・サンズに運転手としてつとめている。元軍人で既婚、子供がふたりいて、プライド・パークに住んでいる。犯罪歴はない。夫人とは本日連絡が取れない状態である。

マットは椅子に背中をあずけた。ひとつの記憶が、脳裏に浮かんだ。陸軍入営から二週間しかたっておらず、ふたりともまだ十八だった。やはり新兵のベンというスコットランド人の若者が、毎日の厳しい軍事教練についていけなくなっていた。つらいのはみなおなじだったが、ベンはくじける寸前だった。毎晩ベッドでめそめそ泣き、装備をきれいにして整頓する気力すら失っていた。朝になってベンが教練係准尉にどやされることがないように、ケンが夜中に起き出して、ベンの軍服をきちんとたたみ直し、ブーツを磨いているのを、マットは知っていた。ケンは、ベンにもほかのだれにも、そのことをいわなかった。ケンはときどきそんなふうに、わざわざ他人の苦しみをやわらげる手伝いをする。ケンみたいにやさしくて親切な男はめったにいない。どういうわけでそんな事件を起こしたのだろう？

ロンドンのウェスト・エンドにあって、セント・ジェイムズ・パークにほど近い〈オクスフォード&ケンブリッジ・クラブ〉のロビーは、驚くほど涼しかった。マットはチノパンに麻ジャケットというくだけた服装だった——車がひしめくロンドンの街は三三度もある——ただし、ネクタイが必要なのがわかっていたので、ポケットに入れてあった。

ネクタイを締めようと首に巻きつけたとき、弱い風が庭のほうから吹き込んだ。フロントの男がとがめるような視線を向けているのが見えたが、マットはかまわず鏡に向かい、ネクタイを直した。

ご出身はどちらの大学でございますか？　マットは苦笑いしながら自分に問いかけた。

お国のために矢弾をくぐる大学ですよ。

アボットは早くもレストランで待っていて、横のアイスバケットで白ワインが冷やしてあった。アボットが目を下に向けた。「足はテーブルの下に入れておいたほうがいい」と注意した。「このクラブでは黒いブローグをはくことになっている。きみのは茶だ」

マットは、カンバスのスニーカーを見てから、アボットに視線を戻した。「ここをほうり出されたら、角のパブに行けばいいだけだ」

アボットが薄笑いを浮かべた。「飲むか？」マットがとなりに座るとたずねた。

マットはかぶりをふった。

ガラガラヘビとランチを食べるときには、頭が冴えていたほうがいい。

アボットは肩をすくめた。「きみの料理も注文しておいた。イタリアの白ワインも。飲みたくなければ、飲まなくていい」

「食事ぐらい自分で注文できる」マットは語気荒くいった。「靴紐も結べるし、歯も磨ける」

「それはそうだろうよ」アボットは、通りかかったウェイトレスの制服の裾のあたりを目で追っていた。「手早くすませようと思っただけだ」

「それじゃ、仕事はなんだ？」マットはきいた。

サーモンのオイル焼きをウェイターが置くあいだ、アボットは沈黙していた。フォークを持ってサーモンを頬張った。「トカー・ライフ・サイエンスという会社がある」説明をはじめた。「大手製薬会社だ。そこが助けを求めている。つまり、汚れ仕事だ。きみがそれにぴったりだと思っている」

マットは自分の料理をちらりと見た。ヒレ・ステーキにフライドポテト。株で儲けようとしたのはだいぶ前のことだが、トカーという会社のことは知っていた——何カ月か株を持っていたこともある。マットの運用資産のなかでは、下がらずに上がっためずらしい株のひとつだった。エデュアルド・ラクリエールというフランス人が二十年前に設立した会社で、それ以来、製薬業界ではめざましく繁栄している企業のひとつになっている。トカーは心臓病薬を専門として飛躍的に成長した。まだグラクソ・スミスクラインやアストラセネカのような大企業には及ばないが、猛追している。

「金をしこたま持っている有名企業じゃないか」マットはきびきびといった。「それがどうしておれなんか必要とする？」

「偽造。売れている薬をコピーした偽物が作られて、違法に売買されている。きわめて危険なビジネスで、規模も大きい。それを根元から断つ必要がある。小売店をすべて調べて販売を差し止めるというやりかたでは、何年もかかる」

マットはステーキを頬張ってむしゃむしゃ食べた。「成分がおなじ本物の薬なのか、それともコーティングだけ似せて中身は砂糖菓子というやつか？」

「本物の薬だ」アボットが、グラスにワインを注ぎながらいった。「だから取り締まるのが難しい。そいつらは製法を盗み出し、地元のマフィアさえ買収すればなにをやっていようがだれも気にかけない旧ソ連のどこかで、コピー薬を製造している。それを西ヨーロッパに密輸している。一錠あたり二十ポンドないし三十ポンドという薬品もあって、それを負担しているのは間抜けな納税者というわけだ。アインシュタインでなくても、どれぐらいの額になるか計算できる」

「それでトカーも大損しているわけだな」

アボットがにやりと笑った。「だからきみが気に入っているんだ、マット。呑み込みが早いから」

動悸が速くなるのがわかった。上司や上官が偉そうな口をきくのがどれぐらい不愉快かというのを、すっかり忘れていた。

アボットが間を置き、白ワインをひと口飲んだ。「医師がトカーの薬の処方箋を書く。患者はいつもとおなじように薬局にそれを出す。医師も薬剤師も、犯罪にはなんのかかわりもない。おかしなことが起きているのを知る由もない。だが、じっさいには、卸売の段階で何者かが本物の薬と偽物を入れ換え、ギャングが差額で儲けている。手口が巧妙であると同時に、いまいったようにきわめて危険だ。想像はつくだろうが、処方薬は厳格な基準に従って製造されている。いくら製法を手に入れたといっても、ギャングの薬の製造過程は杜撰《ずさん》だ」アボットは首をふった。「そのせいで命を落とす患者も出てくる」

「トニー・ブレアの年頭演説みたいに信心家ぶらなくてもいい」マットはいった。「おれにどうしろというんだ？」

「製造工場を叩き潰せ」

マットは目を伏せた。ステーキの端から血がしたたっているのが目に留まった。切った肉を突き刺して、口の手前でフォークをとめた。

「きみぐらいの経験があれば、難しい任務ではなかろう。潜入し、爆破する。必死で逃げる」

「おれを選んだ理由は?」

アボットが肩をすくめた。つまらないことをきくと思っていることが、その表情からわかった。「選ばない理由もない。元SAS隊員《レジメント》。そんなに数はいない」

「何人かはいる」

「しかし、みんながみんな、きみみたいに優秀なわけではない」アボットは、さっと立ちあがった。「喫煙室でコーヒーにしよう」

ナプキンをテーブルにほうり出すと、歩きはじめた。マットはミネラル・ウォーターを飲み干して、すぐあとにつづいた。喫煙室はレストランから廊下をすこし進んだ先にあった。三十代の男がふたり、ノート・パソコンを覗き込みながら話し合っている。六十代の男がひとり、新聞を読んでいる。あとはがらんとしていた。

納得がいかない、とマットは心のなかでつぶやいた。つじつまの合わないところがある。

マットは腰をおろした。「でも、トカーは大金を払うだろうし、そんな単純な仕事だとすると、自分たちで捜せばいいじゃないか。元SAS隊員で金に困っているやつは、いつだって何人かいる。おれも一年前にはそうだった。どうしておれを脅してやらせるような手間をかけるんだ？」

「なにをいっているんだ、マット。きみには貸しがあるからだ」アボットはにやりと笑い、ダンヒルに火をつけて、煙を宙に吐き出した。「ＳＩＳ《ザ・ファーム》がどんなふうか、きみも知っているだろう。なにごともゆるがせにしないんだよ」

マットは庭に視線を向けた。スプリンクラーが芝生に水を撒《ま》き、生気をよみがえらせようとしている。「それで、企業の秘密保全に関係することに、ＳＩＳがなんで手を出そうとしているんだ？」突っかかるような口調できいた。「トカーは大企業だ。自分たちが手先を雇ってやらせればいい」

「時代は変わりつつあるんだ」アボットが、オットマンに脚を載せた。「情報機関もおなじように変革が必要になっている。自分たちの役割に関して、これまでよりも広い視野を持たなければならなくなっている。トカーはイギリスにとって重要な投資者だが、ギャングどもに事業を食い荒らされている。だから、われわれが力を貸す。企業の力が強ければ、国の経済が強くなり、ひいては国が強くなる。しごく単純なことだ」アボットは身を乗り出した。「いいか、こいつはフェアな取引だ。きみは潜入し、工場を叩き潰す。チームと武器は用意する。ひと月もかからない。そうしたら、口座の凍結を解除し、きみたちが去年やったことをファイルから抹消する」

「あんたの言葉を鵜呑《うの》みにしろというのか」マットの声が鋭くなった。「冗談じゃない。

保証が欲しい」

アボットが黙って煙草を灰皿で揉《も》み消した。「デイヴィッド・ラトレルがこの任務を承認している。御大みずから」

「デイヴィッド・ラトレル？　SIS長官じゃないか」

「面会できるように手配する。わたしのことは信用できないかもしれないが、あのひとなら信用できるだろう」

「いつ？」

「二、三日中」アボットはいった。「こっちから連絡する」立ちあがり、出ていこうとした。「これでも読んだらどうだ」〈ウォーターストーン書店〉のポリ袋をソファにほうった。

マットは本を手に取って、題名を見た。ジェフリー・アーチャーの『獄中記』。

「刑務所がどんなものか、知っておきたいんじゃないかと思ってね」と、アボットがいった。

真夜中のことで、病院の駐車場はがらがらだった。マトラムは時計を見た。午前一時十五分をまわったところだった。夜勤を終えた女性看護師が、三〇メートルほど向こうの青いボクスホール・コーサに向けて歩いている。緊急病棟で患者をおろしている救急車が遠くに見える。あとはまったくひと気がなかった。好都合だ。

「用意はいいか?」

マトラムの前にいたリーナ・キランダーとジェフ・ウェザレルがうなずいた。キランダーは、糊《のり》のきいた白衣、ナイロンのストッキング、底の平らな黒い革靴という、女性看護師のいでたちだった。フォルダーを小脇に抱えている。どんな組織内でも、書類を持っているほうがいかにも仕事中という感じで、呼びとめられることがすくない。ウェザレルは、グレーのスーツに白衣をはおり、医長を装っている。ふたりとも医療機器は持っていない――肌身につけて隠し持っている刃渡り一五センチの強化鋼のナイフを勘定に入れなければの話だが。

医師と看護師のチーム、とマトラムは思いにふけった。インクレメントには、男六名にくわえて女が二名いるから、こういう強みがある。男の二人組よりも、男と女の二人組のほうが目を惹《ひ》かない環境は、非常に多い。

感じのよさそうな若い男女連れには、だれでも脅威を感じないものだ。

マトラムは、NHS(国民保健サービス)の身分証明書をふたりに渡した。いずれも変名が記されている。「これで通れるはずだ。発行するのに身許確認が厳しい証明書だから、すんなりいくだろう。足早に歩け。どこにいても、建物のなかを急いで歩いていれば、重要な人間だと見られる。呼びとめられるおそれがない」

「ターゲットはどこですか?」ウェザレルがきいた。

「二階のICU(集中治療室)」マトラムはいった。「個室だ。エレベーターをおりたら左に進み、三〇メートルほど行く。部屋番号はＥＨ二七。名前は――ケン・ブラックマン――カルテに書いてあるはずだ」

「とめられたら？」キランダーがたずねた。

「なんでも必要な力を行使しろ」

マトラムは、キランダーをちらりと見た。男好きのする女だ。いかにもケルト系らしい色白の肌に薄い雀斑《そばかす》が散り、黒い髪は肩よりもすこし長くのばしている。誘うようなやさしい声で、秘められた冷酷さはまったく表に出ていない。インクレメントの女はこうでなくてはならない。美人でなければ使えないが、あまりかわいらしくてつい眺めたくなるようでは困る。自信に満ち、相手を落ち着かせる態度でなければならない。

「生命維持装置につながれている」マトラムは説明した。「意識不明。だから見張りはいない。チューブをナイフで切って、生命維持装置から遮断。念のために枕で窒息させる」

「死体はそのままで？」

「病院だからな」マトラムはそっけなく答えた。「死体の始末はまかせよう。精確に十五分後に、ここで落ち合う」

マトラムは、数歩下がって、レクサスに乗り込んだ。工作員ふたりが闇に消えるまで見送った。駐車場の照明はたった八つで、そのうちふたつが消え、ぼんやりした弱々しい光がひろがっているだけだった。病院の建物のほうに影がいくつかちらりと見えたが、キランダーとウェザレルはすぐに見えなくなった。マトラムはシートにもたれて、しばし気をゆるめることにした。

4

マットは『獄中記』を脇に置いて立ちあがり、列車の客室の網棚からバッグを取った。アボットのやつ、こんな本をくれたり、仕事を強要したり、よけいなことばかりする。プラットホームに跳びおりて、足早にタクシー乗り場に向かった。どの乗客よりも早く、いちばん先に乗りたい。駅の外の電光ニュースが、M1高速道路でのドライバー同士の喧嘩騒ぎを伝えていた。

みんな暑さのせいで頭にきているんだ。

駅から病院まで、タクシーで十分だった。これから見聞きする物事に対して覚悟を固めるために、マットはタクシーをおりると深く息を吸った。

陸軍にはいったころ、ある軍曹に忠告されたことを思い出した。兵隊になったら、友だちがばらばらに吹っ飛ばされるのを見ても平気でいられるようにならないといけない。ひどい傷を負って病院に運ばれた兵士たちを見ても、すぐに忘れられるようでないといけない。

だが、何度経験してもおなじだ。戦友が頭を撃ち抜かれるのを見るたびに、ひどいショックを受ける。

「ケン・ブラックマンに面会したいんですが」マットは、三十代後半とおぼしい黒人女性の受付係にいった。「ICUにいるはずです」

受付係が怪しむような視線を向けるのに気づいた。銃撃事件は地元の新聞に大きく取りあげられた。病棟に暴力的な人間がいることを病院の職員はひとり残らず知っていて、まるで怪物でも扱うように、近くでは忍び足で歩くのだろう。あの患者にはいったいどういう友だちがいるのだろう？　と受付係が心のなかで思っているのは明らかだった。

「公用ですか？　それともただの面会？」

「面会です」

「病棟へ行ったら、警備担当と話をする必要がありますよ」受付係はいった。「あの患者さんには、だれでも会わせるわけにはいきませんから」

まるで異常な患者だとでもいうような口ぶりだ、と思いながら、マットは受付を離れた。善良な男だし、おれの友人なのに。

ICUには警備担当などいなかった。マットは廊下を眺めた。左右に六室ずつ一二室あった。ドアには二〇センチ四方くらいの覗き窓があって、ステンシルで書いたグリーンの番号が色褪せている。患者の名前などを記したものはなかった。マットは最初の窓を覗いた。体に何本もチューブをつないだ年寄りだった。つぎは若い女性で、体の大部分を包帯で覆われていた。

どうしても会わなければならない。口がきけてもきけなくても。目だけでも見たい。なにかの手がかりが見つかるかもしれない。ケンが逆上し、説明のつかない不可解な出来事を引き起こした原因の手がかりが。

「どなたをお捜しですか？」

どう答えても許しませんよ、とでもいうような鋭い声で、女性看護師が問いかけた。三十ぐらいで、髪が茶色だった。襟のバッジにジュリー・スモレットと記されている。

「ブラックマン」マットはいった。「ケン・ブラックマン」

さっきの受付係とおなじような目つきだ、とマットは思った。

「あなたは？」

「マット・ブラウニング」

看護師はしばらく黙って、冷ややかにマットを品定めしていた。「こちらにどうぞ」

マットは、看護師のあとから廊下を歩いていった。薄い緑色に塗られた狭いナースステーションで、デスクがあり、薬缶《やかん》とマグカップがいくつか置いてあった。「ケン・ブラックマンさんは、昨夜お亡くなりになりました。お友だちだったのでしたら、ご愁傷《しゅうしょう》さまです」

まったく心のこもっていない悔みの言葉だった。

「どういうことです？」

まるで電話番号でも調べるようなようすで、スモレットという看護師はメモを見た。

「重傷を負っていました」にべもなくいった。「助かるかどうか、ぎりぎりのところでした。だめでした」

マットはデスクに身を乗り出し、スモレットの顔を正面から見据えた。「ちがう。なにがあったのかと聞いているんだ。死因は？　凝血？　内出血？　それとも心臓麻痺《まひ》？」見返したスモレットの目に、マットはいらだちを見てとった。「医師の話を聞いてください」

「名前は？」

スモレットが、口もとに薄笑いを浮かべた。「お教えできません。理事に書類を提出していただかないと」

「故人には会えますか？」

スモレットは首をふった。だめだといえるのを楽しんでいるのがわかった。「霊安室に運んであります。近親者でなければだめです」

マットは背中を向けて、歩き去った。

友だちが死んだのに、お別れをいうこともできない。

プライド・パークは、街の郊外にあたる。金持ちやら貧乏人やらのさまざまな現代の住宅が建ち並んでいる。通りで子供がふたりサッカーをしていて、バス停にティーンエイジャーが何人かいた。タクシーをとめると、十六番地のケンの家はカーテンが閉まっていて、表にとめたパトカーに警官がひとりいた。

呼び鈴を二度鳴らすと、ようやくドアがあいた。

「あんたはだれだ？」

質問した男は、六十過ぎと思われた。目が血走り、顔が土気色《つちけいろ》だった。どこかで見たような気がしたが、マットには思い出せなかった。洗礼のときに来ていた親類か、それとも陸軍にいたころにケンに面会に来たことがあったのか。

「マット・ブラウニングです。ケンは友人でした」

玄関の間にはいったとき、なにも持ってこなかったことにマットは気づいた。花もカードもない。ブラック・ジーンズにブルーのポロシャツという格好で、弔問にもふさわしくない。「サンディに会いにきました」マットはつけくわえた。「お悔やみをいおうと思って」

「陸軍でケンといっしょだったんだろう？」

マットはうなずいた。年配の男は表情をやわらげ、笑みともとれないこともないものを浮かべた。「ケンの父のバリーです。息子がまだ陸軍にいたときに、いちど駐屯地で会ったんじゃないかな。奥へどうぞ。葬式の手配がすんだところだ」

マットは口ごもった。「でも、マットが亡くなったのは昨夜でしょう。それなのに……」

バリー・ブラックマンが、マットに視線を向けた。「ケンじゃない。サンディの葬式だ」

「サンディが死んだ?」

バリーはうなずいた。「二日前だ。診療所へ行く前に、ケンが刺した。遺体はあとで発見された」

「ほんとうにお気の毒です」

死亡したSAS隊員の親族と話をするときに、おなじ言葉を何度も使っている。それだけでは、襲いかかる悲しみのすさまじさをどうにもいい表わすことができないと気づき、そのたびに愕然とする。とはいえ、ほかになにがいえるだろう? ふさわしい言葉などないのだ。

「せっかくだから、お茶でも飲んでいきなさい」

マットは、バリー・ブラックマンのあとからキッチンへ行った。裏口があいていて、三メートル四方もない狭い庭の手前のテラスに、プラスティックの椅子が二脚置いてある。女がそこにひとり座っていて、頭のうしろだけが見えた。長いブロンドの髪はポニーテイルに結んであった。女は、がっくりと肩を落としていた。

「マット・ブラウニングだよ」バリーが、テラスに向かっていった。「陸軍でケンと仲がよかった」

女がふりかえった。ケンの妹のエレナーだった。洗礼のときに一度会ったきりだが、すっかりようすが変わっていた。目には涙がにじみ、瞼《まぶた》が腫《は》れていたし、心痛と疲れでげっそりとやつれていた。

マットはテラスへ出ていって、椅子にもたれた。「面会しようと思って病院へ行ったんだ」低い声でいった。「そうしたら、死んだといわれた。お気の毒です」

三年前に交わした会話を、なんとなく思い出した。洗礼のときにマットはだれも知り合いがおらず、エレナーのほうも家族を除けばやはり知り合いがいなかった。きょうだいというものは時としてまったく似ていないことがあるが、エレナーもケンには似ていない。三年前にそれを知ってびっくりしたのを思い出した。エレナーはケンとはちがって学問好きで、ロンドンのインペリアル・カレッジで心理学を学んでいた。会ったときにはちょうど精神障害の分野で博士課程を終えたところだった。ケンが生まれつき明るくて社交的なのとはちがい、エレナーには生真面目で自立心が旺盛だという印象があった。夜間、いっしょに長時間の歩哨をつとめたときに、妹とはあまり仲がよくない、とケンがいったことがある。歳が五つ離れているし、エレナーはケンとはまったくちがう世界で出世していたからだ。

そうはいっても、ケンが妹の話をするときには、やさしい声になっていた。

エレナーが笑みを浮かべ、目のまわりの雲がほんの一瞬晴れたように見えた。「わたしたちにもひどいショックだったの。この何日かは、まるで地獄だった」

バリーが紅茶のカップを目の前に置いたので、マットはほっとしてそれを飲んだ。両手のやり場があるのがありがたかった。「ケンはどうしたんだ？　おれにはまったく理解できない」

エレナーが鋭い視線を向けた。「乱射事件のこと？　それともケンの死因？」

「両方だ」

「いまはなにも考えられないの」エレナーの声は静かだったが、鋼鉄のような決意が感じられた。「でも、突き止めるつもりよ」

デイヴィッド・ラトレルは、マットが思っていたよりも小柄だった。ＳＩＳ長官の公式な写真が新聞に載ったのは、二年前の就任時の一度だけで、身長が一八〇センチ以上あるように書かれていた。こうして見ると一六五センチ程度しかなく、痩せてはいるが強靭な体つきで、輪郭《りんかく》のくっきりした顔は日焼けし、艶《つや》やかな銀髪をうしろになでつけていた。

「よく来てくれた。ブラウニング君」デスクのノート・パソコンから顔をあげて、ラトレルがいった。「かけたまえ」

その建物は、分厚い鋼鉄の扉に護られていて、入館するのにアボットは暗証番号を三度打ち込まなければならなかった。ロンドンの屋敷にしては、めずらしくエアコンが効いている。ＳＩＳ本部はヴォクスホール橋の南側にある現代的なビルだが、一年ほど前に、幹部のほとんどが、川向こうのピムリコにある目立たないヴィクトリア朝時代の屋敷にこっそりと移った。本部はあまりにも有名で、テロ攻撃に遭った場合にひとたまりもないからだ。９・11同時多発テロをまねてテロリストがジェット機で突っ込むということがなきにしもあらずだし、ロンドン上空を飛ぶ旅客機を撃墜する命令を出そうとするものはいないだろう。それに、テロリストが本気になれば、数年前にPIRA《プロヴォ》（IRA暫定派）がやろうとしたように、川越しにミサイルを撃ち込むこともできる。

「履歴を見たが、たいしたものだな」ラトレルがいった。デスクを離れて、カウンターでグラス三客にミネラル・ウォーターを注ぎ、マットとアボットに渡した。

「アイヴァン・ロウという男を知っているな？」

アイヴァンか、マットは心のなかでつぶやいた。アイヴァンは元PIRAの爆弾作りで、前回の任務ではマットの命を救った。「ええ」マットは用心深く答えた。

「おもしろい男だ」ラトレルがいった。「アイヴァンとブリッジをやったことがあるか？」

マットは首をふった。「いいえ。得意なゲームではないので。やったんですか？」

ラトレルは笑った。「アイヴァンは強いから、わたしなど相手にならない。三回勝負を二度ばかりやった。毎回かなりの差がついた」デスクのファイルに視線を戻した。「SASで十年、戦功十字章、昇進の推薦。模範的兵士だった。われわれのところで働いてもおかしくないのに、マルベラでバーをやっている」

「太陽が好きなんです」マットはきびきびと応じた。

「もう太陽はさんざん浴びただろうと思ってね」ラトレルは腰をおろした。「アボットがきみに仕事を用意したが、説得しないといけないという話だ。どういうふうに疑っているんだ？　わたしにできれば、疑念を晴らしてやろう」

「疑ってる？」マットは声をあげて笑った。「いじめや脅しが不愉快なだけですよ」

「この仕事には付き物だよ」ラトレルが応じた。「ネルソン提督の時代にやっていた強制徴募みたいなものだ。千鳥足でパブから帰る途中、頭をぶん殴られ、気がついたら女王陛下の海軍で五年の軍務に服することになっていた、というわけだ」くすくす笑った。「世の中は変わったとみんな思っているが、軍隊や情報機関にいる人間は、なにも変わっていないというのを早々に悟らないといけない。陸軍士官学校でいまだにアレクサンドロス大王のことを学ぶのは、当時の状況に現代に通じるものがあるからだよ。その時代に役立ったことが、いまも役立つ。それに、われわれがやっているような仕事で、志願者が名乗り出るのを待っていたら……わたしがいいたいことはわかるだろう」

ラトレルの声にどことなく猫科の動物の雰囲気があるのに、マットは気づいた。不正直であったり、相手を騙《だま》したりする気配があるわけではない。ただ、相手をなぶったりからかったりするのが好きなようで、必要とあればなんでも平然と拡大解釈するのではないかと思われた。マットは記録を読んで知っているが、ラトレルは情報機関で三十年間際立った働きをしているし、一九八〇年代の終わりから九〇年代のはじめにかけて、ベルファスト担当として活躍したことが知られている。廉直な男だという評判だが、ただ真っ正直なだけでは、地雷原にひとしいベルファストで生き抜くことができるはずがない。

ラトレルがミネラル・ウォーターを飲みながら身を乗り出した。「強制徴募されたと思っているようなら、ブラウニング君。すまなかった」

「口座を凍結しましたね」

ラトレルは笑った。「消費者組合に泣きついてみるか」

「殺人罪で起訴すると脅した」

「じっさいに何人も殺しているだろう。そんなことはどうでもいいが」ラトレルは椅子に腰をおろした。「積みあげて隙間をセメントで埋めた石を思い浮かべてごらん。煉瓦塀のようなものを。きみはそこに頭をぶつけている」立ちあがって、窓ぎわへ行った。真昼間の強烈な太陽が、窓から射し込みはじめている。ラトレルはブラインドをおろした。「アボットが、きみは適任だと考えた。商会《ザ・ファーム》はきみに仕事をやってもらいたい。わたしがこうして会うのは、議論するためではない。わたしは交渉人ではない。アボットがきみに話したことを裏付けるために会っているだけだ」ふりむいてマットを見据え、視線をがっちりと捉えた。「われわれはフェアな提案をしている。この仕事を引き受ければ、これまでのことは帳消しにする。おたがいに貸し借りなしだ。わたしが約束する」肩をすくめて、デスクにひきかえした。「決めるのはきみだが、わたしがそういう不運な立場に置かれたら、取引を呑むと思うね」

「どうも納得がいかないことがあるんです」マットはいった。「トカーとの関係はどうなっているんですか？　どうしてあそこがこういう特別扱いを受けるんですか？」

ラトレルが頬をゆるめた。「たまには貿易収支の統計を見ることだ。医薬品と石油は、わが国の二大輸出品目だ。イギリス経済は、そうした企業によって成り立っている」

ラムのドピャーザー（インド料理）はうまかった。午後九時過ぎだというのに、マットはほとんど丸一日、まともな食事をしていなかった。皿に盛って、ライスと混ぜ、ナンでそれをすくうようにして、食べはじめた。

腹がすいているときに物事を決めてはいけない。空腹は考えるのを邪魔する。

ラトレルと会ったあとで、マットは地下鉄に乗り、ホルボーンの近くにいまも所有しているアパートメントへ行った。当座の入用のために、アボットが現金で千ポンドくれた。口座を凍結されているので、ＡＴＭで五十ポンドおろすことすらできないが、足はある――地下駐車場にポルシェ・ボクスターがいまも無事にとまっている。

アパートメントの部屋が薄汚く思えた。前に来てから三カ月たっているし、掃除する人間がいないので、埃が家具を薄く覆いはじめている。郵便受けはいっぱいだったが、開封する気にはならなかった。なんにもならない。どうせ請求書ばかりだし、支払う金がない。

電話を調べた。ギルはいつも携帯電話にかけてくるが、メッセージを残すときにはここにかける。「メッセージは一件です」ブリティッシュ・テレコムの一五七一をダイヤルすると、自動音声が応答した。マットはメッセージを聞くボタンを押したが、新しいクレジット・カードを売りつけようとする馬鹿なやつからの電話だった。マットはがっかりして受話器をかけ、急いでシャワーを浴びて、すぐ近くのインド料理店へ行った。

ギルとの連絡がとだえてから、もう何日かたった。食事をしながら考えた。〈コブラ〉ビールをちびちびと飲んだ。ギルは前にも癇癪を起こしたことがある。今回は本気なのだろうか？　ほんとうにおれと別れるつもりなのか？

選択の余地がないのを、ギルはわかっていない。それが問題なのだ。ギルの世界は、おれの世界と、あまりにもかけ離れている。おれのような稼業では、すっぱりと仕事をやめることなどありえない。

イーグルスの歌の一節を思い出して、マットは頬をゆるめた。よく憶えていないが、いつチェックアウトしてもいいが、永遠に立ち去れない、というような文句だった。

ほかに方法があればそうしている。そうとも。アボットにくそくらえといってもいい。金は消えて、二度と戻らない。すぐに家を失い、バーを失う。そしてギルとふたり、殺人容疑で逮捕され、そのあとの裁判は、アーセナルとスカンソープ・ユナイテッドの試合ぐらいに一方的だろう。裁判まで生きていられればの話だ。

マットは、ビールをまた飲んだ。仕事がやりたくなければ、逃げるしかない。町を離れ、名前や顔を変え、どこかで一から出直す。できないことはない。そうやって無事に生き延びている連中の話を聞いている。しかし、そんな暮らしになんの値打ちがある。友だちも家族もおらず、ずっとなじんだ環境もない。つねに影におびえて生きていかなければならない。どうしてもやらなければならないのであれば、できないことはない。だが、そんなものは人間の暮らしではない。いまは選択の余地がない。仕事をやる。さっさと片づける。ほかになにもできることはない。

ポケットの電話が鳴った。ギルだ。どんなにひどい喧嘩をしても、長いあいだ電話をかけてこないということはなかった。

「はい」ノキアの携帯電話をさっとひらいて、電話に出た。

「マット？」

てっきりギルからだと思っていたので、だれの声か、しばらくわからなかった。物静かな声。北国生まれのなまりがかすかに残っているので、やけに上品ぶった感じにならずにすんでいる。「エレナー？」

「話があるの」

「なんだろう」

「いいえ。電話ではだめ」エレナーが口ごもった。「会いにこられない？　あすにでも」

マットは壁のほうを向いた。ウェイターがこっちをちらちら見ているし、話をだれにも聞かれたくない。「なに？　どうかしたの？」

暗い感じの低い笑い声が伝わってきた。「どうもしていないわよ。兄が頭がおかしくなって人を殺して自分も死んでしまったことを除けば」そこで言葉を切った。この電話をかけるのには、よっぽど勇気をふりしぼらなければならなかったのだろうと、マットは察した。「ただ、頼みたいことがあるの。いい？」

「わかった。それじゃあした」マットはいった。カレーを頬張ったが、なかなか喉を通らない。

携帯電話を置いて、フォークを持った。

急に食欲が失せていた。

5

ガラスと鋼鉄とクロームの高層ビルが、空高くそびえている。ヒースロウ空港へ向かうA4号線沿いに、そのビルは建っていた。正午のまぶしい太陽を反射して、鮮やかな色の屈折光の幅《や》を放っている。タクシーをおりると、マットはサングラスをかけ直して、額に浮かんだ汗の珠を拭い、足早に正面入口へ歩いていった。

この暑さのなかでは、ものの数秒でベーコンみたいにかりかりに焼かれてしまう。

回転ドアを通ると、エアコンの心地よい風が顔に当たった。温度が急激に下がったために、頭がくらくらした。立ちどまって目の焦点を合わせ、受付係のほうを見た。

「ラクリエールさんに会いにきたんだが」マットはいった。「正午の約束だ」

受付係の女が、マットを見た。「お客さまは？」

「ブラウニング。マット・ブラウニング」クリーム色のチノパン、ブルーの麻シャツ、タッセルのついたローファーといういでたちだった。最初は配達人だと思われたにちがいない。大会社の経営者と会う約束がある人間には見えない。

「おかけになってお待ちくださいませ」

丁重になる。

どこの組織でもおなじだ。トップの人間と話ができるとわかると、掌《てのひら》を返したように丁重になる。

マットは、ロビーのいっぽうに沿って置かれている黒い革のソファのひとつに腰をおろした。真正面のポスターが目に留まった。アフリカ人、中国人、西欧人の子供が数人ずつ寄り固まっている。その下に、この会社が社会的責任を果たす計画の一環として、発展途上国の子供たちにワクチンを寄付していると書いてあった。トカー・ライフ・サイエンスのスローガンは、〈人々を団結させて、よりよい明日を築く〉ことだという。ここにつとめていたら、そういう企業のでたらめを、毎朝いやというほど詰め込まれるんだろうな。

「ブラウニングさま」

マットは視線をあげた。目の前にいたのは長身のすばらしい美人で、赤みがかった金髪が、頬にかかるように流れ落ちていた。頬骨が張っていて、顔の造りは繊細で、肌はかすかに日焼けしている。澄んだブルーの瞳が明るく輝いていた。毎日何人の男が、きみに惚れるのかな？

「ナタリーと申します」かすかにフランスのなまりがある声で、その女がいった。しゃべりながら、上品な感じに口をとがらせる。「会長直属の秘書のひとりです」

秘書のひとり？　きみみたいな女は、そうざらにはいないだろう。

エレベーターに案内されるとき、女の尻がゆっくりと揺れるのを見ないようにするのは、とうてい無理だった。ドアが閉まると、襟足から香水のにおいが漂ってきた。十階にも警備手段があった。エレベーターがとまると、警備員ふたりが金属探知機を通らせた。そこからもう一台のエレベーターに乗り換えなければならなかった。警備員がマットの携帯電話のバッテリーパックをはずそうとしたが、マットはそのまま渡し、帰りに受け取ると告げた。

エレベーターの奥に乗ったマットは、ナタリーが十二階のボタンを押すあいだ、その腕の美しい曲線を鑑賞していた。「こちらです」ドアがあくと、ナタリーがいった。

ラクリエールのオフィスは、ビルの最上階を占める広い続き部屋だった。東はロンドン、西はヒースロウ空港を見霽《みはる》かしている。着陸態勢の飛行機が低空をゆっくり飛んでいるのが見えたが、その部屋は完全な防音がほどこされていた。

「会長は五分後にお目にかかります」

今回そういったのは、身長一八〇センチ以上のブロンドだった。赤いパンツ・スーツ姿で、金属的な耳障りな声だった。スカンジナヴィア人だろう、とマットは思った。それともバルト三国の出身か。ナタリーはいつの間にか離れていて、オークのライティングデスクの蔭でコンピュータの黒い平面モニターを眺めていた。

「こちらでお待ちになりませんか」ブロンドが、なめした革の肘掛け椅子を示した。「コーヒーはいかがですか？」

マットはうなずき、腰をおろして、コーヒー・テーブルに置かれた新聞を眺めた。《フィナンシャル・タイムズ》、《ウォールストリート・ジャーナル》、《ル・モンド》、《ニューヨーク・タイムズ》。受付のデスクのほうをちらりと見た。ナタリーとブロンドのとなりに、もうひとり女がいた。すらりとした長身の中国人で、白のワンピースを着て、金とダイヤモンドのネックレスをつけている。

たまげたな。ここはまるでハーレムだ。

ラクリエールのプロファイルを、マットは午前中にざっと読んでいた。年齢は四十七で、トカーを創業したのは二十年前だった。現在は年商一二〇億ポンドで、純利益は二百万、時価総額は三百億ポンド近い。ラクリエールは、いまも株式の三分の一を保有している。リヨンの生まれで、一人っ子、フランス陸軍に入営し、その後エリート部隊である第一海兵空挺連隊に入隊した。陸戦隊《マルスウイン》とも呼ばれるこの部隊は、強襲揚陸を専門とし、いわばフランス版ＳＡＳとして、秘密諜報員調達の場の役割を果たしている。

だが、ラクリエールがそこで軍務に服したのはわずか六年で、二十五のときに退役し、企業家として再出発した。不動産関係をすこしやったあとで、バイオテクノロジーがビッグビジネスになりつつあった一九八四年にトカーを創業した。二度結婚して、そのたびに離婚し、子供は最初の妻とのあいだにふたり、二番目の妻とのあいだにひとりいる。新聞によれば、フランス人歌手のナディヌ・リブードとつきあっているという。

おれがナディヌなら、この女秘書どもに用心する。

「会長がお目にかかります」

ブロンドが案内に立った。マットは、彼女のあとから、会長室に通じるガラス張りの廊下を進んだ。床は黒い厚い石、壁はフロア全体の光が取り入れられる透明のガラスだった。御影石《みかげいし》の支柱一本と磨きこまれた薄いアルミでできているデスクを挟むように、奥の壁に近代の絵画が二枚かかっている——はっきりとはいえないが、シャガールかもしれない。ブルームバーグの黒い端末がデスクに二台置いてあって、株価と通貨の値動きをリアルタイムで金融市場から伝えていた。

ラクリエールが立ちあがり、きびきびとマットのほうへ来た。力強い握手だった。退役から二十年たったいまも、軍人の雰囲気が残っている。くせのある黒い髪は豊かで、生え際にかすかに白髪がある。シャツの襟にかかるぐらいに、その髪をのばしている。なまりはワシントンとパリの中間ぐらいで座礁した、とでもいおうか。大西洋のまんなかであることはまちがいない。フランスとアメリカが入り混じっている。

「よく来てくれた」

イギリスではくそったれの将校のことをルパートといい、フランスではジャン＝ピエールという。どちらもおなじだ。どこへ行っても将校は変わらない。

「それはどうも」マットはいった。

隅にある黒いスエードのソファを、ラクリエールが示した。オフィスのまんなかの床が、四メートル四方ほどの透明なガラスになっていて、それがそれぞれのフロアにある。見おろせば、十二階建ての本社のすべてのフロアが一望にできる。

働き蟻《あり》を見張ることができるとは、結構なことだ。

「SAS《レジメント》をやめてから二年になるそうだね」ソファ二客のあいだのコーヒー・テーブルに置いてある〈ヴィッテル〉のペットボトルからミネラル・ウォーターを注ぎながら、ラクリエールがいった。

マットはうなずいた。

「ボスニア、北アイルランド、東南アジアに遠征している。きっといろいろなものを目にしたことだろう。そのうちに話を聞かせてくれ」

マットもミネラル・ウォーターを注いだ。暑い表からエアコンの効いた涼しいビル内にはいったため、喉が渇いてひりひりしていた。「それは禁止されてる」マットはいった。「SAS《レジメント》の規則だ。外部の人間に仕事の話はできない」

ラクリエールがうなずき、口もとに笑みをひろげた。「よくわかる。それじゃ、もっと親しくなってからにしよう」

「いいか、正直にいうが」マットは身を乗り出した。「おれはここに来たくなかった。SIS《ザ・ファーム》に強要されたんだ。あんたはあそこに影響力があるようだな。どういうことなのかは知らないが、おれがこっぴどくやられたことからして、かなり強い力にちがいない。だからおれは来た。仕事はやるし、きちんと片づける。そうしたらここことは縁切りだ。わかるな」

「率直なところは評価しよう、マット。わたしはビジネスマンだ。おべんちゃらをいっているひまはない。わたしとつきあううちに、それが事実だということが身にしみてわかるはずだ。しかし、わたしに対する見かたも変わると思うね。つきあってみれば、そう恐ろしい人間ではないというのも、わかってもらえるだろう」

「そうかもしれない」マットはそっけなくいった。「そのうちにわかる」

ラクリエールが身を乗り出した。「よし、オーリーナに引き合わせよう」

「だれなんだ？」

ラクリエールが、にやにや笑いながら立ちあがった。「きみのアシスタントだよ」かすかに茶目っ気のある口調でいった。「ひとついっておこう。たぶん認めたがらないだろうが、きみは果報者だよ」テーブルのボタンを押した。「こっちによこしてくれ」

ドアがするするとあき、オーリーナがはいってきた。マットがこれまで会った女にはほとんど見られなかったような高飛車な物腰だった。受付にいた厚化粧の頭のからっぽな女とおなじようなものだろうと、最初は思ったが、すぐに眼鏡ちがいだと気づいた。はいってきたときには、まるで自分の会社ででもあるかのような態度だと思ったが、それだけではなく、その会社を笠にきて命令を下しそうな雰囲気だった。

「はじめます？」ラクリエールのほうをちらりと見て、オーリーナが切り出した。

ラクリエールが、マットの顔を見た。「オーリーナは、最初は研究所にいた。キエフ大学でバイオケミカルを専攻して博士課程を修了し、五年前にトカーの研究所に科学者として就職した。去年からセキュリティ担当に変わった。われわれが相手にまわす連中は抜け目がなく、高度のテクノロジーをそなえている。腕ずくで戦うだけではだめだ。頭脳も必要だ。きみたちふたりを組み合わせれば、いいチームになる」

この仕事には乗り気ではないが、目の保養にはいい。

ボタンを押すと、モニターがぱっとついた。マットは座りなおした。オーリーナは頬骨が張っていて、豊かな黒い髪は細い首の付け根でまっすぐに切りそろえてある。東欧人に特有の、古代ギリシアの彫像のような美しさがそなわっている。肌が雪のように白く、しみひとつない。紅い唇は豊かで、深紅の口紅を雑に塗っている。鮮やかなブルーの瞳が、部屋を明るく照らしている。

マットは画面に出た地図を見て、ベラルーシだと気づいた。この国は、三角形を不意にぐしゃっと押しつぶしたような形をしている。SAS時代にいろいろ聞いた評判を思い出した。旧ソ連の共和国のなかでも、もっとも犯罪が多く、無法で、腐敗し、混乱し、危険だという。

法が及ばない東欧の辺境地帯。異常者のマフィア、元KGB将校、管理の杜撰《ずさん》な核兵器がごろごろしている国。

「ベラルーシ」ワインカラーのマニキュアをした指で、オーリーナがモニターを叩いた。「ソ連崩壊の際にロシアから分離した多数の共和国のひとつ」

「地理の授業ははぶいていい」マットはいった。

ラクリエールが、マットを見てから、オーリーナに視線を向けた。「彼は兵士なんだ」

低いささやきだったが、いらだちがあらわだった。「エリート部隊の」

マットはにやりと笑った。「ベラルーシの場所は知っているし、まともな頭の人間なら近づきたくないと思っているのは知っている」

オーリーナはマットを完全に無視して、モニターのほうを向き、デスクのボタンを押した。膝が隠れるくらいの長さの黒い厚手のスカートをはき、糊《のり》のきいた白いブラウスは襟もとまでボタンを留めている。いやになるくらいまじめないでたちだが、オーリーナはそれを男心をそそるよそおいに変えていた。

あらたな画像がいくつかモニターに現われた。明るい色の錠剤の山、数枚の地図。「五年ほど前から、ベラルーシは偽造薬品の世界貿易の中心地になっているの。旧ソ連時代、昔ながらの五年計画で、製薬産業の中核を担っていたから、一定の水準の薬品を製造できる工場がいっぱいある。時間をもてあまし、金に困っているバイオケミカル研究者もおおぜいいる」

オーリーナが、数枚の地図を指さすために体をまわしたとき、マットはほっそりした腿の曲線をほれぼれと見た。

「ギャングは、トカーの利益の最大の源になっている心臓薬とガン治療薬に狙いをつけたの。わが社は特許を登録しなければならなかったので、簡単に成分を知ることができる。ギャングは製造過程をそこから分析し、ベラルーシの工場でコピー薬を製造しているのよ。それが西側に密輸され、卸売業者に実売価格よりかなり安く売られて、薬局に出まわる。

処方箋を出す患者には、本物の薬と偽物の薬の区別はつかない。トカーは売上を奪われ、ギャングはぼろ儲けする」

ラクリエールがテーブルの上に身を乗り出して、マットの顔を正面から見据えた。「そのために、年間百万ポンドないし百五十万ポンドを損していると思われる」

「それで」マットはいった。「おれになにをしろというんだ？　おれは化学者じゃない」

「でも、兵士でしょう」オーリーナがいった。

「われわれがその工場を叩き潰したいと思っていることは、ラトレルさんから聞いているはずだ」ラクリエールがいった。「こういう連中を打ち負かすには、それしか方法がない。ベラルーシの政治家や警察に訴えても無駄だ。みんなギャングに買収されている。国全体が腐敗しているんだ。だから、やめさせるには源を断たないといけない」

「小規模なチームが必要よ」オーリーナがいった。「支援要員として元ソ連軍兵士を集められるひとがキエフにいる。でも、作戦実行能力のある指揮官が必要なの。それがあなたの仕事よ」

その恐ろしい国から生きて脱出するのがおれの仕事だ、とマットは思った。

拡大された航空写真が、モニターに映っていた。画質からして、偵察機が高度二万フィートぐらいを飛行し、広い範囲を撮影したものらしい、とマットは判断した。何面もの畑と崩れかけたような建物が映っていた。オーリーナが画像を徐々に拡大して、焦点を合わせた。

「これが主な工場」オーリーナがいった。「ベラルーシの首都ミンスクの約六〇キロメートル北にあるの。表から見るとぼろぼろだけど、工場内はちゃんと使えるようになっている。ここで製造されているのよ。潜入して、破壊し、脱出しなければならない」

ラクリエールがマットの顔を見た。「金に糸目はつけない。なんでも必要な装備を用意する。なにがほしいかいってくれれば、オーリーナがかならず渡す」

「防御はどれくらい厳重なんだ？」マットはきいた。

オーリーナが肩をすくめた。その拍子に、髪にかかる髪が揺れた。「ここで薬を製造しているのはわかったけれど、綿密な監視活動はまだやっていないの。武器があることはたしかでしょうね。反撃もあるでしょう」言葉を切り、不意に紅い唇を曲げるようにしてほほえんだ。「でも、あなたは元SAS隊員でしょう？　なんだって片づけられるわよね」

マットは椅子を引いて立ちあがった。モニターに身を乗り出して画像を仔細に見るとき、ラクリエールとオーリーナの視線を感じた。こいつらには金がある。それはまちがいない。これだけ鮮明な航空写真を撮るには、かなり高度な装備が必要だ。画像をここまで拡大できるのは、画素数一千万ピクセル以上のカメラでないと無理だ。SASにいたころは、将校が書店へ走って地図を買ってきてくれれば運のいいほうだった。

施設内には大きな建物がふた棟あった。おそらく片方が工場で、もうひと棟が倉庫兼事務所だろう。細い道をゲートに向けて走るトラック二台のぼやけた輪郭が見える。画像が粗《あら》くはっきりしないが、厚いカンバスがかけてあるのはわかった。

「これを撮影したのはいつだ？」

オーリーナが、コンピュータに視線を向けた。「十二日前」

「時間は？」

「午後五時過ぎ」マットにあれこれ質問させていいものかどうか迷っているらしく、用心深い口調で、オーリーナが答えた。「正確にいうと五時十二分」

マットは、トラック二台を親指で示した。「こいつは品物じゃなくて人間が乗ってる」といい放った。「荷物を載せるトラックだが、人が荷台に乗れるようにカンバスをかけている。五時といえば暗くなるころだ。警備のために毎晩応援を運び込んでいるんだろう」ラクリエールとオーリーナに視線を戻した。「つまり、防御がかなり厳重だ。支援がほしい」

ラクリエールが、テーブルの上で掌をひろげてみせた。「いまもいったように、なんでも用意する」

「ちがう。金じゃない。人間だ」マットはいった。「やらなければならないことだからやるが、きちんとやりたい。ここを爆破するには、爆発物を扱う技術が必要だ。われわれに協力してくれる人間を知っている」

ラクリエールが顔をしかめ、手入れの行き届いている肌に皺《しわ》が寄るのが見えた。「だめだ」と、低い声でいった。「この任務をやる西側の人間はきみひとりだ。あとは現地で雇う。オーリーナが手を貸す」

「この支援がなければ、任務はできない」マットは語気鋭くいった。モニターから離れて、ラクリエールのすぐ前に立った。「あんたが自分のビジネスをどういうふうにやっているかは知らない。でも、おれのやるような仕事では、どんな装備があっても、いくら金をばらまいても関係ない。肝心なのは現場の人間の能力だ。だから、おれに必要な人間を使わせないのなら、偽薬品《にせ》を焼くのはほかの人間にやらせるんだな」

雲がラクリエールの目の上を流れ、やがてゆっくりと消えるのを、マットは黙って見守った。SASを辞めた直後にボディガードをつとめた経験から、大企業の経営者たちの生息する奇妙な世界のことは多少なりともわかっている。そいつらは、ボスのどんな馬鹿げた思いつきにも相槌《あいづち》を打って一日を過ごすおべっか使いの大軍に取り巻かれている。大企業の経営者は、将軍よりもたちが悪い。なにしろ何年ものあいだ、一度も反対意見を耳にしたことがないのだ。

間があったが、マットには読めなかった。やがてラクリエールがいった。「どういう男だ？」

じつはそういう経営者は、反対されるのを内心よろこぶ傾向がある、とマットは気づいていた。

「アイルランド人」マットはいった。「名前はアイヴァン。吹っ飛ばしたビルの数は、あんたが朝食に食べたクロワッサンよりも多い。心配はいらない。きっと気に入ってもらえる」

ラクリエールが立ちあがった。「オーリーナに調べさせよう。オーリーナが納得すれば、チームにくわえてもいい」言葉を切り、マットの腕を片手でつかんだ。「忙しいもので、これで失礼する。細かいことはオーリーナと決めてくれ。もちろんきみの友だちには報酬を払う。トカーは仲間には手厚い」

マットはうなずいた。「それなら、おたがいに仲良くやっていけそうだ」

ラクリエールが、ドアをあけかけたところで、マットのほうをふりかえった。「きみを信頼しているよ、マット。しかし、ひとつだけ肝に銘じてもらいたい。この会社もきみの連隊とそう変わりはない。味方には寛大だが、敵には情け容赦がない」

ドアが閉まる音が聞こえた。マットは向き直り、デスクの縁に腰かけているオーリーナを見た。膝が出ないように、スカートをぴんとのばしている。「よし。いつからはじめる？」マットはきいた。

「もちろんいまからよ」デスクからすべりおりて、オーリーナが答えた。「あさって、いっしょにキエフに行くわ。着いたら、チームを集めるひとを紹介する。工場をできるだけ早く始末しないといけない」

オーリーナが、神経を集中しているときにまばたきをし、ほほえむときには頬のまわりにひだができるのを見てとって、マットはにんまりした。

「旅支度をする。キエフのほうが涼しいといいんだけど。今年の夏にはもう耐えきれない」

オーリーナが、ドアに向かった。「だけど、ウクライナは夏は暑いのよ。ヨーロッパのひとたちは、いつも雪が降ってると思っているけど」

「心配いらない」マットはいった。「きみがお熱くなっても、なんとかさばけるから」

オーリーナの表情が変わった。「はっきりいっておくわ。わたしは部下とは寝ないの。そんなことは考えないことね」

「おれはフリーランスだ」マットは冷ややかに応じた。「部下じゃないし。きみと寝る気もない」

「誇り高き男というわけね、ブラウニングさん」といい捨てて、オーリーナは照明の明るい廊下に出ていった。

6

古くなった書類のすえたにおいが部屋のなかから漂ってきた。消毒薬とゆですぎのポテトの独特のにおいとそれが入り混じって、廊下に充満している。これほど不快な職場はほかにはないだろうと思いながら、マットはチャリング・クロス病院の廊下を歩いていった。部屋にはそれぞれステンシルで名前が書いてあり、たいがいドアが閉まっていた。二〇メートルほどにわたる廊下のどこにも、人影は見当たらなかった。

「やあ」狭苦しい事務室の戸口に寄りかかって、マットはいった。「ここがきみのわが家?」

エレナーが、髪を顔から払ってふりむいた。ノート・パソコンのそばに積み重なった書類の山が揺れて崩れそうになる。回転椅子をまわしたとき、その横に置いたコーヒー・カップに肘があやうく当たるところだった。きちんとしているのは頭のなかだけなのかもしれない、とマットは思った。どこかしらそういうところがあるはずだ。

「来てくれてありがとう」エレナーが立ちあがった。

先日会ったときとは、だいぶ変わっていた。悲しみが抜け落ちて、固い決意がそれに取って代わっている。黒のパンツにブルーのブラウスという服装で、朝の棘々《とげとげ》しい感じを和らげる程度に化粧していた。

「話があるんだって」マットはなかにはいった。

「ここではだめ」エレナーがいった。「通りの向かいにカフェがあるわ」

まだ朝のうちなので、フラム・パレス・ロードの〈カフェ・ルージュ〉には、ほとんど客がいなかった。ウェイトレスが隅のテーブルでコーヒーを飲みながら雑誌を読んでいる。危険が潜んでいないかをたしかめるように、エレナーが店内に視線を走らせるのがわかった。

どういう話にせよ、かなりびくついているようだ。

「ごめんなさい」ウェイトレスが運んできたコーヒーを飲みながら、エレナーがいった。「ケンが死んでから、ずっとぴりぴりしてるの」

自分のきょうだいが殺人者になったら、おれの場合はぴりぴりするどころではすまないだろう、とマットは思った。崖から身投げしているかもしれない。「きみが突き止めたことを教えてくれ」

エレナーが、深く息を吸った。「あなたも知っているとおり、わたしは精神科医なの。子供の成長を研究している。でも、ケンは兄だから。ケンの頭がイカレて、それが……」

マットのほうを見た。「言葉が汚くてごめんなさい」

「おれは陸軍に十年いたんだよ」マットはいった。

「それで話をしようと思ったの。軍隊のこと」「ケンの身に起きたことと軍隊が関係あるかもしれないと思っているんだね？」

マットは、コーヒーをひと口飲んだ。

エレナーが、またあたりを見た。よっぽどおびえているようだ。「二日前に病院に戻ってから、事件の記録を調べたの。精神医学の研究をやっていると、そういう利点があるわ。さまざまな異なった状況の書類をあれこれ見ることができるのよ。ケンとおなじような目に遭ったひとを捜して、手がかりをつかもうとしたの」

「それで？」

「無差別に人を殺してから自殺しようとした人が、ほかにもふたりいた。それもこの三週間以内に。どちらも元兵士だった」

マットは、その情報をじっくりと脳裏に収めた。三人の元兵士が、頭がおかしくなって、人殺しをする。偶然の一致だろうか？

「ひとりはサム・メントーンといって、シュロプシャーに住んでいた。二年前に工兵隊を辞めて、通信事業会社の〈オレンジ〉に就職し、携帯電話基地局のアンテナの保守点検をやっていたの。ある日、家に帰ると、妻と継子《ままこ》を殺した。これまで精神的疾患などの問題はなにもなかった」

「兵士が頭がおかしくなる」マットは肩をすくめた。「よくあることだ」

「そうね。統計の数字は知っているわ。軍隊にいたひとは、そうでないひとと比べて、精神的な病気にかかる率が倍だそうね」

「食べ物のせいだ」

エレナーは、マットのジョークに笑みで応じた。「話を最後まで聞いてちょうだい。もうひとりはデイヴィッド・ヘルトンといって、近衛連隊にいたけど、一年前に辞めた。そのあと、コヴェントリーの不動産屋につとめていたの。十日ほど前のことだけど、夕方にソウリハルのショッピング・モールで逆上した。車でつぎつぎとひとを轢《ひ》いたの。ふたりが死に、六人が重軽傷を負った。そのあと、ヘルトンは猛スピードで壁に突っ込み、即死した。やはり精神的疾患の病歴はなかった。ヘルトンも近い親族も」エレナーはコーヒーを飲み干した。「そのつぎがケンよ。元兵士が、おなじ月のあいだに三人も。三人ともどうしたんだと思う？」

「精神科医はきみだろう？」

エレナーは肩をすくめた。「でも、わたしの研究分野ではないもの。軍隊にいるときになにかあったのかもしれない。戦闘後ストレス障害とか」マットのほうをちらりと見た。

「そういうことがありうる？」

マットはしばし黙り込んだ。できるだけ正直に、真実に近い答をいうつもりだった。エレナーにはそれを聞く権利がある。

「そういうことはある」マットは答えた。「つねに傷を心に持っていることなんかない、という兵隊がいたら、そいつは嘘をついている。おれも悪夢を見る。毎晩じゃないが、週に二、三度は見る。死んだ人間が出てくる。忘れられないのは声だ。死ぬとわかったとき……溝に倒れて、血を流し、泣きながら母親を呼ぶ。どんなときでもおなじだ。母親を求める。あんな恐ろしい声はない。つねに耳を離れない」

「三人にそういうことが起きた可能性は？」エレナーはきいた。「戦場の経験のために常軌を逸してしまったとは考えられない？」

マットは首をふった。「そういう記憶がある人間は多い。それでも頭が変になってやみくもにひとを撃つようなことはない」フラム・パレス・ロードでつかえて、びくとも動かず、怒り狂っている車の列を見やった。「それに、ケンは北アイルランドに二度遠征したといっても、ありきたりの国境警備で、熾烈な戦闘は味わっていない。ケンの部隊は、ボスニアのようなところへは行かなかった。いちばん大きなストレスといえば、せいぜい食堂に装備を置き忘れて准尉にどなられるぐらいのものだ。ちがう」エレナーの顔をまっすぐに見て、語を継いだ。「三人になにがあったのか知らないが、戦闘後ストレス障害ではないと思う。べつの原因だ。おれたちがいま考えてもいないような」

ギネスの一パイント・グラスをテーブルに置いて、マットはアイヴァンのほうを見た。見たところ、傷は完全に治っているようだ。弾丸が当たった頭の横の髪がのびて、傷痕はほぼ隠れている。「あんたはもとから醜かった」マットはいった。「それよりひどくなったとはいえないな」

「まあ、また飲めるようになった」アイヴァンはグラスを口に近づけた。「こいつを半年も医者に禁じられてたんだ」

アイヴァンは元IRA闘士で、その後イギリス側の情報提供者になった。最初のうち、マットはぜったいにかかわりを持ちたくないと思ったものだ。アイヴァンは敵だし、口も悪い。しかし、結局そのアイヴァンに命を救われた。SASにはそういう命の恩人が何人かいたが、外部ではアイヴァンただひとりがそうだ。

「気分はどうだ?」

「ちょっと頭が痛いが、ほかにおかしなところはない。たぶん考えすぎるせいだろう」

「そういう悩みを持つアイルランド人は、あんたがはじめてだな」マットは、オレンジジュースを飲んだ。今夜は晩くなってからロンドンまで車で戻らなければならない。頭をすっきりさせておきたい。前の仕事が終わると、アイヴァンは分け前を受け取って、妻と子供ふたりといっしょに南部海岸地方へ引っ越した。ドーセットの村の古い学校を住宅に改造して住んでいる。名前を変え、新たな人生を歩んでいる。不労所得でのんびりと暮らしている。

「正直にいうと、ちょっと退屈してる」アイヴァンがいった。「ブリッジはだいぶやってるんだが、イギリスではまともな大会がないんだ。みんな無駄に使う金もないし、脳みそも足りない。先月は、ドバイへ行って、一週間のトーナメントに参加した。そっちのほうが程度の高いゲームができる。いまでもブリッジを真剣にやってるのは、アラブ人だけなんだ」

「仕事がある」マットはさえぎった。アイヴァンが相手のときは、率直な話をしたほうがいいとわかっていた。やんわりと切り出すのは時間の無駄だ。アイヴァンはどんな会話でも、ガラス板みたいに見通すことができる。そこがおれは気に入っている。

アイヴァンが笑った。「おれじゃなくてあんたのほうが、頭を診察してもらうべきだな」

マットは沈黙を守ったまま、またジュースを飲んだ。アイヴァンの家から三キロメートルほど離れている落ち着いた田舎のパブで、擦《す》り切れた赤いカーペットが敷かれ、壁には犬や雷鳥の絵がかかっている。今夜は客がすくない。カウンターで年配の男ふたりがしゃべっている。入口近くにカップルがいるが、たがいのことに夢中で、周囲など眼中にない。マットとアイヴァンの席は、近くに客がいないので、話を聞かれる気遣いはなかった。

「おい」アイヴァンがゆっくりといった。「本気なんだ」

「仕事があるといっただろう」

「おれたちはあのゲームはやめたんだ、マット。前回、そう決めたんじゃなかったのか。大金をつかんで再出発し、死ぬまでゆっくりと人生を過ごすって。歩行者用の信号が青になる前に道路を横断するのが、おれたちのやるいちばん危険なことになるはずだった」

「事情は変わるものだ」マットはいった。「仕事があり、あんたがうってつけなんだ」

アイヴァンは、にやにや笑った。「前にあんたの仕事をしたときには、頭を半分吹っ飛ばされそうになった」言葉を切った。「ほかにもなにかあるんだな？　話すつもりはないのか？」

「やつらがおれを脅しにきたんだ、アイヴァン。いずれ来るだろうとは思っていたが」

マットはあらいざらい打ち明けた。ガイ・アボットとの話し合い。口座を凍結されたこと。トカーのための任務。「わかるだろうが、かなり厄介な仕事だ。もちろん、やりたくはない。だれだってそうだろう。やつらに金をすべて押さえられた。いうとおりにやらないと、おれはすべてを失う」

「それで、今回限りですむと思っているのか？　一度仕事をやれば勘弁してもらえると？　この仕事だけじゃなくて、またやらせられるぞ」

マットは立ちあがった。「たぶんそうだろう。よく聞いてくれ。ほかに方法があれば、おれだってそっちを選ぶ。だけど、いまはそれしか方法がないんだ。命を懸けて手に入れた金を手放したくない」テーブルから車のキイを取ると、ドアに向かった。「ほんとうは、いっしょにやってくれるとは思っていなかった。あんたの立場なら、おれだって断わる。でも、SIS《ザ・ファーム》が許してくれないし、この仕事に適任なのはあんたなんだ」

アイヴァンも立ちあがって、マットといっしょに駐車場へ歩いていった。「わからないのか、マット。あんたはやつらにがっちり捕まえられた。一度捕まえたものを、やつらはぜったいに放さない」

「あんたの好きなようにしてくれ」マットは車のドアをあけた。「ただ、この仕事には優秀なやつがほしいといってるだけなんだ。信頼できるやつが」

アパートメントにはいると、息苦しくけだるい感じがした。昼間の熱気を建物の壁が吸収しているうえに、窓を閉め切っていたので、室温が三〇度近くになっている。

今回の仕事を終えたら、すぐにスペインに帰ろう。海の空気が吸いたい。

ドーセットから車で帰ってくるのに、二時間かかった。四十八時間後には、ウクライナに向けて発《た》つ。すこし睡眠をとらないといけない。一五七一の留守番電話サービスを確認した。メッセージが一件。ギルのはずだ、と自分にいい聞かせた。もう三日も話をしていない。ギルは機嫌をそこねることはあっても、それが三十時間も四十時間もつづくことはめったにない。

一のボタンを押して、メッセージを聞いた。

だれの声なのか、しばらくわからなかった。ヒステリックなくぐもった声で、なにをいっているのか聞き取りづらい。

「マット、エレナーです」録音されたメッセージで、声を詰まらせ、泣いているのがわかった。「マット、わたし、ものすごく腹が立っているの。ちゃんとしたお葬式もできないのよ。遺体をもらい受けようとして病院へ行ったの。でも、もう火葬されていた。なにかのまちがいで申しわけないといわれて、小さな骨壺を渡されたの」

しばらく間があったので、エレナーのメッセージはそこで終わりかとマットは思った。

やがてまた声が聞こえた。「やつらは焼いてしまったのよ、マット。ケンは前から埋葬を望んでいたし、ちゃんとしたお葬式をやってあげたいと思っていたのに、あいつらは遺体を焼いてしまった。灰がはいっているこんな不格好な骨壺をくれただけよ。ケンの名残りはもうこれしかないの」

マットは受話器をかけて、服も脱がず、枕に頭をあずけた。

7

その部屋は、なんの飾り気もなく、潤いや温かみがみじんもなかった。壁は色褪《いろあ》せてくすんだピンクで、垢抜《あかぬ》けない滝の写真が一枚、質素な木のデスクの上の壁に留めてあった。椅子が二脚と、破産者の競売で安く買ったようなソファがあった。吸殻が二本残っている汚れた灰皿が、デスクに置いてある。

企業も情報機関も軍隊もおなじだ、とマットは思った。汚れ仕事は本拠から遠いところでやらせる。

ロンドン西部のアクトン緑地あたりの通りにある倉庫を改造して、狭い事務所をいくつもこしらえた、迷路のような場所だった。半分ぐらいが空き室で、あとはウェブ・デザイナー、販売会社、事務用品や名刺には社名がはいっているがなにもやっていないように見える会社がはいっていた。トカー本社から数キロメートルのところにあるが、まるでべつの国のようだった。トカー本社ビルは、権力と金と成功がみなぎっている。ここは？　四苦八苦、貧困、敗北といった表現しか思い浮かばない。

「あなたのお友だちは、仕事をやるといったの？」オーリーナがたずねた。デスクに向かって、書類のバインダーをひらいた。脚はきちんと組んでいるが、スエードの靴は爪先でぶらぶらしている。

「いや」マットは答えた。「くそくらえといわれた」

オーリーナが、満足げな色を浮かべた。「そのほうがいいわ。西欧人は、あなたひとりのほうがありがたいから」

「やつはそのうち来る」マットはいった。「気まぐれなんだ。やらないといっておきながらやる、そういうやつだ」

「女みたいじゃない」

マットはにやりと笑い、時計を見た。十一時十分。たしかにアイヴァンは仕事に興味を示さなかった。それでも、マットはオーリーナと会う時刻と場所を教えた。アイヴァンは来るはずだと、勘でわかっていた。

アイヴァンはブリッジをやる。それだけでもどういう人間かわかる。札が配られたら、勝負がどうなるかを見届けずにはいられない。

「はじめたほうがいいわね」オーリーナがいった。「お昼には会社に戻らないといけないし、あしたには出発するのよ」

「あと二分」マットはいった。

オーリーナが眉間に皺を寄せ、いらだっているのがわかった。口もとに作り笑いを浮かべているが、なにを考えているかは見え透いていた。アイヴァンをくわえたくないと考えているのを読まれてもかまわないと思っているのだ。オーリーナは自分の好きなようにやるのに慣れている。まして相手が男のときには。

「もうだめ」オーリーナが、鋭い声でいった。「ウクライナにも爆破の専門家はいっぱいいる。そのひとがいなくても、おなじようにやれる」

インターコムが鳴り、マットはすたすたとドアのところへ行った。アイヴァンが、薄暗い廊下を不思議そうに眺めて、そこに立っていた。「トカーならもっとましな場所が用意できるんじゃないかと思ったんだが」

「できるさ」マットはにやりと笑った。「ここは臨時雇い向けだ。本拠には近づけたくないんだよ。おれたちを見て怖がるやつがいるといけないから」

アイヴァンがうなずいた。「まあ、このほうが落ち着けるけど」

オーリーナが進み出て、アイヴァンと握手を交わした。アイヴァンは痩せぎすの長身で、黒い髪を短く刈っている。手を放すと、オーリーナはアイヴァンのまわりを一周し、肉屋の店先で肉を吟味するように眺めまわした。「マットはあなたが最高だというのよ」疑問視するような表情で、そういった。「爆発物に関してだけど」

「おれならそこまではいわない」アイヴァンは、空いている椅子の片方に腰をおろした。「もっと腕のいいやつはいる。でも、プラスティック爆薬に関しては、ちょっとした知識がある。それに、北アイルランドでは実戦に参加していた。むろん、連中はもう武装闘争をやめているがね。そこでは物を吹っ飛ばすことにかけて、けっこう経験を積むんだ」

オーリーナはうなずき、マットのほうを見た。「ラクリエールさんが承認するとは思えないわね。トカーは世界でもっとも尊敬されている製薬会社なのよ。テロリストを雇ったと思われるわけにはいかない」

「おいおい、おれたちはつねに自分たちは自由戦士だと思ってるんだぜ」

「そういう人間をお金で雇ったということが明るみに出たら、とんでもないスキャンダルになる」オーリーナはアイヴァンのほうを見た。「来てくれてありがとう。でも、あなたを使うのは無理だと思う」

「企業のくだらない建て前は抜きにしてもらおうか」マットは荒々しくいい放った。「ラクリエールがそんなにイメージを気にしているんなら、ひとを雇って工場を爆破するのはやめることだ。もっと体裁のいいやりかたがある。おれたちできっちり片づけるか、それともやらないか、ふたつにひとつだ」

オーリーナが、血相を変えてマットを睨みつけた。「いまもいったように、爆発物の専門家はキエフでも見つかるわ」

マットは立ちあがった。「あんた、なにかを爆破したことがあるか?」

オーリーナが首をふった。

「軍事作戦のたぐいに参加したことは?」

オーリーナがもう一度首をふり、髪の毛が顔の前をかすめた。

「それでよくそんなことを自信たっぷりにいえるな」怒りのあまり顔を真っ赤にして、マットはうなるようにいった。「それなら、想像力を働かせてみろ。知らないかもしれないから教えてやるが、爆弾というのは非常に危険なんだ。きのう会ったばかりのやつになんか任せられない。腕のいい人間にやらせないんなら、棺桶を注文したほうがいい。わかったか？　アイヴァンを連れていくか、おれもアイヴァンもおりるか、どっちかだ。ＳＩＳの脅迫なんか知ったことか。あんな連中はどうにでもなる」

沈黙が垂れ込めた。オーリーナはまずアイヴァンを見てから、マットに目を向けた。睫毛が目を半分隠している。「このひとが仕事をやったことがぜったいに漏れないと約束できる？」

「おれはだれにもいわないよ」アイヴァンは肩をすくめた。

「おれも」マットはいった。

「それじゃ、あなたをチームにくわえることにする」オーリーナはバッグを持った。「報酬は一日分が現金五千ポンド、あすから払う。それと経費。航空券は予約しておくわ」ドアに向かった。「それじゃ、あした空港で」

オーリーナが置いていった紙を、マットは手にした。明日午後二時二十分ヒースロウ発キエフ行きのＢＡ便に乗る。時差はプラス二時間、到着時刻は七時四十分。基地にするアパートメントはもう借りてある。

取引は決まった。もう後戻りはできない。

「ありがとう」出ていこうとするアイヴァンに、マットはいった。「来るだろうと思ってた」

「ひとつ忠告する」アイヴァンがふりむいていった。「あの女とはやるな」

マットは口ごもった。「もとからそのつもりだ。向こうへ行って、工場を吹っ飛ばし、もとの生活に戻る」

「あの女は厄介の原因だ」アイヴァンがいった。「近づけば近づくほど、厄介なことになる」


ロンドン北部にあたるブレント・クロスのショッピング・モールの駐車場は、夕方の買い物客の車で混み合っていた。買い物袋を抱えた女たちがよたよた歩いて車に戻る。モンデオやアストラの海のなかで駐車スペースを捜しているものがいる。

マトラムは、レクサスを空きスペースに入れると、ドアをバタンと閉め、汚れた灰色のコンクリートの駐車場を見まわした。四階のゾーンW。待ち合わせ場所を、そう指定してある。その連中の姿が見えていた。男と女のふたり連れが、黄緑色のルノー・クリオからおりている。アンディ・ターントンと、ジャッキー・スナドン。

手持ちのうちで最高のふたり。期待どおりの働きをしてくれるはずだ。

マトラムは、ふたりに向かってうなずいた。ターントンとスナドンがレクサスに近づいてくるあいだに、マトラムはボンネットに図面をひろげた。だれにでも見える場所だが、気にするにはあたらない。駐車場ほど都合のいい場所はない。ひとがなにをやっているかを目に留めるものはいない。自分の車のところへ行くことばかりに気をとられているからだ。

「ターゲットの名前はベン・ウェストン」マトラムは冷ややかにいった。「ここで夜勤の警備員をやっている。九時から勤務をはじめて、午前四時までいる。そのころに清掃作業員が来て、夜勤の警備員は非番になる」

「定期的に巡回するんでしょう？」ターントンがたずねた。

マトラムはうなずいて図面を指さした。このショッピング・モールの見取り図で、各階の店舗と通路が詳しく描かれている。ウェストンは、W・H・スミスとマークス&スペンサーのあいだの四階を担当している。夜間警備員は合計十八人いるが、たいがいの晩、三人ぐらいが電話してきて病気欠勤する。こうした場所の警備員は最低の賃金で、盗みを働く連中よりも貧乏なほどだ。そんな賃金で精勤を求めるのは無理がある。

「ナイフを使え」マトラムはいった。「物音をたてたら、警備員がひとり残らず集まってくる」

「しぶといやつなんですか？」

マトラムはスナドンにちらりと目を向けた。インクレメントの女ふたりのなかでは、地味なほうだ。茶色の髪をショートにしていて、腰がすこし大きすぎるし、脚が短い。だが、目がそういった欠点を補っている。澄んだ鮮やかなグリーンで、御影石の小さな粒のように硬い。

「きみほどしぶとくはないよ、ジャッキー」マトラムは答えて、めずらしく顔をしわくちゃにして笑った。「実戦経験はない。それに、きみらのことを予期していない」

「死体は？」ターントンがたずねた。

「死んだら、車のトランクに入れる」マトラムはいった。「どう始末するかは、あとで指示する。痕跡をたどられたくない。死体もあとで見つからないようにしたい。人間ひとりが地表から忽然《こつぜん》と姿を消して、二度と現われないという、ありふれた事件にする」

エレナーは、カフェラテに入れた砂糖ひと袋をかきまぜた。額から汗がひと粒垂れた。日中は気温が四〇度近くになり、夜にはいってもいっこうに涼しくなる気配がなかった。マットのアパートメントのすぐ近くにあるサザンプトン・ロウの〈スターバックス〉は、がらんとしていた。会社で働いていた連中はみんなパブへ行っているし、観光客はホテルの部屋に戻っている。日本人のカップルがひと組いるだけで、あとはまったく客がいなかった。

「だれかに殺されたんだ」買ってきたオレンジジュースの栓を抜きながら、マットはいった。

エレナーが目をあげた。ますます決意を固めた顔つきだった。そういう顔をしている女を、マットは何度か見たことがあり、敬意を払わなければならないことを身をもって学んでいた。エレナーは、自分の道を歩みはじめ、断じてそこから離れないと決めているようだった。

「そう思っているのね？」

マットは肩をすくめた。「怪しいと思っている」

「司法解剖もなしで」

マットは、小さな木のテーブルの上に身を乗り出した。「解剖すればなにかがわかったかもしれない。そう思っているんだね？」

「さあ」エレナーは答えた。「ただ、ケンの体になにかが起きていたことだけはたしかよ。暴発する原因になるようなことが」

「あとの事件について、その後調べてみた？」

「きょうは一日かかりきりだったの。所属していた部隊を調べて、前の指揮官に連絡したけど、だめだった。その話はできないといって、電話を切られた」

「陸軍はそういうところだ」マットはいった。「あやまらない。説明しない。ことに民間人が相手だと」

「それで、GP（かかりつけの医師）にあたってみたの」エレナーがいった。「将校はどうせなにもいわないだろうと思ったけど、地元の医者がなにか知っているかもしれないと思って。サム・メントーンのGPにあたったんだけど、メントーンには診療所に登録していただけで、治療を受けたことはなかったの。その女医は、メントーンには会ったこともないというの。それで、デイヴィッド・ヘルトンのGPに連絡した。一年前に足の怪我で治療を受けたことはあるが、それ以来、なにもないそうよ。事件のあと、そのGPは地元警察に連絡して、なにかお役に立てることはありますかときいたけど、警察はまったく知らん顔だったらしいの。おなじような症状は見たことがないし、参考になるようなことはなにも知らないといわれたわ」エレナーは顔をあげた。「どこでもドアをぴしゃりと閉じられたわけよ、マット」

「結びつきがあるのを示す証拠はない」マットはいった。「つまり、暑さのあまり逆上したのかもしれない。おれもちょっと頭がおかしくなりかかっているくらいだからね」

「それとこれとはちがうわ」エレナーはいった。「暑さでパニックや不安ヒステリーを起こすのは、血圧の高いひとだけよ。だから、体は体温を下げようといろいろな努力をするのよ。でも、不安ヒステリーを起こしたからといって、車で買い物客を轢《ひ》いたりはしない。そこには大きなちがいがある」テーブル越しに手をのばした。「こんなことをお願いして悪いとは思うんだけど、まわりに軍隊のことを知っているひとはあなたしかいないものだから」

エレナーの指が手に触れるのがわかった。「あちこちできいてほしい、ということだね？」

「どこかのだれかが、なにかを知っているにちがいない」エレナーは小声でいった。「三つの事件に結びつきがあるのなら、わたしたち以外にも、それに気づいているひとがいるはずよ」

「できるだけのことはやる」マットは答えた。「でも、なにも約束はできない。だって、もしかすると偶然の一致かもしれない」

「かもしれない」エレナーはカフェラテを飲み干した。「それならそれで、気が休まるかもしれない」

8

そのアパートメントは、正面の造りからして、十九世紀の建築物だった。キエフの目抜き通りには、そういった壮麗な帝政ロシア時代の建物が建ちならんでいる。しかし、内部は完全に現代の設備だった。水色のカーペットは、だれもその上を歩いたことがないようだし、塗装にも汚れひとつなかった。

「ここは必要なだけ長く借りられる」ドアを通ると、オーリーナがいった。「仕事が終わるまで、ここがわたしたちの基地よ」

兵舎よりだいぶましだ。ずいぶん出世したものだ。

そこがキエフのどういう地区なのか、マットにはからきし見当がつかなかった。ここまでの車の道のりからして、街の中心近くだろう。三時間の順調なフライトのあと、ボリスポリ空港に十分早く到着し、待っていた車でキエフへ運ばれた。マットもアイヴァンも、たいした〝装備〟は持っていなかった。着替えのジーンズ一本、シャツ数枚、キエフのほうがロンドンより涼しかった場合にそなえて革ジャケットを一着。

この仕事にどういう装備が必要であるにせよ、現地で調達しよう。

「いつからはじめる？」マットはきいた。

「あしたから」オーリーナがいった。「今夜は眠って、あしたから仕事にとりかかるわ」

マットは、自分の寝室を調べた。小さめのダブルベッド、質素なブルーの掛け布団、小さな電気スタンド。壁はむき出しで、本も雑誌もない。寝泊まりして、戦って、それから国に帰るだけだ。

「でも、ビールを飲む時間だな」アイヴァンがいった。

「それともチェスをやるか」そういいながら、マットは居間にはいっていった。

オーリーナが興味を示して目を向けた。「できるの？」

アイヴァンは肩をすくめた。「スペインなら闘牛、アメリカなら野球。チェスはここの国技じゃなかったかな。ルスラン・ポノマリオフがワシーリー・イヴァンチュクを破って、史上最年少のFIDE世界チャンピオンになったのは、去年だった。弱冠十八歳だ。だから、キエフに来たらチェスをやるのがふさわしいと思ったんだよ」

「みんなチェスはロシア人の得手なゲームだとばかり思っている」オーリーナがいった。「まちがいよ。ウクライナ人が得意なのよ。優れた選手はみんなウクライナ人よ」三人は通りに出た。暗くなりはじめたところで、通りを走る車はすくなかった。十二年前の型の安っぽいフォルクスワーゲンやトヨタがほとんどで、ときどき光り輝くメルセデスの新車も通った。

「ブリッジはチェスよりもはるかに高度なゲームだ」アイヴァンがいった。「チェスは知的スポーツだと思われているが、そうじゃない。数学ができて、処理能力が高くないといけないが、それだけだ。術策や、相手を分析したり騙《だま》したりするといったことがあまりない。情緒にかかわる知力は必要ない。だからコンピュータがチェスを得意としているんだ」

「ブリッジですって」オーリーナが馬鹿にするようにいった。「じいさんばあさんのゲームじゃないの。それに油まみれのアラブ人がやっている」通りを進む足どりが速くなった。「チェスは人間が考え出したもっとも偉大な知的娯楽よ。パスカルはなんていっていたかしら？〝チェスは頭脳の屋内競技である〟」

「そうじゃないって」アイヴァンが笑いながらいった。「チェスはチェッカーとたいして変わりないけど、ただ宣伝が上手なだけだ。チェスのほんとうの偉人は、一九二〇年代のチャンピオンのホセ・ラウル・カパブランカだけだ。〝ゲームに上達するには、終盤を研究しなければならない〟という名言を残している」マットのほうを向き、いたずらっぽい口調でいった。「終盤を研究しろ。ありがたい助言だとは思わないか？」

「いつになったら一杯飲めるのかな」と、マットはいった。

まいった、とマットは思った。「まず議論の決着をつけてから飲むことにしない」オーリーナが、マットの顔を見た。チェス好きとブリッジ好きがぶつかり合うとは。それに、アイヴァンはオーリーナを疑ってかかっているにしては、いやに馴《な》れ馴れしくしている。いやはや、どうなることとやら。

マトラムは、死体を見おろした。ベン・ウェストンは、両腕を胸の前で曲げ、脚を折りたたんで、胎児のように丸まっていた。きれいに切り裂かれた喉から細い血の条《すじ》がのびていたが、首にマフラーをきつく巻いて、血ができるだけこぼれないようにしてあった。目は閉じている。安らかな死に顔だった。

「みごとな殺しだ」マトラムは、ターントンとスナドンに向かっていった。

兵士ふたりは沈黙していた。マトラムはつねに、暗殺者はよけいな言葉を発してはいけないといましめている。しかし、褒《ほ》められてよろこんでいるのが、ふたりの顔つきからわかった。マトラムはインクレメントの隊員を厳しく扱い、容赦なく罰をくわえる。罰せられるべきときはかならず罰し、そうでないときにも罰することがある。だれがボスかを思い知らせるためにそうする。インクレメントの隊員は男女ともに、勤務期間のあいだに、いつかはマトラムの鉄拳のすさまじさを思い知ることになる。不名誉除隊にしてＳＡＳから追い出す、と脅されないものはいない。おまえたちの経歴をめちゃめちゃにしてやる、とマトラムは告げる。ただし、褒めるに値するときには、よくやったと祝いの言葉をかけるのにやぶさかでない。

兵隊は犬に似ている、とマトラムはときどき思う。厳しく罰しないといけないが、ときどき褒めてやっても害はない。罰が厳しければ厳しいほど、褒められるのをありがたがるものだ。

手をのばし、死体の手首を握って、脈がないことをたしかめた。そして、トランクリッドを閉めた。「ワーウィックシャーのパッキングトン・ゴミ投棄場。バーミンガムのすぐ南だ」マトラムはいった。「死体はそこへ持っていって捨てろ」二枚の紙片を渡した。「環境省の通行証だ。それで警備員のいるところを通れる。メタンガスの発生を検査するために行くことになっている。邪魔ははいらないはずだから、投棄場まで行って、死体を捨ててくればいい」

ターントンとスナドンが通行証を受け取り、ジャケットのポケットに入れた。

「パッキントンはヨーロッパ最大のゴミ投棄場だ。死体はまず見つからないはずだ」

「つぎはだれですか？」ターントンがきいた。

「もっとやりがいのある仕事は？」スナドンがつけくわえた。硬い石のようなグリーンの目が、ぎらぎら輝いている。「これまでは民間人ばかりでした。わたしたちには歯ごたえがなくて」

「そう気に病むな」マトラムは低い声でいった。「何日かたったら、もっと手ごわい獲物を追いかけられるようにしてやる」

携帯電話の呼び出し音が六度鳴ったところで、マットは出た。ベッドを横に転がって、ノキアを取った。画面を見たが、発信者の情報は出ていない。ウクライナではその機能が働かないのだ。とうとうギルがかけてきたのかどうか、判断がつかなかった。

「マット、ごめんなさい。そっちはだいぶ晩《おそ》いのよね」

声の調子でわかった。あせっている。涙ぐんでいることもある。いつも緊張している。

「エレナー」

ベッドに起きあがって、眠い目をこすった。出かけていたのは二時間ほどだった。バーへ行ってビールを一杯飲み、近衛連隊《レイタル》通りの〈ヴェスヴィオ〉でピザを急いで食べた。ここ数年のあいだに、そういうアメリカ風の新しいレストランが何軒かできている。ビール、食べ物、ベッド、という順序だった。任務を終えるまでは、毎日がそういう生活になる。

「ええ」エレナーが答えた。「だけど、ほかに電話するひとがいないの」

「なにがあった?」

「またあったの」

マットは、手の甲で額をこすった。またあった。なにがあったのかは、きくまでもなくわかっていた。「詳しく話してくれ」

すこし長い間があり、そのあいだにマットはエレナーのようすを脳裏に描いた。ひとりで電話機のそばに座り、たぶん明かりを暗くしているだろう。髪はひっ詰めて、決意をみなぎらせた例の生真面目な表情を浮かべている。一瞬、そばにいて、手をのばし、肩を抱いてなぐさめることができればと思った。

「サリー州イーシャーのサイモン・ターンブルというひと」エレナーが話しはじめた。言葉をつづけるうちに、声が力強くなっていった。「軍隊を辞めたのは一年くらい前。パラシュート連隊にいたの。辞めてから仕事を転々として、なにをやっても落ち着かず、ワンルームマンションや簡易宿泊所で暮らしていた。〈バーガーキング〉で働くようになって、一カ月くらいになった。きのうの朝、いつものように出勤してきて、変わったようすもなく、一時間ぐらい働いたところで、キレたの」

「なにをやったんだ？」

「フライドポテトを揚げるのに使うばかでかいフライヤーをつかんで、従業員や客に熱い油をかけて、ひどい火傷を負わせたの。子供も含めて三人が死んだ。そのあと、店のどまんなかに立って、残った油を自分の体にかけ、火をつけたの」

当店のバーガーはグリルの直火で焼きます、という文句が頭に浮かんだが、そんなとんでもないジョークをいう場合ではないと気づいて、いうのを思いとどまった。

「爆弾が破裂するみたいな勢いで燃えあがったそうよ。それでまた被害が出て、料理人がひとり重傷を負った。火を消したときには、ターンブルは真っ黒焦げになっていた」

「これで四人か」マットはいった。「最初のふたりにつづいて、ケン、そしてこの男」

「一カ月のあいだによ、マット」エレナーがその言葉に力をこめた。「ぜんぶ元兵士。それが正気を失った」

「ターンブルとあとの三人のつながりは？」

「まったくわからないけど、つながりがあるとは思えない。〈バーガーキング〉は事件を揉み消そうとしているの。当然でしょうね。でも、地元警察もそんな感じなのよ。精神に異常をきたしたひとが引き起こしたと思われる事件のファイルに残されたのは、被害者の家族が心的外傷後ストレス障害で治療されたからなの」

マットは部屋を見まわした。あたりは静まり返り、窓から街灯の暗い光が見える。「またひとり兵士がおかしくなった。でもだれも捜査しようとしない」

「怖いわ、マット」

「あちこちできいてみる。わかっているのはこの四人だけだが、ほかにもおおぜいいるのかもしれない」電話を切って、時計を見た。もう午前一時に近いし、あすは早朝から仕事をはじめる。マットはベッドに横になって、目を閉じた。眠ろうとしたが、なかなか寝つけないのはわかっていた。いろいろな出来事があったから、頭のスイッチが容易には切れない。

パズルのピースがどういうふうにつながるのか、まだ見当もつかない。

9

セルゲイ・マレンコフは、体の幅の広い男だった。肩がたくましく、短く刈った鬚《ひげ》が顎の下と首まで覆っている。黒っぽいカンバスのズボン、長いグレーのセーターという格好で、小さな黒いバッグを肩から吊っていた。

キエフに到着して二十四時間たつが、街路におなじような格好の男が何人もいることに、マットは気づいた。腕っぷしが強そうないかつい男が、街をうろついている。救いようがないくらい貧しく、なんでもいいから仕事はないかと捜している。武器がほしければ、声をかければいい。

キエフは、犯罪のガレージセールの街だ。

握手を交わしたとき、歩兵ではなく水兵ではないかと、マットは当たりをつけた。顔がかなり日焼けして、海の風や雨に永年さらされた人間に特有の深い皺がある。霧に覆われて視界の悪い大海原に半生目を凝らしていたような輝きが双眸《そうぼう》にある。

「SASか」マットに鋭い視線を向けて、マレンコフがいった。

マットはうなずいた。「十年いた」

「それで、そっちの友だちは?」アイヴァンのほうをちらりと見た。

「べつの部隊でね」アイヴァンが答えた。「アイルランド共和国軍、略してIRAと呼ばれている。おれは爆発物が専門だ」

「あんたは?」

マットはマレンコフを見据えて、答を待った。この男の手に命をゆだねるのだ。自分の面倒がちゃんと見られるやつでないと困る。

マレンコフが、オーリーナのほうを見てから、マットに視線を戻した。「ソ連海軍、崩壊後はウクライナ海軍。海軍歩兵部隊。二十年勤務した。おもな配置は、〈ヘトマン・ペトロ・サハイダーチヌイ〉。ウクライナ海軍旗艦だ。このコサックの頭領《ヘトマン》の名前はたぶん知らないだろう。十七世紀にウクライナを解放した国家的英雄だ」

オーリーナが腰をおろし、手ぶりであとの三人を座らせた。キエフのアパートメントで、朝の八時過ぎから話し合いがはじめられた。アイヴァンがコーヒーのポットを一同のあいだに置いた。「セルゲイは海軍を辞めてから二年になるの」オーリーナがいった。「いまはこっちに投資している欧米企業のセキュリティを請け負っているのよ。必要なものがあれば用意してくれるわ」

「人間と装備を。リストさえくれればいい」マレンコフが、満面に笑みをたたえていった。

「人間は安く、武器は高い。それがこのあたりの現状だ」

「おれたちは空からの写真を見ただけだ」マットはいった。

「偵察機で必要なことはすべてわかるはずよ」オーリーナが、険しい口調でいった。「それを前提に作戦を立てればいいのよ」

マットは目をあげて、オーリーナと視線を合わせた。「それで、これまでこういう仕事を何度やってきたんだ？」

オーリーナの顔にひどく冷ややかな表情が浮かんだ。「さっさと話を進めない？」

「これからどうするか、いってやろう」マットはいらだちをこらえながら応じた。「セルゲイにいっしょに来てもらって、おれとアイヴァンは現地へ行き、工場を見る。ちゃんと見てからでないと、どこであろうと攻撃しない」

アイヴァンとマレンコフを、順繰りに横目でちらりと見た。「いいな？」

ふたりともうなずいた。

「飛行機を呼び戻すわ」オーリーナがいった。「なんならきょうじゅうでもいい。パイロットと話をして。どんな写真でも、いわれたとおりのアングルから撮影するから」

「そいつは名案だ」アイヴァンが皮肉った。「偵察機が午後いっぱい工場のそばを飛ぶ。警戒するやつはひとりもいないだろうよ」

マットが、左の目の脇を叩いた。「この手の仕事では、偵察というのは一種類しかない。しっかりと見にいく、というやりかただ。おれたちはあす、それをやる」

午前一時、マットは狭い寝室にひとりでいて、携帯電話の終了ボタンを押したところだった。ちょっと手をとめて、つぎの電話をかける前に水をひと口飲んだ。そして番号をダイヤルした。いまのところ、ありきたりの軍隊の任務と変わりがない。戦いがはじまるのを待つあいだ、ほとんどずっとぶらぶらしている。

これまで電話を四本かけたが、まったく成果はなかった。だれもなにも知らない。

「キースか？」相手が出ると即座にたずねた。

「かもな」ウェスト・カントリーのなまりのある声が答えた。「そっちはだれだ？」

「マットだ。マット・ブラウニング」

電話だよ、電話、と大声で叫ぶのが、かすかに聞こえていた。キース・ピクトンはもとSAS軍曹で、いまは五十代になっている。デヴォン州北部のバーンステープルでアウトワード・バウンド（野外活動やスポーツを促進する組織）の支部を運営している。元兵士がふらりと立ち寄る場所だ。ロッククライミングやカヌーをヒースロウ空港周辺の大企業のマーケティング担当重役に教えられる健康な若者向けの仕事が、そこにはいつでもある。ピクトンはそういう連中をぜんぶ雇って、どこかに泊め、食事をあたえて、最低賃金よりもちょっと低い金を払う。それを商売と呼ぶのか、一時的に生活に困っている元兵士に対する慈善と見なすのかは、微妙なところだ。そんなことはともかく、だれもがピクトンはダイヤモンドだと認めている。態度がいくら横柄《おうへい》でも、名が知られているし、尊敬されている。

おれが知っているどの人間よりも、個人的な連絡網につながっている。

「ブラウニングか、この馬鹿野郎」ピクトンがいった。「いままでなにしてた」

「いつものとおりさ」

「そうかね？　マルベラで安穏な暮らしをしているという噂を聞いたぞ。情報機関かなにかのために怪しげな仕事をして、しこたまもらい、海の近くにけっこうな家を買い、美女を腕からぶらさげて、幼なじみとの結婚っていうすばらしい生活をだいなしにしかけてるっていうじゃないか」

一年以上も話をしていないのに、なにもかも知っているとはおそれいった。

「あのな、人生山あり谷ありっていうのは、あんたも知ってるだろう、キース。骰子《さいころ》を一度ふったら梯子《はしご》を昇る。もう一度ふったら蛇を落ちてく（「梯子と蛇」という双六に似たボードゲームのこと）」

「まったくだな。それで、おれになんの用だ？」

この五度目の電話で、なにかがわかるのではないかと、マットは期待していた。最初は、ロンドンを中心に営業している警備会社二社にあたってみた。陸軍を辞めた兵士をつねに雇っているからだ。なにも出てこなかった。つぎに、退役兵士が仕事を見つけるのを手伝う職業斡旋部門に勤務する友人に連絡した。十年以上前に入営したときの最初の分隊長だったボブ・クラウデンに電話をかけた。クラウデンは、自分の部隊にいた人間すべてと連絡をたもっている。そちらでも、やはりなにもわからなかった。

これまで問い合わせたところでは、元陸軍兵士の身に疑わしいことが起きているのを、だれも知らない。

「なにか噂を聞いていないかと思ってね、キース」マットは切り出した。「元兵士が頭がおかしくなって、自分や他人に危害をくわえるというような事件だよ。結びつきがあると思うか？　なにかおかしなことはないか？」

「どんなことだ？」ピクトンが、しばらくしてきき返した。「家族を捨てる？　仕事を急に辞める？　酔っ払って喧嘩する？　もっと具体的にいえよ」

「そうじゃない。正気を失って暴力的になるというやつだ」

ふたたび間があった。「おれはそういうのは聞いていない」きっぱりした口調になっていた。「こうしよう。センターの連中にきいてみる。なにかわかったら連絡する」

「ありがとう」

「どういうことなんだ、マット？　どうしてそんなことが知りたい？」

「友だちの立てた仮説の裏付けをとろうとしているだけなんだ」マットはいった。「なにか聞いたら電話してくれ」

「準備はできた？」廊下からオーリーナが叫んだ。「車が来たわよ」

マットは、携帯電話をポケットに入れた。

だれもなにも知らない。背嚢を背負いながら、マットは思った。おかしなことなど起きていないからだろうか。

そのランドローバーは、二十年くらい前の車にちがいなかった。もともとは軍用車で、それを農家が使っていた時代の旧式な型だ。上流階級の連中が子供の送り迎えをするのに使うようになったやつとはちがう。塗装は、見栄えなど気にしないで百回ぐらい塗り重ねたような感じだった。そのせいで、濃紺とグリーンと黒に、錆《さび》を隠すためのシルバーの条《すじ》がところどころにあるという、継ぎはぎ模様になっている。

「英国車だ」マレンコフが、自慢げにいった。愛馬を叩くように、ボンネットを掌《てのひら》で叩いた。「ウクライナの道路がひどいと思っているんなら、ベラルーシへ行ってみることだ」喉から鋭い笑い声を発した。「洗濯機のなかみたいにめっぽう揺れる」

「助手席に乗ってくれ」マットは、オーリーナに向かっていった。「アイヴァンとおれはうしろで眠る。そういうのに慣れてる」

荷物スペースに背嚢を投げ込み、乗り込んだ。リアシートはなく、古いマットレスがむき出しの車体に置いてあるだけだった。長時間乗っていることになるから、できるだけ楽なようにしなければならない。マットは、マットレスの上に枕代わりに背嚢を置いて、仰向けになった。横でアイヴァンがおなじようにした。

「妙なにおいがする」体を起こして、マットはいった。

「罌粟《けし》だ」アイヴァンがいった。「ウクライナ南部の黒海沿岸、オデッサあたりで栽培してるんだと思う。精製してヘロインをつくる。われわれの友人のマレンコフは、いろいろな商売をやっているらしいな」

エンジンが轟然とかかり、ランドローバーはがたぴし揺れながら縁石を離れ、たいして混雑していないキエフの目抜き通りの午前中の車の流れに乗った。それまでにマットは地図をざっと見ていたので、ルートはだいたい頭にはいっていた。キエフからM20高速道路で北上し、国境を越えて、鉄とセメントの街ゴメルの手前で国境を越える。そこで北西に向きを変えてA250号線とM5高速道路を走り、ボブルイスクを経てミンスクに至る。しばらくしてから、片側一車線のひび割れた舗装道路を見て、これが高速道路かとマットは思った。金曜日のクロムウェル・ロードのほうが、ここよりも速く走れる。これまでは、あんなひどい道はないと思っていたのだが。

「どれぐらいかかると思う?」ランドローバーの後部と運転席を仕切っているガラス越しに、マットは叫んだ。

「十時間か十五時間だ」エンジンの轟音に負けない大声で、マレンコフがどなった。

「どこかで昼飯を食おう」アイヴァンが叫んだ。

オーリーナがふりむいて笑った。「キャベツ・スープがあるところを捜してあげる」

マットは、仰向けに寝そべって目を閉じようとした。ランドローバーは、でこぼこの道路を跳ねながら走り、震動や衝撃が背骨にじかに伝わってきた。まずい食べ物、奇妙なにおい、ひどい車と道路、絶え間ない危険。これぞ軍隊だ。お帰りなさい、相棒。

松葉の香りが立ちこめる森は暗く、剣呑《けんのん》な雰囲気だった。マットが地面に横たわっていると、苔《こけ》の湿り気が肌に感じられた。木立を抜ける風の鋭い音が、うしろから聞こえる。前方からは、夜通し低くうなっている工場と機械の、震動をともなういびきのような音が聞こえてくる。

「なにが見える?」アイヴァンに向けてささやいた。

「まるきりなにも見えない」

車で長時間揺られ、へとへとになっていた。とぎれとぎれに眠り、最初は昼食のときに起きて、つぎは夕食のときに起きた。二度とも、二都市のあいだの高速道路を往復するトラック運転手向けにキャベツ・スープとソーセージを出す道路ぎわの軽食堂で食べた。食べているあいだ、マットとアイヴァンは口をきかなかった。ふたりは、オーリーナがキエフの市場で買ってきた安物のジーンズにスウェットシャツを着ていた。リーバイスやギャップのジーンズだと、外国人だとひと目でわかってしまうからだ。ウクライナ人でもベラルーシ人でもないとわかって警戒されてもつまらない。こんな地方の道路では、外国人はめったに見かけないから、即座に怪しまれる。

国境でとめられたのは、ごく短いあいだだった。だれもベラルーシのビザを持っていなかったが、問題にはならなかった。マレンコフが国境警備兵の掌《てのひら》に二十ドル札数枚を握らせ、それですんなり通れた。夜にはミンスクを迂回し、北のハトゥイニに向かっていた。この森は、ハトゥイニの町のすぐ北にある。松がほとんどの密生した原生林が、一三〇平方キロメートルほどひろがっていて、工場が数カ所にあり、製材所や小さな村が点在している。到着したときには、もう夜の十時をまわっていた。

ターゲットを調べにいこう、とマレンコフが提案した。それがすんだら、すこし休憩する。

「もっと近づこう」マットはささやいた。

ランドローバーは、七、八〇〇メートルほど手前にとめてある。そこからは徒歩で森を縫うように進んだ。いまの場所から工場までは、五〇〇メートル弱だ。

木立を抜ける踏み分け道を、マットは這い進んでいった。この三時間、だれもここを通るのを見ていない。前方約三〇〇メートルに工場があり、その七〇メートル左に、舗装された幹線道路がある。敷地は三五〇平方メートルほどで、鉄条網付きの頑丈な高い鋼鉄メッシュフェンスに囲まれている。ゲートは一カ所だけで、厳重にロックされている。警備しているのは歩哨ひとりだけのようだった。もっとよく見ようと、マットは敷地の周囲をゆっくりとめぐりはじめた。二カ所の角に、四メートルの高さの監視塔に取り付けたサーチライトがあった。半円を描いてそれがまわり、フェンスの周辺を照らしている。アイヴァンがその動きを測って、扇形の範囲を照らすのにかかる時間は四十五秒で、十五秒までなら光の下をくぐれると計算した。それぞれのサーチライトを操っている見張りは、見たところひとりしかいないようだった。

マットは、マレンコフに借りた双眼鏡を出して、見張りふたりの持っている武器を見た。セミオートマティックのサブマシンガンかアサルト・ライフルのようだ。この距離では、口径まではわからない。おそらくカラシニコフだろう。現地で調達できる武器を使うのが自然だ。とくに旧ソ連圏では優秀な武器がいくらでもあるのだから。

マットは双眼鏡をおろした。ここの警備はすこぶる厳重だ。

「溝があるだろう？」フェンスの周囲を指さして、アイヴァンがいった。

マットはうなずいた。「通常の防御施設だ。深い溝と高いフェンスというのが、もっとも侵入しづらい組み合わせだ。溝にはまってしまうか、フェンスをよじ登らなければならない。その間に、攻撃してきた人間を、内側からひとりずつ狙い撃ちできる。古代から人間はこういう軍事基地をこしらえてきた」

アイヴァンが、前方に目を凝らした。低い雲から、月の四分の一ばかりが、なんとか抜け出そうとしている。アイヴァンは、薄闇に目を慣らすのに苦労していた。「ただの工場だと思ってた。軍事基地じゃなくて……よっぽど隠したいものがあるんだな」

「そういうことを考えるのは、なかにはいってからにしよう」マットは、マレンコフに向かっていった。「裏をよく見られる場所はあるか？」

マレンコフが案内に立った。敷地の正面が、差し渡し四〇メートルほど切り拓いてある。森から飛び出してくるものがいれば、見張りが障害物なしに狙撃できる。横手には藪や灌《かん》木《ぼく》の茂みがすこしあり、やがて樹木が多くなる。二〇メートルほど進むと、そこは密生した森で、植物が重なり合うようにして生えていた。マレンコフを先頭にして、四人は下生えのなかを這い進んだ。

ここが弱点だ、とマットは判断した。見通しのいい平地ではなく、掩蔽物《えんぺいぶつ》の多い森に囲まれている。

動きをとめた。すでに敷地の裏手に向けて進みはじめていた。サーチライトが森のきわをかすめ、ときどきそれた光芒が葉叢《はむら》を抜けてきた。森のなかで動いている動物の物音が、遠くから聞こえる。鹿かあるいは野生の豚のたぐいだろう。危険な動物ではない。目をあげて前方を見た。ここでは森とフェンスの距離が一〇メートル以下に狭まっている。何週間も草刈りをしていないらしく、雑草や藪がのび放題になっている。裏から敷地内に迫るのに、あれも掩蔽物に使える。

「なかに何人ぐらいいると思う？」マットはマレンコフにささやいた。

「ここからでは判断できない。十数人か、もっといるかもしれない」マレンコフが答えた。

「ここにしばらくいて、当直が交替するのを見届けよう」

マットは、あとのふたりのほうを向いた。「よし。それがすんだら休憩しよう。人数がわかってから計画を立てる」

掘っ立て小屋に近い家だった。平屋で、屋根も平らだった。工場から二五キロメートルほど、こんどはハトゥイニの東へと移動した。幹線道路から脇道におりて、さらに未舗装の細い道に右折し、トウモロコシ畑のなかを通った。農家なのだろうか、とその家を見てマットは思った。一家族と家畜がなんとか暮らせる広さだが、放置されて久しいようだった。

そこはマレンコフが用意した場所だった。マットの睨んだとおり、マレンコフは旅の宿に金をかけない人間らしい。なかにはいるとき、ドアがきしんだ。腐った木がからからに乾いたときのにおいが鼻を刺し、息を吸ったとたんに埃を吸い込んだ。

電気は来ていない。マレンコフは懐中電灯をつけて奥へ進み、灯油ランプをつけて、天井のまんなかの鉤《かぎ》に吊るした。

「埴生の宿も、わが宿」広間を見渡して、アイヴァンがいった。

「これでじゅうぶんだ」マットはぶっきらぼうにいった。

マレンコフが、台所へ行った。鍋を吊るした竈《かまど》、短いプラスティック・パイプでガス容器とつないだコンロがひと口。戸棚から汚れた瀬戸物のカップを四つ出すと、マレンコフはポケットからウクライナ・ウォトカの〈ジトミールスカ〉を出した。コサック騎兵の絵柄をあしらった赤と黒のラベルが特徴の壜《びん》のキャップをはずし、「一杯やろう」というと、マレンコフはまずオーリーナにカップを渡し、つづいてマットとアイヴァンに渡した。

「これで体の湿り気を追い出すんだ」

マットはカップを受け取り、一瞬目を閉じて、透明な酒を喉の奥へ一気に流し込んだ。熱くべとつく感じがして、アルコールが体にしみわたると、筋肉がゆるむのがわかった。ベラルーシもロンドンやスペインとおなじように暑い。日中は三〇度以上だし、夜でも二二、三度よりは下がらないようだった。湿気の多い空気はまとわりつくようで、ひと晩ずっと森を這い進んだので、服が汗でじっとりと濡れていた。

「任務に乾杯」ひび割れたカップを差しあげて、マレンコフがいった。「なんの任務かは知らないが」

マットも自分のカップを掲げた。「ふたたび家に帰れることを願って」

マレンコフが、マットのカップに注ぎ足した。「さて、休もう。廊下の奥に寝室がいくつかある。豪勢とはいえないが、寝られる。あすの朝、急襲の計画を立てよう」

「いいだろう」アイヴァンがいった。「早くはじめれば、それだけ早く終わらせられる」

マレンコフが、完璧にそろっている白い歯をむき出して、にやりと笑った。「さすが兵士だ。どの国の兵士でも、政府と企業のどっちのために働いていても、まったく変わりがない。命を懸けはするが、好きでやってるわけじゃない。ぶつぶつ文句をいうが、仕事はちゃんとやる。あるいはやろうとして死ぬ。ちがうか？」

「それに乾杯してもいい」マットはいった。

ウォトカの残りを飲み干すと、オーリーナのあとから廊下を進んでいった。もう午前二時をまわっていたので、眠らなければならない。あすは長く危険な一日になる。できるだけ体を休めておかないといけない。

「眠れる部屋は四部屋あるの」オーリーナが、廊下の左右を示した。「アイヴァン、セルゲイ、こっちのふた部屋を使って。マット、あなたはその向かいに」

マットは、指定された部屋へ行った。ランプはなかったが、あいた窓から月の光が射し込んでいて、部屋のなかのようすはだいたいわかった。ベッドは床に敷いたマットレスで、厚い板の枠に支えられているようだった。においを嗅いだ。埃っぽい感じで、冬にはじとじとするのだろうが、いまは乾燥しているし、いちおうは清潔らしい。

ベッドに置いてあった寝袋をひらき、服を脱いで潜り込んだ。枕がなかったので、背嚢からタオルを出して頭を載せた。眠ろうとすると、疲労の波が全身を伝わってゆくのがわかった。

マットは不意に身を起こした。なにかが動いている。目をあけて、腕をのばした。オーリーナが、マットの唇に一本指を当てた。「黙ってて。ふたりが起きるといけないから」

オーリーナは、朝からずっと着ているローライズのぴっちりしたジーンズをはいたままだった。指がマットの唇をなぞっておりてゆき、胸毛をくすぐった。熱い吐息がマットの素肌をなでた。マットは手をのばして、オーリーナのウェストに腕を巻きつけ、引き寄せた。唇にキスをして、口紅とまだ舌に残っているウォトカを味わった。

オーリーナが来たことと、自分が積極的に受け入れたことのどちらが意外なのか、マットにはわからなかった。オーリーナの体を手で探りながら、ジーンズのベルトをはずし、脚から剝《は》ぎ取った。バックルが腹をこすったとき、オーリーナは低い笑い声を漏らして、マットを押し戻し、肩と胸を揉《も》んだ。つぼを揉まれて、皮膚が緊張するのがわかった。

マットは手をのばして、ブラジャーのホックをはずし、Tシャツを脱がそうとした。

「だめ」オーリーナがいった。「わたしの好きなやりかたでセックスするか、それともしないか」

なめらかなすばやい動きだった。オーリーナはたくみにマットを操って歓喜を味わった。オーリーナの背すじを汗が伝い落ちた。ふたりいっしょに絶頂に達したとき、マットも汗をかいていた。オーリーナが絶頂から戻りはじめたときに、不意討ちほど喜びを深めるものはない、とマットは思った。

終わったときにやっと、オーリーナはTシャツを脱いでブラジャーをはずし、敏感で繊細な乳房をあらわにした。裸になると、彫像のように美しかった。服を脱いだほうがきれいな女もいれば、そうでない女もいる、とマットは思った。服や化粧で締まりのない弱々しい肉体を補う女もいる。完璧な体を隠すのに服を着る女もいる。

オーリーナがどちらに当てはまるかは、はっきりしている。

「わたしと寝たくないんじゃなかったの」薄いマットレスに横たわり、マットの胸に鼻をこすりつけて、オーリーナがいった。

マットは頬をゆるめた。「嘘をついた」

「ほかにどんな嘘をついたの？」

「なんにも」マットは、オーリーナの乳房を舌で愛撫した。「きみはどんな嘘をついたんだ？」

オーリーナが、仰向けになった。「いまにわかるわ」

10

目が醒《さ》めると、すでにオーリーナの姿はなかった。眠りに落ちる前に、オーリーナが胸に唇を当て、腕を枕にしていたのを憶えている。目が醒めたとたんにマットは手をのばしたが、そこにはだれもいなかった。

オーリーナは、ずっとそばに寝ていて、朝になると紅茶をいれ、ゆで卵をこしらえてくれるような女ではないんだ。

マットは広間へ行った。もう明るくなっていて、空は強烈なブルーで、陽光があいた戸口から射し込んでいた。コンロでコーヒー・ポットが湯気をあげている。アイヴァンとマレンコフは、だいぶ前から起きていたようだ。ふたりでチェス盤を挟み、アイヴァンが真剣に集中している表情で、つぎの手を考えていた。

マットはコーヒーを注ぎ、一気に飲むと、もう一杯注いだ。きのうウォトカを飲むのに使ったカップだった。かすかにアルコールが混じったコーヒーを飲むと、すっきり目が醒めた。

「オーリーナは？」腰をおろしてきいた。

「朝食を買いにいった」マレンコフが答えた。

「見かけよりも家庭的なのかもな」アイヴァンがいった。

「ああいうふうな仕事をしている女は」マレンコフがいった。「昔はぜったいに見られなかった。昔の女は分際をわきまえていたよ」

「旧ソ連の共和国では女権拡張が浸透しなかったようだな」アイヴァンがにやにや笑いながらいった。

マレンコフが馬鹿にするように鼻を鳴らし、ルークを四枡《ます》進めた。「あんたの番だ」アイヴァンに視線を戻した。

オーリーナが家にはいってきた。黒いスカートと薄いグレーのブラウスに着替えている。マットをちらりと見て、意味ありげな笑みをほんの一瞬浮かべ、視線をそらした。大きな黒パンを二斤と、柔らかなチーズの塊、胡瓜《きゅうり》のピクルスを抱えている。「朝ごはんよ」と、明るくいった。「食べて、それから仕事に取りかかりましょう」

マットは黒パンを大きくむしった。醱酵に使うビールとライ麦の味がして、嚙みごたえがある。チーズはよく熟成していたし、ピクルスも思ったほどまずくはなかった。コーヒーで食べ物を流し込むと、また元気が湧いてきた。

「それで、工場をどんなふうに攻撃するの？」

マットは、大きな紙とフェルトペンを出し、工場の敷地のおおまかな見取り図を描いた。

「防御の人数はわかったのかな？」マレンコフのほうを向いてきいた。

「十二人」マレンコフが答えた。「きのうの晩に数えた」

「どういう交替制になっているかを突き止めないといけない。夜のどの時間に、どれだけの人数が当直をつとめているか、警戒怠りないのはどいつで、ぶらぶらして鼻くそをほじっているやつはどいつなのか、といったことだ」アイヴァンがいった。

マレンコフがうなずいた。

「それから、どこまで逃げなければならないかを知る必要がある」マットはいった。「いちばん近い警察署や軍の駐屯地はどこか？　ヘリコプターはあるか？　警報が鳴らされた場合、どれぐらいの時間で工場に到着するか？　地元警察が現われたときに現場にいたらまずい」マレンコフの顔をちらりと見た。「われわれにくわえて、あと三人ぐらいいればじゅうぶんだろう。いいか、アイヴァン。まずどでかい爆発を起こさないといけない。注意をそらすと同時に、大混乱と破壊も引き起こす。そのあと、最終的に工場そのものを吹っ飛ばすような大爆発が必要になる。やれるか？」

アイヴァンがいった。「爆弾のことは任せておけ」

「マレンコフ、午後三時までに人数を用意できるか？」

マレンコフがにやりと笑った。「ここに来させる。三人とも元陸軍兵士だ。心配するな。優秀だから。勇敢で、餓えている。兵隊として理想的だ」

マットは、地図を指で押さえた。「よし、手順を説明しよう。敷地外にマンホールがあり、敷地内にもある。工場の廃棄物を川に流す下水道のようなものがあるはずだ。地図によれば、三キロメートル西に川がある。今夜、暗くなったらその下水道にはいって、通れるかどうかをたしかめる。そして、そこに侵入したことがばれていないのが確認できるように、ひと晩見張りを配置する。アイヴァンが爆弾を製造する。ふたりが侵入して、工場周辺に爆弾を仕掛ける。それで工場を空へ吹っ飛ばす。あとのものが突入して後始末し、つぎは倉庫兼事務所を占領確保する。そこにいる人間をひとり残らず片づけたら、その建物も吹っ飛ばす」

「負傷者はどうする？」アイヴァンがきいた。「そいつらも殺すのか？」

マットはしばし黙った。例によってアイヴァンは肝心な点をずばりと指摘した。それはマットも悩んでいた問題だった。「工場は夜間は見張りしかいないはずだ。爆発したとき、逃げたいやつは森に逃げ込むだろう。踏みとどまって戦う連中は、危険を承知でそうするわけだ。それに、どうやら軍隊経験のあるやつらのようだ」

マレンコフに目を向けた。「どういう武器を用意できる？　ＡＫ‐47か？　このあたりにはそいつがうなるほどあるはずだ」

「あるとも」マレンコフが答えた。「だが、新型のＡＮ‐94も用意できる」

「話には聞いているが、使ったことがない」

「優秀な武器だ。ロシア陸軍が一九九四年にＡＫ‐74の次世代の制式アサルト・ライフルとして採用したが、旧式のＡＫ‐47やＡＫ‐74と入れ換える予算がなかった」

「ＡＫ‐47などとのちがいは？」アイヴァンがきいた。

「発射速度が桁《けた》ちがいに速い」マレンコフがいった。「命中率も抜群だ。発射時の反動を改善し、銃弾が銃口を離れたあとで反動がくるように設計されている。それで命中率がぐんと向上した。心配するな。きっと気に入る。いい銃だ」

「照準器は？」マットはきいた。「長距離からターゲットを狙い撃たなければならないかもしれない」

「射程ごとにまわして変える星型照門《リア・サイト》がある。AK‐47みたいな棒照星と目盛付き照門じゃない。射撃のやりかたを心得てる人間が持てば、期待どおりの働きをするよ」

「よさそうだな」マットはいった。「ひとり一挺ずつ必要だ。それから、ひとりあたり弾倉二十本。それから、ひとりに最低でも一挺ずつ、予備の銃がいる。この仕事では、アメリカ軍の戦術を採用しよう。敵を圧倒するために、弱虫と思われるくらいとてつもない火力を使う。こっちに死傷者が出るのはまっぴらごめんだからな」言葉を切り、また黒パンをちぎると、急いでむしゃむしゃ食べた。「みんなそれでいいか？」

マレンコフとアイヴァンがうなずいた。マットは、オーリーナのほうを見た。「どうだ？」

「工場さえ破壊すれば文句はないわ」オーリーナが答えた。「肝心なのはそのことよ」

「メッセージは二件です」いやになるくらい長く待たされたあとで、〈オレンジ〉の留守番電話サービスの音声が応答した。「メッセージを聞くには……」

マットは再生のためのボタンを押した。いらいらしていて、音声メニューを最後まで聞いていられなかった。海事通信衛星《イマルサット》の電波は、完璧にマットの携帯電話に届いているので、メッセージを聞くこともできるし、電話をかけることもできる。ここには固定電話がなく、携帯電話のローミングもできないが、衛星電話を使えば、ロンドンにいるのとおなじようにやすやすと世界各地に連絡できる。

たぶん、ここのほうが連絡が簡単だろう。

「マット、ボブだ。ボブ・クラウデン」タイン川流域の聞き慣れたなまりの声が聞こえた。「このあいだ話した件だ。ちょっとしたことを耳にした。スウィンドンのバリー・レッグという男だ。おれの部隊にいた。いいやつだった。何日か前に行方不明になった。それから、きのう死体が見つかった。殺されていた。なんでもないのかもしれない。ただ、ちょっと変だ。興味があるかもしれないと思って」

マットは3を押してメッセージを消去した。スウィンドンで元兵士が殺された？　肩をすくめた。よくあることだ。強盗かもしれない。悪いやつらに借金があったのかもしれない。元兵士を殺しはじめた頭のおかしいやつがいるのかもしれない。

いつだってだれかしら死んでいる。だからといって、深い意味があるとは限らない。

つぎのメッセージを聞いた。「マット、わたし」声ですぐにわかった。「元気かどうか知りたくて」間があった。「それと、なにかあったかどうか、知りたいの」

マットは、その番号にかける操作をした。呼び出し音が三度鳴ってから相手が出た。声よりも前に、車の往来のやかましい音が聞こえた。「いまどこ？」

「バスを待っているところ」エレナーが答えた。「フラム・パレス・ロード。元気？」

姿が見えないのはわかっていたが、携帯電話を耳に押しつけたままで、ついうなずいた。

「だいじょうぶだ。ちょっと聞いたことがある」

間があり、トラックのクラクションが聞こえた。「話して」やがてエレナーがいった。

「スウィンドンの元兵士で、バリー・レッグという男が、何日か前に死んだ。殺されたらしい」

「頭が変になったひとたちと関係があるかしら？」

「どうかな」マットは答えた。「聞いたのはそれだけだ。関係があるかもしれないし、ないかもしれない」言葉を切った。「えー、二、三日中に帰る。そのときに話をしよう」

携帯電話をぱたんと閉じた。もう正午近くで、すさまじい陽射しが降り注いでいる。朝のうちあった風が弱まり、無人の農家を囲む数ヘクタールの畑ののびきった小麦や大麦の穂は、まったく揺れていなかった。

ニキータ、ヨシフ、アンドレイの三人が、マレンコフのランドローバーに乗って、二十分前に到着していた。ニキータは二十五歳、アンドレイは二十九歳だが、ヨシフはずっと若く、たぶん十九か二十歳のようだった。三人とも髪が黒く、スラブ系らしい優しい顔立ちだが、濃い茶色の目とたくましいなで肩を見れば、だれの命令に従うかを自分で決める力がそなわっていることがわかる。三人とも、たんまり報酬を受け取るはずだ。オーリーナが前金として各自に千ドルずつ渡していた。この国の基準では、かなりの大金だ。それだけの金をもらえるとなれば、難しい汚れ仕事に決まっている。

そうでなければならない。どういう危険を冒すのかを知る権利が、兵士にはある。自分の命を懸けるのだから。

「年かさのふたりはだいじょうぶだろう」マットはいった。「ヨシフはだめだ。若すぎる。子供はいらない。男だけだ」

マレンコフがちらりと視線を向けた。「ヨシフはだいじょうぶだ。残す」

「だめだ。べつのやつにしろ」

マレンコフは首をふった。表情からして、譲るつもりはないようだった。「残す」頑固にいった。「さもなければ、おれたちはみんな帰る」

野原を二週した三人を、マットは見やった。牛用の細長い水桶の前で足をとめ、汚い水で顔を洗っている。マットは水筒を投げてやった。ヨシフがいちばん足が遅く、腹のあたりに余分な肉がついている感じだった。アンドレイは、筋肉がすこし衰えているかもしれない。だが、三人とも体力テストには合格したし、音《ね》をあげもしなかった。

三人とも体が頑健で、仕事を欲しがっている。兵隊として雇うのに、それ以上なにを望むのか。

「わかった。この三人を使う」マットは、マレンコフの顔を見ていった。「計画をざっと説明し、睡眠をとろう。長い夜になるからな」

三人は半円形にならんで座り、マットとアイヴァンが計画を説明するあいだ、マレンコフが通訳をつとめた。マットが地図を示して、潜入の方法と工場爆破の手順を説明するあいだ、三人は熱心に聞き入り、注意深く地図を見ていた。

じつに素直なものだった。三人とも陸軍にいたという話で、年かさのふたりはチェチェンでも戦ったという。あの紛争に比べれば、今回の仕事など運動場での殴りあいのようなものだ。

「よし」説明を終えると、マットはいった。「眠ろう。暗くなったら、おれたちが下水道に潜り込むのがどれくらい得意かがはっきりわかる」

すさまじい悪臭だった。人間の排泄物、腐った食べ物、化学薬品の息が詰まりそうなきついにおいが入り混じって淀み、なんともいいようがないくらい臭かった。息苦しくなり、服の皺の隅まで毒気が忍び込んだ。

この悪臭を皮膚から洗い流すには、熱いシャワーを百回浴びないといけない。

チームの面々は、昨夜見つけたマンホールから侵入した。マットの予想どおり、下水道は敷地内から真西の川へとのびていた。環境保護主義者がベラルーシに来たらやることがいっぱいあるぞと思い、マットはにやにやした。下水道に流されているのは、工場の排水と汚水の両方だった。幅が一二〇センチのかまぼこ型に作られている。コンクリート造りだが、修繕がまったくなされていない。壁から石が剝《は》がれ落ち、汚泥や汚物が左右に積もって、通り抜けるのはかなり難しかった。

なかにはいるとすぐに、掘りながら進むしかない、とマットは気づいた。その作業はつらく、なかなかはかどらなかった。土が思ったよりも固かったのだ。背中を痛めそうになりながら二時間掘り進み、もう午前一時をまわっている。

マットは、スコップを引き抜いて、息をついた。下水道は地表の三メートルほど下を通っている。トンネル掘りの経験がいちばん豊富なマットが、先頭をつとめていた。小さな懐中電灯を下に置いて、光が上を照らすようにした。行く手をふさいでいる汚泥につるはしを叩き込んで突き崩した。それを足でうしろに押しやると、アンドレイがバケツですくい、うしろに送る――という手順だった。

下水道を汚水がすこし流れるようになった。ブーツのまわりに小さな流れができて、靴下にしみてきた。なにがそこに含まれているか、マットは考えまいとした。

やつらが夜っぴて便所に通わないことを祈ろう。

アンドレイがなにやら叫んで、仰向けに倒れた。

ウクライナ語をたいして習わなくても、くそという意味だとわかる。

マットは身じろぎもせずにいた。アンドレイに目を向けて、静かにしろと身ぶりで伝えた。倒れた音と叫び声が、地面の上に伝わったおそれがある。マットは呼吸を落ち着かせ、安定させて、じっと耳を澄ました。敷地をしっかりした足どりでゆっくり歩いているのが、上から聞こえる。見張りにちがいない。足音から判断して、ゆっくりとフェンスを目指しているようだ。いまちょうど真上を通っている。走ってはいない——それはありがたかった——だが、調べようとしている。

　マットは、懐中電灯を三度明滅した。あらかじめ決めてあった合図で、発見された可能性があることを表わしている。森に身を潜め、銃撃戦にそなえる必要があることが、アイヴァンやマレンコフにそれで伝わる。

　マットは、肩に吊っていたAN‐94をつかんだ。腕に抱え、引き金に指をかけた。午後のあいだずっと、森でこの銃の扱いに慣れようとしたが、使ったことのない銃であることに変わりはなかった。どこになにがあって、どういう働きをするのかを思い出すのに、若干手間取った。

　見つかったら、撃ちまくりながら闇に逃れるしかない。

「そこにいるのはだれだ《クトー・ターム》？」見張りがどなった。

　地表の三メートル下の下水道にも、その声ははっきりと聞こえた。マットはロシア語はあまり知らないが、SASの訓練ですこしは教わっている。誰何《すいか》するときの言葉だ。

「クトー・ターム？」さらに大きな声で、見張りが叫んだ。

　マットは身じろぎしなかった。アンドレイのほうを見ると、落ち着かないようすで引き金をまさぐっている。マットは笑みを浮かべた。部隊指揮官の経験が豊富だとはけっしていえない——戦場でたまたま指揮する程度だった——でも、うろたえている部下を落ち着かせるには、自分が悠然と明るくふるまうのがいちばんいいというのは知っている。胃がキリキリ痛んでいるようなときや、生傷に消毒用アルコールをぶっかけられたようなときでも、そうしなければならない。

恐怖はあっという間に伝染する。自信もおなじだ。

べつの声が聞こえた。なんといっているのか聞き取れなかったが、ほかの見張りがどうしたのかときいているのだろう。また足音がした。フェンスに沿って横へ歩いているようだ。やがて、こんどは敷地の奥へひきかえした。

マットは深く息を吸って、酸素を肺に送り込んだ。下水道の臭い空気すら、心地よく思えた。見張りはなんでもないと判断したようだ。森のなかで狼かなにかが暴れていると考えたのだろう。

危険は脱した。当面は。

マットはアンドレイに顎をしゃくり、懐中電灯を置きなおして、前方を照らすようにした。敷地内のマンホールが前方に見える。そこへ行くには、もう一カ所、汚物の山をどかさなければならない。マットはスコップを取り、それをすくいはじめた。

あと一メートル半ぐらいで、この墓穴から出られる。

マットはウォトカを口に含んで、すっきりした濃厚な味わいを楽しんでから一気に飲み込んだ。

「見張りがきちんと仕事をしていることがわかった」アイヴァンとマレンコフに向かって、

マットはいった。「物音を聞きつけたやつは、きちんと付近のようすを調べた。当直が終わって寝られるようになるのを、いまかいまかと待ちながら、ウォトカを飲んだりクロスワードをしているような警備員ではない」

「片づけるのは簡単だ」マレンコフが、不機嫌にいった。「おれの部下は優秀だし、不意討ちすればいい」

「そうだな」アイヴァンがいい返した。「やつらに不意討ちされることもありうるがね」

「それじゃ、すこし休もう」マットはいった。「このあと、機敏でいないといけないからな」

時計を見た。午前四時をすこし過ぎている。下水道を掘って通り道をこしらえるのに、三時間かかった。下水道に侵入したのがばれていないことを確認するために、ニキータを森に残して見張らせてある。三時間後に、だれかが見張りを交替する。

「みんなできるだけ眠っておけ。午後三時から、また作業をはじめる」

マットは、自分の部屋にさがった。森のどこかから曙光の気配がひろがりはじめている。窓をタオルで覆って、掛け金にひっかけ、できるだけ光をさえぎるようにした。SAS時代には、どこにいようが、昼でも夜でも、何時であろうが、目を閉じればすぐに眠ることができた。だが、いまは一般市民の生活のおだやかなリズムに体が慣れてしまっていると気づいた。夜にはベッドにはいり、朝には起きて、昼間にずっと働くようになっている。兵士のころの習慣を取り戻そうとすると、感覚がおかしくなった。

戦闘準備が整うまで、何週間も、何カ月もかかりそうだ。SISの馬鹿どもがなにを考えているかは知らないが、スイッチを入れたり切ったりするようなわけにはいかない。服を脱いで、マットレスに横たわった。瞼《まぶた》が重くなり、目を閉じると、ギルのことが頭に浮かんだ。もうずいぶん何日も音沙汰がない。今回こそほんとうの別離になるのかもしれないと思い、恐怖にかられた。ギルが急に自分の人生からまったく姿を消してしまったことが、容易には受け入れられなかった。

この仕事が終わってからだ。そこで、もとどおりになるのか、なれないのかがわかる。寝返りを打つと、眠気が襲ってきた。オーリーナがどこかの部屋にいる。またここに寝てくれるのだろうかと考えて、罪悪感と欲望の入り混じった気持ちを味わった。廊下に足音は聞こえないかと耳を澄ましたが、家のなかは森閑としていた。つぎの瞬間は、眠りに落ちていた。

11

　夕焼けが、平原の彼方へひろがっている森へとゆっくり溶け込んでいった。光が徐々に衰えるのを、マットはじっと見守っていた。SAS時代、もっとも熾烈な銃撃戦はすべて夜間だった。フィリピンでは、共産主義勢力の野営地を攻撃する際に、脚に軽傷を負った。ボスニアでは、殺すべき人間なのかどうかも定かでないままに、相手の顔を泥に押しつけて、頭を撃ちぬいた。北アイルランドでは、国境巡察《パトロール》中に狙撃手の銃火にさらされ、そばにいた味方が死んで倒れると同時に、物蔭に跳び込んだ。たいがいの人間にとって、夜は安らかに眠る時間だが、われわれのような人間にとっては、戦いの時なのだ。

　工場の偵察は完了していた。見張りの交替時刻をマレンコフが記録し、当直の人数も書き留めていた。やはり総勢十二名だった。二名が監視塔、倉庫兼事務所に六名、工場に四名。敵は予想を上回る武器をそなえている。どれほど厳しい戦いになるかはわからないが、最悪の事態を覚悟しておかなければならない。

　マットは、アイヴァンのほうを向いた。「装備は？」

アイヴァンがにやりと笑った。

「じゅうぶん間に合うだろう」

それまで二時間、自家製の爆弾をこしらえていた。炎と煙が派手に出るでかくて安あがりで汚い爆弾さえあればいい。爆発物を国境を越えてひそかに持ち込まなくてすむように、材料はしごく単純なものにした。アイヴァンがマレンコフに買ってきてほしいと頼んだのは、大きなペットボトル入りのオレンジジュースを三十本、昔ながらのソーダ石鹼、ガソリン、大量の強力な導火線だった。それだけで間に合う、とアイヴァンは請け合った。

ニキータとアンドレイに手伝わせて、アイヴァンはまずオレンジジュースを捨てさせ、そこにガソリンを入れた。そこにソーダ石鹼の粉末をくわえる。これで粗製の強力な焼夷弾ができあがった。アイヴァンは詳しい図面を描いて説明した。導火線をペットボトルに差し込んでおけば、あっという間に爆発する。ガソリンは石鹼のためにねばねばになり、小さな燃える球となって、四方八方に飛び散り、ぶつかったところにへばりつく。そして、数分間燃えつづけ、どんな頑丈な構造物でも燃やす。乾燥した季節だし、木造の工場は蠟《ろう》燭《そく》みたいに燃えあがるはずだ。倉庫兼事務所はコンクリート・ブロック造りなので、燃え残るだろうが、あとで破壊すればいい。

「最小限の作業で、最大限の破壊をもたらす」アイヴァンはいった。「爆弾作りの仕事の醍醐《だいごみ》味だね」

マットは、導火線を取って、二メートル測った。アイヴァンが端を持ち、マットがべつの端を持った。時計を見た。秒針が十二時のところに来ると、マットはアイヴァンに合図して点火させた。導火線が燃えはじめ、炎がみるみる進んでいった。

「二メートル燃えるのに八秒」マットはアイヴァンの顔を見た。「それで計算できるだろう？」

アイヴァンがうなずいた。「導火線の燃える速度さえわかれば、爆弾がすべて同時に爆発するようにできる。おなじ長さに導火線を切ればいいだけだ」

マットはうなずいた。アイヴァンに任せておけばまちがいない。アイヴァンは用心深く、几帳面《きちょうめん》な性格だ。必要のないかぎり、よけいな危険は冒さない。兵士はそうでなければいけない。神経質で用心深いほうが生き延びられる。

残光も地平線から消えて、もうかなり暗くなっていた。マットはマレンコフをそばに呼び、ニキータとアンドレイを呼んでくれといった。ヨシフは下水道の入口を見張っている。午前零時にそこで落ち合う手はずだった。アイヴァンを脇に従えて、マットは計画を説明した。午前零時に、マットとアイヴァンが下水道にはいる。粘着テープで壁にくっつけるという単純なやりかたで、工場の四方に爆弾を仕掛ける。導火線をつなぎ、下水道に戻る。いっぽう、マレンコフとアンドレイは、敷地内に通じる電話線を切断する。衛星を使う携帯電話があればべつだが、電話では応援が呼べなくなる。衛星電話がないことを願うしかない。あるかどうかはわからないのだ。衛星電話があるとすると、警察が到着するのは一時間後と思われる。最寄《もよ》りの警察署までは六〇キロメートルあるから、車でほぼ一時間かかる。ヘリコプターならもっと速いが、ヘリコプターはミンスクの警察にしかない。こっちが攻撃を開始した時点でそこからヘリコプターで急行しても、やはり一時間かかる。

爆弾の起爆は、午前零時十五分とする。すさまじい炎の嵐が吹き荒れるのが過ぎるまで、六十秒待つ。そこで六人が同時に敷地内に突入する。アイヴァンとニキータが工場を急襲し、そこにいた人間を排除する。マット、ヨシフ、マレンコフ、アンドレイは、倉庫兼事務所を攻撃する。見張りはそこに六名いるが、だれかがようすを見に出てくるはずだ。そいつを斃《たお》し、残ったやつらを排除する。見張りが逃げようとしたり、投降したりした場合には、許してやってもいい、とマットは決断していた。そうでないようなら、戦争の神々があつらえた運命に従ってもらうまでだ。

「射撃練習みたいなものだ」マットは自信たっぷりにいい放った。「われわれには強力な武器があるし、不意討ちできる。このふたつは、大きな強みになる」

自信たっぷりにはっきりと説明する。ただし、嘘はつかない。

「みんな銃を点検して、きちんと作動するかどうかをたしかめておけ。最大限に火力を駆使しなければならない。よし。十分後に出発だ。正確には二三〇〇時だ」

マットは、チームのそばに立っていたオーリーナのほうをふりかえった。「ここで落ち合う。遅くとも午前一時には工場を離れ、二時前にここに戻る。ランドローバーの用意をしておいてくれ」

オーリーナは首をふった。「いいえ。わたしもいっしょに行く」

静かだが、決意のみなぎる声だった。ゆるぎない自信をこめて発した言葉だった。

「馬鹿をいうな」マットは鋭い声でいった。「見物人を連れていく余裕はない」

「この任務の費用を出しているのは、わたしの会社よ。だれが残り、だれが行くかを決める権限がわたしにはある」マットの顔をまっすぐに見つめて、一歩進んだ。「そのわたしが行くといっているのよ」

マットは黙った。議論してもいいが、チームの面々に対する自分の立場が弱くなる危険性がある。勝ち目のない戦いはしないことだ。

「わかった。爪を短く切ってくれ。それがまずやらなければならないことだ」あとの五人に目を向けた。「出発する」

下水道は暑く、じとじとしていた。天井を見あげるとき、Tシャツが胸にへばりついているのがわかった。午前零時を三分まわっている。イギリスから持ってきたカムフラージュ用クリームで、頬に黒とグリーンの太い線を描き、闇で見えにくいようにしてあった。服も黒で、頭には黒い野球帽をかぶっている。マンホールから出ると、敷地のきわから工場までの距離は三メートル程度だ。あたりはかなり暗い。こちらの姿は、虚空をかすめる影にしか見えないはずだ。

「いいか？」アイヴァンのほうをふりかえってたずねた。

アイヴァンがうなずいた。「さっさとやろうぜ」

血中にアドレナリンが分泌され、心臓が刺激されて、動悸が速くなるのがわかった。マットは、短い下水道の突き当たりに置いたままにしてあったつるはしを手にして、頭上のマンホールの蓋をこすった。そこから敷地に突入する。蓋は泥に厚く覆われていた。マットはスコップを差し入れた。

泥が剝《は》がれて落ち、マットの顔にぶつかった。口にはいらないように、しっかりと閉じた。肩に力をこめて、マンホールの蓋を押しあげた。さらに大きな土くれが剝がれて、下水道に落ちた。

懐中電灯の位置を変えて、今度は手で土の塊を剝がした。蓋をはずすときには、慎重にやらないといけない。

動きをとめた。地表からの空気が吹き込むかすかな音がする。蓋をしっかりとつかみ、両手に力をこめて押しあげようとした。何年もあけていないのだろう、何度か強く押すと、ようやくあきはじめた。最後にぐいと押すと、横にずらすことができるようになった。マットはそろそろと両手を隙間から外に出した。

この手めがけて発砲されないようなら、心配はいらない。

背中で支えるようにして体を持ちあげ、そろそろと首を出した。フェンスのほうに背中を向けて、前方に視線を投げてから、すばやく左右に目を配った。

だれかに見られたら、急いで下水道を撤退しなければならない。

敷地にはひと気がなかった。二〇メートルほど離れた左右の監視塔二カ所に見張りが立っているのが見えたが、サーチライトは道路や森に向けられている。ふた晩つづけて偵察し、見張りがフェンスのこちら側を巡回しないことがわかっている。

マットはさっと地表に出ると、身を低くして、工場の裏手の壁に向けて走った。そこまで行けば姿を見られることはない。アイヴァンに指示をあたえる必要はなかった。こちらが前進すれば、危険はないということになる。すぐにつづくはずだ。

アイヴァンが壁ぎわのマットのそばへ来て、黒い背嚢をほうり出した。ガソリン一リットル入りの粗製焼夷弾二十個がはいっている。あとの十個は、トンネル内に置いてきた。

アイヴァンが最初の五本を出して、導火線といっしょにマットに渡した。「二〇メートル以上離して設置しろ。あんたは右に、おれは左に行く」

マットは、工場の壁沿いを這っていった。頭を低くして、肘で進んだ。零時七分過ぎだが、蒸し暑く、汗が背すじを伝いはじめた。

目を見られないようにしろ、とサーチライトが近くを通るときに自分をいましめた。サーチライトはフェンスの外を照らしていたが、それでも用心していないと、光を当てられないとも限らない。目は道路のキャッツアイとおなじように光を反射し、所在を教えてしまうおそれがある。

動きをとめて、背嚢からペットボトルを出し、粘着テープを切って、爆弾を壁ぎわに置き、しっかり固定した。堅牢な建物で、建築されてから五年もたっていないようだった。これを吹っ飛ばすには、かなりの爆発力を必要とするだろう。粗製焼夷弾に導火線を押し込むと、きちんと収まったことを確認してから、また這い進んだ。息を殺し、距離を測った。二〇メートルということは、肘を六十回動かして進んだ距離だ。それだけ進むと、二個目の焼夷弾を取り付けて、さらに前進した。午前零時十分。作業は順調だ。

「よし、あと十個仕掛けたら終わりだ」くだんの場所にマットが戻ると、アイヴァンがささやいた。

マットは自分の分を受け取ると、工場の壁ぎわをまた這っていった。一個目につづいて、二個目を仕掛け、それぞれにすばやく導火線を取り付けた。朝には腕に水ぶくれがいくつもできているだろうと思いながら、ふたたび進んでいった。サーチライトが前方をかすめ、指をほんの一瞬照らした。マットは地面に顔をくっつけて、ぴたりと動きをとめた。いまやつらに見つかったら命はない。地べたに這いつくばっている人間は、格好の標的だ。

息を押し殺して、マットは待った。十五数え、サーチライトが戻ってくる気配を待った。その気配はない。息が乱れないように気をつけながら、ふたたび呼吸をはじめて、前進した。もっと速くしろ、といい聞かせて、体を動かした。早くやれば、それだけ早くここから逃れられる。

「終わった」ふたたび落ち合うと、アイヴァンがささやいた。「行くぞ」

アイヴァンが最初に下水道にはいり、マットはすばやくつづいた。不意に闇に包まれた。懐中電灯をつけていないので、壁を手探りして苦労しながら進んだ。敷地の外側のマンホールに近づくと、息が速くなっているのがわかった。

暗闇や閉じ込められるのは、前から嫌いだった。荒野でヤマドリを撃つみたいにおれたちを狙い撃つやつらが十二人もいるとわかっているせいで、よけい恐ろしかった。

アイヴァンが手をのばして、マットの体をつかみ、狭いマンホールから引きあげた。そこはフェンスから一〇メートルほど離れていて、木立に隠れている。マットは立ちあがり、体についた泥をはたき落とした。マレンコフがそばに立ち、アンドレイ、ニキータ、ヨシフも固まっている。懐中電灯の弱い光で、不安のにじむ一同の血の気の失せた顔が見えた。もうじき死ぬとわかっている人間のように、どことなく影が薄い。

「しゃんとしろ、みんな。森の散歩みたいに気楽にやれるはずだ」マットは小声でいった。

マレンコフがウクライナ語でなにかをいったが、声音からはなにもわからなかった。やばいことになったら逃げ出して、撃ち合いは外国人に任せておけ、などと焚《た》きつけているのではないことを願った。

「用意はいいか？」マットはアイヴァンにいった。

アイヴァンが導火線を切って端を押さえた。「マッチをくれ」

自信と確信に満ちた声だったが、かすかな不安をマットは聞き取った。爆弾製造は手術とおなじで精密な作業だが、一種の芸術でもある。知識だけではなく、工夫が必要とされる。それで生死が分かれる場合があるのだ。

午前零時十三分になっていた。「下水道に戻れ」マットは命じた。「アイヴァンが導火線に点火したあと、しばらくなかで待機する。爆発が静まったら、おれが先頭になって突入する」

まわりを見た。全員がうなずいた。みんな理解している。

マットは、オーリーナに目を向けた。黒のTシャツ、ブラックジーンズ、底の厚いコンバット・ブーツといういでたちだ。髪はピンで留めてあり、まるで高級なマスカラでもつけるようにカムフラージュ・クリームを頬に塗っている。

戦闘装備でもすごい美人だというのは、認めざるをえない。

「きみは？」マットは、オーリーナをまっすぐに見た。「ここで待っているつもりはないんだな？」

オーリーナはうなずいた。

「いいだろう」マットはそっけなくいった。「だが、気を引き締めろ。銃撃戦でうろたえてしまう人間は多いんだ。男でもおろおろする。気が遠くなったら、ひきかえせ。あとで迎えにいく。被弾したら、歯を食いしばって耐え、おれたちが助けにくるまで待て。だが、いいか。こいつはSAS方式でやる。救援に向かうのは、肝心な目的を果たしてからだ。それで命を落とすようなら、不運だったとあきらめろ」

オーリーナがうなずいた。薄笑いを浮かべている。「わかった」

「よし」マットは、もう一度男たちに向かっていった。「それじゃ片づけるぞ」

ふたたび闇におりてゆく。下水道に戻ると、固まった汚泥の凹凸にすっかりなじんでいるのがわかった。狭くて息苦しい空間にいると、マットは左右の壁が迫ってくるような不安感をおぼえた。マンホールの蓋がずらしてあるので、隙間から流れてくる空気のにおいがする。脇をのびている導火線が、地中を通る血管みたいだった。マッチをする音が聞こえ、火薬の燃えるにおいがして、導火線が燃え進んだ。壁に体を押しつけていると、炎があっという間に通り過ぎて地上へ飛び出して見えなくなった。そのあと、敷地内を燃え進んでいるはずだった。

見張りに見られても関係ない。気づいたときには手遅れだ。短い祈りを唱えるぐらいの時間しかない。

息を深く吸って気を引き締めてから、筋肉の力をゆるめた。粗製焼夷弾が爆発したら、衝撃波が竜巻のような勢いで敷地内を襲うはずだ。火の玉がひろがって、触れるものすべてを蒸発させ、大気中の酸素をむさぼり、しばらくは呼吸もできなくなる。

覚悟しろ。地獄が口をあける。

午前零時十六分、耳朶《じだ》を聾《ろう》する爆発があたりを引き裂いた。焼夷弾はほとんど同時に起爆し、いくつもの爆発音に破壊の物音が重なった。三十秒後、爆発音が静まると同時に、これも突然の背すじが冷たくなるような恐ろしい音が鳴り響いた。粘着性のガソリンの引き起こす炎の嵐の音だ。それが死を招く風のように大気中を揺れながら漂い、触れるものをすべて呑み込んだ。

攻撃されていると知った見張りは、即座に逃げ出すだろうか？　マットは口をあけて、息を吸おうとしたが、酸素一瞬にして、敷地内の動きがやんだ。

がすくなっていて、一酸化炭素を吸うことになると気づいた。有毒ガスを吸い込んだ肺が収縮した。敷地周辺の酸素が爆発によって消費されると、下水道に風が吹き込み、マットの顔をなでた。

あと六十秒だ、マットは自分にいい聞かせた。炎に大暴れさせておこう。おれたちが突入するのは、そのあとでいい。

時間のたつのが遅かった。火災の音が聞こえ、どこか遠くからの悲鳴も耳に届いた。焼け死ぬ人間は前にも見たことがあり、苦しみながらじわじわ死ぬときの声は知っている。炎に巻かれると、体の大部分が痙攣《けいれん》するが、それでも肺と声帯だけは働きつづける。内臓がすべて焼け爛《ただ》れても、悲鳴はすさまじくなるばかりなのだ。そして、それが絶頂に達したところで、ゆっくりと弱まる。肺と声帯も焼けてしまうと、悲鳴はぜえぜえと喉を鳴らすような鋭い音に変わり、そしてついにそんな音も出なくなる。

おれが死ぬときは、焼かれるのではなく銃弾一発でやられたい。

「よし」マットは叫んだ。「行け。行け」

下水道を抜け、まばたきしながら敷地内に飛び出したとき、心臓が削岩機みたいに胸郭を揺さぶっているのがわかった。焼夷弾によって火災を起こした工場は、クリスマスのショッピングモールみたいに赤々と燃えていた。炎がとてつもなく明るく、目がくらんだ。一瞬、たちまち火傷しそうな熱気を感じた。まばゆい炎に目を慣らすために一瞬立ちどまり、すぐにAN－94を構えて地面に伏せた。

この瞬間がいちばん危険だ。やつらは攻撃されたことを知った。生き残ったやつが、おれたちの姿を捜しているはずだ。

五人がつづいているのがわかった。ちらりと視線を投げて、全員が位置についていることをたしかめ、腰をかがめて、ゆっくりと前進した。AN‐94は、いつでも撃てる状態にしてあり、引き金にかけた指を緊張させていた。正面の工場は炎に包まれている。燃えてだんだんと脆《もろ》くなった正面の壁が揺れはじめ、壁が支えきれなくなった屋根が細かく震動した。火の玉が噴き出してから一分とたっていなかったが、激しい火災に建物が持ちこたえられないことは明白だった。

「あっちは片づいたな」マットは、アイヴァンに向けて低く叫んだ。

「終わった」アイヴァンがどなり返した。「三十分くらいで倒壊するだろう」

マットは前方に目を戻した。倉庫兼事務所は、五〇メートルほどのところにある。空をなめている炎も、そこまでは届いていないようだった。監視塔を見た。だれもいないようだ。見張りは爆発の勢いでほうり出されたか、それとも屋内に逃れたのだろう。

「ふたりに監視塔を調べさせろ」マットはマレンコフに命じた。「上から狙撃されるのは願い下げだ」

マレンコフがどなって、ヨシフとアンドレイを行かせた。ふたりが監視塔の方角に発砲しながら散開した。あそこに残っているやつがいても、これで死んだだろう。

ヨシフが頭上に高くアサルト・ライフルを掲げて前進するのを、マットは見守っていた。

数発を放つと、ヨシフはアサルト・ライフルを吊った。監視塔のそばに立ち、木の梯子段をつかんで、銃座に向けてゆっくりと昇りはじめた。

そのとき爆発が大気を激しく震動させ、マットはバランスを崩した。とっさに地面に伏せた。顔をあげたとき、監視塔はくすぶる燃えかすになっていた。ヨシフが爆弾のたぐいを起爆させたにちがいない。ヨシフの体も残っていなかった。

ヨシフは死んだ。たぶんバラバラに吹っ飛んで、無数の切れ端が森の木にひっかかっているだろう。かわいそうなことをした。

「くそ、いったいなんだ？」マットは、アイヴァンにきいた。

アイヴァンは、そばの地面にしゃがんでいた。空気のにおいを嗅ぎながら、目をあげた。

「なにもにおわない。ということはプラスティック爆薬を使ったにちがいない。敏感な起爆装置が監視塔に取り付けてあったんだ。仕掛け爆弾が」

アンドレイが、すぐそばに立っていた。顔を伏せ、頬から汗を流し、手がふるえている。

マレンコフは、なにがあったかをまったく認識していないように見えた。思ったよりも厄介なことになりそうだ、とマットは気づいた。見張りを殺すべきかどうか悩んでいる場合ではない——殺すか殺されるかだ。

やつらは待ち構えていた。準備を整えていた——おれたちを待ち伏せしていたわけではないかもしれないが、何者かが襲ってくると考えていた。

残された時間はすくない、とマットは判断した。まだ奇襲の強みは残っている。建物内にいるものは、知覚が狂い、混乱し、おびえているはずだ。そこを衝《つ》いて攻撃しなければならない。

マットは腕をふって前進するよう合図しながら、立ちあがった。早くもひとりやられた。いまからは瞬時に計画を変更しなければならない。ただ工場を破壊するだけではすまない。こいつは戦闘だ。

マットはアサルト・ライフルを構え、炎上する工場から噴き出す火の粉を避けて、左に迂回した。敷地内は静かだった。倉庫兼事務所の建物を見たとき、目の隅で窓の奥の動きを捉えた。

「身を隠せ」マットはどなった。

一発の銃声が響いた。陽に灼かれた地面に銃弾が当たり、土くれを飛ばして、空に向かって跳ねるのが見えた。マットは身を投げ、敷地内にのびている壁の蔭に転げ込むと同時に、連射を放った。弾丸が夜空に条《すじ》を描いたが、敵はあてずっぽうで撃っているのだとマットは見抜いた。倉庫兼事務所は、幅が二五メートル、奥行きが五、六メートルのコンクリート・ブロックの建物で、窓は六ヵ所、出入口は一ヵ所だった。

「掩護射撃しろ」マットはマレンコフにどなった。「もっと近づかないといけない」

建物の中心めがめて、すかさず連射が開始された。窓から撃とうとしたものがいても、思いとどまるにはじゅうぶんだった。周囲の銃撃の轟音で耳が聞こえにくくならないように、そっぽを向きながら、マットは前方に駆け出し、建物までの二〇メートル弱を一気に走り抜け、建物の壁ぎわの地面に伏せた。息が浅く、速くなっている。アイヴァンがすぐにつづいた。マレンコフ、アンドレイ、ニキータのあとから、オーリーナもようやく位置についた。マットはオーリーナの目を見て、恐怖の色があることになぜかしらほっとした。オーリーナの顔を汗が流れていた。だが、手足はしっかりしている。不安のためにふるえたり、筋肉の力が抜けたりしているようすはない。戦闘のストレスでくじけてしまうときには、たいがいそのふたつの症状が見られる。オーリーナは恐怖を感じてはいるが、自分を抑えている。

見かけよりも強いようだ――そもそも、見かけもかなりしぶとそうだ。

「建物内を掃討。敵を掃滅して安全確保」マットはどなった。

マットがうずくまっている場所の一メートル上に窓があった。ガラスはとっくに砕けて、まわりの地面に破片が散乱している。マットは身を起こして、AN-94の銃口を窓枠に載せるようにして、室内に銃弾を降らせた。両腕を規則正しく左右に動かし、頭は窓枠の下に隠したままにした。屋内の見取り図がないし、どれほどの抵抗があるのか予想もつかないまま、やみくもに突入しなければならない。

「ここから爆破できないか？」マットはアイヴァンのほうを見た。「おれたちが撃たれてずたずたにならないために」

アイヴァンが首をふった。「まわりに爆弾を仕掛けるのは無理だ。やろうとしたら、窓から狙い撃たれる」

「わかった」マットは意を決していった。「ひと部屋ずつ片づけよう。うまくすると六人しか残っていないかもしれないが。八人ないし九人の可能性もある」

SAS方式だ、と自分にいい聞かせた。速度と攻撃の激しさをもっとも重視する。細かい計画を立てる時間は、天国へ行ってからいくらでもある。

二分のあいだに百発を撃ち込んだその部屋に突入をはかることにした。ゴキブリでも生き延びるのは無理だっただろう、とマットは判断した。立ちあがって、窓枠から覗き込んだ。コンクリートの壁が、さきほどの連射でくぼみだらけになっている。秋の公園の落ち葉みたいに、空薬莢《からやっきょう》が床を覆っている。隅のデスクが弾丸をくらってばらけ、木の脚が折れている。

だが、死体はどこにもなかった。

マットは窓から飛び込み、コンクリートの床にどすんと着地した。動きをとめ、廊下を近づいてくるものはいないかと、耳をそばだてた。五〇メートルほど離れた工場が燃える轟々という音が聞こえる。壁が崩れたような音がした。だが、この建物の内部は静まり返っている。マットはあとのものにつづくよう合図し、すぐに全員が部屋にはいった。

「廊下を進む」マットはいった。「アイヴァンとおれは右だ」マレンコフに向かっていった。「アンドレイと左に行け。ニキータとオーリーナはここに残る」

「負傷者を回収しよう」マレンコフがいった。

「無駄だ」マットは語気鋭くいった。「あいつはバラバラになって吹っ飛んだ。どうしようもない」ドアの脇の明かりのスイッチを拳で叩いたが、つかなかった。電源が切られたか、電球が銃撃で割れたのか、判断のしようがない。マットは懐中電灯を出して、廊下を照らした。薄汚れたコンクリートのむき出しの壁が、二〇メートルほど奥へのびている。ドアが二カ所にある。マットはAN‐94をしっかりと握り、音をたてないようにそろそろと進みはじめた。最初のドアは、細目にあいていた。そっと近づき、ドアを蹴りあけて、室内を掃射した。うしろでアイヴァンがしゃがみ、肩に銃床を当ててアサルト・ライフルを構えて、そちらからも必殺の連射が放たれた。

まず撃ち、質問はあとでする。訂正。撃ち、さっさと逃げ出す。質問などしない。

背後の廊下で爆発音が響き、爆風でマットはよろけた。床にぶつけた左肩に、鋭い痛みが走った。AN‐94を取り落とした。筋肉に痛みをおぼえながら立ちあがり、目を覆った埃をこすり落とした。「どうした？」

マレンコフが、こちらに走ってくるところだった。服がぼろぼろに破け、顔と上半身に切り傷がある。うしろにオーリーナとニキータがいた。

「アンドレイが死んだ」マレンコフが、沈痛な声を出した。「トリップワイヤーかなにかを引っかけて、仕掛け爆弾が破裂した。即死だ」息を切らし、血をしたたらせていた。

「あとは運よく助かった」

「この建物そのものが死の罠なんだ」アイヴァンの声には緊張がみなぎっていた。

「やつらがまだいると思うか？」マレンコフの顔を見て、マットはきいた。

「おれにわかるわけがないだろう」マレンコフが答えた。「さっきおれたちに発砲したやつを含めて六人。ここには罠や爆弾があちこちにある」

「狙撃手、トリップワイヤー」アイヴァンが、マットの顔を見た。「部屋対部屋の戦闘。ロシア軍の得意な手だ。第二次世界大戦中のスターリングラード攻防戦だよ」

マットは口ごもった。「ここを吹っ飛ばせると思うか」

アイヴァンはうなずいた。「下水道にまだ爆弾がある。この部屋を堅守し、あとの部分を焼夷弾で破壊しよう」

「よし」マットは即座にいった。「やろう。部屋ごとに確保するというやりかたでは、おれたちはみんなここでやられちまう」

部屋の奥にいたマットは、オーリーナが進み出たのに目を留めた。黒髪が埃をかぶって白茶けた色に見える。爆発で左腕にかすり傷を負って、小さな裂傷ができていた。「だめよ」オーリーナはいった。「まず調べてから爆破するのよ」

マットは拳を固めた。怒りを抑え込む方法を、SASでいろいろ学んだ。くそったれの将校に馬鹿げた命令をあたえられたときには、深く息を吸って十数え、唇を噛んで、味方の将校ではなく敵を撃つように心がける。

だが、女の指示で自分の命を危険にさらすという経験は、一度もない。

「捜索なんかできるか」マットは声を荒らげた。「もうふたりやられたし、ここは仕掛け爆弾だらけだ。隠れている敵を相手にしなければならないというのに、屋内の見取り図すらない。自殺行為だ」

オーリーナをじっと見つめた。だが、オーリーナは顔の条《すじ》ひとつ動かさなかった。「捜索するといったのよ」と、冷ややかにくりかえした。

マットは詰め寄って、怒りもあらわにオーリーナを見おろした。「工場を破壊するのが仕事だったはずだ。破壊した。だから、さっさと逃げ出す」

オーリーナが、埃まみれの髪を顔から払いのけ、マットに視線を投げた。「さっきもいったと思うけど、お金を出すのはこっちだから。こっちが命令するわ。捜索してから破壊する」

「ここになにがあるんだ？」アイヴァンがきいた。「捜さなければならない重要なものがあるのか？」

オーリーナは、マットから視線をそらさなかった。「マット、説明したとおり、ここは薬品を偽造している。製法の記録をすべて破壊したいのよ」

「その程度のことでアメリカの国防総省なみの警備をするか？」アイヴァンがつっかかった。マレンコフの顔を見た。「ここにはなにがあるんだ、セルゲイ？　なにが隠されている？」

マレンコフが肩をすくめた。「おれは雇われて戦うだけだ。あれこれ詮索はしない」用心深い口調になっていた。「倒れもせず、武器があるかぎり、おれは戦う」

オーリーナが、マットの顔からアイヴァンへと視線を移した。「逃げたいのなら好きにして。とめないから。だけど、びびって途中で逃げ出したとＳＩＳ《ザ・ファーム》にいうわよ。そうして適切な措置をとってもらう」

マットは、オーリーナの手にアサルト・ライフルを乱暴に渡した。「だれもびびってはいない。だが、ふたりがすでにやられた」どなりつけた。「だから、きみにも兵隊になってもらおう」

12

アサルト・ライフルの引き金にかけたマットの指に力がこもった。肌が熱く、べとべとしているし、ライフルそのものもじっとり濡れている。一歩ごとに足もとを確認しながら、用心深く前進した。

つぎの罠がどこにあるのか、まるきり見当がつかない。

マットの立っている角から、廊下が左右にのびていた。もう午前零時二十五分になっている、と気づいた。安全と思われるのはあと三十分程度だというのに、仕事は半分も片づいていない。勝算にも時間にも見放されそうになっている。

「計画を説明する」マットは、アイヴァンとマレンコフのほうをふりかえった。「アイヴァンとおれが左をやる。セルゲイ、あんたは右だ。部屋をひとつずつ調べ、目にはいったものはかまわず撃つ」言葉を切り、オーリーナのほうをふりかえった。「ついてこい。ただし、十歩間隔を置け」

「破壊しすぎないようにして」鋭い口調で、オーリーナがいった。

マットは嫌な顔をした。「そいつはおれたちが生きていられたら考える。おれたちは兵士だ。運送屋の作業員じゃない」

前方に目を向けた。廊下二本がこの建物を分けていて、どちらも一〇メートルほどある。マットが進む方角には、倉庫とおぼしい区画があり、反対側は狭い事務所数室と洗面所のようだった。マレンコフとニキータが右のほうへじりじりと進んでいった。マットとアイヴァンは左へ進んだ。オーリーナはしんがりをつとめている。真っ暗だったので、マットは懐中電灯で照らしながら、そろそろと進んだ。爆発の臭気がまだ立ちこめていて、空気は硫黄のにおいがしていた。さきほど射殺した見張りの血が、前方の床にひろがっている。

「目当てはなんだ?」マットはオーリーナのほうをふりかえり、鋭い声でささやいた。

「コンピューター」オーリーナが答えた。「見つけたら撃たないようにして」

物音。どちらから聞こえるのか、はっきりとはわからなかったが、人間の息遣いにちがいなかった。廊下の先の一〇メートルか一五メートル離れた狭い部屋から聞こえるようだ。廊下が狭いので、小さな音も反響して伝わるのかもしれない。その向こうでは、工場の激しい火災が、いまも熱い風を巻き起こしていた。

それでもまちがいない。どこかにひとりいる。

こういう戦闘に巻き込まれるとわかっていれば、特殊音響閃光弾を用意したのに、とマットは思った。

アイヴァンに合図した。隠れている部屋からそいつを追い出すには、ふたりで取りかからなければならない。マットは、コンクリートの床に顔が近づくぐらいにかがみこんだ。

アイヴァンが射撃の構えをとってそのうしろに立った。一発の銃弾が闇を切り裂いた。コンクリートの壁から細かい破片が散って床に落ちるのがわかった。マットは動きをとめた。背後からアイヴァンがいちばん手前のドアめがけて連射を放った。マットはつぎのドアの前でとまり、しゃがんだ。アイヴァンはなおも連射をつづけて、最初の部屋のドアを蜂の巣にした。コンピュータなど知ったことか、とマットは思った。

アサルト・ライフルをおろし、弾倉を確認してから、二番目の部屋のなかに銃弾を浴びせた。コンピュータは壊れるかもしれないが、それはオーリーナの心配することだ。もともとの任務とはちがうのだから、いまさら文句をいわれる筋合いではない。AN‐94は反動が小さかったが、さっき倒れたときに痛めた肩に当たって痛かった。だが、頑丈で扱いやすい銃だった。弾倉二本分を撃ちまくると、ドアは大きな音をたてて倒れた。やつがどっちの部屋にいようがおなじだ。どっちにいても、生きてはいられないはずだ。

「突入」マットは叫んだ。「突入」

身を起こし、目の前の部屋に躍り込んだ。幅二、三メートル、奥行き五メートルほどの部屋で、壁はむき出しのコンクリート・ブロックだった。AN‐94を高く構え、すぐに発砲できるように引き金の遊びの部分まで引き絞った。熱した鋼鉄に当たっている皮膚が痛い。突入すると同時に壁に背中をつけて、すかさず目を配った。四メートルほど向こうに男が立っている。マットは即座に狙いをつけ、たてつづけに二発放った。一発目が男の頭蓋骨を砕き、二発目が胸に穴をあけた。

マットはそこへ駆けつけて、男が死んでいることを確認した。消えかけた生命にすがりつくかのように、指がひくひく動いている。三十ぐらいだろう、と判断した。温和な顔立ちで、ジーンズに黒のスウェットシャツという服装だった。一歩進んで、こめかみに銃口を当て、脳に一発撃ち込んだ。

こいつは二度と立ちあがることはない。

「この部屋の安全を確保した」マットはどなった。

アイヴァンとオーリーナが、戸口に現われた。「おれのほうにはだれもいなかった」息を切らして、アイヴァンがいった。「おれたちを狙い撃ったのは、こいつにちがいない」

遠くの銃声が、廊下に反響した。マットは床を踏み鳴らし、マレンコフが掃討している廊下に向けて駆け出した。角まで戻ると、その廊下に跳び込んで伏せた。背後の壁に銃弾が突き刺さる。マレンコフがアサルト・ライフルを構えて、廊下の中央に立ち、向こうの部屋めがけて掩護射撃をしていた。

「あいつを助けてくれ。助けてくれ」マレンコフがどなった。

ニキータが向こうの床に倒れているのが見えた。廊下をさえぎるような格好で横に倒れている。ぱっくりひらいた脚の傷から、血が流れている。よく見る気にはならなかったが、何発も被弾しているのがわかった。太腿を通る大腿動脈に何発もくらってずたずたになり、大量に出血している。マットはニキータの肩をつかんで引っ張った。ずるずるとひきずっていると、ニキータが苦しげに顔をゆがめた。

「お母《マティーンカ》さん、お母《マティーンカ》さん」ニキータが、苦しげな息の下でつぶやいた。

母親を呼んでいる、とマットは気づいた。

「あっちには何人いる？」マットは、マレンコフに大声できいた。

「ひとりかふたりだ。わからない」マレンコフがどなり返した。

「さがれ」マットは命じた。

戸口に一発速射したマレンコフが後退し、蔭に跳び込んだ、呼吸が浅く、元気のない目つきをしている。額に切り傷があり、髪についた汗と血が入り混じっている。「ここの連中は、思ったよりも手ごわい」とマレンコフがいった。

マットは、ニキータを見てから、アイヴァンに目を向けた。「なにかしてやれることは？」

アイヴァンは、すでにニキータのそばにしゃがんでいた。シャツを脱ぎ、傷口に巻きつけていた。「内出血もあると思う。一時間以内に病院へ連れていかないと助からないだろう」

「それならいっそ楽に死なせてやろう」マットは吐き捨てるようにいった。時計を見た。零時三十三分。刻々と時間が過ぎてゆく。あと二十五分ほどで応援が来るおそれがある。そうなったらみんな死ぬ。

マットは、アイヴァンの顔を見てから、マレンコフに視線を向けた。「反対するか？」

ふたりが沈痛な面持ちで首をふった。マットは、オーリーナが手にしたアサルト・ライフルを指さした。「やれ」小声でいった。「頭に一発。それですぐに死ねる」

難問を突きつけていることはわかっていた。はっきりとはわからないが、オーリーナは人を殺した経験はないだろう。ライフルの引き金にかけた指を見ればわかる。オーリーナは、どこを撃てばいいのか迷っているような顔で、ニキータのほうを見おろしていた。だが、目に恐怖の色はなく、他人の命の火を消すという恐ろしい行為にも、まったく動揺していないようだった。これも技術を身につけるための練習、じっくりと学んで実行する仕事にすぎないのだろう。

「目は見ないほうがいい」マットはいった。

ニキータの脚のアイヴァンがせっかく包帯した個所からも、血が流れつづけていた。ニキータは首をいっぽうにひねり、口からよだれが垂れている。「マティーンカ、マティーンカ」かすれた声でくりかえしていた。

オーリーナはニキータの目を見て、AN-94の銃口を額にあて、引き金をゆっくりと絞った。頭蓋が砕け、かすかに残っていた生気がたちまち消え失せた。大きな穴があいた頭が、がっくりと傾いた。

この女、殺しの味を憶えたら、あたりまえのようにやれるようになるだろう。

マレンコフがかがみ、ニキータの血みどろの額にキスをした。自分の額の汗を拭うと、視線をあげた。戦闘で鍛えられた兵士ほど、なんの役にも立たない無意味な死に動揺する。そのことをマットは思い出した。ひとりやふたりが死んでも受け入れられるが、何十人も死ぬと、心を引き裂かれる。

「こんなことを頼まれたおぼえはない」マレンコフが、腹立たしげにいいながら立ちあがった。「この三人をおれは雇った。いい若者たちだった」頬を紅潮させて、オーリーナを睨みつけた。「危険だというのは説明したが、生きて帰れないかもしれないとはいわなかった」

「あなたにもこのひとたちにも報酬を払った」オーリーナが、ひとことひとことを吐き出すようにいった。

「もういい」マットはどなった。「向こうのやつらを片づけないと、みんなやられる」

三人は、廊下の角を曲がったところに身を隠し、前方の部屋の狙撃手の射撃範囲にはいらないようにしていた。マットは、敵が跳び出してきた場合にそなえて、戸口に狙いをつけていた。マレンコフは背後を護っていた。

「ふたりいると思う」前方の戸口を指さして、マレンコフがいった。「それだけだ」

「窓は？」アイヴァンがきいた。

「裏に二カ所」マレンコフが答えた。

「そっちもまちがいなく護っているはずだ」マットはいった。「窓から攻め込もうとしたら、ずたずたになるまで撃たれる」

「牽制だ」マレンコフがいった。「ひとりが窓から爆弾を投げ込む。もうひとりが突入する」

マットはうなずいた。厳重に護られている部屋までは約一〇メートル。裏からまわると三〇メートル。高度な技術だと誉めそやされるような作戦ではない。とはいえ、爆弾を投げ込んで注意をそらし、そっぽを向いているところを撃つというやりかたは、おおざっぱで単純で危険だが、うまくいくかもしれない。

「よし」マットはきっぱりといった。「アイヴァン。爆弾を頼む。セルゲイとおれが攻撃する」

アイヴァンが離れていった。マンホールのところに、粗製焼夷弾がまだ十本置いてあるが、二本はいるだろう。監視塔の狙撃手は排除したが、敷地内を完全に捜索したわけではないから、いまの時点ではっきりしたことはいえない。うしろから一発くらうことのないように、アイヴァンは用心しながら移動しなければならない。

「六分くれ」と、行くときにアイヴァンはいった。行きに二分、帰りに二分、起爆に一分。あとの一分は、ちょとぶらぶらして景色を楽しむための余裕だ。

マットはふたたび時計を見た。見るたびに神経がぴりぴりする。零時三十九分。アイヴァンが爆弾を起爆するときには、部屋を確保し、脱出するのに、たった十五分しか残されていない。緊張がこたえはじめていた。勇気が揺るぎ、部屋を一カ所ずつ確保する戦闘に必要な高いレベルの集中力を維持するのが、しだいに難しくなっていた。

「用意はいいか?」マットはマレンコフに向かっていった。

マレンコフがうなずいた。「あんたは高く撃て。おれは低く撃つ。それで部屋全体を掃射できる」

「よし」マットは、オーリーナのほうを向いた。「ここにいて、おれたちの背後を護れ。なにか見えたり聞いたりしたら、かまわず撃て」

前方に目を向けた。爆弾が破裂するまで、あと六十秒。ふたりいるとすれば、鳴りをひそめ、機会をうかがっているのだろう。片方がAK-47を持っているとすれば、こっちを皆殺しにすることができる。

辛抱強く戦えばおれたちを斃《たお》せる、そう思っているにちがいない。現に、もう三人を斃しているのだから。

あと十秒。背中を汗が流れ落ちる。接近戦は一年以上やっていないし、反射神経が以前とおなじように鋭いかどうか、自信がない。たったひとつのミス、撃ち損じ、反応の遅れが、命取りになりかねない。

一秒。

足首に力をこめ、姿勢を安定させて、いつでも跳び出せるようにした。

なにも起こらない。

マレンコフに視線を投げてから、廊下の奥を見た。どこかからひっかくような音が聞こえる。ネズミが動きまわっているような音が。

アイヴァン、どこにいるんだ？

さらに五秒が経過した。マットは手に汗を握り、血管を血がどくどく流れるのを感じていた。

早くしてくれ。

爆発が大気を揺さぶった。ドアの下からまぶしい閃光がほとばしるのが見え、つづいて鼓膜が裂けそうなすさまじい破裂音が響いた。熱の波が廊下を押し寄せ、ドアがバタンとあいた。もうなじみになっているにおいが漂っている。

ガソリンと石鹼のにおい。

「行け」マットはどなり、なめらかな弧を描くように突進した。銃撃を浴びることなく一〇メートル進むことができた。AN－94を腹に押しつけるようにして構えた。頭を低くして、前方のドアを見据える。駆け出して、体をぶつけるようにしてドアを押しのけ、部屋のなかに連射を浴びせた。

軽い発射音とともに、弾丸がつぎつぎと吐き出される。一メートル五〇センチぐらいの高さの空気を銃弾が切り裂くように、銃口をやや上に向けた。運悪く射界にいたものは、首を吹っ飛ばされるはずだ。アイヴァンが焼夷弾を投げ込んだ窓に小さな炎の流れができている。そのとき、敵がはじめて目にはいった。ひとりが火を消そうとしている。もうひとりは窓越しに狙い撃とうとしている。

立ちはだかったマレンコフを背後に従え、マットはライフルを持った男のほうを撃った。

死ね、くそ野郎。死ね。

雄牛みたいに強い男だった。何発もくらっているのに、さっとふりむき、襲撃者に向けて、死ぬまぎわに最後の連射を放とうとした。マットは男の手を撃った。必要とあれば、とどめを刺すのはあとでいい。手が使えなければ応射できない。

銃弾に手をずたずたにされて、男はライフルを取り落とした。つぎの瞬間、全身蜂の巣になった体から血をほとばしらせ、膝をついた。その横でもうひとりがマレンコフの掃射を浴びて、横ざまに倒れ、床からあがっている炎で髪の毛が燃えあがった。

その男は、恐怖でいっぱいの目をあげたが、視線はマットではなく背後に向けられていた。「オーリーナ」苦痛をこらえながら、なにかをいおうとした。「オーリーナ」

マットは、さっとふりむいた。オーリーナが、アサルト・ライフルを腰だめにして、うしろに立っていた。「こいつはきみを知っているのか?」

オーリーナは聞こえないふりをした。「リークヴァンニャ」死にかけている男に向かっていった。「リークヴァンニャ」

男が、オーリーナのほうを見あげて、なにやら毒づいた。

オーリーナがアサルト・ライフルを肩からおろし、狙いをつけて、二発撃った。二発とも男に命中した。一発は額、もう一発は頬に撃ち込まれた。くぐもった悲鳴が切り裂かれた喉から出たが、じきに衣服に火がついて、生気が失われていった。

マットは歩を進めて、ふたりとも死んでいることをたしかめた。こいつらも、おれとおなじように自分の仕事をしていただけだ。こんなふうに死ぬのは無念だろう。いずれ夜更けにおまえたちのことを悲しんでやる。死んでいったみんなとおなじように。

「安全か？」マットはマレンコフに向かって叫んだ。

「安全だ」マレンコフが、不機嫌に答えた。

「表はどんなぐあいだ、アイヴァン？」

「安全だ」窓の外で、アイヴァンが叫んだ。「もうだいじょうぶだと思う」

七人のうち戦死者が三人だ、マットは心のなかでつぶやいた。だいじょうぶとはいえない。

「火を消して」部屋にはいってきたオーリーナがいった。「そこのコンピュータのデータをぜんぶロンドンに持ち帰りたいの」

「おれたちは工場を破壊するために来たんだ」マットは声を荒らげた。「IT企業のまねをするためじゃない」

「あなたはわたしの命令に従うために来たのよ」オーリーナが、ひどく冷ややかにいった。

マットは、オーリーナのほうをちらりと見た。死体が床に転がり、いくつもの傷から血を流している。もうひとりの死体は、じわじわと焼かれている。それなのに、死体など目にはいらないように、オーリーナはそれをまたいで、室内に視線を走らせ、コンピュータだけを捜し、任務の最終段階に気持ちを集中している。

オーリーナは電子レンジで温めかたが足りなかった冷凍食品みたいだ、とマットは思った。表面は温かいが、芯《しん》は冷たい。

「こいつはどうしてきみの名前を知っていたんだ？」マットはオーリーナを見ながらきい

た。

オーリーナが肩をすくめた。どうでもいい質問だと思っているのが、そのなにげないしぐさでわかった。「偽造をやめるように説得するために、会社の代表が何人かここに来たことがあるのよ」冷たくいい放った。「わたしの顔は憶えやすいんでしょう」

マットは、オーリーナに詰め寄った。「だが、こいつはなにをきみにいっていたんだ?」と、なおも詰問した。「きみがいった言葉の意味は? リークヴァンニャだったか? いったいどういう意味だ?」

「なんでもない」オーリーナは部屋のなかを歩いていった。「許してくれといったけど、無駄よ。みんな死ぬしかないのよ」足をとめ、マットのほうをふりかえった。「ドライバーは? 持っていない?」

「おれが〈ボブとはたらくブーブーズ〉にでも見えるか?」

「いいわ。ナイフでやれるから」オーリーナがつづけた。「コンピュータの筐体《きょうたい》をあけて、ハードディスクを抜いて。それを持ったらここを離れる」

もう零時五十分だと、マットは気づいた。「時間がない」腹立たしげにいった。「あと十分もしたら、警察が来る」

オーリーナが口ごもり、アイヴァンとマレンコフを見据えてから、マットに視線を戻した。「命令に従う時間はいつだってあるのよ」

アイヴァンがさきほどから部屋にはいっていた。疲れた顔だが、安堵の色もあるのに、マットは目を留めた。

予想もしていなかったようなきわどい戦いだった。

マットは荒々しく急いで作業をした。腕の傷が痛みはじめていたし、打ち身ができている背中のあちこちがずきずきしていた。

コンピュータの分解には、二分しかかからなかった。全部で八台あり、マット、オーリーナ、アイヴァンの三人でやった。マットはコンピュータには詳しくはないが、筐体をあけるぐらいはできるし、ハードディスク・ドライブはすぐに見分けられる。光沢のある直方体が、筐体のまんなかあたりにあった。どういうふうにはずそうがかまわない、とオーリーナは指示した。本社に持ち帰りさえすれば、保存されているデータを取り出せる。

どうしてハードディスクのデータがそれほど大切なのか？ と思いながら、マットはハードディスク・ドライブを荒々しく引っこ抜いた。

ハードディスクをすべて回収すると、四人は敷地に出た。アイヴァンが残った焼夷弾八個を倉庫兼事務所の建物に仕掛けて爆破した。工場はいまも盛大に燃えていて、炎が夜空をなめ、あたり一面を熱い深紅の輝きで照らしていた。マットは炎に照らされた夜空を見あげて、ヘリコプターを捜した。零時五十三分。応援が来るとしたら、いまにも到着するかもしれない。ここを見つけるのに苦労することはない。何キロメートルも離れたところから、炎が見えるはずだ。

あと二、三時間は燃えつづけるだろう。朝には完全に焼け落ちている。

マレンコフが、ニキータとアンドレイの死体を運んで、頭を東に向け、硬い地面に横たえた。朝陽が昇る東が光を、夕陽が沈む西が闇を表わしているからだ。

ふたりを正式に埋葬するのは不可能だし、家族に亡骸《なきがら》を渡すこともできない。だが、ふたりはわずかな金のために、勇敢に戦って死んでいった。せめてこれぐらいはしてやらなければならない。

「どれぐらいかかる？」マットはマレンコフの顔を見て、不安げにいった。

「こいつらのおかげでおれたちは生きている」マレンコフが答えた。「五分ばかり割《さ》いて葬ってやろう」

マットはいい返そうとしたが、言葉を呑み込んだ。時計の針は、すでに一時をまわっている。空を仰いだが、星めがけて噴き出している火の粉と炎のほかには、なにも見えなかった。

オーリーナ、マット、アイヴァンが半円を描いて立ち、マレンコフが遺体にガソリンをかけた。十字を切り、祈りはじめた。ウクライナ語で、マットには意味がわからなかったが、すぐ横でオーリーナが英語でそっとささやくのが聞こえた。「大地よひらけ。おまえが創った体を受け取るがいい。神の姿に似せて創り、創造主が受け取ったおまえの体を受け取ってくれるか？」

マレンコフが火のついたマッチを投げた。ガソリンの燃えるにおいがマットの鼻腔を刺激し、炎が遺体を覆っていった。マレンコフがそれに背を向け、森に向けて歩きはじめた。

「ヨシフはおれの息子だ」三人に背を向けたままで、マレンコフがいった。「あれの母親は一生おれを許さないだろう」

マットは黙っていた。言葉をかけたかったが、戦場で兵士が死ぬのをいやというほど目にして、かける言葉などないということを知っていた。マレンコフにつづいて森にはいり、来たときとおなじ踏み分け道を進んでいった。歩きながら夜空を監視し、ヘリの爆音は聞こえないかと耳をそばだてた。なにも聞こえない。弱い風が木々の葉末を鳴らす音と、森の地面の苔や枯れ枝や土を踏む自分たちの足音が聞こえるだけだった。徒歩で二十分ほどのところの木立に隠して、ランドローバーがとめてある。そこまでの脱出ルートは樹冠に護られている。

できるだけ早く離脱したほうがいい。

「二時間仮眠したら出発だ」マットは、マレンコフとアイヴァンに向かっていった。「車で長時間走ることになる。体力をたくわえないといけない」

永年放置されていた農家は、密生した森に囲まれていた。工場が燃えていることに警察が気づいたとしても、捜索の手がここに及ぶまでには何日もかかるはずだから、しばらく休憩してもだいじょうぶだと、マットは判断した。夜明け前には、またウクライナ国境を目指して車で出発する。

マレンコフが注いだウォトカを、マットは飲み干した。もう午前三時を過ぎて、夜の闇は森閑としていた。「ヨシフは気の毒なことをした」マットはいった。

マレンコフは、依然として沈痛な面持ちでうなずいた。「あの子は兵士じゃなかった。連れてこなければよかった。だが、金が入り用だったんだ」

「あとのふたりの家族は？」マットはたずねた。

「どのみちこういう仕事に雇われていただろう。死んだのをだれかに伝えさせる」

「家族がちゃんと金を受け取れるようにしてやってくれ」

マットは寝室に向かった。背嚢が部屋の隅に置いてあり、マットレスもそのまま敷いてある。Tシャツを引き剝がすように脱ぎ、隅にほうり投げた。切り傷を負った左腕に細い血の条《すじ》があった。二〇センチぐらいの長さの傷に、早くもかさぶたができはじめていた。洗面台でコップに水を汲み、ティッシュペーパーをひたして、傷口に当て、かさぶたをふやかそうとした。傷口をひらくとき、思わずたじろいだ。水がしみて、腕を電撃のような痛みが走った。

「ちょっと、やってあげるわよ」不意にそばに現われたオーリーナがいった。

マットはふりむいた。オーリーナはウォトカを持っていて、早くもキャップをあけていた。

「もう飲んだよ」マットはいった。

「飲むためじゃないわ」オーリーナは、ティッシュペーパーにウォトカをすこし注ぎ、傷口を拭った。「生《き》のままのウォトカは、度数が高いから、消毒用アルコール代わりに使えるの」

マットは、腕の筋肉の力を抜こうとした。傷口にウォトカをすり込まれると、皮膚がひりひりしはじめた。オーリーナは驚くほどやさしく手当てをして、できるだけ痛くないように、ティッシュで肌を軽くなぞっていた。

消毒が済むと、オーリーナはウォトカを床に置いた。つぎに柔らかな手でマットの胸を愛撫した。マットの手を取って、ジーンズの下に導いた。

「怪我してるし、疲れてるんだ」マットは、オーリーナの目を覗き込んだ。「それに、十数人も殺したところじゃないか」

「平気よ」オーリーナはマットを押し倒し、マットの脚に脚を重ねてのばした。「前にもいったけど、わたしは好きなやりかたでセックスするかしないか、どっちかなの」

欲望が消え去り、疲れ果てたマットは、オーリーナの腕にくるまれて横たわっていた。オーリーナが長い脚をからめている。マットレスも一枚きりの毛布も粗くて擦り切れているが、オーリーナの素肌はみずみずしく、柔らかで、若々しかった。朝陽が顔を出し、光のかけらが窓から忍び込むと、マットはオーリーナをぎゅっと抱き締めて、かぐわしい息を嗅ぎ、唇を味わった。

この女がいっしょにいると、昨夜死んだ男たちの血の記憶すら薄れさせることができる。

「きみのことはなんにも知らない」

オーリーナが肩をすくめた。「わたしはただの女。あなたのベッドに寝ている。それ以上、なにが知りたいというの」

まるで女がするような質問だったと気づいて、マットは笑った。そうはいっても、この女の魅力に囚われている。この女のことをもっと知りたい。「家族は？」

「だれにだってあるでしょう」

「ウクライナにいるのか？」

「いいえ。ニューヨークよ」オーリーナが、怒りのほむらを目に宿し、荒々しくいった。

「パパはゴールドマン・サックスの会長」転がって背中を向けた。

「だれかしらいるだろう？」繊細な曲線の背中を指でなぞりながら、マットはしつこくきいた。

「だれもいない」

「両親は？　きょうだいは？」

オーリーナがかぶりをふった。顔は見えなかったが、悲しげだとマットは察した。肩胛《けんこう》骨《こつ》のあたりに力がはいったのでわかった。枕にあずけた首がうつむきかげんになっている。

「父も母も死んだ。兄がひとり。名前はローマン」

「よく会うのか？」

オーリーナが転がって、仰向けになり、張りのある白い乳房の上で腕を組んだ。「アフガニスタンでソ連軍兵士として戦った。帰還したときには、人が変わったようになっていた」

「そういうことは多いんだ」マットはいった。「おれもいまだに悪夢を見る。兵隊はみんなそうだ。だれがなにをいおうが関係ない。人間は人を殺すようにはできていない。だれでもだめになってしまう」

「人間はなにをするようにできているの？」

「教えてやるよ」

マットは身を乗り出して、オーリーナの唇にキスをした。オーリーナの舌がのびてきてこちらの舌とからみ合うと、歓喜がこみあげるのがわかった。

13

エレナーが、疑念のこもったまなざしをマットに向けた。エレナーとは数回会っただけだが、そのたびにマットはちがう表情を目にしている。怒り、恐怖、悲しみ、笑い——だが、疑念を目にするのは、はじめてだった。いままでは、信用されているものと思っていた。どうやらいまではそれも怪しいようだ。

「マット、はっきりいって、あなたはなにをしているの?」

マットは視線をそらした。「バーとレストランをやっている。マルベラの近くのビーチで。そのうちおいで」

「ちがう。ほんとうのことよ」エレナーがくりかえした。

マットは口ごもった。ふたりが会っているのは、ハマースミス橋のやや南のテムズ川沿いにある〈フェザード・クラウン〉というパブだった。八時過ぎなのにまだ暑く、客はたいがいTシャツかビキニのトップ姿になって、テラス席でビールを浴びるように飲んで体を冷やそうとしていた。マットとエレナーは店内の席にいた。暗く静かだし、話を聞かれる気遣いもない。

「いっただろう。おれはSAS連隊《レジメント》にいた」マットは答えた。

「あそこでは一生辞めさせてくれないんだ」

「問題は、自分のほうが手放さないことじゃないの、マット?」エレナーが真顔でいった。「よくある心理的な反応よ。ことにひとつの仕事に一所懸命に打ち込んでいるひとにはよく見られるの。それが終わってもつぎのことに集中できない」

「いや、向こうがおれを手放さないのが問題なんだ」マットはビールをひと口飲んだ。

「なにかわかったか?」

「また一件あったの」

静かな口調だったが、下唇がわなないているのがわかった。エレナーは見かけほど強くない、とマットは思った。

「どこで? どういう人間?」

「ケン・トプリーというひと。住所はイプスウィッチのワンルーム・マンションばかりがある地区。臨時雇いで、建築の仕事をしていて、真夜中に目を醒まし、近所の人間をナイフでつぎつぎと刺した。ふたりが死に、三人が怪我をしたところで、自殺しようとした。手首を切ったけど、警察が来て取り押さえられた。いまは地元の病院で鎮静剤を打たれ、生命維持装置をつけられているの」

「元兵士だったのか?」

「パラシュート連隊。八年勤務して、二年前に除隊。去年離婚して、子供がひとりいる。

定職につかず、子供の養育費も滞っている。でも、精神的疾患の病歴はない」

「面会したか？」

エレナーは首をふった。「頼んでみたけど、厳戒態勢なの。イプスウィッチ病院の話では、警察が護衛しているそうよ。面会は禁止。それで、元兵士の心的外傷について研究しているので、診察してみたいといってみたの」

マットは急に興味をそそられた。「受け入れてくれたか？」

「さんざんどなられたわ」エレナーは、オレンジジュースを飲み干した。「そういう要請は、保険機構を通じて正式に依頼するようにといわれた。うちの病院の上司に相談したけど、たらいまわしにされただけよ。そういう要請は、地域の保健機構を通じてやらないとだめだというの」

「想像はつくよ。まったく協力してくれなかったんだろう」

「時間の無駄だといわれた」疲れとあきらめのにじむ声だった。「保険機構の予算の無駄遣いだというのよ。これ以上は調べられないわ、マット。状況は疑わしいのに、そこから先へ進まない。だれも協力してくれないし、患者について詳しいこと教えてくれるひともいない。もうやめようかと思っているの」

マットは、テーブル越しに手をのばし、エレナーの手の甲をなでた。「だめだ」きっぱりといった。「あきらめたらだめだ――ぜんぶ調べるまでは」

「これからどこを調べればいいの」

「もう一カ所だけ、調べられるところがある。サム・ヘファーという男だ。ケンの分隊長だった軍曹だ。おれの友だちのキース・ピクトンが、きのうの夜、留守電にそいつの電話番号を吹き込んでくれた。キースは顔が広くて、部隊の連中をみんな知っている。ヘファーが今夜、話をしてくれるそうだ」

テーブルの向こうでエレナーが急に目を輝かした。体のなかの明かりがついたようだった。「よし、会いにいこう」

サム・ヘファーの顔に衝撃の色が浮かぶのを、マットは見てとった。熟練の兵士はみなそうだが、ヘファーも死には慣れている。何度も死を見ると、驚愕の度合いが鈍るものだ。ケンが死んだという話をしただけなら、ヘファーが表情をあまり変えないだろう。しかし、一般人を何人も殺したとなると――ヘファーも容易には呑み込めないのだ。

「ケンがそんなことをやるはずがない」ヘファーが、ゆっくりといった。

三人はハローの建築現場の奥にあるプレハブの飯場にいた。ヘファーは二年前に除隊し、いまはいとこの建築会社に勤めて、現場の警備を担当している。いつもなら家に帰っている時刻なのだが、夜勤の警備員が病気で休むことを報せてきたので、代わりに勤務しているのだ。

「だからこそ、できるだけのことを調べようとしているんです」エレナーが説明した。

「ケンになにかがあったのなら知りたいの。ひょっとして陸軍にいるときに、なにかありませんでしたか？」

「妙だな」ヘファーがいった。「ほかにも元兵士がおかしくなったという話を聞いた。サイモン・ターンブルというやつだ」

エレナーが椅子から急に立つのではないかと、マットは一瞬思った。「ほかにも何人もいたのよ」エレナーが口早にいった。「つながりがあるかどうか、調べているところなんです」

マットは、ヘファーの顔を探るように見た。マットとエレナーは、ヘファーと向き合って座り、四〇ワットの電球ひとつが三人を照らしていた。ヘファーは、アイロンで折り目をきちんとつけた白いチノパン、無地のブルーのポロシャツという、きちんとした服装だった。デスクは整然と片づいているし、話をする前に《デイリー・メイル》すらきちんとたたんでいる。集中して考え込んでいるとき、額に一本皺が寄った。

どこまで話をしようかと思っているのだろう。

「ちょっと気がついたことがある。なんでもないのかもしれないが」

エレナーが椅子から身を乗り出した。「話してください」

「五年ほど前になる。ケンがいくつかテストを受けた。医学的なテストだ。ウィルトシャーの飛行場に、農場《ザ・ファーム》というテスト施設がある。警備が厳重で、極秘にされているが、国防省が新装備のテストに使っていることがわかっている。イラク戦争で使われた対生物兵器薬は、たいがいそこでテストされた」言葉を切り、マットのほうをちらりと見た。「とにかく、テストには志願者が必要だ。内幕はあんたも知っているだろう、マット。兵隊はそんなことにはかかわりたがらない。くだらないと思っている。医者を相手にするぐらいなら、敵と戦うほうがいいというわけだ。そうなると、分隊長のおれが、部下に参加する気を起こさせる。ケンは結婚するために、休暇と新婚旅行の金がほしかった。だから引き受けた。参加した人間には特別休暇があたえられ、五百ポンドの手当てが出る。スペインに二週間ぐらい行ける。ケンがテストに参加したのは一週間で、隊に帰ってきたときも元気だった。錠剤をいくつか渡されたが、なんの薬かという説明はなかったそうだ」

「それがこんなことに」エレナーがいった。

ヘファーは椅子に背中をあずけた。「それだけなら、おれもなにも考えなかっただろう。しかし、もうひとり――サイモン・ターンブルもなんだ。ターンブルは、三週間、おなじテストに参加していた」

マットは、ふたり分のコーヒーを片手で持って、エレナーの席に戻った。エレナーは、ユーロスターの終点のウォータールー駅で、切符売場の横にあるバーの表の席にひとりで座っていた。

「どういうことだろう？」コーヒーを置いて、マットはたずねた。

エレナーが、額の汗を拭った。周囲ではパリ行きの最終列車に乗ろうとする人々が、あわただしく歩いている。

「つながりがあるのよ」エレナーはいい切った。「そうにちがいない」

ふたりは、ハローからウォータールー駅へ車でまっすぐにひきかえした。ラクリエールがフランスに発《た》つ前に、ここでオーリーナと三人で会う手はずになっている。マットとエレナーは、ヘファーから聞いた話を頭のなかで反復していた。どちらもそれを口に出してはいいたくなかった。

「偶然の一致かもしれない」マットはいった。「陸軍は兵士を使う薬物のテストをしじゅうやってる。だからといって、なにか関連があるとはいえない」

「わかっているわよ」エレナーがつぶやいた。「心的外傷や悲しみに苦しんでいる人間は、陰謀説をつい信じがちになる。教科書に書いてあるくらいあたりまえのことよ。フロイドなら、潜在意識が親しい人間を失ったこととなんとか折り合いをつけようとしているのだというでしょうね」言葉を切り、真顔になった。「だからといって、陰謀が現実に存在しないとはいえないのよ」

「これからどうする？」

「その農場とやらについて、もっと調べないといけない。その時期にだれがテストを受けていたのか。どんな薬物がためされたのか」

「用心しろよ」マットはいった。「相手は国防省だ。黙って詮索を許すはずがない。あそこがどれほど秘密を守りたがる組織か、きみには見当もつかないだろう。なにをやっているかをあそこが明かすことはぜったいにない」

「ミニスカートをはくわ」エレナーがいった。「それに笑顔をたっぷり」

「それなら効果があるかもしれない」

エレナーが身を乗り出し、マットの頬に軽く唇を触れた。キスともいえないような、ほんの一瞬のことだった。「ありがとう。なにかわかったら、すぐに報せるわ」

「お邪魔だったかしら？」エレナーのほうを見て、オーリーナがいった。

マットのほうには白い目を向けた。こういう女とつきあわなければならないなんて最低と哀れんでいるような、軽蔑のまなざしだった。「もうすぐわたしたちの会議の時間よ。会長は待たされるのが嫌いなの」

「こちらはエレナーだ」マットは、エレナーのほうを示した。「エレナー、こちらはオーリーナ」

「どうぞ行ってちょうだい」エレナーが急に取り乱し、はにかんだ。マットのほうを見た。

「なにかあったら連絡するわ」

マットはうなずいた。エレナーが、オーリーナのほうを見た。「失礼」そっけなくいった。

「こっちよ」オーリーナは、それには答えず、マットに向かっていった。

マットの腕を取り、プラットホームに向かった。旅客が減りはじめていて、駅を閉鎖するために警備員が装備品をしまいかけているのが目にはいった。

「おい」マットはいった。「どこへ行くんだ？」

「もちろんパリよ」オーリーナが答えた。

マットは口ごもった。「最終列車は十分前に出た」

オーリーナが、マットの顔を見てほほえんだ。「ラクリエール会長は、専用列車を持っているのよ、馬鹿ね。公共交通機関を使うわけがないじゃないの」

オーリーナが最後まで残っていた検問所を素通りし、入国審査でパスポートを見せて、十二番線へ行くまで、マットはついていった。「自家用ジェット機ならともかく、自家用列車なんて聞いたことがない。女王陛下はべつとして」

「悪くないでしょ」オーリーナは肩をすくめた。「エデュアルドは、週に一度はパリに帰りたいのよ。これがいちばん便利だから。速くて安全で」

列車は待っていた。オーリーナは、乗車証《パス》と防犯ドアの鍵を持っていた。アルストーム社製の電気機関車一輛に客車を二輛つなぐという編成で、ふつうの国際列車と変わらないようだが、ただすこぶる短い。マットは乗り込みながら思った。自家用ユーロスターか。ラクリエールには脱帽だ。人生の楽しみかたを知っている。


ラクリエールは写真を眺めた。空から見ても、完全に破壊されていることがはっきりとわかる。工場は全焼して、焼け焦げた骨組みがわずかに残っているだけだ。倉庫兼事務所のほうは、砲撃を受けてばらばらになったというように見える。この写真が撮影されたのは——おそらく攻撃から二十四時間以上あとにちがいない——後片づけがなされたあとだろう。しかし、ここでふたたびなにかを製造するには、再建にかなりの歳月を要するはずだ。

「このとおり」マットはいった。「仕事は片づけた」

三人は、ラクリエールの専用車輌に乗っていた。一輌目は、キッチンにくわえて事務室の設備がある。衛星電話、コンピュータが二台、金融市場の動向を知るためのブルームバーグの端末、何台ものファックスやコピー機。警備員用の席がふたり分ある。ふたりいれば安心感があるが、それでいて相手には脅威をあたえない。二輌目がラクリエールだけの専用車輌だった。壁ぎわに黒い革のソファがならべてあり、照明が暗く、AV機器がそろっている。

列車が動きはじめていることに、マットは突然気づいた。「どうなってるんだ?」

「ちょっと旅行をしよう」ラクリエールが、冷たい口調でいった。

「おろしてくれ」マットは叫んだ。

「落ち着いて、マット」オーリーナが口をはさんだ。「パリに行きましょう。歯ブラシは買ってあげるから」

「列車をとめろ!」マットはどなったが、無駄だとわかっていた。しばらくは成り行きに任せるしかない。

ケント州のなかごろから切り換わる高速線に到達するまで、列車はロンドン南西部をのろのろ走っていて、バラム地域の景色がよく見えた。

もう三十六時間前になるが、国境を越えてキエフに到着したマットたちは、数時間の仮眠を取り、マレンコフに別れを告げて、そのまま空港へ行った。BA便はロンドン直行便がなかったので、ワルシャワ行きのLOTポーランド航空便に乗り、そこでヒースロウ行きの接続便に乗り換えた。アイヴァンはオーリーナから二万ポンドの報酬をもらい、家族のもとへ戻った。マットとオーリーナは、報告聴取《デブリーフィング》に呼ばれた。

ラクリエールが顔をあげて、勝ち誇った笑みを浮かべた。客車内には家具はほとんどなかったが、壁に軍事を題材にした複製画が何枚か掛かっていて、天井近くに剣が二本吊してあった。鋼鉄の刃の精緻なこしらえと、美しい反《そ》りからして、親衛隊としてたえずナポレオンに付き従っていた近衛猟騎兵の帯びていたサーベルのようだった。

「みんな力強く戦ったかね？」

「あれでは、そうともいえないでしょう」マットは即座に答えた。

キッチンから客室乗務員が出てきて――本社にいた女たちにひけを取らない、すごい美人のブロンドだった――三人の前のテーブルにティーポットとビスケットを置いた。ラクリエールがマットとオーリーナに紅茶を注ぎ、自分はペットボトル入りの〈ボルヴィック〉を取った。「力強く戦っても、死ぬことはある。ちがうか？　ふった骰子《さいころ》がいい目か悪い目か、というだけのことだ」

「栄えある死なんてない」マットはいった。「あんたも軍人だったんだから、知っているはずでしょう」

ラクリエールは、言葉を返さなかった。マットは薄手のカップに砂糖を一個入れて、ひと口飲んだ。「まあ、どうでもいい。仕事は終わった。工場は破壊した。もう心配はいらないでしょう」

ラクリエールが身を乗り出した。「じつはそうじゃない。蟻と蟻の巣を思い浮かべてくれ。蟻はいくらでも踏み潰せるが、巣を始末しないと、蟻はまたぞろぞろ這いまわる」言葉を切り、まっこうからマットの顔を見た。「蟻の巣を潰してくれ」

「工場は始末した」マットはいった。「そういう仕事のはずだった。仕事は終わった」

ラクリエールが立ちあがった。窓ぎわへ行き、通り過ぎる芝地をちらりと見た。デスクから紙片のようなものを取ると、車室をひきかえしてきて、マットの前に置いた。

「セリク・レシュコという男だ」

マットはその写真を見た。速写したモノクロ写真で、周囲をぎりぎりまでトリミングしたものだった。四十がらみの男で、瘦せて、髪が黒っぽく、大きな目も黒いようだった。鼻が折れ、口のまわりが腫れあがっている。

「ベラルーシのビジネスマンだ」ラクリエールが説明した。「元KGB将校。いまは民間企業を経営している。あの工場を建設して、偽の薬を製造していたのは、この男だ。工場はわれわれが破壊したが、こいつはまた建設するだろう」肩をすくめた。「だから、こいつを叩き潰せ」腰をおろし、オーリーナに目を向けて、薄笑いを浮かべた。「いまいったように、蟻の巣を叩き潰せ」

「任務は完了した」マットは即座にいった。「仕事は終わり。以上」

ラクリエールが、〈ボルヴィック〉のキャップをあけてグラスに注ぎ、すこし飲んだ。

「パリからミンスクへ行ってくれ」平然と語を継いだ。「じつはその男は工場にいるはずだったが、あいにく不在だった。だから、もう一度行って殺してもらわないといけないんだ。それできみの仕事は終わる」

「終わったんだ」マットは語気鋭くいった。「終わった。単純明快な言葉だ。わからないはずはない」

ラクリエールが、不思議そうにマットの顔を見て、おもしろがるような表情を浮かべた。

「きみの仕事は、われわれがこいつらに二度と悩まされることのないように、この偽薬品の製造法をあとかたもなく消滅させることだ。つまり、仕事はまだ残っている」

「ちがう」マットは声を荒らげた。「何度いわせるんだ。SISはおれに圧力をかけて仕事をやらせた。おれはそれを片づけた。そこまでだ」

「では、またSISに圧力をかけてもらおう」ラクリエールはなおもいった。「ナポレオンの言葉を教えてやろう。『勝利は途中であきらめないものが手にする』。そうとも、敵を完全に叩き潰すまで、きみにはあきらめてもらいたくない」

「ナポレオンは最後にはイギリスの囚人になった」マットは、オーリーナに視線を投げた。

「歴史の時間におれが居眠りしていなければ、それが史実だ」

窓の外を見た。アシュフォードをかなりの高速で走っていて、イギリス海峡のトンネルが近いことがわかった。くそったれめ。この列車から跳びおりても死なずにすむものなら、とっくに跳びおりている。

「とにかく」ラクリエールがいった。「それでまたしばらくオーリーナといっしょにいられるじゃないか。きみたちはたいそう仲良くなったようだからね」

海からの風が激しく吹きつけ、昼間の痛烈な陽光をいくぶん和らげていた。マトラムは石の防波堤に座り、サングラスをかけた。プリマス港に通じる大通りに何人かいたが、猛暑のためにイギリス人の観光客ですら出歩くのを控えている。摂氏三八度というイギリスで最高の気温を記録したところだし、熱波はこれから二週間つづくと予想されている。サイモン・クリッパーとフランク・トレンチが、通りの向かいにルノー・メガーヌをとめて、マトラムのほうへ歩いてきた。ふたりとも半ズボンにTシャツで、サングラスをかけている。一見したところ、昼食をとるところを捜している観光客の風情だ。

「仕事は?」マトラムのとなりに腰をおろして、クリッパーがきいた。

マトラムは、缶入りのコークを取って、プルトップをあけた。「今回はふたりだ。ボブ・デイヴィッドソンとアンディ・クーパー。ふたりとも地元の出身だ。釣りをする。この港に小さな船を置いている。夏の暑い盛りには、夜釣りをする」

「船に乗っているところを殺《や》るんですね?」トレンチがきいた。

マトラムはうなずいた。「そうだ。われわれが乗るモーターボートを用意しておいた。

わたしが操縦する。おまえたちは水中からやつらの船を沈める」

「爆発物は使えますか?」クリッパーがきいた。

「やめたほうがいい」マトラムはいった。「かなり沖になるはずだから、まわりにはだれもいないだろうが、海上では音が遠くまで伝わる。爆発音は何キロも離れたところでも聞こえる」

マトラムは、ひと息でコークを飲み干し、缶を握りつぶした。「ふたりを溺《おぼ》れさせてから、沈没させたほうがいいだろう。そのほうが死体が発見されにくいし、発見されても事故だと思われる」

マットは、パリ北駅を見渡した。宵《よい》のうちだったので、駅構内は人の流れが激しかった。ユーロスターの最終列車からどっとおりてきたバックパッカーや学生が、安い宿泊施設を捜している。ビジネスマンがブリュッセルやケルン行きの最終列車に乗ろうと急いでいる。

携帯電話を耳に押し当てた。「これをやったら、もうアンコールはなしだ」とアボットがいうのが聞こえた。「信用しろ。また犯罪海岸でサングリアやフライドポテトを客に出せるようになる」

アボットの声を聞くだけで、神経を逆なでされる心地だった。話をするたびに背すじに不愉快な感覚がある。マットは北駅でラクリエールのユーロスターからおろされ、オーリーナがすぐそばに立っていた。シャルル・ドゴール空港発の便の航空券を、すでに手にしている。

「殺《ヒット》しを一度、そしてもう一度」マットは腹立ちをこめていった。「どうすればあんたから解放されるのか、教えてもらいたい」

「だからいっているじゃないか」アボットがくりかえした。「これきりでおしまいだ。ラクリエールと話をした。きみが気に入っているようだ。工場をみごとに破壊したのを買っている。偽造の采配をふるっている人間を排除するのに、ラクリエールは信頼の置ける人間が必要なんだ。それだけのことだよ。それで片がつく。問題は消えてなくなる」

マットは、駅で買ったコーヒーをひと口飲んだ。「あんたたちは、ラクリエールにどんな借りがあるんだ？」

「時間があったら、早く口座を調べてみろ」

「どの口座だ？」

「当座預金だよ、マット」アボットは間を置いた。「あとの口座はまだ凍結したままだ。まるで手品だな。マットがいい子にしていると、口座がひらく。悪い子だと閉じる」

「自分の金を返してもらったのに、感謝しないといけないのか」

「善意のしるしじゃないか。東に戻って殺《ヒット》しをやれば、あとの口座も凍結を解除される。前にもいったように、なにもかも帳消しにする」

マットは片手で顔を覆った。世界のどこかで問題はつねに起きている。ＳＩＳはそれを処理する人間をつねに必要としている。アイヴァンが忠告したとおりになった。

「殺《ヒット》しをもう一度だけだ、マット」アボットが執拗にいった。「きみみたいに手が血で汚れた人間には、あとひとりぐらいどうということはないだろう」

マットは、携帯電話を顔にくっつけた。「ギルはどこだ？　まったく連絡がない……」

「セクシーな保母さんか？」アボットがくすくす笑った。「わたしが知るわけがないだろう。〈ラスト・トランペット〉の奥の部屋でウェイターとやってるんじゃないか」

マットはいいよどんだ。「こんなに長いこと連絡がないのは、ギルらしくない。SIS《ザ・ファーム》が関係あるのかどうかききたい」

「殺《ヒット》しをやれ」アボットがいった。「そうしたら、きみの性生活をなんとかしてやろう。重要な物事から処理するのが鉄則だ。それについて書いてある本を貸そうか」

マットはいい返そうとした。胸の怒りがつのっていて、それをいい表わす言葉を捜していた。だが、手にした携帯電話はすでに切れていた。オーリーナがマットの腰に腕をまわし、タクシー乗り場を指さした。「行きましょう」そっとささやいた。「もう時間よ」

小さなモーターボートの揺れを、マトラムは感じていた。日中の強風は弱まったものの、イギリス海峡はかなり風が強く、波頭から泡のような飛沫《しぶき》が散っていた。デヴォンやコーンウォールの昔の海賊は、頭がよかった。海でひとを殺しても、だれにも見られる気遣いはない。

もう一時間近く海上に出ていた。一海里ほど沖だと、マトラムは判断した。昼間のうちに、ターゲットの船の底に小さな発信機を取り付けてある。それがGPS衛星に電波を送り、精確な位置を報せている。

目の前にいるのとおなじように見張ることができる。

「あと五分で邂逅《かいこう》する」マトラムは、船尾からどなった。「用意しろ」

クリッパーとトレンチは、いずれもウェットスーツを着用し、黒く塗った顔だけが見えている。背中にボンベを背負い、フィンをつけている。ベルトに刃の厚い鋼鉄のハンティング・ナイフを取り付けているだけで、ほかに武器は持っていない。舳先《へさき》の座席に無言で座って、モーターボートが波を切り、揺れながら進むあいだ、海に目を凝らしていた。

月光が海面から照り返し、前方は明るかった。空に散らばる雲はないし、今夜はずっと視界に恵まれるだろうと、マトラムは判断していた。

GPSの表示を見て、船外機の向きを右に調整して、モーターボートの針路を変えた。ターゲットの一キロメートル以内に接近して、そこでエンジンを切る。

マトラムは、〈ブッシュネル〉の二〇倍五〇ミリの強力な監視用双眼鏡を覗いた。バードウォッチング用だが、二〇倍という倍率で一〇キロメートルの距離までよく見えるので、SASの支給する軍用装備よりもずっといい。焦点を合わせると、水平線《ライン》を横切るように浮かんでいるターゲットの船が見えた。甲板にふたり座っている。釣り糸は海に流している。いい鴨だ、と思った。撃たれるのを待っているようなものだ。

マトラムはふりむいてエンジンを切り、「行け」とささやいた。

クリッパーとトレンチは、ほとんど波も立てないで海にはいり、潜って見えなくなった。それを見守りながら、マトラムは時計を見た。午前零時十五分。あと十分もしたら、やつらは死んでいる。

双眼鏡を膝に置き、海を見渡した。裸眼ではターゲットの船は水面の点としか見えない。光のいたずらだと錯覚しそうになる。こっちから向こうは見えるが、向こうからこっちは見えない。

マトラムは〈ブッシュネル〉をふたたび覗き、肝心な瞬間が訪れるまで秒を数えた。急襲の一分前ほど楽しいときはない。期待に肌がちくちくし、興奮のあまり額に汗がにじむ。千回味わってもなお、暗殺にはひとつひとつちがう味わいがある。

水面を割ってひとつの影が現われた。この距離でも、ターゲットの船が揺れているのがわかる。クリッパーとトレンチが一気に泳ぎきって、船によじ登ったのだ。倍率をあげたが、細かい動きまでは見えなかった。ひとりが立ちあがり、ナイフで刺されたもうひとりが腹を押さえてうずくまるのが見えた。立ちあがったほうは、うしろに飛びのいて、足を踏みはずし、船底に倒れた。そいつにナイフが突き立てられるのが見えた。あっという間に、急な動きはなくなった。死体にウエイトをくくりつけて、海に落とすのが目にはいった。つぎに、船が傾きはじめた。クリッパーとトレンチが舷側を切り取って、波をかぶるように細工したのだ。

船が波の下に沈むのを眺めて、マトラムは思った。水葬というわけだ。ふたりとも元兵士だから、こういうふうに葬られたことに感謝すべきだろう。

14

マレンコフが、顎の無精髯《ひげ》を手でこすりながら、胡散《うさん》くさそうにマットの顔を見た。

「このあいだあんたの仕事をしたときには、息子が死んだ。それなのに、もう一度やると思うか？」

マットは、テーブルの上から身を乗り出した。マットとオーリーナは、シャルル・ドゴール空港発の便で二時間ほど前に着いたばかりで、いまはキエフのアパートメントにいる。

「まっとうな理由はひとつもいえない。おれがあんたの立場なら、やっぱり断わる」オーリーナのほうをちらりと見た。「だが、オーリーナがしこたま金をくれるそうだ」

マレンコフが、オーリーナのほうを見た。テーブルの向かいに座ったオーリーナは、薄い革のコンピュータ・キャリングケースを膝に載せていた。ゆっくりとそれをテーブルの向こうに押しやった。マレンコフは一瞬ためらったが、キャリングケースのジッパーをあけて、大きな手を突っ込んだ。札束を抜き出し、ぎゅっと握りつぶした。

「二万ポンド」オーリーナがきびきびといった。「一万ドル、一万ユーロ」

マレンコフが笑った。「おれは息子を死なせた」笑い声が弱まって消えた。「これだけの金で、だれに死ねというんだ」

オーリーナが札束を指で叩き、爪が当たって小さな音がした。「もっとある」小声でいった。「あなたの必要なだけ」

マレンコフが立ちあがった。突然怒りをあらわにした。「その金で、何人が死ぬことになるんだ?」ささやき声になった。「いったい何人が裏切られる?」

「死ぬのはひとりよ」オーリーナが語気鋭く答えた。「レシュコ。セリク・レシュコ」

マレンコフが、貫くような強い視線をふたりに向けた。「あんたら、正気か」

「だといいが」マットはいった。「しかし、そういう命令を受けてる」

「レシュコは、ミンスクきっての大富豪だ」マレンコフはいった。「ドン川のこっちで最強のギャングだ。みんな怖れている。ベラルーシ政府までもが。ロシアのプーチン大統領を殺《や》るほうがまだ簡単だ」

「おれたちはやつを斃《たお》したい。あんたに手伝ってもらいたい」マットはいった。

マレンコフは、膝に載せたキャリングケースを叩いた。「それじゃ、これはただの前金だ。レシュコは悪魔みたいなやつだから、おれは国のために貢献することになる。命を落としかねないんだから、はした金ではやりたくないし、無駄死にするのもごめんだ」

そのオフィスは照明がひどく明るく、ミンスク中央部を見渡すことができた。壁は薄いブルーで、奥の壁にはテレビ画面がならび、世界中のさまざまなスポーツ・チャンネルが映っていた。画面の前に黒いラブラドール犬がいて、デスクの脚につながれている。横の壁には、何挺もの自動火器が飾ってあった。旧ソ連時代に製造された重要な型にちがいない、とマットは思った。磨きこまれて光っているところからして、すべて使用に耐える完璧な状態なのだろう。

セリク・レシュコが、身を乗り出した。「名前はなんといったかな？」

「パーキンズです」マットは穏やかにいった。「ブライアン・パーキンズ」

「パーキンズさんはイギリスから来られました」横に座っていたマレンコフが説明した。「製造をやってくれるところがないかというのです」

マットは、胃がぎゅっと縮こまる思いだった。ふたりは一日かけて、列車でキエフからミンスクにやってきた。何軒かある高級ホテルのうちの一軒で、自由広場の近くにある〈ベスト・イースタン〉にチェックインした。オーリーナはキエフに残った。レシュコの部下に顔を憶えられていて、正体がたちどころにばれるおそれがあったからだ。

ビル内に入る際に、厳重な身体検査を受けた。それを予測して、ふたりとも武器のたぐいはいっさい持っていなかった。もちろん、作り話を前もって打ち合わせてある。マレンコフがレシュコとの面会を手配し、マットはベラルーシの製造工場を捜しているイギリスのビジネスマンに化けることになった。ここまでこぎつけるのに三日かかった。レシュコの幹部と二度会見して、信用を確立し、本物のビジネスマンに見せかけるために、オフショア銀行の口座に巨額の金を振り込んだ。レシュコは小物には会わない。懐《ふところ》にはいり込む前に、ひとかどの人物であることを実証する必要がある。

マットは台詞《せりふ》を暗記している自信があった。それでも、ひとつの手抜かりで、この男に殺されるだろう。そうなったら、威厳を保ちながら死ぬ以外に、できることはなにもない。

「なにを製造してほしいというんだ？」レシュコがきいた。

「デイヴィッド・ベッカムのジャージー。レアル・マドリードのカラーで、ホームとアウェーの両方」マットはいった。「おたくではなんでも製造してくれると聞いている。グッチのシャツ、ルイ・ヴィトンのバッグ、シャネルの香水、モスキーノのベルトなどを。ジャージーぐらい造作ないでしょう」

レシュコがうなずき、口もとに悠然と笑みを浮かべた。装飾品としか考えられないブロンドの美女がふたり、そのうしろに座っている。「簡単だ。サイズ、デザイン、カラーをいってくれれば作らせよう」

マットはうなずいた。「月産一万枚を考えている。ジャージーの単価は一ポンド、だから一カ月で一万ポンド。売れるかぎりやる」

「それぐらいの計算はできる」レシュコが、そっけなくいった。

「代金は品物と引き換えだ」マットは即座にいった。

レシュコがうなずいた。「それならできる。ベラルーシとポーランドの国境で引き渡す。ヨーロッパにどうやって持ち込むかは、そっちの問題だ」

「結構だ。おたくとビジネスができるのは、とても楽しみだ」

「前金が必要だ。現金で三万ドル。受け取るまではなにもしない」

値切れ、とマットは心のなかでつぶやいた。ふたつ返事で同意したら疑われる。「二万」

レシュコが立ちあがった。黒いスーツを着て、濃紺のシャツの襟はひらいたままだ。すべすべの胸に銀の十字架が光っている。「わたしは値切りには応じないんだ、パーキンズさん。市場の商人とはちがうんだ。値段を口にしたときには、払ってもらうのがあたりまえだと考えている。全額を一度に」

「二万五千」マットはいった。

「値切りには応じない」レシュコがくりかえした。「あす三万渡せないのなら、シャツを製造するのはほかのやつにやらせるんだな」

「わかった。しかし、安全に会える場所が必要だ。おたくとおれだけで」

「ふたりきりで？」レシュコが笑った。デスクの小さな箱からドッグ・ビスケットを出して、ラブラドール犬のほうに投げた。「わたしは護衛なしで出かけたりしないんだよ」

「何人？」

マレンコフが身を乗り出した。「金を無事に渡せるかどうか、それが知りたいだけだ」

「いっしょにビジネスをやるのであれば、おたがい、相手を信用するようにしないとな」レシュコがいった。「そうだろう、イギリス人？」

マットは頬をゆるめた。「了解した。それで、そっちの護衛は何人なんだ？」

「ふたりだ」レシュコがいった。「道路ぎわで会う。そうすれば安全が確認できる」

「どこの道路？」

「ここから一五キロメートルほどだ。帰るときに、うちのものが地図を渡す。午後三時、金を持ってこい。そうしたら工場を動かしてやる」

マットは立ちあがり、手を差し出した。「おたくとビジネスができてありがたい」

うしろでラブラドール犬が激しく吠えていた。


待避所は殺風景で暑かった。道路のひび割れた塗装が、陽に灼かれてからからに乾いている。マットは道端に立ち、閑散としている平らな農地を見渡した。午後二時四十五分だった。小麦畑が収穫を迎える時期で、地平線まで金色の小波がひろがっている。風ひとつなく、空にも雲はまったく見当たらなかった。太陽は頂点に差しかかっている。

「レシュコが道路に背を向けて、あんたと道路のあいだに立つようにするんだ」マレンコフが、正確な場所を示した。「そうすれば、あんたにまちがって当たらないようにやつを撃つことができる」

マットとマレンコフが立っている場所は、ミンスクからポーランド国境へ向かうA236号線の道端だった。そういう道はどこの国でも交通量が多いはずだが、ベラルーシは貧しい国なので、乗用車かトラックが一時間に一台通る程度だった。ひとひとり殺すにはじゅうぶんな時間だ。

「レシュコと護衛を同時に斃《たお》すことができると思うか？」

マレンコフは肩をすくめた。「あんたが注意をそらしてくれれば殺《や》れるだろう」

細かい部分まで、計画を決めてあった。マットは指定どおりの場所でレシュコと会う。A236を一五キロメートル走ったこの待避所が指定されている。マットがひとりで立っていて、そこへレシュコが車で近づく。護衛ふたりのうち運転手は車に残り、もうひとりがレシュコといっしょにおりるはずだ。マレンコフが、あまり怪しまれないようにランドローバーでゆっくりと近づき、レシュコと護衛を撥《は》ねる。マットは跳びのいて、ランドローバーの後部からAN-94を取り、車に残った護衛を撃ち殺す。

「ここだ」マットは、待避所の脇のほうに二メートル移動した。「おれはここに立つようにする」

マレンコフはうなずいた。「それなら、道路から直進してやつらを撥ねることができるはずだ」

マットは、待避所を何度も往復した。激しく打っている心臓が飛び出しそうで、血管を血がどくどく流れている。待つのはいつでも神経にこたえる。三時まであと二分。レシュコはおそらく時間に正確なはずだ。金を受け取るときには、だれでも几帳面に約束の時間を守る。

殺しの直前の時間には、無言の息苦しい不安がみなぎっている。頭のなかで十数種類の筋書きを進めてみるが、その半分は自分が死んで地べたに横たわるというものだ。レシュコはプロフェッショナルだ。殺しはいつでも簡単ではない。しかし、今回はそれに輪をかけて難しいだろう。

マレンコフは、五〇〇メートルほど離れた待避所の木立の奥に車をとめている。レシュコの車が通過するのを見てから五分後に道路に出る。マットは、新札三万ドルを収めた地味な黒いケースを握り締めていた。

突然、地平線に車が見えた。道路が低くなっている個所にはいって、しばし見えなくなったが、やがてまた現われた。距離は約五〇〇メートル。

黒いメルセデスで、ウィンドウにはスモークが貼ってある。ゆっくりと待避線にはいってきた。減速の感じからして、装甲をほどこしてあるにちがいない。余分な重量がかかっていないかぎり、メルセデスはあんなぎくしゃくしたとまりかたはしない。

装甲、防弾ガラス、武装した護衛。レシュコは、身の安全にかなり気を配っている。

マットは歩を進めた。メルセデスのサイド・ウィンドウがあき、レシュコが待避所のあちこちに視線を投げた。「ひとりだな？」鋭い声できいた。

マットは両腕をひろげた。「まったくのひとりだ」

ドアがあいた。まず護衛が出てきた。一八〇センチ以上ある長身の男で、肩幅が広く、髪は薄い砂色だった。相手を完全に見おろしている威張りくさった態度で、マットに近づいてきた。ブラック・ジーンズ、白いTシャツ、ブーツという格好だ。ジーンズのふくらみからして、ポケットに拳銃を入れているようだ。もう一挺、ブーツにも差し込んでいる、とマットは見抜いた。

「調べる」マットに向けて、その護衛がどなった。「調べるぞ」

マットは、両手両脚をひろげて立った。護衛が手の甲で乱暴に叩きながら、ボディチェックをした。マットのシャツをまくり、ズボンのベルトも調べ、靴の縁も指で探った。

乱暴にやるがいい。あと何分かしたら、おまえは死んでいるんだ。

「異常なし」護衛が、肩越しにどなった。

レシュコが車から出てきた。薄い笑みが顔にひろがった。マットの足もとに置いた黒いプラスティックのケースに欲深そうな視線を向けて、二歩進んだ。「不愉快な思いをさせて悪かったな」ゆっくりといった。

「ジャージー製造は危険なビジネスだからな」マットは道路を一瞬盗み見た。なにも見えない。だが、道路が低くなっている部分があるので、五〇メートルまで近づかないと、ランドローバーは見えないはずだ。マレンコフは一分後に到着するはずだと、マットは計算していた。

雑談をする時間がある。

レシュコに目を向けた。「近づきになったんだから、もっとたがいに信用してもいいんじゃないか」

「そう願いたいがね」レシュコはいった。「金は持ってきたか」

頭のなかで、マットはカウントダウンしていた。三十、二十九、二十八……。

「もちろんある」落ち着いて答えた。「そちらの要求どおり。それで、シャージーの最初の引き渡しは？」

「一週間以内」レシュコが即座に答えた。「うちの工場は仕事が早い。なんでも好きなものを、いつでも製造できる。金さえもらえれば」

しっかりしろ、とマットは自分にいい聞かせた。十二、十一、十……。

ケースを持って、レシュコのほうへ歩いてゆき、受け取れる場所に置いた。「さあ、数えてくれ」

二歩さがった。五、四、三……。

視線をあげないようにしていたが、ランドローバーが坂を越えて近づいてくるのが、音でわかった。加速するにつれて、エンジン音が高くなる。いまでは三〇〇メートルまで近づいている。レシュコがケースをあけ、一瞬、札束に注意が向いた。分厚い札束を見て目を輝かせている。車にしまうために、ケースを持って向きを変えようとした。ふりかえったらマレンコフの姿が目にはいる、とマットは気づいた。

「金を数えないのか？」マットは急いでいった。「それで取引は完了だろう」

レシュコがにやりと笑った。「あんたを信用しない理由がどこにある」

「いいから数えてくれ」

レシュコのとなりにやはり道路に背を向けて立っている護衛が、マットに棘々《とげとげ》しい視線を向けていた。ランドローバーは一〇〇メートルの距離にいて、速度を増している。そっちを向くな、ふたりとも。そうすれば、なにに撥ねられたかも気づかないだろうよ。

ランドローバーのタイヤが甲高《かんだか》い音をたて、道路をそれた。急に向きを変え、護衛の背中に激突した。腰の上あたりにぶつかって、背骨を砕き、一瞬にして無力化した。倒れた護衛の頭をタイヤが轢《ひ》いた。

その向こうで、メルセデスに乗っていた護衛が、マレンコフに向けて威嚇射撃を放ち、ドアを閉めた。レシュコがふりむき、恐怖を顔に浮かべた。護衛を轢いたランドローバーは速度を落としていたが、まだとまってはいなかった。避ける余裕はなかったが、レシュコは必死で右に身を投げて助かろうとした。だが、ランドローバーが左太腿にすさまじい勢いでぶつかり、レシュコの体は横向きになって、宙に吹っ飛んだ。撥ねられたときに骨が砕ける音を、マットは聞いた。左脚はぐしゃぐしゃに砕けているはずだ。腰骨と骨盤もやられただろう。

マットは身を躍らせた。一秒の何分の一かしかない。おれが死なないためには、それだけの余裕しかない。

すばやく横に動き、ドアをあけたままにしてあるランドローバーの後部にまわって、AN-94をわしづかみにした。両手に握った銃が頼もしかった。安全装置《セフティ》をはずす。折り敷き、狙いをつけて、倒れている護衛にすばやく一発撃ち込んだ。弾丸が突き刺さるときに体が揺れたが、それきり動かなくなった。

ランドローバーの前にまわり、メルセデスに向けて発砲した。弾丸がタイヤを切り裂き、ずたずたの切れ端に変えたが、車体からは跳ね返った。マットは近づいてウィンドウを撃ったが、やはり跳ね返っただけだった。床尾でガラスを割ろうとしたが、思い切り叩きつけても強化されたガラスを割ることはできなかった。

「ちくしょう」マットはいった。「こいつが逃げる」

メルセデスのエンジンが轟然とかかり、運転手がバックしようとした。この車に乗っていれば、タイヤがちぎれても勝負できるのだと、マットは気づいた。

「ぶつけろ」マットは、マレンコフに向かって叫んだ。「そいつにぶつけろ」

そのとき、メルセデスがうなりをあげて反撃に出た。運転手がエンジンを空ぶかしして、ギアを入れ換えた。道路にあがると、タイヤがはずれたホイールが舗装面をこすって火花が散った。メルセデスは向きを変え、マットの立っているところめがけて加速した。マットは跳びあがり、横に身を投げた。コンクリートに肩から着地し、すさまじい痛みが走った。

だが、マットを轢こうとしたために、運転手は自分が逃げるのに利用できた数分の一秒を失ってしまった。

忠義立てしている場合か、とマットは思った。命を無駄にするな。

すこし離れたところで、ランドローバーがメルセデスに激突した。衝突したとたんに炎があがり、二台は燃えあがるねじくれた金属の塊と化した。マレンコフは運転席から飛び出して、待避所のコンクリートに勢いよく着地した。ガソリンがこぼれて、二台の車体下から炎がひろがりはじめた。メルセデスの運転席側のサイド・ウィンドウがあき、一発の銃声が響いた。あいつは狙って撃つことができないのだ、とマットは気づいた。頭を出せば撃ち殺されるとわかっている。運転手の放った銃弾は、なんの害もなくうなりをあげて空へ飛んでいった。

あわれなやつ、とマットは心のなかでつぶやいた。車のなかで焼け死ぬか、出てきて撃たれるか、決めかねている。

ドアがあいた。運転手がよろよろと出てきた。額の切り傷から血が流れている。両手を差しあげて叫びながら、二歩進んだ。「お助けを《リターシュチュ》。お助けを《リターシュチュ》」

気の毒だが、こっちは人道的事業じゃないんだ。

マットは、AN－94を構えて、狙いをつけ、連射を放った。上半身と首に何発もくらった運転手がのけぞった。悲鳴のようなものを発しかけたが、アサルト・ライフルのすさまじい発射音にかき消されて、なんといったのかは聞こえなかった。膝の力が抜け、血が流れ出している首を押さえようと両手をのばした格好で、運転手は倒れた。

「だいじょうぶか？」マットはマレンコフに大声できいた。

マレンコフは銃を持ったまま立ちあがった。「だいじょうぶだ」うなるような声で答えた。「打撲だけだ」

苦しげなうめき声が、道路脇から聞こえた。マットはさっとふりむき、意識を回復したレシュコが強烈な陽光に目をしばたたいている畑のきわに走っていった。顔を血が流れ落ちていて、脇腹がふくれているところからして、骨がだいぶ折れているようだ。レシュコが銃を抜くのではないかと不安になったマットは、喉に銃口を突きつけた。「こんなことをしやがるのは、どこのどいつだ？」舌から血をしたたらせながら、レシュコが懸命に言葉を発した。

マットは、AN-94の引き金にかけた指に力をこめ、レシュコの皮膚に銃口を食い込ませた。そこでためらい、この男には殺される理由を知る権利があると思った。自分には教えてやる義務がある。それが兵士と殺人者のちがいだ。

「どこのどいつだ？」

「エデュアルド・ラクリエール」マットは答えた。「おまえはラクリエールの会社の偽薬を製造していた。まずかったな。ブランド品の時計やハンドバッグの偽物を製造するならまだしも、あんな大物を敵にまわすとは」

レシュコの顔を苦痛の色がよぎった。姿勢を変えようとしているのがわかったが、体の左側の骨がかなり折れているせいで、筋肉しか動かなかった。

「おまえはなんて間抜けなんだ、イギリス人。わたしはラクリエールから盗んでいない。盗んだのはあっちだ」

「ヨーロッパきっての大金持ちが、ベラルーシみたいな最貧国のけちなギャングから、なにを盗むというんだ？」

「金じゃない」レシュコがいった。「科学だ」

「馬鹿をいうな。トカーみたいな会社が興味を持つような科学が、ここにあるはずがない」

レシュコが笑おうとしたが、痛みに打ち負かされた。口もとをゆがめたとたんに、苦しげな表情に変わった。「武器だ。旧ソ連時代、この国には軍事研究施設があちこちにあった。XP22。あいつがわたしから盗んだのはそれだ。アフガニスタンを征服するためにソ連軍向けに政府が開発した薬だ。人間を勇敢にするが、同時に正気を失わせる」

「そんなのは逃げ口上だ」マットは吐き捨てるようにいった。「おれは歴史の授業を聞きにきたわけじゃない」

レシュコが頭をゆっくりとほんのすこし持ちあげて、マットの目を見据えた。「撃ち殺したいのならやればいい。どうせこんなに苦しいんだ。だが、おまえは馬鹿だ。それだけは憶えておけ。やつらはおまえを利用している。用が済んだら、おまえも消される」

マットは、AN-94の銃口をレシュコの頰に当てた。熱した銃口が皮膚を焼いた。「もうやめろ」

レシュコが咳をして、喉の奥の血の塊を出した。「レオニード・ペトロールと話をすることだな」死が間近なのだろう。ささやくような声になっていた。「かなり齢で、キエフ郊外に住んでいる。だが、頭ははっきりしているから、説明してくれるだろう」

マットは手をとめて、額に浮いた汗を拭った。二台の車は依然としてうしろで燃えていて、熱い煙の渦が畑の上を流れていた。

「ぐずぐずしているひまはない」マレンコフが口をはさみ、心配そうに道路のほうを見た。

「その男のところへ案内する」レシュコが咳き込みながらいった。もうかすれた声しか出ない。

マットは首をふった。そっと引き金を絞り、レシュコのこめかみに一発撃ち込んだ。レシュコはすでに虫の息で、弾丸に脳を切り裂かれたとたんに、最後の命の炎が消えた。マットは、レシュコが絶命したことを確認し、立ちあがった。

頭に血が昇るのがわかった。レシュコの話はどういうことだ？

マットは、すさまじい目つきで、マレンコフのほうを向いた。「いまの話は事実だと思うか？」

マレンコフは肩をすくめ、ライフルを肩に吊って、畑を歩き出した。「わからない」うんざりしたように答えた。「しかし、そういう薬が旧ソ連時代に軍隊でテストされたという噂はあった」

水平線までひろがっているひと気のない畑を、マットは見渡した。陽光が叩きつけて、まばゆい照り返しが一面にあふれている。背後でランドローバーとメルセデスが炎に呑み込まれ、濃い煙が渦を巻いて立ち昇っている。マットはつぶやいた。「くそ。思っていたのと、話がまったくちがうじゃないか」

15

マットの肌に、オーリーナはしなやかにやさしく触れた。ウォトカを持って、脱脂綿に垂らし、それでマットの切り傷をこすった。肩の横をひどくすりむいていて、ぶつけたところが早くも紫色の痣《あざ》になっていた。背中には切り傷の臙脂《えんじ》色の条《すじ》が何本もできているし、工場急襲のときの頬の傷がまたひらいていた。

ひどくやられたものだ。もとの体に戻るのに、何日か休まないといけない。

マットとマレンコフは、待避所から一五、六キロメートル歩いて山野を横断し、近くの村へ行った。マレンコフが車と運転手をそこに待たせていた。十二年前の型のBMW3シリーズで、運賃として現金で二千ユーロを払った。車そのものの値段の倍だが、出すだけのことはある。それで国境を越え、ウクライナに戻るとタクシーに乗り換えて、キエフに戻った。十六時間の旅の末に、例のアパートメントに戻ったわけだった。ふたりとも疲労《ひろう》困憊《こんぱい》し、体力が尽き、神経がずたずたになっていた。だが、生きているし、仕事は片づいた。それで満足するしかない。

「ほんとうによくやったわ」オーリーナがいった。「レシュコに手出しをしようとして生き延びた人間はそうはいない。ラクリエールはさぞかしよろこぶでしょうね」

マットは顔をしかめた。冷たいアルコールが肌と血を刺激し、痛みのあまり肩が小刻みにふるえた。「これだけひとを殺せば、やっこさんも満足というわけか」

オーリーナは、小さなグラスにウォトカを注いだ。「目的を果たしたからよ」

グラスを口もとに運び、透明な酒を含むと、身を乗り出して、マットに唇を押しつけた。これまでとはまったくようすがちがっている。これまでになく満足げで、緊張を解き、自信をみなぎらせている。キスをしていると、オーリーナの舌からウォトカがしたたってきた。ふたりはベッドに寝ていた。マットはジーンズだけになっていたが、オーリーナは黒の短いスカート、太腿まであるスエードのブーツ、ブラジャーの輪郭《りんかく》がわかるぴっちりした黒いセーターという格好だった。マットは手をのばして太腿のうしろをなぞり、スカートに手を入れた。オーリーナがマットをまたぎ、両腕でベッドに押しつけた。マットは左のブーツをつかんで、ジッパーをあけようとした。

「何度いったらわかるの。わたしの好きなやりかたでセックスするか、しないか、どっちかよ」

マットは仰向けのまま、オーリーナのキス攻めを受けていた。唇が胸をなぞり、舌が肌を微妙にかすめて、欲情が背すじを小波のように伝わる。マットは目を閉じて、傷の鈍い痛みと愛撫の刺激が混じり合った痛みと喜びのカクテルを味わった。短いがむさぼるようなセックスで、果てたオーリーナはマットのそばに横たわり、眠たげにゆっくり呼吸して、ときどきキャップをあけたままのウォトカをラッパ飲みした。

マットは、オーリーナにかなり親愛の情を抱くようになっていた。ふたりいっしょにいるとゆったりした気持ちになる。残った仕事を無理やりやらせたのはオーリーナだが、こうして無事に生き延びているからには、もうなんの恨みもなかった。

「レシュコは、死のまぎわに妙なことをいった」マットは切り出した。「勇気が出る薬とか。昔、ミンスクで製造されていたそうだ。ラクリエールがそれを盗んだというんだ。勇気は出るが、正気をなくす薬」マットに抱かれているオーリーナがほほえんだが、それでいて腕のあたりが突然緊張するのがわかった。

「でたらめよ」オーリーナが激しい口調でいった。「死にかけている人間は、なんとか助かろうとして、とんでもない話をするものよ。あなたも兵士なら、そういうことはわかるでしょう」

マットは首をふった。「ちがう」きっぱりといった。「戦場で身をもって学ぶ教訓は、死にかけている人間は嘘をつかないというものだ。人間が真正直になる唯一の瞬間かもしれない」

「どうでもいいじゃないの」オーリーナはそっといった。「いっしょにイギリスに帰りましょう。それともスペインに。わたしもこれからずっとトカーにつとめるとは限らないし、西ヨーロッパに定住するのもいいかもしれない」

マットは笑った。「どうでもよくない。おれはそういうことをないがしろにしておけない男なんだ。いずれきみにもわかる」

オーリーナは口をつぐんだ。顔をそむけたので、泣いているのかもしれないと思った。涙をぼろぼろ流すような泣きかたではない。それはほんとうに必要な場合のために温存しているのだろう。だが、アーモンド形の目の隅が、かすかにうるんでいるようだった。

「その勇敢になる薬のことは、考えないほうがいいわ」

マットはたじろいだ。そういう言葉は予想もしていなかった。

「だけど……おれはどうしても」

「だめ」オーリーナがいった。「だめといっているでしょう」

怒りが湧きあがってきた。「イギリスで起きていることと関係があるかもしれない」なにげない口調をよそおってつづけた。「いちおう調べておかないと」

「関係ないわよ」

「そうかな。調べないとなんともいえないよ」

オーリーナが転がって、マットの拳を握り締めた。「いいこと。手を出さないで。ここは闇の国よ。暗い秘密があるのよ。あなたは外国人よ。ここで起きていることなど知る由もない。いいから帰りなさい」

マットは首をふった。「いまもいったように、いちおう調べるだけだ」

不意にオーリーナがキスでマットを黙らせた。手をのばして、ブーツのジッパーをあけながらささやいた。「それならわたしとセックスして。この世での別れのときみたいに」

マットは、街路のようすを念入りに見た。火曜日の早朝で、キエフの通勤者たちは仕事場に向かっていた。まだ涼しく、太陽は輝いているが、心地よい風が街を吹きぬけていた。快適な気温を経験するのは、数週間ぶりだった。

オーリーナには外の空気を吸いたいといって、アパートメントを出てきた。片方の耳を手で覆って往来の騒音をさえぎり、反対の耳にノキアを押し当てて、舗道のカフェに座った。「エレナー」電話に向かっていった。「そうだね？」

相手がマットの声だと察するまで、一瞬の間があった。「マット。だいじょうぶ？」

「まあまあだ。なにかわかった？」

「農場《ザ・ファーム》のこと？　ええ、いろいろと。ネットで調べたの」

マットは、さっき注文したコーヒーに砂糖をひとつ入れた。もう何日もまともな朝食を食べていない。メニューのベーコン・エッグズの絵を指さした。ウェイトレスのほうを見て、

「ヘファーの話の確認がとれたの。ウィルトシャーのチップナムの南」エレナーが話をつづけた。「超極秘みたい」

マットはコーヒーを飲んだ。「ほんとうはなにをやっているんだ？」

「大手製薬会社の初期段階のテストに使われていたの。研究所で作られて間もない秘密を守りたい新薬を志願者数人に飲ませて、一定期間観察し、効果をたしかめる、といったことをやっていたのよ」

「飲ませた人間が死んだら」マットは口をはさんだ。「中止したほうがいいとわかるわけだな」

「受刑者をだいぶ使ったみたいね。終身刑の囚人に、テストに参加すれば特別の扱いをするといって。兵隊も使っていた」

ベーコン・エッグズがマットのテーブルに運ばれてきた。黒パンのトーストもついている。ベーコンは脂身《あぶらみ》が条《すじ》になった薄い切れ端で、ちゃんとしたベーコンのスライスとはとてもいえない。それでもまあ食べられる。「それで、国防省が関係していたんだな」

エレナーが用心深く答えた。「そこは何社もの大手製薬会社が使っていたの。資金は製薬会社が出して、国防省が被験者を用意するという仕組み」

マットはベーコンを一枚取り、トーストに挟み込んでがつがつ食べた。「トカーだ」といい切った。「トカーもそのうちの一社だったんだ」

「理由は？」

「ただの勘だ」マットはトーストを飲み込んだ。「ちょっとわかったことがある。理由はわからないが、つながりがあるという気がする。勇敢になる薬というのがあったそうだ。旧ソ連時代に、こっちで開発されていた」

「どういう効き目があったの？」

レシュコの口から聞いた言葉が、マットの脳裏をよぎった。「人間を勇敢にするが、同時に正気を失わせる」

エレナーの表情が目に浮かぶようだった。驚き、恐怖。だが、結びつきをつかんだ興奮に、喜びの色も浮かんでいるにちがいない。「人間を勇敢にするが、同時に正気を失わせる」三年生が教室で朗読するように、ゆっくりとその言葉をいった。「それを兵士にテストしたかもしれない。それで正気を失うことになったかもしれない」言葉を切った。「なんてこと、マット。〝農場〟で兵士にテストした薬はそれにちがいない。ケンがまさにそうだったのよ」

「あまり先走りしないほうがいい」マットはたしなめた。「なんでもないのかもしれない」

「その薬のこと、もっと調べられない?」エレナーの声は高くなっていた。「正気を失って突然暴れ出したひとたちの遺体から、なにか痕跡が見つかるかもしれない」

「調べてみる」マットはいった。

「わたしはウィルトシャーへ行ってみる。〝農場〟のことを聞き込みする。だれか、なにかを知っているかもしれない。薬物のテストを受けた兵士のリストがわかるといいんだけど」

「だめだ」マットは鋭くいった。「おれが戻るまで待て。国防省が関係しているとすると、秘密保全は厳重だ。聞き込みなどしたら目をつけられる」

「心配しないで。自分の面倒ぐらいみられるから。ロンドンに戻ったらすぐに連絡して」

「だめだ、エレナー。行くな」

声が大きくなっていたが、無駄だとわかっていた。電話はもう切れていた。急いでリダイヤルしたが、ノキアは電池が切れ、まったく使えなくなっていた。何者を敵にまわす可能性があるかということが、エレナーにはわかっていない。やつらにどういう恐ろしいことができるかもわかっていない。

マットは、皿の卵とベーコンの食べ残しを見た。ベーコンをフォークに巻き、嚙みはじめた。急に食欲がなくなっていた。

「はい、これ」車のなかで、オーリーナが拳銃を渡した。

マットは拳銃をちらりと見た。ロシア製のマカロフ九ミリ口径。ジーンズのベルトの下にぴったり収まる大きさに作られているセミオートマティック・ピストルだ。

「たまにはおれの拳銃の弾を抜かないでくれよ」

オーリーナは、冗談にも笑みを返さなかった。

朝方一時間ほどかけて、オーリーナはマットを説得しようとした。いっしょにこのままロンドンへ帰ろうと、マットはオーリーナに、ロンドン行きの便をキャンセルすると告げた。エレナーと話をしたあと、マットは説明した。勇敢になる薬についてのレシュコの話を確認しなければならない。個人的なことだ、とマットは説明した。ラクリエールやトカーとは関係ない。オーリーナはかんかんに怒って、どうしてもロンドンに帰り、ラクリエールに報告しなければならないといい張った。好きなようにしろ、とマットはいった。おれはここに残る。決心が動かないとみると、オーリーナの声音《こわね》が変わった。いっしょに行くといいだした。ウクライナ語で話ができる人間が必要なはずだし、住所を捜すのもひとりでは無理よ。

マットは、高層住宅の建ちならぶほうをふりかえった。そこはキエフ郊外で、ドニエプル川が東に曲がり、工業地帯から遠ざかって、黒海沿岸までのびている広々とした起伏の少ない山野に向けて流れていた。一九六〇年代後半から七〇年代はじめにかけて建設された団地で、高層住宅が十二棟、公園だったとおぼしいが、いまは家具や廃車の捨て場になっている場所を中心に半円形に建っている。住宅の窓の半分は板が打ち付けてあり、四分の一は窓ガラスが割れていた。

「けっこうな場所だな」マットはいった。

「労働者の極楽よ」オーリーナがいった。「昔が懐かしく思えたら、ここに来るわけ。どれほどひどい状態になっても、社会主義よりはマシだというのを思い出すためにね」

マットは、〈ハーツ〉のレンタカーのフィアット・プントをおりて、がらんとした場所を横切った。「こっちよ」マットを足早に追い抜いて、オーリーナがいった。

右手でティーンエイジャーの少年がふたり、捨ててある車のエンジンをはずしているのが目に留まった。マットはオーリーナにつづいて、廃車捨て場を横切り、いちばん奥の高層住宅の裏手にまわった。二階建てのまったくおなじ住宅が十棟あり、それぞれの一フロアが一軒の住宅になっていた。もとは白かったのだろうが、薄汚れ、何度もつぎはぎの修繕がなされていた。だが、窓ガラスはおおむねはいっていて、共用の庭に花が植わっている家もあった。この団地のほかの部分と比べれば、宮殿のようだといってもいい。

オーリーナは、一二号棟の外で立ちどまって、呼び鈴を鳴らした。鳴らなかった。ドアを二度強く叩くと、ぎしぎしという音がした。なかから男の叫び声が聞こえ、やがていくつもの錠がはずされるのが音でわかった。

錠前が三つ。マットは数えていた。近所の人間も信用していないらしい。

レオニード・ペトールは、八十五歳で、痩せてはいるが、まだ矍鑠《かくしゃく》としていた。顔の皮膚がぴっちり骨に張りつき、眼光が鋭い。まずオーリーナを見てから、マットに視線を向けた。用心する顔になっている。

オーリーナがウクライナ語で話しかけ、「こんにちは《ドーブルイ・ジェーニ》」とつぶやいた。

「はいってもいいそうよ」

マットは廊下にはいった。きちんと片づいている。カーペットはブルーで、脇のテーブルにドライフラワーをいっぱい差した花瓶があった。廊下の奥は居間で、奥にキッチンがあり、あとは狭い寝室とシャワー室だった。見たところ、独り暮らしのようだ。夫人がいたとしても、だいぶ前に死んだのだろう。

「英語はできる」ペトールが、マットに向かっていった。「必要があった。科学者だからな。科学には英語が欠かせない」

マットは、ペトールのあとから居間へはいった。いっぽうの壁は、埃をかぶった書類や本がぎっしり詰まった書棚だった。マントルピースに、二十年以上前に撮ったとおぼしい家族のモノクロ写真があった。ペトールはすぐにわかった。あとは夫人と、息子らしい。その脇に額縁入りの証明書のようなものがいくつもあり、文面はロシア語だった。表彰状のたぐいだろうと、マットは推測した。

ペトールは平凡な科学者ではない。旧ソ連ではこういう表彰状を乱発していたのか、それともペトールが優秀な科学者だったのか、どちらかだろう。

「知りたいことがあるんです」マットはソファに腰をおろしながらいった。「この国で製造されていた薬物のことです。おそらく二十年ほど前に」

「それなら、ここに来たのは正解だった」

ペトールの英語はなまりが強かったが、単語は明快で歯切れがよかった。体は弱っても、頭脳は明晰《めいせき》なのだ。表情からして、話し相手が現われたのをよろこんでいるようだった。無視されるのが、年寄りにはいちばん精神的にこたえる。

「それが研究分野だったのですね？」

ペトールが、擦り切れた肘掛け椅子に座った。肘掛けにコーヒーのしみがいっぱいついている。「わたしはビオプレパラート研究所のウクライナ支局長だった。どういう組織かわかるかね？」

マットは首をふった。

「ビオプレパラートというのは、生物学的薬剤のことだ。これはその研究本部で、一九七三年に政治局が発足させた。アメリカとの兵器削減条約があって、生物兵器の開発は禁止されていた。しかし、遺伝子や微生物や向精神作用薬剤について、条約には言及がない。そこで、われわれはその分野の開発を進めた」

マットは身を乗り出した。「向精神作用薬剤？」ゆっくりとその言葉を口にした。

「そう。自分のいった言葉の意味はわかっている。幻覚剤のたぐいだ。何度もいわせるな」ペトールの声が鋭くなった。「齢はとっても耄碌《もうろく》はしていない」

「すみません。もっと詳しく教えてもらえませんか」

品定めされているのがわかった。ペトールの用心深く吟味する視線が、顔をなぞり、目を覗き込む。「まちがっていたらあやまるが、きみは兵士のようだね」

「除隊しましたが、十年間、特殊部隊にいました」

ペトールが立ちあがり、マットに近寄って、医師が病人を診察するような目で、マットの瞳をつぶさに見た。耳障りな声で詰問した。「よもやあの薬を飲んだのではないだろうな？」

「いや、飲んでいません」マットはいった。「でも、何人か、飲んだと思われる人間を知っています」

ペトールが向きを変えて、椅子に戻った。「あれを使ってはいけなかった。ぜったいに使ってはいけなかった」

「話してください。詳しいことがわかれば、飲んだ人間を助けられるかもしれない」

ペトールが、天を仰ぐようなしぐさをした。まるで隠されたなにかを捜しているようだ。

心の戸棚の奥にしまいこんだ記憶を捜しているのだろう。「研究が開始されたのは、一九七〇年ぐらいだった。おもしろい時代だったな。ヒッピー、ビートルズ、ヴェトナム。もちろん、ソ連にはそんなものはなかったが、それでも世界で起きていることは見ていて、それに対して反応した。精神や態度を変化させる薬物が、効果を示していた時代だね。薬物精神医学、という言葉をわれわれは使っていた。たとえば、六〇年代のはじめには、そういうもののはしりとして、精神安定剤のベイリウムが流行《はや》った。やがてLSD、アンフェタミン、マリファナといったものがひろまった。当然ながら疑問が起こる。そういう薬物が軍用に使えないだろうか？」オーリーナの顔を見た。「水を一杯汲んできてもらえないか。キッチンの蛇口から」

「兵隊をもっと勇敢にできれば、というわけですね？」マットはきいた。

ペトールは、オーリーナから水のグラスを受け取り、片手でしっかりと持った。「けだし当然だ。きみも兵士だったのなら、戦場のことは知っているだろう。人間はおびえるものだ。いくら訓練を受けていようが、戦闘で鍛えられていようが、たいした変わりはない。慣れれば恐怖を克服したり抑えたりできるようになる。しかし、半年やそこいらの訓練を受けただけの十八、九の若者が戦闘に投げ込まれたらどうなる？」

「気が動転する」マットはいった。「パニックを起こす、なにがなんだかわからなくなる。しっかりした男でも、よくそうなります」

「そのとおり」ペトールは水をひと口飲んだ。「では、恐怖を抑えつける薬があったとしたらどうだ。たとえ数時間の効き目でもいい。それだけの時間の作用でも、軍隊は大きな戦果をあげられる。無敵の軍隊になる」

「そういう薬ができたんですね？」

「ＸＰ22」ペトールが、そっけなくいった。「そういう名称だった。コルチコトロピンという副腎皮質刺激ホルモンを抑制する。ストレスがかかったとき、体はこのホルモンを大量に血中に分泌することがわかっている。どういう作用を及ぼすのかということは、明確にはわかっていない。ただ、このホルモンの分泌をコントロールするなんらかの方法が見つかれば、非常に緊張した状況でもストレスをあまり感じないようになるはずだ、というのがわれわれの推論だった。そこで、ホルモンの分泌を食い止める化学物質の遮断薬をこしらえ、多少手を加えた。強力なアンフェタミンを調合した。そうすると、すぐにかなりの興奮状態になって、驚くほど思考が明晰になる。反射神経が鋭くなる。つまり、ストレスや恐怖を感じずに、スーパーマンもどきに戦えるようになる」オーリーナの顔を見て、いたずらっぽい笑みを浮かべた。「もちろん、女性に投与するわけにはいかない。アンフェタミンは催淫性があることも知られている。しかし、旧ソ連軍は女性を前線には配置しなかったから、それは問題にはならなかった」

「でも使われたんですね？」マットはきいた。

「そうとも」ペトールが答えた。「七〇年代から八〇年代にかけて開発した。そして、最初に本格的に使用されたのは、アフガニスタン紛争だ。ひどい戦いだった。訓練もたいして受けていない若い徴集兵が、狂信者に狙い撃たれた。あんな苦しい戦いでは、よっぽど勇敢でないとやっていけない。そこでＸＰ22が投与された」

マットは溜息をついた。どこの軍隊でもおなじだ。ルパート、セルゲイ――どう呼ばれていようが、くそったれの将校は、兵隊を牛馬のごとく扱う。

「うまくいったんですか？」

ペトールの皺だらけの薄い口もとに笑みが浮かんだ。「あたりまえだ。科学としてはみごとなものだった。一錠飲ませるだけで、すばらしい持久力と勇気を発揮できるようになった。無鉄砲になるので、むろん死傷率は高くなる。掩護射撃もなく、たった独りで陣地めがけて突撃したものだ。しかし、死傷者が増えるのは想定内だった。勇敢になりさえすればよく、ＸＰ22がそれを提供した。アフガニスタンであまりにも英雄が多くなったので、レーニン勲章を増産しなければならないこともあったほどだ」

「でも、異常が起きた。そうですね？」マットは、また身を乗り出した。

ペトールが目を伏せた。輝かしい過去を思い出して楽しい思いを味わっているのがわかった。失望のほうは、心にそう強く焼き付いてはいないようだ。「副作用だ」ゆっくりと答えた。「薬はみなそうだ。効果はすぐに得られる。副作用は遅れて生じる」

マットは、オーリーナのほうをちらりと見た。やはり身を乗り出して、ペトールの言葉を一言一句聞き漏らすまいとしている。「兵隊が正気を失った。そうですね？」マットは質問を投げた。

ペトールがうなずいた。「最初はだれも気づかなかった。薬を飲むと、効果が十二時間つづいて、正常に戻る。そうわれわれが判断していた。四年ぐらいたって、おかしな事件が国内のあちこちで報告されるようになった。正気をなくした男が、妻子や同僚を殺す。だれかが気がつくまで、しばらくかかったが、いずれも元兵士だった。やがて、範囲がせばめられた。全員が、XP22を飲んでいた兵士だった」

マットは拳を強くこすり合わせた。やっぱりそうか。

「異常な状態になるのは一時的のようだった」ペトールが説明をつづけた。「たいがいストレスが引き金になった。生活になにか異変が起きると、急に頭がおかしくなって、自分を抑えられなくなる」

「エデュアルド・ラクリエールという男が、その薬物を買収したんですね?」

ペトールの表情が重々しくなった。「その男の経歴を調べてみるといい。二十年前には、小物のフランス人ビジネスマン、貿易商だった。旧ソ連で商売をして、国の仕組みに通暁した。その後、ソ連が崩壊すると、手当たりしだいに医学研究所を買収した。もちろんした金で手に入れたんだ。たとえけちな金額でも、世界に通用する金で支払われれば、生活の資《かて》のない人間は言い値で売る。それがあの男のいまの富の源になった」

言葉を切り、マットの顔をまっすぐに見た。そのとき、背後の物音をマットは聞きつけた。拳銃の安全装置《セフティ》をはずす音。ぱっとふりむいた。オーリーナが、肩幅よりやや広いぐらいに脚をひらき、背すじをのばして、右手をすぐ前で差しあげていた。マカロフを握り、ペトールにまっすぐ狙いをつけている。

「もうやめて」オーリーナが、大声でいった。「年寄りの作り話よ。もういっさい聞きたくない」

マットは、ペトールに目を向けた。驚きを浮かべているが、かえって反発したようでもあった。年寄りは死ぬのを怖れない。しじゅうそのことを考え、いつかは死ぬと覚悟して、死と折り合いをつけている。

「撃ちたければ撃つんだな、お嬢さん」ペトールが、おだやかにいった。「どうせおなじことだ」

「書類はないの?」オーリーナが叫んだ。「書類があったら破棄しないと」

ペトールが、室内を見まわした。「書類はあっちにもこっちにもある。わたしを好きなようにすればいいが、どのみちおなじことだ。XP22を投与された人間がいるなら、治療しないといけない。さもないと恐ろしい代償を払うことになる。わたしに――」

言葉の最後は、宙に漂ったままになった。マカロフの銃口を飛び出した弾丸が、ペトールのこめかみに命中し、頭蓋骨に大きな穴をうがち、カップ一杯分ぐらいの血が椅子の横に飛び散った。脆《もろ》くなった古い紙を引き裂くような感じで頬に裂け目がひろがり、首が前に垂れた。目はすでに閉じていた。

若者なら、頭に弾丸をくらっても生き延びる場合がある。年寄りはまずだめだ。

マットは身を躍らせた。オーリーナはマカロフを持って、三メートルほど離れたところに立っていた。マットの拳銃はジーンズのベルトに差したままで、そのわずかな一瞬に抜くことは不可能だった。マットは体をひねって、オーリーナの拳銃を奪おうとした。マットの指が皮膚をかすめたが、オーリーナの反応はすばやかった。拳銃を握ったまま、いちはやく身を引いていた。

「床に伏せて」オーリーナはどなった。「伏せてといってるのよ」息を切らし、言葉を切った。「だから来るなといったのよ。この家を破壊する。そのあとであなたも殺す」

マカロフがこっちに向けられているのが見えた。銃の腕前がどれほどであろうと、はずすはずのない距離だ。ペトールの血が、早くも椅子からしたたり、床をマットの顔のほうに流れてきた。オーリーナは反対の手でオイルライター用のオイルを書棚にふりかけていた。マッチをすり、そこへ投げた。暑い夏のために、部屋中がからからに乾いている。あっという間に火がついて、書類が金色と深紅の炎に包まれ、濃い黒煙が充満した。熱気を避けようとオーリーナがさがった隙に、マットはやにわに手をのばし、靴のヒールをつかんだ。体を勢いよく前進させ、腕の力をすべて指にかけた。オーリーナがよろけ、両腕をふりまわしてバランスをとろうとした。それにつれて、拳銃が揺れ動いた。マットは手をのばし、オーリーナの手を強く殴った。痛みが腕にまで伝わり、手の力がゆるんで、拳銃を放した。まわりながら宙を飛んでいったマカロフが、壁に当たった。

マットは頭を下げてオーリーナに飛びかかり、股のあいだに肩からぶつかった。ラグビーの技はたいがい素手での戦いに役立つ、と思った。体を低くして、思い切りぶつかるのがコツだ。

狭い部屋に、すでに濃い煙がもくもくと立ち昇っていた。空気が濁り、息がしづらい。身を起こし、ブーツでオーリーナの首を押さえつけて動けないようにした。

紳士ぶっている場合じゃない。

「今回の仕事のほんとうの目的はなんだ？」煙でいがらっぽい喉から、マットは大声を発した。「薬品の偽造とは関係ないんだろう？　あの工場から、なにかを取ってくるためだったんだな？」

怒りのこもった傲慢《ごうまん》な目で、オーリーナが見返しているのがわかった。マットの胸に激情がこみあげた。「撃てばいいじゃないの」オーリーナが吐き捨てるようにいった。「撃ちたければ撃ったら。どうせおなじよ」

「いえ」オーリーナの首を押さえつけている足に力をこめて、マットはくりかえした。「ほんとうの目的はなんだ？」

「しゃべるもんですか」

「しゃべらないと殺す」

「そんな度胸はないくせに」オーリーナが語気鋭くいった。「臆病者」

マットは身をかがめて、オーリーナの目を覗き込んだ。汗のようににじむ怒りのにおいがした。口もとに激情がわだかまっていた。「なにを隠しているのか、だれをかばっているのか知らないが、命と引き換えにすることはない」

「しゃべらないわよ」

マットはオーリーナを引き起こし、顔に平手打ちをくれた。「命と引き換えにするな」オーリーナの声が冷たくなった。「自分の死にかたは自分で決める」激しく燃えあがり、黒い煙を吐き出している書棚のほうへあとずさった。

マットはマカロフを抜いて、遠ざかるオーリーナに狙いをつけ、一発放った。カーペットやカーテンや椅子を飲み込んでいる炎のなかにオーリーナのシルエットが倒れて、煙のなかに見えなくなった。

恋人と別れる五十の方法――それにひとつくわわった。

煙が目にしみて、肺に悪い空気がはいったせいで、胃がむかむかしてきた。マットは立ちあがって、燃えていない書類を手当たりしだいに集めた、小脇に抱え、玄関に向けて駆け出した。煙はいよいよ黒く濃くなっていた。炎の波が、天井を這いまわって、部屋はすさまじい熱気に押し包まれていた。間もなく建物全体に燃え移るだろう。

廊下のカーペットもドアも燃えていた。煙を吸わないようにマットは息をとめ、必死で進んだ。錠前が熱して輝いている。閂《かんぬき》をはずすとき、指が焼かれて、腕を鋭い痛みが走った。足でドアを蹴って吹っ飛ばした。酸素を含んだ新鮮な空気が廊下にはいってくると、廊下の炎が勢いを増した。

表に駆け出したマットは、あえぎながら息を吸った。がむしゃらに走って遠ざかり、一〇〇メートルほど離れるまでとまらなかった。書類は胸にしっかり抱えている。家から駆け出すひとびとの姿がうしろのほうに見えた。あと数分したら、警察の車と消防車のサイレンが聞こえてくるはずだ。

さっさと姿を消さないといけない。

車をとめた川の近くを目指すあいだ、息を整えようとした。キエフを離れる潮時だ。永遠におさらばする。

16

マトラムは、写真をテーブルに置いた。一五×二〇センチのふつうの顔写真で、二十七、八の女が写っている。ブロンドの髪をうなじの上でまとめ、秘められた知性が目に宿っている。すごい美人というわけではないが、男好きのする感じだと、マトラムは思った。

「名前はエレナー・ブラックマン」マトラムは低い声でいった。「消去しなければならない。ただちに」

ターントンが写真を指でつまんで取り、スナドンに渡した。「何者ですか?」例によって、いやになるくらいゆっくりと、スナドンがきいた。

「精神科医だ」マトラムはいった。「消えてもらう潮時だ」

「勤務先は?」スナドンが明るい声できいた。

インクレメントの隊員のなかでも、スナドンはつねに明るい。まるで旅行の引率でもしているみたいだ、とマトラムは思うことがある。それでいて、天性の暗殺者の冷たく陰惨な心を持っている。

マトラムは、スナドンのほうをちらりと見た。この仕事には女が向いていると思ったので、スナドンを選んだのだ。女のことは女のほうがよくわかる。女を殺すには女がいい。

「チャリング・クロス病院。研究所」

「また病院内でやりますか？」

マトラムは首をふった。「やめたほうがいい。警備は杜撰《ずさん》かもしれないが、とがめられずに出入りするのは難しいはずだ。それに、この女は夜勤はしない」言葉を切り、写真をちらりと見た。「向こうのテリトリーではなく、われわれのテリトリーで殺《や》るほうがいいと思う」

マットは受話器を叩きつけた。〈ラスト・トランペット〉のジェイニーと話をしたところだった。

猛暑にもかかわらず観光客は多く、喉をうるおして涼しくなろうと、バーに長居するので、バーは繁盛している。ただ、ギルは影も形もない。バーには来ないし、保育園にも出勤していない。

杳《よう》として消息がわからない。

いったいどこにいるんだ？　心のなかで、マットはくりかえした。おれに腹を立てていることはしかたがない。でも、地上からまったく姿を消すなんてありえない。

マットがホルボーンの狭いアパートメントに帰ってきたのは、その日の午後だった。窓から外を眺めた。背嚢はまだ玄関をはいったところに置いてある。荷物を取り出す気になれなかった。街路では汗だくの通勤者が、地下鉄で家に帰る前に一杯飲んでいる。そういう連中の笑い声が聞こえたが、自分だけは別世界にいるようだった。あっちの世界では、ひとびとは働き、妻子がいて、仕事を確立し、人生を歩んでゆく。こっちの世界では、影、陰謀、欺瞞《ぎまん》、策略に取り囲まれている。ときどきそんな世界を捨てたくなる。

単純な任務を引き受けたつもりだった。ところが陰謀の渦中に投げ込まれた。ほうっておいて、そのまま忘れ、正気を失って暴虐を働くイギリス各地の兵士たちとラクリエールとの結びつきに見て見ぬふりをすればいい。そういうことを知っているのは危険だ。殺されるかもしれない。だが、なにもかもを置き去りにしても、記憶だけは投げ捨てることができない。なにかできたはずだという思いが、一生つきまとう。そのことがつねに頭を離れないだろう。

エレナーが、笑みを浮かべてアパートメントにはいってきた。ヒースロウに到着するとすぐに、マットはエレナーに電話をかけて、すぐに会わなければならないと告げた。できるだけ早く病院を抜けられるようにしてそっちへ行く、とエレナーが答えた。居間に招き入れるあいだ、マットは沈黙を守った。

「だいじょうぶなの、マット？」

「思ったよりもひどいことになっている」マットは答えた。

ソファに腰をおろし、書類の束を出した。炎に包まれたペトールのアパートメントから持ってきたものだ。不安な面持ちで、エレナーがとなりに座った。「XP22と呼ばれる薬物があった。一九七〇年代から八〇年代にかけて、ソ連で開発された。兵隊を勇敢にするが、副作用があった」

「それがソ連軍で使われたのね？　ちゃんとしたテストもなしで？」

「使い捨ての兵士たちにな」マットは激しい口調でいった。

「それがこっちでも使われたかもしれないと思っているのね？」

マットは額をさすった。「やつらはなんでもかんでも平気で使う。湾岸戦争では、ありとあらゆるひどい薬物が使われた。化学兵器に対応する薬だといわれたが、ほんとうはなんなのか、だれも知らなかった。たいがいの兵士は、飲まずに捨てた」言葉を切り、キッチンへ行って、グラスに水を注いだ。「そんなわけだから、こっちで使われた可能性は大だ」

エレナーが書類に視線を落とし、仔細に眺めた。目を細くして、薄くなった字を見た。旧式のタイプラーターで打ったもので、二十年以上たっているため、黒インクが褪《あ》せていた。「その薬の化学成分がわかればいいんだけど」立ちあがり、マットのほうへ歩いていった。「そうすれば、おかしくなったひとの遺体を調べて、この薬物の痕跡を突き止められるはずよ」

「しかし、それでなにがわかる？」マットは荒々しくいった。怒りに顔を紅潮させていた。

「なにかがわかったとして、それをどうする？」

エレナーが顔をそむけた。「兄は死んだ。わたしは真実が知りたいの、マット」泣き出しそうな声でいった。「それだけでも立派な目的でしょう」

マットの携帯電話が鳴った。相手の話を聞き、二度うなずくと、マットはいった。「わかった。これから会いにいく」

「アボットだ」エレナーのほうを向いた。「いまから会いにいく」

「だめよ」エレナーの声には、不安がにじんでいた。「罠かもしれない」

マットは首をふった。「会う必要がある。やつの知っていることを探り出さないといけない」

火のついた煙草の先端が、闇のなかで赤い輝きを発した。マットは空気のにおいを嗅ぎ、ダンヒルの甘い香りだと知って、そちらへ歩いていった。ヴィクトリア駅に隣接する食品スーパー〈セインズベリーズ〉の駐車場は、地下三階まである。地下二階までは買い物客の車でいっぱいだが、地下三階はふだんは搬入車のみが使っているだけなので、夜のこの時刻は閑散としている。アボットがSIS本部ではないところで会うことにこだわった。セキュリティが甘く、ふたりが会っているのを見られるおそれがない場所がいい、というのだ。

「アボット」マットは叫んだ。「どこにいる?」

ばかでかいゴミ容器が六つならんでいる陰から、アボットが姿を現わした。白いチノパンに、襟ボタンをはずしたブルーのシャツ、生成《きな》りの麻のジャケットという格好だった。薄笑いを浮かべてマットのほうを見ると、煙草を投げ捨てて靴の踵《かかと》で踏み消した。

「みごとなカムフラージュだ」マットはいった。「ゴミと混じってまったく見えなかった」

「礼儀をわきまえろ」アボットがいった。「わたしを好きになる必要はないが、すこしは丁重にしても害はない」

「それなら、いっしょに仕事をする人間に嘘をつかないようにしても害はないだろう」

「嘘？」アボットが一歩さがった。「この仕事が嫌だったんだろうが、不正直なところはなにもなかったといい切れる」ポケットに手を入れて、煙草を一本抜いた。「どのみちもう終わったんだ。ワイルド・イーストのわれらが友人は死んだ。《ミンスク・メイル》だかなんだか知らないが、あっちの新聞にはでかでかと載ったようだ。みごとだった。商《ザ・ファ》会《ーム》はたいそう満足している。キャメロン・ディアスがやってきて、職員のみなさん、もしよろしければフェラチオしますけど、といわれるよりもうれしいくらいだ」

「それはちがう。まだ終わっていない」

アボットが、マットの顔を探るように見た。「よく聞け、終わったんだ。〈ラスト・トランペット〉に帰る潮時だ。電子レンジで酒のつまみを温め、ビールをちゃんと冷やしておく。そういうことに精を出すんだな」

「XP22」マットはいった。「聞いたことは？」

「コンピュータはあまり得意じゃない」アボットがいった。「それはなんだ？　またビル・ゲイツがなにかを思いついて、われわれの財布を空っぽにしようとしているのか？」

アボットが煙草をくわえた。ライターのオレンジ色の炎が、つかの間ふたりのあいだの空間を照らし、視線をそらしたアボットの目が見えた。煙草を吸うやつは、プレッシャーがかかるとき、ニコチンに助けを求める、とマットは思った。白々しい嘘をつくようなときに。

「XP22は薬物だ。旧ソ連の兵士に使用された。勇敢にするために」

「懐かしのコミュニストどもか」アボットが、ダンヒルを深く吸った。「やつらがいなくなって淋《さび》しくなった。このごろ相手にしなければならないアラブ人どもより、よっぽど文明的な階級の敵だった。それがいまのイギリスにどういうかかわりがある？」

「ラクリエールが、その薬を買った」マットはいった。「理由や目的はわからないが、買収した。今回の仕事は、それに関係があった。薬品の偽造など、まるきり関係ない」一歩詰め寄り、荒々しい口調でつづけた。「さっきもいったように、あんたはずっと嘘をついていた」

「だれも嘘をついていない、マット。仕事は終わった。片づいた。だれがどんな薬を買おうが、きみにはどうでもよいことだ。遠い昔の話だ。きみの口座はもうじき凍結を解除される。建てかけの家を建ててしまい、保母さんと結婚し、ちっちゃなブラウニングをふたりばかりこしらえるんだ。自分を大事にしろよ。自分の身は自分でしか護れないんだからな」

「嫌だ」マットはぶっきらぼうにいった。

「残念だな」アボットはいった。

濃紺のランドローバー・フリーランダーが近づいてきて、アボットのそばで停車した。アボットが煙草を投げ捨てて、リアシートに乗った。マットと目を合わせようとはしない。

「元気でな。きみを褒《ほ》めるつもりで来たんだがね」溜息をついた。「これでは永久に無理のようだ」

ドアが閉まり、フリーランダーが走り出して、通りに出るスロープをあがっていった。

とんだしくじりをしたと気づいて、マットはほぞを嚙んだ。おれが知っているのを、アボットに教えてしまった。

駐車場を出ると、アイヴァンがレンタカーのフォード・トーラスで待っていた。「なあ、あちこちで調べたんだ。勇敢になる薬のことがもっと知りたいんなら、ジョンソン教授に話を聞くといい。年寄りで、頭がすごくいい」

マットは、アイヴァンの顔を見た。「どこのどいつだ？」

「左翼知識人だ。一九八〇年代の平和運動に参加していた」アイヴァンが答えた。「そういう連中は、おれの以前の仲間とつきあいがあった。それでおれも知り合った。教授は生物兵器や化学兵器の権威だ。教授ならきっとこの薬のことを知ってる」

「どうやって連絡すればいい？」

「書くものはあるか？」

マットはうなずいた。

「それじゃ、電話番号をメモしろ」


「その手の情報は危険だな」茶色い革の肘掛け椅子にもたれて、ジョンソン教授がいった。マットは、ジョンソン教授のほうを見た。七十代のはじめだが、髪がまだ黒く、肌もきれいでみずみずしい。葉巻の端をデスクに軽く打ちつけると、教授は大きな炎の出る汚れた古いライターで火をつけた。煙が渦巻いて、顔から立ち昇る。

「それの扱いには用心したほうがいい」ジョンソン教授が、なおもいった。

アイヴァンの話によると、ジョンソン教授は軍批判勢力の一翼を担っているという。八〇年代初頭に、核実験に立ち会った兵士を支援する運動で有名になった。癌《がん》などの病気に対する補償要求が、永年にわたり斥《しりぞ》けられていたが、ジョンソンは根気よく支援を行ない、ようやく体の弱った年寄りの元兵士や寡婦数人がわずかばかりの補償金を受け取れるようにした。つづいて、政府が資金を提供している研究所で、化学兵器や生物兵器のテストがどういうふうに行なわれているかを暴露した。風邪薬だと偽って兵士に薬物を飲ませ、兵器開発のためのモルモットに使っていたのだ。

「きみは兵士のような感じだな」マットを眺めて、ジョンソンがいった。「どの連隊だ？」

「SASです。十年勤務しました。辞めて二年になります」

ジョンソンが、また葉巻を吸った。「なにかテストされたことは?」

マットは首をふった。「将校がなにかよこすことはありました。そんなものを飲むよりは、敵と戦うほうがましです」

「それはたいへん賢明だった」ジョンソンがいった。「第一次湾岸戦争のときに使われた化学薬品について、怖ろしい報告がある。十年後に病気になったというんだ。もちろん軍はいっさいを否認する。第二次湾岸戦争の報告に目を通すと、そこでもおかしなことに気づく。アメリカ兵の自殺率が異常なまでに高いんだ。戦闘地域では、たしかにつねに自殺者が何人か出る。戦闘のストレスに耐えられない人間は多い。しかし、そういった予測される数字の四、五倍なんだ」肩をすくめて、口をほころばせた。「飲料水になにかはいっていたのかもしれない」

エレナーが、ジョンソンの顔をくるんでいる濃い紫煙を透かして見た。表は四〇度近い暑さだが、研究室は窓をすべて閉め、ジョンソンはカーディガンを着ている。エレナーが口をひらいた。「軍が兵隊をいっそう勇猛にしようとしたことは、前にもあるんですか?」

「もちろんだ。軍隊は昔からずっと、戦闘能力を高めることにいそしんできた。戦争とはそういうものだ。ほんのすこしでもいいから、敵よりも優位に立つ。千年以上前のインカ帝国がその嚆矢《こうし》だ。頭蓋骨に錐《きり》で穴をあけ、脳に手術をほどこして、戦闘中に恐怖を感じないようにしようとした。アルコールや煙草もそうだ。戦場ではふんだんに配られる。それに、宗教は最強の麻薬といえる。軍隊の陣営には専属の聖職者がいて、この世では長く生きられないかもしれないが、あの世でもう一度生きられると説いて、兵隊を安心させる」

「それで、この勇敢になる薬の話を聞いたことはありますか?」エレナーが、ずばりと質問した。

ジョンソンが、葉巻を指でくるくるまわし、火をつけた先端をしげしげと見た。「何年も前から実験が行なわれていたというのは聞いている。研究されて当然の領域だ。恐怖は将軍が直面する最大の敵だ。兵士を思いどおりに動かすのは難しい。ある意味では、軍隊生活とはそのひとことに尽きる。軍事教練、軍紀、同志愛の強要、愛国心とかいうしろもの。すべてが、恐怖というだれにでもある感情を克服するためのものだ。敵に撃たれればだれだって怖いし、逃げ出したくなるのは当然だからな」

葉巻が消えかけていた。マットは歴史の講釈にうんざりしはじめていた。ジョンソンがライターを出してつけ、大きな炎が噴き出した。真っ赤な炎の向こうの目が暗くなり、額に汗がひと粒浮かんだ。「五年ほど前になるが、その分野の研究が促進されたという話を聞いた。ことにアメリカで行なわれたが、イギリスでもやっていたようだ。〝農場〟と呼ばれる場所で」

「その薬物がテストされたと、われわれが考えている場所です」マットはいった。「そこのことをなにかご存じですか?」

「超極秘施設だ」ジョンソンがいった。「国防省の科学研究施設としては、ポートン・ダウンのほうが世間に知られているが、ほんとうに極秘の作業は〝農場〟で行なわれている。いまもいったように、五年ほど前に超心理学の大々的な研究がそこではじめられた。かなり悲惨な事件があったようだ」

「兵士が頭がおかしくなるといったような?」エレナーがきいた。

「そんなことだと思う。職員ふたりが、恐ろしい死にかたをした。それも公表されていない。そこで働いていたが、嫌気がさして辞めた男がいる。そのあと、CND(核軍縮運動)に接触してきて、それでわたしは知り合った。きみたちに協力してくれるかもしれない。ジョージ・コールドウェルという男だ。チップナムの近くに住んでいる。きみらの知りたいことを話してくれるんじゃないかな」

「どんな助けでも必要なんです」マットは立ちあがり、エレナーの腕を取った。帰る潮時だ。「お世話になりました、教授」握手をしながら礼をいった。

「ほんとうに薬は飲んでいないんだね?」マットの顔をしげしげと見て、ジョンソンがきいた。

マットはうなずいた。

「そうきくのは、こんなことを調べるには、よっぽど勇敢でないといけないからだ。ひとつ確実なことがある。イギリスでその薬がテストされていて、しかもきみがいうような副作用があるとしたら、連中はきみを生かしてはおかないだろう。けっして見過ごせないはずだ」

ジョンソンは、マットとエレナーの両方に強いまなざしを向けてつづけた。「きみたちがほんとうにこれを調べるつもりなら、用心してかからないといけない。わたしのところへ来たこと自体が、まちがいだったかもしれない」

マットの運転で車が走り出すと、エレナーがきいた。「コールドウェルに会いにいくんでしょう？」

「いや」マットは答えた。「家まで送る。必要な情報は手にはいった。ラクリエールと対決する時機が来た」

その屋敷は、起伏の多いチルターンの田園地帯を見晴らす高みにあった。M40高速道路をロンドンから六五キロメートル走り、ジャンクション5でおりて三キロメートルほどのところにあるジョージ王朝風の広壮な屋敷で、一万二〇〇〇坪以上ある敷地は公園なみに整備されていた。五百万ポンドは下らないだろう、と思いながら、マットは玄関前の扇形になっている砂利の車回しにポルシェをとめた。

「どちらさんかね？」ドアをあけた男がいった。執事なのか、それとも他の種類の使用人なのかはわからなかった。「ラクリエールさんに会いにきた」マットはきっぱりといった。

「急用だ」

使用人が、蔑《さげす》むようなまなざしを向けた。

そんな手は効かない。おれは兵士だ。侮辱など毛ほどもこたえない。

「ラクリエールさんは忙しい。邪魔をしないようにといわれている。オフィスに電話してアポイントメントをとったらどうかね」

マットは手をのばし、相手の右手をつかんだ。掌《てのひら》に包み込むようにしてぎゅっと握り締め、手首の血管がふくれあがるまでねじった。激痛がきわみに達する瞬間を見届けるために、相手の目を覗き込んだ。「アポイントメントをとるような悠長なことはしていられないんだよ。いいから取り次げ。レオニード・ペトールが来たというんだ」

「だれだって？」

マットは両手を使って、ねじった手をさらに強く握り締めた。「いいからそういえ」

使用人が小走りに離れていくあいだ、マットは玄関ホールで待った。床は大理石で、壁には油絵がかけてある。ヴィクトリア朝時代の高貴な紳士の肖像画が多く、狩りの場面を描いた絵も何点かあった。

使用人が、ふくれっつらで手をさすりながら、マットを書斎に案内した。

「レオニード・ペトールの名前を聞くのはひさしぶりだ」ラクリエールが近づいてきて、手を差しのべながらいった。

「あんたの注意を惹《ひ》くためだ」マットは差し出された手を無視していった。

ラクリエールが身を引き、マットを怪しむようにじろじろ見た。書斎には、書棚にきちんとならべた革装の本がいっぱいあった。マットが背表紙をちらりと見ると、英語とフランス語の軍事関係の書物が中心だとわかった。伝記、戦争の回顧録、銃器や兵器や軍艦の便覧。どんなことでも書物で知ることはできる。だからといって、鼓膜が破れそうなほんものの銃声を聞いたときにおびえずにすむとはかぎらない。

「ペトールは死んだ」マットはいった。

「それは気の毒に。高い知能を具えた男だった。けっして有名ではないが優秀だった。それに、なかなかおもしろい男でもあった。そう思わないか？」

「死んでしまえば、おもしろくもなんともない」

「まあそうだろう」ラクリエールは応じた。「どうして死んだんだ？」

マットは一歩近寄った。「オーリーナが撃った。その直後に、おれがオーリーナを撃った」

マットは鋭く観察していた。たしかとはいえないが、ほんの一瞬、ラクリエールの目に驚きの色が浮かんだような気がした。

「ずいぶんおおぜいが死んだ」ラクリエールがいった。「わたしもどこで天罰をくらうかわからないな」

「いまこうして罪を重ねている最中にくらったほうがいいんじゃないか」

ラクリエールが、薄笑いを浮かべた。「まあかけたまえ」

「立っているほうがいい」マットは答えた。

ラクリエールが咳をした。「オーリーナはかけがえのない社員だった。どういうことなのか、話してくれないか」

「XP22。この薬物は、人間を勇敢にするが、頭もおかしくする。ペトールが開発し、あんたがレシュコから買った、という筋書きだろう。今回の仕事はすべて、それがからんでいたんだ。揉み消し工作だった」汗ばんでいるラクリエールの肌のアフターシェイヴ・ローションが嗅げるほど、顔を近づけた。「それ以上詳しいことは知らない。あんたの口から聞きたい」

「XP22のことはほうっておけ、マット」ラクリエールがいった。「遠い昔の話だ。旧ソ連からいろいろな科学資料が流出した。なかには使えるものもあったが、ほとんどがゴミだった。もう過去のことだ」脇に動いて、マットの顔を見ず、書棚の本を眺めた。「きみの仕事は終わった。報酬をもらって、忘れてしまえ」

「イギリスのあちこちでひとが死んでいるんだ」マットはいった。「忘れることなどできない」

ラクリエールがふりむいて、マットと向き合った。目に怒りが燃え、唇をきっと結んでいる。ラクリエールがボタンを押すのが見えた。たちまち男がふたり、部屋にはいってきた。背が高く、がっしりした体つきで、黒い髪はくしゃくしゃだった。ブラック・ジーンズにブルーのTシャツという格好で、元フランス軍兵士のような感じだった。

「おれを脅そうとしてもだめだ」マットはうなるようにいった。「効き目はない」

ふたりのあいだの激しい怒りが、手に取るようにわかった。マットはラクリエールの表情に残忍さを見てとった。と、そのときラクリエールがにやりとした。「きみとエレナーには感謝すべきだろうな」ゆっくりといった。「この厄介な問題に注意を喚起してくれたんだから。さて、おだやかに解決する方法を見つけるとしよう……」

マットは顔をそむけた。護衛ふたりが、威嚇する姿勢で詰め寄っていた。マットは踏みとどまって戦いたい衝動に駆られたが、それはまずいとわかっていた。護衛が手荒にマットを書斎から押し出して、玄関に連れていった。マットはよろけながら砂利の車回しに出た。

ラクリエールの言葉が頭に残っていた。ラクリエールはエレナーのことを知っている。エレナーが危ない、と気づいた。たいへんな危険にさらされている。

ブリクストンのそのあたりは、たいがいワンルーム・マンションか狭いアパートメントばかりだった。ヴィクトリア朝時代の古いテラスハウスを区切って、ウサギ小屋みたいな安っぽい狭いアパートメントをいっぱいこしらえ、亡命者のたぐいに貸している。強欲な家主は、家賃を政府が払ってくれることを承知している。通りにはゴミや壊れた車が捨てられ、酒屋は窃盗を防ぐために、太い鉄格子をウィンドウの上からおろしている。

マットはその界隈《かいわい》を一瞥《いちべつ》すると、ポルシェのアクセルを踏み込んだ。エレナーがこんなところにいるとすると、危険きわまりない。

通りの左右に目を配った。エレナーの姿はない。だが、ボクスホール・オメガがその家の前にとまっているのが目にはいった。なかに身じろぎしない人影がふたつ見える。じっと待っている。

やつらだ。

マットは二十分前にチャリング・クロス病院へ行き、エレナーの同僚の医師にいどころをたずねた。病院にはいないといわれた。往診に出かけているという。往診？ マットはきき返した。研究者なのに往診をするのですか？ ふだん患者も診《み》ないのに。医師は肩をすくめて、よくわからないが、病院の幹部が行くように命じたのだと答えた。いんちきだ、とマットは思った。罠にちがいない。

秘書を脅しつけて住所を聞き出し、車に戻った。エレナーは車を使わない。公共交通機関を使うはずだ。先回りできる可能性がある。車の流れを縫うようにしてテムズ川対岸のプットニーに出ると、ブリクストンの方角に左折した。ウェリントン・ロードをなんとか見つけなければならないと、必死になった。運転しながら、何度もおなじことを頭に叩き込んだ。間に合わなかったらどうなる？

脇道に折れてポルシェをとめたとき、ちがう車で来ればよかったと気づいた。そこで考え直した。この界隈の麻薬の売人はポルシェやメルセデスに乗っている。このほうがかえって目立たないかもしれない。

車をおりて、歩きはじめた。顔を伏せ、注意を惹かないように気をつけた。ブラック・

ジーンズとグレーのポロシャツを着ているので、汚らしいあたりの色に溶け込んでいる。道路の前方を見た。エレナーは三十一番地に行くことになっている。そこを盗み見た。一階と二階の窓には板が打ち付けられ、一階の窓ガラスが割れている。電話帳やダイレクトメールがポーチに積み上げられている。

空き家。殺しの現場にはうってつけだ……。

通りのさらに先を見た。午後五時過ぎ。道路の向かいにショッピング・カートを引っ張っている老女がいる。立ちどまって携帯電話で話をしている男がいる。三つ目の駐車スペースに、ボクスホール・オメガがいまもとまっている。男と女の頭が見えた。身じろぎもせずに座っている。

あんなふうに、怪しまれないように辛抱強くじっと座っている人間は、一種類しかいない。熟練の殺し屋だ。

と、そのときエレナーが見えた。ボクスホールとは反対側の歩道を歩いていて、距離は一〇メートルほどだった。角を曲がったところで、バッグが揺れている。通りに目を向けて、目当ての番地を捜している。そして、歩度を速め、そこへ向かった。マットは、注意を惹かない程度の速足になった。やつらはどういう命令を受けているんだ？　と思った。昼日中から発砲するのか？　なんの関係もない歩行者に怪我を負わせる危険を承知でやるのか？　もうじきそれがわかる。

あまり急ぐと、エレナーを助けようとしていることを、あのふたりに悟られる。かといって、ぐずぐずしていたら追いつかれて、ふたりとも殺されるかもしれない。どのみちおなじことだ。

道路を渡ったとき、物音が聞こえた。

「マット」驚きもあらわに、エレナーがマットのほうを見た。「どういう……」

「黙って歩け」エレナーの腰に手をまわして、マットは小声でいった。

「でも、マット……」

マットは、エレナーの向きを変えようとした。

「黙って歩け」すこし大きな声で、マットは命じた。

「過度の敵意」エレナーがいった。「どうかしたんじゃない」立ちどまり、ふりほどこうとした。「痛いわよ」

「とまるな」マットは荒々しくいった。

ボクスホールの前をそのまま通り過ぎようとした。ドアがあき、男と女がおりようとしていた。マットは女の視線を捉えた。その態度に、どことなくなじみがあった。緊迫した場面でも沈着冷静。よく訓練された着実で機械的な動き。

「走れ」マットは叫んだ。「必死で走れ」

肩で押してエレナーをそのまま進ませ、思い切り引っ張っていった。恐怖と困惑がエレナーの顔に浮かぶのがわかったが、足は速くなっていた。うしろでドアが閉まる音がして、車のエンジンが轟然とかかった。タイヤを空転させ方向転換している。一五メートル、と自分にいい聞かせた。それでポルシェに戻れる。あとわずかだ。

「乗れ」エレナーを助手席側に押しやると、マットは叫んだ。自分は運転席に乗って、エエレナーが乗り込んだときには、エンジンの回転が上がって爆音を発していた。路肩を勢いよく離れたポルシェが、道路に飛び出した。ドアがあいたままだったので、エレナーが悲鳴をあげた。

「閉めろ」マットはどなった。「早く閉めろ」

ボクスホールが二〇メートルうしろから迫ってくるのが見えた。このあたりは直線で、一〇メートル先にカーブがある。そこで狭い通り五本に分かれている。

男が運転しているのが見えた。女が銃の狙いをつけている。おれを狙っている。

SASにいたころ、マットは逃走のための運転技術の基本を教わった。警察官と元ラリー・ドライバーがヘリフォードに来て、逃走の戦術を新人隊員に教えた。その知識がいまも頭のどこかにある。問題は、それを使えるかどうかだ。

左にハンドルを切り、脇道にポルシェを入れた。ボクスホールがついてきた。マットはミラーを見た。女。銃。そのままだ。

一発の銃声が響き、つづいてもう一度響いた。銃弾がうなりをあげて飛翔する。マットはとっさに身をかがめて、よけようとした。

「なんなの？」エレナーは息を切らしていた。

「うしろの車だ」マットはいった。「おれたちを狙い撃ってる」

エレナーが、ふりむこうとした。

「うしろを見るな」マットはいった。「格好の的になる。伏せてるんだ」

一発の銃弾が車体に当たるのが音でわかった。さらにもう一発。運転席側のサイド・ミラーが割れている。ほかにもどこかに当たった。マットは狭い通りで速度をあげ、蛇行しはじめた。横でエレナーが悲鳴をあげている。

「とめて。ふたりとも死んでしまう」涙をぼろぼろこぼしながら、エレナーが叫んだ。

マットは、ハンドブレーキを引くと同時に、左に急ハンドルを切った。うしろのタイヤにポルシェのすさまじいパワーがすべてかかってスピンし、直角に角を曲がれる。高速で急カーブを曲がるためのテクニックだ。ギアが嚙み合い、金属に無理がかかる音が聞こえた。ポルシェは激しくスピンし、胸に巨大なウエイトを乗せられたような加速度がかかって、シートに押しつけられた。一瞬、スピンをコントロールできなくなるのではないかと思った。そのとたんに体をのばして逆ハンドルを切り、ハンドブレーキを解放した。エンジンの回転があがり、ポルシェは左の脇道をブリクストン・ロードに向けてひた走っていた。

ひとつの考えが、意識を駆けめぐっていた。ポルシェのパワーでやつらを引き離すことができる広い道に出なければならない。

激しく揺れながら蛇行し、駐車しているワゴン車をかすめるようにして、ポルシェは歩道のきわを走った。マットはミラーを覗いた。ボクスホールは急なターンに不意を打たれ、エンストして、エンジンをかけようとしていた。だが、もう動き出していて、ぐんぐん加速している。銃を持った女が身を乗り出している。

マットはアクセルをなおも強く踏んだ。一気にあがったエンジンのパワーが、車体から伝わってくる。

また一発。ガラスの割れる音がして、リア・ウィンドウにひびがはいったのがミラーで見えた。前方に目を凝らす。目抜き通りに近づいていた。夕方の混雑した広い道路を、車の列がのろのろと進んでいる。

「つかまってろ」マットはエレナーに向かって叫んだ。

角を曲がったポルシェは、歩道に乗って目抜き通りを目指した。そこは車一台が通れる幅があったが、商店のウィンドウぎりぎりをポルシェは走っていた。マットはクラクションを押しつづけた。すさまじい音が鳴り響き、驚愕した歩行者が四方に逃げた。

「歩行者を轢《ひ》いてしまう」エレナーが叫んだ。

すさまじい危険に直面したとき、人間がどれだけ早く反応できるかを、あなどってはいけない。マットはそう自分にいい聞かせた。SASにいたころに、それを身をもって学び、片時も忘れたことがなかった。暴走するポルシェを見たら、歩行者は自分でも信じられないくらい敏速に動くはずだ。

ポルシェが横滑りしながら歩道を驀進すると、女が飛びのき、男がどなった。マットは車を安定させて、二軒の前を通り過ぎた。罵声が聞こえる。クラクションが鳴らされ、ひとりの男がポルシェの屋根を腹立たしげに叩いた。前方に赤信号が見える。その前に、貴重なスペースができていた。マットはアクセルを踏み、そのスペースに飛び込んだ。シートに背中をあずける。赤信号を無視して走り抜けると、その先は道路が空いていた。マットは、時速一二〇キロメートル近くに加速して、ロンドン南部の往来にまぎれた。

「だいじょうぶ？」エレナーのほうを見てたずねた。

血の気のない顔に恐怖が貼りついているのがわかった。エレナーがなにかをいおうとしたが、言葉が出てこなかった。

マットはうしろを見た。ボクスホールはどこにも見えない。もう危険はない。いましばらくのあいだは。

エレナーは、マットが買ったコークを受け取ったが、フライドポテトは断わった。南に一五キロメートルほど走り、尾行がないことをたしかめた。そこで方向転換して市内にひきかえし、ウォンズワース橋の南のロータリーにある駐車場付きの〈マクドナルド〉にポルシェをとめた。

空腹で戦ったり、物を考えてはいけない。どちらも空腹ではうまくいかない。

「アボットに会いにいく」マットはいった。「殺しの任務をやめるよう要求する。こんどは確実に殺される」

「どうして警察に行かないの？」不安のにじむ棘々《とげとげ》しい声だった。「あのひとたちに殺されかけたのに」

「おれを信じろ」

「馬鹿いわないでよ」エレナーは腹を立てていた。「銃で狙い撃たれたんだから、警察が保護してくれるはずよ」

「だめだ」マットはいった。「これには国防省がからんでる。おれたちを助けられるのはSIS《ザ・ファーム》だけだ」

17

マットが予想していたよりもずっと広い家だった。玄関を挟んで左右対称に建てられたヴィクトリア朝時代の優雅な田舎屋敷で、表と裏の両方に庭がある。場所はリージェンツ・パークにほど近いカールトン・ヒルの角だった。新車のランドローバーが車回しにとまっていて、その横に真っ赤なミニ・クーパーもとまっていた。

ロンドンの近頃の不動産価格は知らないが、二百万ポンドは下らないだろう。

「忙しいんだよ」ドアを細めにあけただけで、アボットがいった。「こんどまた話をしよう」

マットは歩を進めた。「いま話をしよう」

ドアは分厚い一枚板で、閂《かんぬき》が三本くらいついているようだった。だが、強く押すと簡単にあいた。マットは拳で押しあけ、すばやく玄関ホールにはいった。エレナーがすぐにつづいた。

アボットなら、殺しの任務をやめさせることができるはずだ。

「だから、いまはまずいといっているじゃないか」アボットがあとずさりしながらいった。

「どうして秘書に電話してアポイントメントを取らないんだ」

「きょうは銃撃を浴びたところでね」マットはいった。「片をつけたい。いまここで片をつけておきたい」

アボットが、応接間へ歩いていった。壁は薄い黄色で、狩りの場面の絵がいっぽうの壁を占領し、大理石の暖炉の上に金縁の大きな鏡があった。家具調度が独身者用のものなので、独り暮らしなのだろうと、マットは見てとった。

「シェリーでもどうだ?」デキャンタが三つ置いてある銀のトレイのほうへ、アボットが歩いていった。

「おれが飲み込むのは真実だけだ」

アボットがほほえんだ。「うまい言葉遊びだな」エレナーに目を向けた。「こちらのお嬢さんは? 会ったことはないと思うが」

エレナーが視線をあげた。「いりません。結構です」

「どなたかね、マット? きみがいま惚《ほ》れてる相手か?」アボットが、言葉を切った。「どうやら立ち直ったようだな」

「おれの友だちの妹だ。ケン・ブラックマン。どうなったか、知らないはずはないだろう」

アボットが、酒を注ぎはじめた。「知らないな。家系には詳しくない。わたしの専門分野ではない。しかし、暗い話だというのはなんとなくわかる」

「ケン・ブラックマンは、元兵士だ。XP22のテストに参加した。ウィルトシャーの〝農場〟と呼ばれる場所で。二週間前に、頭がおかしくなって、何人か殺し、そのあと病院で死んだ。イギリス各地で、おおぜいの兵士がおなじような事件を起こしている。すべてXP22のテストに参加した兵士だと、おれたちは考えている」

アボットが、酒をひと口飲んだ。「またその薬の話をだらだら聞かされるんじゃないだろうな。それがわたしとどういう関係があるというんだ？」

「わかりやすい話よ」エレナーがいった。「XP22はソ連で開発された。ラクリエールがその技術をセリク・レシュコというギャングから買って、その他の恐ろしい薬物もろともイギリス国防省に売った。XP22は兵士を実験台に使った。その後、すさまじい副作用が出た。そこで、隠蔽《いんぺい》工作のために、あなたたちはマットを送り込んでレシュコの工場を破壊させ、さらにレシュコを殺させた」

アボットが、エレナーの顔を見て頬をゆるめた。「このチームでは、きみが脳みその役割を果たしているのか。ほんとうに一杯どうかね？」

エレナーは首をふった。「いらないといったでしょう」

「まあそういうな。飲みたくなるかもしれないよ」アボットが部屋を横切って窓ぎわへ行き、カーテンをあけてひと気のない暗い通りをちらりと見た。「わたしがこれからどうすると思う？」

「ラクリエールを逮捕させる」エレナーが語気鋭くいった。「あの男のせいで、何十人もが死んだのよ」

それについて思案しているような感じで、アボットがうなずいた。煙草に火をつけると、煙が顔から渦を巻いて立ち昇った。「悪くない」ゆっくりといった。「しかし、わたしはどちらかといえば、きみたちを逮捕させるほうを考えていたんだが」

エレナーの顔に衝撃の色が浮かぶまで、一瞬の間があった。どういうことか、計りかねているのがわかった。

「わたしたちを?」

「それはそうだろう」アボットが語を継いだ。「きみらは話の全容を突き止めたようだからな。ただ、結末だけがまだわかっていない。そう、XP22は旧ソ連の技術だった。イギリス軍兵士をテストに使った。たいへんな効き目があった。だが、きみらが調べあげたように、副作用がある。テストに参加した五十人のうち少数が――全員ではない、いまのところは三分の一程度だ――頭のいかれた怪物に変わった。テストに参加した人間の大部分を、始末する必要があった」言葉を切り、ダンヒルを深々と吸った。「全体のためを考えて。わかるだろう」

「平凡な兵士はつねに取り替えがきく」マットは、辛辣にいった。

「そういうこと」アボットがいった。「いかにもきみらしい、激しい情熱と機知に味付けされた言葉だな、マット。だって、トカーがXP22のテストの責任を負うわけにはいかないじゃないか。トカーは重要な大企業だし、国防省のためにいろいろな秘密化学兵器を製造している。それに、もちろん商会《ザ・ファーム》も責任を負うつもりはない。われわれの流儀ではないからな。そこで、汚れ物を片づける人間が必要になった」マットのほうを見た。「われわれはきみを選んだ」

「最初から仕組まれていたんだな」マットは声を荒らげた。

「というより、不幸な誤解があったわけだ」アボットがいった。「きみに工場を破壊させ、レシュコを殺させた。それで過去に起きたことをすべて隠蔽できるはずだった。ただそれだけやれば、きみはうちに帰り、みんなが安心できたんだ」

吸いさしを灰皿に投げた。「きみがいけないんだぞ、マット。偶然にもきみは情報をいろいろ捜し当ててしまった。知りすぎた。だからきょう銃撃されたんだ」

「インクレメントか」マットは暗い表情でつぶやいた。

「たしか昔の友だちだったたな。旧《ふる》い友と会って旧交を温めるのはいいものだ」アボットは、喉の奥から明るいところのなにもない忍び笑いを漏らした。

マットはすたすたと歩いていって、アボットのそばに立ち、顔をくっつけるようにした。

「見下げ果てた野郎だ。おまえを信用したのがまちがいだった。SISを信用したのがいけなかった」

「そうかもしれない」アボットが答えた。「それはそれとして、協力に感謝する。握手しておやすみをいいたいところだが、死人に触れるのはまっぴらだ」

横っ面にマットの拳が炸裂し、アボットが腹ばいに倒れた。「その前におまえを殺す」

マットは吼《ほ》えた。

「だめ」エレナーがいった。「やめなさい。証拠を見つけて、それでこいつを破滅させるのよ」

マットが、アボットの目の前に拳をかざした。腕を大きく引いて、殴ろうとした。アボットが、それを見てにやりと笑った。「警報ボタンを押したよ。そこに座って、昔の友だちがきみを始末しにくるのを待っていたらどうだ」吸いさしを取って、落ち着かないそぶりで一度吸った。そして立ちあがり、窓のほうへ行くと、待ちわびるようすで道路を見た。「きみは優秀だ、ブラウニング。それは認めよう」ふりむいてマットのほうを見て、殴られて赤くなっている場所をこすった。「だが、なにしろ相手はインクレメントだ。世界でもっとも恐ろしい冷酷非情な殺人マシーンだよ。きみにとうてい勝ち目はない」

マットは詰め寄った。顔が怒りに紅潮し、筋肉に力がこもって、いまにも暴力をふるいそうだった。「やめて」エレナーが叫び、マットを引き戻した。「もうこのひとは応援を呼んでしまったのよ」

マットはふたたびアボットに迫ろうとしたが、エレナーのいうとおりだと悟った。インクレメントがいまにも到着する。助かろうとするなら、逃げ出すしかない。

じめじめした寒い部屋だった。カーペットは剝《は》がして巻いてあり、古くなった床板に埃が積もっている。角に椅子が一脚あり、窓には古いメッシュのカーテンがかかっていた。

「たいした部屋じゃないが」アイヴァンが背嚢をおろし、そっと口笛を鳴らした。「何日か泊まる分にはこれでいい。だいいち安全だ」

マットは空気のにおいを嗅いだ。何年も掃除をしていないようだ。キッチンからはかなり前に腐った食べ物のにおいが漂ってくる。床板を見たところ、ネズミが齧《かじ》ったような穴があいている。IRAがロンドンに持っている隠れ家については、さまざまな話を聞いている。奥のほうに腐乱した死体があってもおかしくない。

もうなにがあっても驚きはしない。

「これでいいわ」エレナーが、アイヴァンに目を向けてにっこり笑った。「だいじょうぶ。ありがとう」

「たいした部屋じゃないけどね」

アボットの屋敷から逃げ出すと、マットはアイヴァンに電話をかけた。アイヴァンはIRAにいたときに何カ所か隠れ家を知っていた。ほとんどがいまは放棄されて、埃が積もるままになっている。アイヴァンが選んだこの目立たないヴィクトリア朝時代のテラスハウスは、ハマースミス・ブロードウェイから何本か離れたケンブリッジ・グローヴにある。

インクレメントと戦うには、アイヴァンのような人間に頼るのがいちばんだ、とマットは判断した。なにしろIRAを抜けるまでは、イギリス陸軍を相手に戦争をしてきたのだから。

アイヴァンを危険な立場に置いていることは、マットも承知していた。しかし、インクレメントはマットのつぎにアイヴァンを狙うはずだった。危険なのはみなおなじだ。

背嚢からアイヴァンが必需品をいくつか出した。薬缶《やかん》、インスタント・コーヒー、サンドイッチ、ポテトチップ類、チョコレート。シャンプーをエレナーに渡した。「髪を洗うといい。逃亡生活を送っているときには、身ぎれいにするほうがいいんだ。人間らしい気持ちになれる。ほかのことがすべて人間らしくないときでも。ほんとうだよ。おれには経験があるんだ」

エレナーはシャンプーを受け取って、脇に置いた。「ありがとう」

「これからどうする？」マットのほうを向いて、アイヴァンがきいた。

マットは窓ぎわへ行った。もう日が沈んでおり、空に雲はなかった。ロンドンの靄《もや》とスモッグを透かして、星が精いっぱい光っていた。「反撃に出る」マットはアイヴァンのほうを向いた。「ああ、あんたがどういうかはわかってる。背中を向けて逃げろというんだろう？　身許を変えて、イギリスを出ろ、と。なにもかも忘れて、どこかで新生活をはじめろというんだろう？」言葉を切った。「できるものならそうしたい。だが、どうやればいいのかわからない」

「インクレメントがあんたを狙っているんだ、マット。どういう連中か、よく知っているはずだぞ。北アイルランドでも怖れられていた連中だ」

「そんなことはわかっている。しかし、やつらは善良な兵士を使って薬物をテストしたんだ。すこしでも勝算があるあいだは、戦いつづけなければならない」

アイヴァンは溜息を漏らした。「わかった。できるだけの応援はする。でも、忠告したのを忘れるなよ」

「わかっている」

「新しい身許をこしらえる」アイヴァンはいった。「まずはそこからはじめるんだ。インクレメントは、政府の省庁すべてを利用する。自分のクレジット・カードや電話や車を使ったり、本名でホテルにチェックインしたりしたら、たちまち襲いかかってくる」

「力を貸してくれる人間を知ってるか？」

アイヴァンがうなずいた。「何人か知ってる。おれの仲間の仕事をしてた。旅券の偽造、クレジット・カードの手配、身許偽装。武装闘争が弱まってからは、フリーランスでやってる。手配してやるよ。

運がよければ、何日かはだいじょうぶだろう」アイヴァンは口ごもった。「問題は、そのあとでどうするかだ」

「新聞に訴えて出る」エレナーがいった。「なにがあったかをばらすのよ」

アイヴァンが首をふった。「まだだめだ。証拠が足りない」

「それなら手に入れよう」マットはいった。

「死体からサンプルを取る必要があるわ」エレナーがいった。「それを分析すれば、イギリス軍兵士を使ってXP22をテストしたことが証明できる」

アイヴァンがうなずいた。

「インクレメントがやることは四つしかない」マトラムは、一同を見渡していった。「殺し、殺し、殺し、殺し――の四つだ」間を置いて、水を飲んだ。「やらないことがただひとつある。失敗だ」八人がマトラムを囲む半円を描いていた。インクレメントの隊員が一堂に会している。

非常事態だ。

マトラムは、写真を二枚、デスクに置いた。一同が集まっているのは、ロンドン南部のウォンズワース橋のトラヴェロッジ・ホテルの一室だった。窓から〈B&Q〉と〈マクドナルド〉が見える。秘密保全を考えて、SISに集合するのは控えたのだ。また、ロンドンにはあちこちに軍の施設もあるが、正規軍とは距離を置くほうがいいと、マトラムは判断した。

われわれは非合法任務を行なっている。いまのわれわれの動向をだれも知らないほうが都合がいい。

マトラムは、写真を一枚、指でつまんで示した。「これがマット・ブラウニングだ」もう一枚を取った。「こっちはエレナー・ブラックマン」

しばらく間を置いてからつづけた。「ふたりとも殺せ」砂利でも吐き出すように、その言葉を発した。「即刻殺《や》れ」

ブラウニングという名前を口にするときに、八人の部下の顔を仔細に眺めた。インクレメントの隊員は数年ごとに入れ替わるので、現在の部隊でマット・ブラウニングと同時期に軍に勤務していたのは、ハートンしかいない。そうはいっても、評判を聞いているかもしれない。だが、表情からして、ブラウニングを知っている人間はいないようだった。聞きおぼえがあるという表情をすこしでも見せたものはいない、ひとりもいなかった。

ブラウニングもこれで一巻の終わりだ。あと何日かしたら葬ってやる。

マトラムは心のなかでつぶやいた。たいがいの任務はつまらない仕事だが、軍隊の神が今回ばかりはほほえんだようだ。あの臆病者とは、いつか決着をつけたいと思っていた。今回は楽しい仕事になる。

マトラムは、ターントンとスナドンをちらりと見た。「おまえたちは、この女を始末するために、きのう派遣された。あらかじめ決めておいた家におびき出して、ひそかに消すはずだった。それが失敗に終わった。どういうことなのか、説明しろ」

ターントンが、椅子にもたれて、頭のうしろで手を組んだ。「ターゲットは救出されたんです、ボス。仕事を完了する前に」

マトラムは、疲れたように額をこすった。「救出された？　この仕事をなんだと思っているんだ？　バグズ・バニーのアニメか？　インクレメントの手から救出されるものはいない。救出をはかろうとして、無意味に命を落とすやつはいるかもしれないが、いずれにせよ死ぬ。噛んで含めるように説明しなければならないというのが信じられない。ターゲットを救出しようとするものがあれば、そいつも始末されることになる。単純明快だ」

スナドンが立ちあがり、マトラムを真っ向から見た。どんなときでも自分がマトラムにいちばん気に入られている工作員だと、スナドンは自負していた。「追跡したんです」きびきびといった。「ターゲットが家にはいるのを待っていました。そこで始末するつもりで。この写真の男が、女といっしょに駆け出し、車にとびのったんです。ポルシェ・ボクスターでした。すごく速かった」

「ポルシェが速い車だというのは知っている。間抜けと仕事をしなければならないからといって、間抜け扱いされるいわれはない」マトラムは言葉を切り、侮辱されたスナドンが顔を赤くするのに目を留めた。「追跡した、だと？」

「もちろんです」スナドンが答えた。「相手は優秀でした。歩道を突っ走り、赤信号の交差点を突っ切って、交通量の少ない道を逃げていったんです。こっちも歩道を通らないかぎり、追いつけませんでした」口ごもり、目を伏せた。「国内テロ事件以外は一般市民が死傷するのを避けるというのが、インクレメントの標準作戦要領です。だから、見物人が怪我をするようなことはできないと判断しました」

「作戦要領をわたしが知らないと思うか」マトラムは冷ややかにいった。「わたしが書いたのだからな」

「この男もそれを知っているんじゃありませんか」ターントンが口をはさんだ。「こいつは、われわれの行動の限界を承知していて、そこにつけこんだんです」

それは事実だ、とマトラムは心のなかでつぶやいた。ブラウニングは、インクレメントの仕組みを承知している。

「意見が聞きたいときにはそういう」マトラムは語気荒く叱りつけた。「この男を始末できなかったおまえたちふたりの無能さは、つぎの勤務評定に記録する。失敗したのはしかたないとしても、容認はできない」

マトラムは、隊の他のものたちに目を向けた。「そのようなことは二度と起こらない。ルールが変わったからだ。今後、このふたりの捜索は対テロリスト作戦に分類される。つまり、制約はいっさいなしだ。国じゅうの警察に全面テロリスト警戒警報が出される。警察官も捜索にあたる。やつらがカードを使ったり現金をおろせば、クレジット・カード会社や銀行が報せてくる。ホテルも通報する。このふたりがどこかで姿を現わしたら、すぐにわれわれにわかる。そういう場合には、警察から連絡がはいるようになっている。警察には近づくなという指令がおりている。危険だという理由だ。制服警官がどたばた走りまわりはじめたら、なにもかもぶち壊しだからな」

両手を腰のうしろにまわすと、マトラムは線を一本、ゆっくり丁寧《ていねい》に引くように、部屋のなかを歩きはじめた。「対テロリスト作戦になったからには、われわれは必要なあらゆる手段を使って目的を達成することができる。できれば巻きぞえが出ないようにしたいが、かといって逃したのではなんにもならない。副次的被害が出たら、それはしかたがない」にやりと笑った。「やつらは逃げ足が速い。だが、われわれが追いつけないほど速くは走れない。われわれの監視の目があらゆる場所にある」

言葉を切って、そこにいる八人の部下の目を順繰りに見据えた。「やつらが死ぬまで、われわれは何事にも阻止されはしない。よし、殺しにいけ」

その葬儀屋は、スウィンドン郊外の新聞売店、食料品店、肉屋、パブがならぶ商店街の一角にあった。〈ジャック・ドーソン&サンズ〉という店名が、〈葬儀全般・墓石〉という看板の上にステンシルで記されていた。

午後九時をまわったところで、商店はみな閉まっていた。パブはむろんあいているが、客の出入りはない。「ここで待っていてくれ」マットはエレナーにいった。「裏からはいる」

バリー・レッグが殺されてから二週間、最後に目撃された道から五キロメートル弱離れた野原の縁の溝でうつぶせになった死体が発見されてから十日が過ぎている。警察が遺体を返し、こんどの週末に葬儀が行なわれることが、ニュースで詳しく報じられていた。いま遺体は棺桶に入れられて、この葬儀屋にある。レッグの遺体にXP22の痕跡が残っているなら、それが物証になる。イギリス軍兵士にXP22が投与され、テストに参加した兵士がインクレメントによってつぎつぎと殺されているという事実を暴露できる。

脳の組織を手に入れる必要がある。

マットは足をとめた。商店の裏に短い路地がある。肉屋の裏にいくつかゴミ容器が出してあり、骨や肉の切れ端が腐りはじめ、昼間の太陽で熱せられて、汁が出ていた。骨を齧《かじ》っていた一匹の猫がマットのほうを見あげ、あわてて逃げていった。マットは歩を進めた。葬儀屋は三軒目で、裏口は黒いドアだった。〈バナム〉の錠前がついていて、閂《かんぬき》がおりていたが、その上は曇りガラスの窓で、金網で覆ってあるだけだった。

無用心だな、とマットは思った。まあ、葬儀屋に盗みにはいる人間はめったにいないだろうが。

上のほうを見まわした。路地の奥に建物が何軒かあるが、こっちを見おろす窓はない。マットは盗んだ金梃子《かなてこ》を出して、ガラスの端を軽く叩いた。柔らかい。補強されていない。金梃子をきちんと握ると、窓の真ん中を鋭く叩いた。打つ場所が適切なら、ガラスはきれいに割れて内側に落ちる。いちばん弱い個所、つまりガラスのまんなかを叩けばいい。割れたガラスは、まんなかからひびがひろがって、ぱらぱらと落ちた。マットは金網に金梃子を差し入れて、握り締め、力いっぱいこじった。抵抗は大きかった。金網を固定しているネジはもちこたえた。力を集中して、全身の力を肩にかけ、もう一度こじった。ネジがひとつはずれ、またひとつはずれて、金網がゆるんだ。

金網をむしり取ると、マットはそれを投げ捨てて、割れたガラスに手を突っ込み、閂をはずした。ドアの錠前のあたりに金梃子を突っ込んでこじると、なんなくあいた。泥棒がはいったことがわかる。なにも盗まれていないのを不審に思われるだろう。

裏口をはいったところは、狭いキッチンだった。流しの横に薬缶《やかん》があり、汚れたカップがいくつか置いてあった。ＰＧチップスのティーバッグの袋が置いてある横に、封を切った砂糖の小袋がある。デスクの書類やコンピュータをちらりと見てから、燕尾服五着とトップハット五つが、コート架けに整然とならんでいるのを見やった。そのそばに黒の靴クリームがいくつか置いてある。

こういう連中は、勲章をもらう日の将校に負けないくらい、靴をぴかぴかに磨く。

遺体は、店頭のすぐ裏にある細長い霊安室に保管されていた。暑い日だったが、そこだけは涼しくひっそりとしている。はいると棺桶が三つ置いてあるのが見えた。一メートルほどの間隔で置かれ、いずれも蓋をしてある。ひとつずつ見ていって、名札のたぐいを捜した。なにもない。くそ、いちいちなかをあらためないといけないのか。

ひとつ目の棺桶の蓋をそっと持ちあげると、遺体を清め、保存する薬品のにおいが鼻を刺激した。八十代とおぼしい女の顔がこちらを睨んでいた。二番目の棺桶を調べると、こちらは年配の男だった。三つ目にちがいないと思いながら、蓋をあけ、覗き込んだ。三十代後半の男で、髪が黒く、目を閉じていた。両腕はきちんと脇にそろえてのばしている。

マットはたじろいだ。十年間、あちこちの戦場を転々としたが、いまだに死体を見ると気おくれする。死んだ人間を見るたびに、生者と死者を分かつ境界線が狭いことを身にしみて感じる。死が触れると伝染するような気がして、できることなら触《さわ》りたくないと反射的に思う。

エレナーに渡された太い注射器を出し、死体の耳の下に突き刺した。頭蓋骨がいちばん柔らかい個所を、エレナーが教えた。そこなら針が通るはずだというのだ。マットは針をふり動かしながら押して、うまいぐあいに骨を針が貫くことを願った。もっとも一般的な防腐剤であるホルムアルデヒドのにおいが、遺体から立ち昇ってきた。もう埋葬準備が整っている。化学薬品の臭気を吸い込むと、吐き気がこみあげるのがわかった。注射器をなおも押すと、脳の柔らかな組織に針が刺さるのがわかった。手をとめて、プランジャーを引きサンプルをとった。

悪く思うなよ。こういうことをしている理由を知ったら、あんたはきっと許してくれる。

マットは、注射器をジャケットのポケットに入れて、棺桶の蓋をした。急いでそこを離れ、身をかがめて路地に出ると、エレナーが待っている通りにひきかえした。

「手に入れた」といって、車のほうへエレナーを引っ張っていった。

エレナーが注射器を受け取り、身をかがめて、マットにキスをした。「あとはこれを分析するだけよ」

M4高速道路のメンバリー・サービスステーションは、ほとんどひと気がなかった。午後十一時を過ぎている。マットとエレナーは、車をとめて、ガソリンを入れ、カフェでハンバーガーを買った。

「ジョンソン教授」車に乗ると、エレナーがいった。「これをどうやって分析すればいいか、教授は知っているにちがいない」

マットは、アイヴァンにもらった盗品の携帯電話で、ジョンソンの番号にかけた。「晩《おそ》いのはわかっています。申しわけありません」即座に電話に出た女に、マットはいった。

「急ぎの用事なんです。ジョンソン教授を出していただけますか」

「遅すぎた」突っかかるような口調で、女がいった。

「わかっています。お邪魔して申しわけありません」マットはくりかえした。「どうしてもお話ししたいことがあるんです。起こされても、教授は文句をいわないと思います」

「あんたはだれ？」

マットは言葉を切った。女の口調がどことなくおかしかった。「なにかあったんですか？」

「教授はけさ死んだわ。あんたはだれ？」

「その……」マットは言葉を捜した。「ご愁傷様です」

「だれなのよ？」女の声が大きくなっていた。

「すみません」マットはいった。「いえないんです」

携帯電話を閉じた。「教授は死んだ」

エレナーが、マットの顔を見た。「会いにきたこと自体がまちがいだったかもしれない
——教授はそういったわ」

18

マトラムは、ホテルの部屋の窓から見おろした。十二階の部屋の真下にある駐車場に、太陽が照りつけている。半ズボン姿の男が何人か、子供用のビニールのプールや庭の散水用のホースを持って、〈B&Q〉から出てくるのが見えた。

平凡な郊外の生活だ、と思った。反吐《へど》が出そうになる。

背後のテレビは、スカイ・ニュースに合わせてある。アナウンサーが、三週目にはいっている熱波のことを報告している。政府は国民に、冷静にして、日焼け止めを塗ることを勧めている。自動車協会《AA》はドライバーに無用な運転の自粛を呼びかけている。すさまじい暑さのために、運転中のストレスによる事件が起きており、ハートルプールではスーパーの〈テスコ〉でナイフを持って暴れた男がいた。アナウンサーはいった。「CMのあとは、高名な精神科医に、この暑さのなかで冷静にしていられる方法をおたずねします」

暑さか、マトラムは思った。暑さのことなど、こいつらにわかりはしない。

スナドンとトレンチが、マトラムといっしょに部屋にいた。あとの六名は、国内の数カ所に配置してある。クリッパーとターントンは、マンチェスターにいる。ハートンとゴッドソールは、ブリストルだ。キランダーおよびウェザレルと交替したアディソンとマーレーは、ニューカースルにいる。ロンドンも含めた四点を結ぶと、ゆがんだ四角形ができあがる。どこにターゲットが現われても、いずれかの二人組が二時間以内に急行できる。

やつが姿を現わしたら、その日のうちにばらす。

「やつら、姿を消しましたね」スナドンがいった。

マトラムは顔を突き出した。「馬鹿な。御伽噺《おとぎばなし》ではないんだ。現実には、かならずどこかにいる。いどころを突き止めればいいだけだ」

昨夜のうちに、マット・ブラウニングとエレナー・ブラックマンを対象とするテロリスト非常警戒態勢が敷かれたはずだった。ふたりの顔写真が画像ファイルでイギリスじゅうの警察に送られ、警察官はすべて該当する人物がいないかどうか注意するようにと命じられた。車のナンバーも報告されている。速度違反取り締まりカメラの前を通るか、ロンドン市内の混雑緩和のための課金区域にはいったら、かならず発見される。クレジット・カードを使えば、ただちに警察に通報される。携帯電話を使えば、基地局の場所が警察にわかる。全国約一万カ所にある街角の監視カメラに不審な動きが映れば、ふたりの容疑者かどうかが確認される。いどころを突き止める方法がいくつもある。イギリスはまったくの電子監視社会になっている、とマトラムは思った。いくら逃げても、隠れる場所は墓のなかしかない。

「警察から連絡はないか?」マトラムは、トレンチに目を向けた。

デスクに蓋をあけたノート・パソコンがあり、ロンドン警視庁の対テロ部隊本部と秘話回線でつながっている。地方警察からの報告はすべて対テロ部隊本部に届けられるが、それと同時にこのコンピュータにも送られてくる。警官が休憩してお茶を飲んでいるあいだに発見されて、時間が無駄になるようなことがあってはならない。

「なにもありません」トレンチは首をふった。「二度ばかり、誤報がありました。ロムフォードでプラスティック爆薬を持った男が捕まりましたが、ただの銀行強盗でした。チェルトナムで目撃したと思ったのも、誤報でした。あとはなにもありません」

「金融システムのほうはどうだ？」マトラムはスナドンのほうを見た。「金がたいがい鍵になる。たいがいの物はなくても生き延びられるが、逃亡には現金が必要だ」

スナドンは首をふった。そちらのノート・パソコンは、ビザとマスターの両カードの中央承認システムに接続してある。ふたりのどちらかが金を引き出すか、カードで支払うと、それがコンピュータで処理されると同時に、ATMの場所や支払が行なわれた店がわかる。

「なにもありません。気配すらありません」

「ハンターがよくいうじゃないか」マトラムは、ゆっくりといった。「鳥が出てこなければ、ちょっとばかり木を揺すってやろう」

マットはコーヒーを注いで、目の前のベーコン、卵、ソーセージ、豆を見た。カフェインが体を流れるのがわかった。フォークに豆を乗せて、がつがつとむさぼり食べた。

戦闘の第一の鉄則。食べられるときに、できるだけたくさん食べておく。つぎはいつ食べられるかわからない。

エレナーは自分の朝食を見て、トーストに薄くジャムを塗った。「過食が不安をまぎらすためのよくある症状だというのを認識しなさいよ」

マットは、ソーセージを突き刺した。「空腹の症状でもある」

ふたりは、チップナムの郊外にあるホテルにいた。トラヴェル・インやトラヴェロッジのようなホテル・チェーンが勃興する前の時代に行商人が泊まったような安ホテルだ。食堂を見まわして、ここは見えざる人間の国だ、とマットは思った。年金生活者や金のない旅行者が泊まり、母国に送還されるまで亡命者が隠れ住むような場所だ。姿を消したければ、そういう連中にまぎれるのがいい。

「怖いわ、マット」エレナーがいった。「終わりがどうなるのか、ぜんぜんわからない」

「終わり？」

「これを最終的にどうまとめればいいのか、わからないのよ」エレナーはなおもいった。「わたしたちがいつかなにかを発見しても、どういうちがいがあるの？　サンプルを分析したところで、だれが信じてくれるかしら？」涙がひと粒、頬を伝い落ちているのを、マットは目の隅で見た。

マットは口ごもった。朝食はまだ半分しか食べていなかったが、フォークを置いた。

「SAS入隊《レジメント》後の最初の危険な銃撃戦を憶えている。場所はフィリピンだった。ジャングルで共産主義者のゲリラと戦うフィリピン軍を支援するために派遣されたんだ。ところが、フィリピン軍の連中は戦いたくない。家に帰りたいと思っている。だから、おれたちはたった四人きりで蛸壺《たこつぼ》を掘り、重装備の反乱軍五、六十人と対峙するはめになった。祈り、眠ろうとしたが、翌朝にはなぶり殺しにされるだろうと覚悟していた。で、どうなったと思う？　モンスーンが一週間早く来たんだ。すさまじい雨で、一メートル先もよく見えない。連中は銃の狙いがつけられなかった。一週間かかったが、おれたちは泥のなかを這いずって逃げ、なんとか生き延びた」

「なにがいいたいの？」

「戦争をやってるときは、どういう終わりが来るか、見当もつかないものだといいたいんだ。がむしゃらに戦って、なにかが起きてくれるのを願うしかない」

その車は十一年前の型のフォード・エスコートで、シートは布張りだし、車体にはいくつか凹《へこ》みがあった。ロンドン南部の中古車販売店で、きのう現金三百ポンドで買った。キエフに行く支度金としてアボットからもらった金の最後の残りだった。マットはロンドン南部で生まれ育ったので、その界隈をよく知っている。相手の素性についてよけいなことはいっさいきかず、登録書類も作成しないで、おんぼろの古い車を現金で売る業者が、いくらでもいる。折り畳んだ札さえ渡せば、おたがいによけいなやりとりはいっさいしない。

マットは、前にも逃亡したことがあった。ボスニアでふたりの仲間と、敵地に八〇キロメートルはいったところで動きが取れなくなった。無線機がなく、ヘリコプターによる撤退を要請できない。敵が徘徊する地域を三日のあいだ進まなければならなかった。姿を見られれば、その場で銃撃される。エレナーに話したように、フィリピンでは、モンスーンのはじまった季節に、何日もジャングルを歩きつづけた。

あれとはちがう。どちらも戦闘地域だった。ここはおれの国で、自分の国の人間が敵だ。目につかないようにして、本名を隠すことが、なによりも重要だ、とマットは自分にい い聞かせた。クレジット・カードを使ったり、ATMで現金を引き出せば、金融システムを通じていどころを突き止められる。ポルシェはロンドンで乗り捨てた。目立ちすぎるし、ナンバーですぐにばれる。アイヴァンが、偽造旅券を二通用意してくれた。キース・トッドとヘレン・ナゲットという名前になっている。警察の検問に遭って身許の確認を求められても、それで逃げおおせられる可能性がある。

エスコートが、ぐらぐら揺れながらとまった。ブレーキパッドが頼りないし、ローからシフトアップするのにかなり力がいる。こんな車でもいいのだ。りっぱな交通手段として使えるし、正体がばれる気遣いもない。

車をとめたのは、チップナム郊外の田園地帯にあるコールドウェルの家の前だった。インクレメントより早く、コールドウェルに接触しなければならない。

寝室が三部屋あるとおぼしいささやかなコテージで、一二〇〇坪ほどの庭があった。その大部分に色とりどりの繊細な薔薇《ばら》が植わっていた。午前十時過ぎで、空には雲ひとつない。また暑くなるのか、と思いながら、マットは車をおりた。

コールドウェルは、じょうろを持ち、半ズボン姿で庭に立っていた。「この夏を生き延びられればいいけどね」マットは、薔薇のほうを顎で示した。コールドウェルは、六十前後に見えた。砂色の髪が薄くなり、肥りはじめている。マットに好奇の目を向けたが、怪しむふうはなかった。

「薔薇の育てかたが知りたいのかね？」コールドウェルがきいた。

マットはあたりのようすを見た。八〇〇メートルほど離れたところに農家があり、眼下の谷間に村が見えるが、あとはまったく閑散としている。「力を貸してもらいたいんです」

「〝農場〟で働いていたんでしょう」エレナーが進み出た。「ジョンソン教授にお名前を教えてもらったんです。力になってくださるかもしれないと」

「きみたちは？」

マットはしばし口ごもり、危険と利益を頭のなかで計算した。正体を明かせば、発見されるおそれがある。嘘をついたら、信頼を得られない。「マット・ブラウニングというものです。こちらはエレナー・ブラックマン。五年ほど前に〝農場〟でテストされた薬物についての情報を集めています」言葉を切り、コールドウェルをじっと見据えた。「人の命がそれで助かるかもしれません」

コールドウェルが笑った。おもしろがってはおらず、怒りに根ざした冷たくうつろな笑いだった。「〝農場〟？」

「そこでなにをやっていたのですか、コールドウェルさん？」エレナーがきいた。

「わたしはただの研究助手だった。たいしたことはやってない。テストする薬物を投与し、結果を観察する。それがおもな仕事だった。副作用を調べるのが」

「XP22という薬物がありました」マットはいった。「五年ほど前です。兵士がテストに参加していた。それに関係していましたか？」

コールドウェルは、溜息をついた。悲しげな表情がよぎった。ずっと前に忘れようとした記憶が急によみがえった、そんな感じだった。「XP22か。きみたちはあれのことを知っているのか？」マットの顔をしげしげと見て、急に不安そうになった。「きみも飲んだのか？」

マットは首をふった。「でも、友だちが飲みました。そして死んだ」

コールドウェルが身をかがめた。手袋をはめた手で薔薇の茎を持ち、剪定鋏《せんていばさみ》で切っていった。「おおぜいが死んだ」

「テストには何人が参加したんですか？」エレナーがきいた。

「五十人ほどだ」コールドウェルは、エレナーのほうをふりかえった。「全員が現役の兵士だった。連れてこられて、薬剤を投与され、一週間にわたって観察された。もちろん、いまでは人数が減っている」剪定し、深紅の花を手にした。「副作用があった。五人が抑制を失った。怪物と化した。移送しなければならなかった」

「移送？」エレナーが怪訝《けげん》な顔をした。「いったいどこへ？」

コールドウェルが笑った。さっきとおなじで温かみのない笑い声だった。「連中がそういう言葉を使っていただけだ。〝農場〟ではそういう婉曲表現がたくさんあってね。移送されるというのは、連れ去られることを意味した」間を置いた。「その後の消息はまったくわからない」

「撃ち殺されたのでは？」マットは水を向けた。

コールドウェルは、肩をすくめた。「XP22についてわたしが知っているのは、それだけだ。恐ろしい薬だった。使うべきではなかった。手出しすべきではなかった」

「ほかにも長期の副作用があるのかもしれません」エレナーがいった。「残っている人たちの名前が知りたいんです」

コールドウェルは首をふった。「それは自分たちでやるしかない。わたしは名前は知らない。〝農場〟に来る人間に名前はない。番号があるだけだ」

「名前がわからないと」エレナーが執拗に迫った。「名前を知る必要があるんです。名前がわからないと、そのひとたちを助けられない」

コールドウェルの顔を恐怖がよぎるのを、マットは見てとった。あたかも太陽の前を通る黒雲が光をさえぎったようだった。表情が暗くなり、唇がわなないた。「これ以上はいえない。危険なんだ」

「名前を」エレナーがくりかえした。

「だめだ」コールドウェルの声が大きくなった。「もういえないといっただろうが」

背を向け、コテージに向けて歩きはじめた。

「死んだ元兵士のサンプルがあります」エレナーが、コールドウェルの背中に向かって叫んだ。「分析してもらえませんか？」

「馬鹿をいうな。ここには器材がない」

遠くの坂のてっぺんを走っているパトカーを、マットは見た。エレナーがコールドウェルのあとを追い、袖《そで》をつかんでいる。

「行くぞ。早くしろ」マットは急に叫んだ。

エレナーがふりむき、マットの決然とした目を見た。マットはすでに車のほうへ戻りかけていた。「急げ」エレナーが、注意を集中した表情で、顔を伏せてついてきた。うしろでコールドウェルも踵《きびす》を返し、こちらを追いかけてくるのが、マットの目に留まった。

「ひとつだけ教えてやれることがある。金《かね》だ」コールドウェルはいった。「金を調べろ」

マットはふりむいた。「金？」

コールドウェルは、剪定鋏を持ったまま、ふたりのそばに立った。「XP22に関して重要なのは……その支払方法だ」

マットは坂に視線を投げた。ききたいことが山ほどあった。だが、パトカーは七、八〇〇メートルの距離に近づいていた。

その女はひとりで歩いていた。顔をあげて、空を見ている。黒いミニスカートに黒いTシャツというぃでたちだった。脚と腕がむき出しで、強烈な夏の太陽で真っ黒に日焼けしていた。

「あの女だ」レクサスのフロント・シートから、マトラムが指さした。

「黒いTシャツですね?」トレンチがきいた。

マトラムはうなずいた。「どこへ行くか、見届けよう。家まで尾《つ》けていって、そこで捕らえる」

ギル・ウォルターズのいどころを突き止めるのは、いとも簡単だった。アボットからギルの話を聞いていた。マット・ブラウニングの幼なじみの恋人で、婚約したが、任務でウクライナに派遣された時点で別れた。婚約者であろうがなかろうが関係ない。ブラウニングのいどころを知っていそうな人物は、ほかにいない。保母とはな、と思って、マトラムは薄笑いを浮かべた。きかん気の幼児は上手にあしらうのだろうが、われわれを簡単にあしらうことはできない。

〈ラスト・トランペット〉では、ギルの姿はまったく見当たらなかった。アボットが地元警察に問い合わせて調べさせた。マルベラにいる気配はないという。ふっつりと姿を消していた。だが、身を隠しているというわけではなかった。クレジット・カードを調べたところ、二日前にATMを利用していた。バークレー銀行のプットニー・ハイ・ストリート支店だった。それに、きのうは携帯電話を使った。アッパー・リッチモンド・ロードの基地局から中継されている。それが手がかりになった。プットニー地区のどこかに住んでいる。

簡単だ、とマトラムは思った。前回の引き出しはわずか二十ポンドだから、すぐにまた金が必要になる。現金をあまり持っていないほうが使わない、と考えるような女なのだろう。銀行で張っていれば、じきに見つかる。

女が見つかれば、ブラウニングを捜す糸口になる。拷問して情報を引き出す。よしんばいどころを知らなくても、女を殺せば、腐肉を見つけたハゲワシよろしく、死体めがけてブラウニングが飛んでくる。

マトラムはレクサスを発進させ、ゆっくりと走らせた。ギルはさきほど〈スターバックス〉でコーヒーを飲み、新聞を読んでいた。いまは三〇メートルほど前方を歩いている。突き当たりで折れて、アッパー・リッチモンド・ロードをぶらぶら歩き、やがて郊外の広い家が建ちならぶ左の通りへ曲がった。十二番地で立ちどまり、まわりを見た。

鍵穴に差し込んだ鍵をまわしている。

「よし」マトラムが叫んだ。「捕まえろ。急げ」

アイヴァン、エレナー、マットの三人は、隠れ家のキッチンに立っていた。IRAのべつの隠れ家に移っていた。こんどはトゥーティングにある。生き延びるには頻繁にいどころを変えなければならない、とアイヴァンが力説したのだ。

脳の組織を分析できる見込みは、まったくなかった。アイヴァンがいった。「分析がだめなら。ほかの手をなんとか考えないといけない。この一件には、なにか見過ごしている部分がある。おれたちがまだ知らない部分が」

「どういうこと？」エレナーが鋭い声できいた。

「考えてもみろ。インクレメントは、XP22を飲まされた連中を、ひとりずつ殺している。時間のかかるやりかただ。しかし、国防省が采配をふるっているんなら、そんなやりかたをする必要はない。一日のうちに全員を捕らえて、精神病院に入れてしまい、ゆっくりと始末すればいいんだ」

「なんだかよくわからないな」マットはいった。

アイヴァンは肩をすくめた。「答がまだぜんぶ出ていないといってるだけだ」

「お金が関係あるんじゃないの？」エレナーが口をはさんだ。「コールドウェルが、XP22の支払方法におかしなところがあるといっていたじゃない」

アイヴァンが、にっこり笑った。「それなら、そいつを突き止める必要がある」

危険を最小限にとどめるために、マットは、そのワゴン車をつぶさに観察して、手抜かりがないようにした。ブルーのフォード・トランジットで、車体の横にステンシルで〈E・H・スティーヴンズ　清掃サービス〉と記されている。

「ここで待て」マットはエレナーにささやき声で命じた。「二、三分で戻る」

エスコートをおりると、あたりのようすを見てから、駐車しているワゴン車のほうへ足早に歩いていった。夕方になっていて、ロンドン西部の道路ではそろそろ混雑がはじまっている。マットはバイク便二台をやりすごし、のんびりした態度で道路を歩いていった。

ワゴン車の運転席に座っているのは、三十代半ばの黒人だった。ブルーのオーバーオールを着て、炭酸飲料の〈オレンジーナ〉をゆっくり飲んでいる。ひとりきりだ。ラジオは〈トークスポーツ〉の周波数に合わせてある。司会者が熱波について議論しているのが聞こえた。最新の気象情報によれば、九月直前までつづくという。心臓麻痺の死者がまたふたり出た。司会者がまくしたてた。「この蒸し暑さにはもう耐えられそうにありません」

マットは、歩道のようすを見た。だれもいない。行き過ぎてから折り返し、ワゴン車の助手席に乗り込んだ。「やあ」

運転手が驚愕と困惑の入り混じった表情で向き直ったところへ、マットが殴りかかった。頰に拳がめり込み、顔が横を向いた。炭酸飲料の壜が飛んで窓に当たり、床に落ちた。運転手がどなった。「くそ。ちくしょう」

二発目が首のうしろに炸裂した。筋肉が柔らかく、くずれた、弱々しい体だった。急所を殴ったときに、それがわかった。運転手が倒れて、ハンドルにぶつかった。「悪いな」マットはつぶやいた。「まずい場所にいたのがいけなかった」

運転手が気絶しているあいだに、シートから後部に運び込み、首にロープを巻いて、猿《さる》轡《くつわ》をした。

ダッシュボードに手をのばして、キイを抜いた。司会者がなおもしゃべっている。「この暑さだから、おたがい乱暴になるのもしかたがないですね。電話でみなさんのご意見をお聞かせください」マットは、ワゴン車のうしろにまわった。後部ドアをあけると、制服、バケツ、雑巾《ぞうきん》、洗浄剤があった。マットは制服二着、バケツ二つ、モップ一本を取って、車に駆け戻った。

トカーの本社ビルは、砂漠の一本の木みたいに、通りにそびえ立っていた。マットは、駐車場にエスコートをとめて、オーバーオールに着替えた。エレナーがとなりでおなじように着替えた。ズボンを脱いで清掃用の制服に着替えるとき、柔らかそうな色白の素肌と、太腿から腰にかけてすぼまっているきれいな曲線が、いやでも目に留まった。

「きれいだな」にやにやしながら、マットはいった。

「掃除、きれいにします」エレナーが、モップをふりながら答えた。

しっかりした足どりで、ふたりは道を歩いていった。退勤する社員たちが、ビルを出て地下鉄やバス停に向かっていた。エアコンの効いたビルからうだるような夕方の熱気のなかに出た女たちが、額を拭っている。男はネクタイをはずし、ジャケットを脱いで、遅れがちの混み合う暑い通勤電車に乗る支度をしている。

「用意はいい？」マットは、エレナーの顔を見た。

「怖い」エレナーが答えた。

「怖がるのは正常だ」マットはいった。「それを操るのがコツだ。負けないで、立ち向かわないといけない」

「心理学に詳しいのね」

正面出入口は避け、通用口にまわった。清掃作業員にはだれも目を留めないし、声もかけない。まったく注意を払わない。清掃作業員は、幽霊みたいにビルを出入りする。夜間だけ活動するので、ほとんどの社員にしてみれば見えない存在なのだ。偽装にはうってつけだ。

「通行証」ガラス越しに警備員がつっけんどんにいった。テレビで『ビッグ・ブラザー』（視聴者参加の賞金獲得番組で、監視カメラに二十四時間見守られて生活する）を見ている。

マットは、盗んだオーバーオールに入れてあった通行証をさっと見せた。警備員が一瞬目をあげた。退屈した表情で、蔑《さげす》む目つきだった。組織の末端で最低賃金をもらっているもののなかにすら、微妙な階級のちがいがある。警備員は、清掃作業員よりは上だと思っている。目下の人間をいちいち吟味すれば自分も下に落ちることになるからやらない、というわけだ。

何者をビルに入れてしまったかということがあとでわかったら、あんたはこっぴどい目に遭うことだろうよ。

業務用エレベーターは、ビルの裏手にあって、十二階までずっと通じている。現代のオフィス・ビルはたいがいそうだが、ここも幹部社員や秘書用の表のエレベーターと、清掃作業員や警備員や肉体労働者向けの業務用エレベーターがある。「一階上に行こう」マットがいった。

コンクリートの階段を、ふたりは昇った。壁に小さなドアがある。マットはそこをあけて覗いた。エレベーター・シャフトが三十階上までのびて、暗いなかに黒っぽいケーブルやワイヤーが垂れさがっている。エレナーは息を呑んだ。「エレベーターがおりてくるのを待って、上に乗る」と、マットはささやいた。

上を見た。周囲から機械のうなりが聞こえ、エレベーター・シャフトのレバーや滑車の潤滑油のにおいがする。「SASで対テロ特殊作戦の訓練を受けた。テロリストがビルを占拠した場合に、突入して追い散らす。ありがたいことに、そういう状況は起きなかったが、いつでも対応できるようにしていた」

エレナーが、マットの手を強く握り締めた。掌《てのひら》が汗ばんでいる。エレベーターがおりてくる音が、上から聞こえた。シャフトを下ってくるにつれて、チェーンやレバーの音が響いている。二度とまり、さらにもう一度とまった。そのたびに、金属音がコンクリートの壁を反射して伝わってきた。

「恐怖を利用するんだ」マットは、エレナーの耳もとでささやいた。

エレベーターがさっと前をかすめ、それが押し下げる空気がドアから吹き出した。六〇センチ下の一階でとまった。「いまだ」マットはささやいた。

エレベーターの上におりた。エレナーの手を握り締めて、無理やり押し込んだ。金属の箱の上にそっと乗ると、エレナーが悲鳴をあげそうなのがわかったので、マットは手をのばして喉をつかんだ。「音をたてるな」とささやいた。「動き出すぞ」

ギルは抵抗しなかった。不意を衝《つ》くとたいがい抵抗しないということを、マトラムは思い出した。突進してくる車のヘッドライトに捉えられたウサギとおなじように、恐怖のあまり身動きできなくなる。筋肉が硬直し、脳が働かなくなる。動けず、反応もできない。

スナドンとトレンチが先に襲いかかり、マトラムはすこし離れて通りを見張った。ギルは鍵を手にして、ドアをあけるところだった。ふりむいて視線をあげ、スナドンが近づいてくるのを見た。ほとんど反応しなかった。インクレメントが女性隊員を使う利点はそこにある。女は同性が近づいてきたときには、恐怖を感じない。スナドンはさっと手をのばしてギルの口をきつく押さえた。トレンチがすばやくつづいて、両手をつかみ、うしろでねじりあげた。痛みに悲鳴をあげようとしても、口を押さえられているので、声が出ない。悲鳴は腹の底に戻っていって脇腹をふるわせた。それが困惑と怒りのしるしだった。

その横で、マトラムがしゃがんで、落ちた鍵を拾った。通りを見渡して、だれにも見られていないのを確認すると、落ち着いてドアをあけた。スナドンがギルを手荒くなかに押し込み、床に投げ倒し、胸の上にまたがって、顔を鋭く平手打ちした。

マトラムは、部屋のなかを見まわした。居間は簡素だが、流行の飾りつけだった。プラズマ・テレビ、戸棚がいくつか、壁にはアンディ・ウォーホールの描いたジャクリーン・

ケネディ夫人の肖像の複写。奥にキッチンがあり、その向こうが寝室で、狭いベランダに通じている。テレビの下にプレイステーションがあるところからして、男の家だろう。短いあいだ借りているだけなのだ。

そいつが帰ってきたら、後片づけに骨が折れることだろう、とマトラムは心のなかでつぶやいた。プレイステーションで見られるような光景ではすまない。

マトラムは、仰向けに倒れているギルを見おろすように立った。「ブラウニングはどこだ？」

「出てけ、ちくしょう」ギルが、吐き捨てるようにいった。

スナドンがまた平手打ちし、ギルを手荒く床に押しつけた。女を痛めつけるのを見るのはいつも楽しい。それに有益でもある。肉体的には女のほうが男よりもずっと痛みに耐える限界が大きい――子供を産むからだ。拷問に耐える能力もはるかに高い。暴力で情報を引き出すやりかたを学ぶには、まず女を相手にやるといい。それを身につけたら、男など楽なものだ。

「おい」マトラムはいった。「もう一度きく。ブラウニングはどこだ？」

「出てけ、ちくしょう」

マトラムは、ゆっくりと首をふった。「保母さんがそんな口をきいてはだめだ」くすりと笑ってつづけた。「お仕置きに口を石鹸で洗わせるといいたいところだが、もっとおぞましい手を考えてある」言葉を切り、離れていった。「もう一度きく。そのあとはこんなにやさしくしないぞ。ブラウニングはどこだ？」

ギルの顔を涙が流れ出した。恐怖と痛みのせいで、ガクガクふるえていた。「知らないわよ」一気にまくしたてた。「別れたんだから。もう何週間も会ってないわ」

「嘘をつくな」マトラムはどなりつけた。「あいつのいどころを知っているはずだ」

「知らない。知らない。ほんとうよ」

ギルが目をあげたとき、頬桁《ほおげた》を思い切りひっぱたこうとしているスナドンの手の甲が目にはいった。

「いどころなんかしらないったら」ギルがさっきよりも大きな声でわめいた。

「もういい」マトラムが叫んだ。「駆け引きしているひまはない。もう一度チャンスをやる」身をかがめ、怒りに燃える目でギルの顔を覗き込んだ。「ブラウニングのいどころをいえ」

「知らないっていってるのに」ギルがめそめそ泣いた。

マトラムはふりむいた。「注射しろ」

ギルが左のほうに視線を向け、新たな恐怖の色を浮かべた。トレンチがポケットから皮下注射器を出して、親指と人差し指で持った。

「舌だ」マトラムはいった。「舌に注射しろ」

スナドンが体に乗って押さえつけ、両手の拳で口をこじあけるのを、マトラムは見守った。ギルはしっかりした体つきの若い女だが、そんなに力があるわけではない。闘いかたも知らない。

舌に注射するのが理想的だというのを、マトラムは知っていた。検死官が解剖してもわからない。舌への注射は針の痕が残らない。

「なんなの?」ギルがどうにか言葉を発した。

「スキサメトニウムという麻酔薬だ」マトラムが答えた。「筋弛緩薬。世界中の病院で処方されているありふれた薬だ。ところが、おもしろい来歴がある。ナチスが訊問に使っていた。投与された人間は正直になる。全身の筋肉がゆるむ。動くことができなくなる。息もできなくなる。死ぬのがどういうものか、正確な感じがつかめるはずだ。注射するのはほんの少量だから、数十秒で効果が消える……それでも、死がどんなものかわかる。それから、もう一度きく。それでもこっちの知りたいことをいわなかったら、もう一度注射する。やれ」トレンチのほうを向いて、マトラムはいった。

ギルの舌の横に針が差し込まれて、肉を貫き、純度の高い液体が血管に注射された。ギルの体が動かなくなり、眼球の奥のどこかで輝いている死の恐怖を除けばなんの表情もなくなるのを、マトラムは見守った。やがてギルが気がついて、かすかに身動きし、パニックを起こして目を左右にやたらと動かした。

「ほんとうのことをいったのに」涙が顔を流れ落ち、両手をふるわしていた。

「もう一度いってごらん」マトラムは、猫なで声でいった。

「マットは、仕事に出かけたの」ギルがいった。「なんの仕事か知らないし、どうでもいい。ＳＩＳのガイ・アボットっていうひとが、スペインに来たの。マットの貯金が凍結された。マットは怒り狂ってたわ。仕事をやらないともう終わりだといって」

泣きじゃくって喉が詰まりそうになったのをこらえるために、間を置いた。「わたしも頭にきた。お金なんかどうでもいいからやらないでっていったの。やったらふたりの仲はおしまいだって。でも、マットは出かけていった。それでわたしたちは終わった。わたしはロンドンに来た。あれから一度も話をしてない。したくない」

マトラムは溜息をついた。「もっとやれ」と、トレンチにいった。

スナドンが口をあけさせた。ギルがふりほどこうとしたが、スナドンの力にはかなわなかった。「動くな」トレンチがどなって、舌に注射器を突き立てた。

二ミリリットルが注射されるのを、マトラムは見てとった。二分以内にこの女は死ぬ。全身の筋肉の動きが緩慢になり、心臓が動かなくなる。ギルの肌からにじみ出ている絶望のにおいが嗅げるほどに、マトラムは顔を近づけた。膀胱《ぼうこう》がすでにゆるんでいて、小便が脚の横を伝っていた。

「もう一度いえ」マトラムはささやいた。

「いったわ。居場所は知らないって」弱々しい声で、ギルがいった。悲しみに満ちたあきらめの口調で答えた。「知らない」

よくある話だ、とマトラムは思った。あるいはほんとうに居場所を知らないのかもしれない。もしかすると、真実をいっているのかもしれない。どのみちおなじことだ。いずれにせよ殺すのだから。

エレベーターが上昇するあいだ、金属がぶつかり合う音がマットの耳に響いた。ゆっくりとビル内を昇ってゆくエレベーターの冷たい金属の上に座っていると、額に汗がにじんだ。扉から漏れる光がコンクリートのシャフトに射し込んでいるだけで、周囲は真っ暗だった。危険があるのかどうか、たしかなことはいえなかった。危険だったとしても、暗くて見えない。

「どれぐらいかかるの?」エレナーがささやいた。

エレベーターの動きが速くなっていた。慣れない動きに、マットは吐き気を感じた。エレナーがふるえているのがわかる。肩がぶるぶるふるえ、腕に鳥肌が立っている。片腕をまわして力づけたが、言葉はかけなかった。これから数分のあいだ、ぜったいに音をたててはいけない。

エレベーターがとまった。はっきりとはわからないが、六階か七階のようだった。脱出用ハッチを通ることで、前に行ったときに見た、最上階のラクリエールのオフィスの警備第二陣をくぐり抜けるつもりだった。何人かが乗り込んで、話し声が上に伝わってきた。音をたてるまいと、息を殺した。天気。この連中は、天気の話をしている。マットはほっとして、息を吐き出した。そういう雑談をしているのなら、たぶん夜間にビルを清掃する作業員だろう。

エレベーターが揺れ動いてとまった。十階だと、マットは判断した。清掃作業員がおりて、エレベーターはまた上昇した。機械音が大きくなっている。シャフトの下に伝わっていった音が反射して戻ってくる。マットは集中して、轟音を意識から締め出そうとした。とまった。完全に動かなくなった。すぐに反響が消えた。金属のロープが壁ぎわで揺れているが、あとは墓場みたいに静まり返っている。「ここにいて」マットはエレナーにささやいた。

上を見た。シャフトの側面の三メートルほど上に、脱出用ハッチがある。「エレベーター・シャフトからかならず脱出できるようになっている。建築法で決まっているんだ」マットはささやいた。

ハッチは縦横が一五〇センチほどだった。建物内に閉じ込められた人間は、そこを抜けて、エレベーター・シャフトを伝いおりられる。シャフトの壁には三〇センチ間隔で金属の足がかりが埋め込まれている。三〇センチずつ体を引き上げるようにして、マットはそこを昇っていった。「早く」エレナーにささやいた。「ついてこい」

マットは厚い防護手袋をはめた。脱出ハッチは、最上階に閉じ込められた場合にシャフトを使って脱出するためのものなので、表からネジでとめられている。しかし、ネジは華奢《きゃしゃ》で、金網もたいして頑丈ではなかった。拳で強く押すと、簡単にはずれた。

肘を突き出して、マットは廊下に体を引き出した。即座に向きを変えて、エレナーの体をつかみ、廊下に引き出した。そのとき、男の息遣いが聞こえた。

男は数メートル離れた廊下に立っていた。グレーのズボンに薄いブルーの麻シャツという、こざっぱりした身なりで、さっとふりむき、マットのほうを見た。片手にコーヒーのカップを持ち、もういっぽうの手に書類のフォルダーを持っている。

「おまえはなんだ?」その男が、語気鋭くいった。

19

マットは動きをとめた。筋肉が動くのをやめ、血の流れがゆっくりになるのがわかる。

「おまえはなんだ？」足早に近づきながら、男はくりかえした。

マットは体を起こし、エレナーとならんだ。シャフトを昇ってきたため、オーバーオールが汚れ、髪には埃がついていた。

「せ……せ……せ」ひどい言語障害があるふりをして、顔をゆがめ、言葉に詰まりながらいった。「せい……せい……」こんどは声を大きくした。

男は、右手に発泡スチロールのカップを持ったまま、こちらをしげしげと見た。障害がある人間に相対すると、だれでも困惑するものだ、とマットは考えていた。できるだけ早く済ませようとする。「せい……せい……」咳をした。

「清掃員だな」親切ごかしに、男がいった。

「そ……それ……そ」マットは答えた。

男はエレナーのほうを向いた。「清掃員なんだろう？」

「あ……え……あ」エレナーが、顔をゆがめて答えた。

「清掃れす」マットが、急に得意げな顔をして、男の肩に両手をかけた。

「汚れるじゃないか」男がマットの手を押しのけた。汚染されたとでもいうように、シャツの肩をはたいた。「いいから仕事にもどれ」

向きを変え、左手のオフィスに姿を消し、ジャケットを取ってきて、エレベーターを呼んだ。退勤するところだったのだ。

馬鹿めが、とマットは心のなかでつぶやいた。

廊下を足早に進んだ。エレナーがつづき、いっしょにメイン・オフィスにはいった。だれかがいるかどうかを、マットは確認した。超美人の秘書がいたデスクには、だれもいなかった。《レッド》誌と鎮痛剤の〈ニューロフェン〉の封を切ったパッケージが、デスクに置いてあった。マットは乾拭き用のダスターを持って、デスクを拭きはじめた。「清掃をやれ。ほんものに見せかけるんだ」

エレナーがうしろで、持ってきたダスターでおなじように埃を拭き取りはじめた。マットはラクリエールのオフィスに通じるドアをあけた。だれもいない。壁に監視カメラはないかと調べた。なにもない。そんなはずはないと思った。警備態勢はもっと厳重なはずだ。ひょっとして、ラクリエールは働いている最中に監視されるのが嫌いなのか。

キイボードとマウスを見た。コードがない。コンピュータと周辺機器を接続しているものがない。そういうことか。ブルートゥースなどのワイヤレス・システムをインストールして、何本ものコードをつながなくてもすむようにしているのだ。だが、どこかに共通のセキュリティ機器があるはずだ。コンピュータと周辺機器が弱い信号をやりとりするシステムの電波は、セキュリティ・ネットワークにも接続しているはずだ。

このコンピュータに手を触れたとたんに警報が発せられ、何十人もの警備員がここに殺到して、動くものをすべて撃つだろう。

マットは、パソコンの裏側を見た。USBコネクタにブルートゥース・アダプタが差し込んである。用心深くそれを抜き、デスクの脇に置いた。危険だというのはわかっていたが、ほかに方法がない。九十秒以内に用心棒部隊が駆けつけなければ、心配はない。

マットは、不安な面持ちで時計を見た。ドアにひきかえして、廊下に目を配った。カーペットではなく石敷きなのがありがたい。近づいてくるものがいれば、かなり遠くから足音が聞こえるはずだ。

なにも見えない。安全だ。

「ディスクはあるね？」マットはエレナーにささやいた。

エレナーがうなずき、コンピュータに近づいた。マットは電源を入れ、コンピュータが低いうなりを発して起動するのを見守った。ウィンドウズのロゴが出たときに、スタート・メニューをひらき、アイコンをつぎつぎとクリックした。やったことはなかったが、SASで電子戦の授業を受けたときに教わったやりかたで、うまくいくことを祈った。たいがいの企業のシステムの場合、いったんOSを削除して、再インストールすれば、新しいパスワードを選べる。そうすればパスワードがわかっているから、システムにはいりこめる。

「よし」マットはささやいた。

エレナーが、CD‐ROMドライブにディスクを差し込んだ。ウィンドウズの標準プログラムのディスクだ――インストールをクリックする。ハードディスクの回転が聞こえた。データを咀嚼《そしやく》している例の音だ。マットは周囲をそわそわと見まわし、モップを押して歩きまわって、清掃しているふりをした。屑籠をひとつあけて、これからやらなければならないことに集中しながら、なおも歩いた。

「いいわ」エレナーがいった。「うまくいった」

マットは、コンピュータを覗き込んだ。パスワードを設定してください、という文字が出ていた。マットは一瞬ためらってから、〝オーリーナ〟と打ち込んだ。確認のためパスワードをもう一度入力してくださいという問いかけに、もう一度オーリーナと打ち込んだ。メッセージが出た。「これでコンピュータが使えるようになりました」

勝ち誇って宙にパンチをくり出したい気持ちを抑えるのに苦労した。気を静め、エレナーの手を握って、画面を見た。「侵入できた」

「ファイルを見て」エレナーがいった。「XP22と関係があるものを」

マットは検索を開始した。数百ものドキュメントが保存されているし、確率は低いとわかっていた。しかし、これしか方法がない。トカーがXP22開発計画を主導していた証拠書類を見つけることができなかったら、手の打ちようがない。

「あった」エレナーが画面を指でつついた。〈マイ・ドキュメント〉に〈アランブルック〉というフォルダーがあった。「ホワイトホールの国防省ビルの前に、アランブルック卿の像があるの。何回前を通ったかわからないわ」

マットがそのフォルダーをクリックすると、十数個のファイルが画面に現われた。「送信しろ」マットはいった。「おれは廊下を見張る」

エレナーはすでに自分のホットメールの新しいアカウントを設定していた。ファイルを電子メールで送れば、そこにコピーができる。あとでゆっくりと調べればいい。マットの勘が正しければ、これらのファイルがラクリエールを告発する動かぬ証拠になる。

マットは戸口に立ち、うしろをちらりと見た。コンピュータの前でエレナーが必死でキイボードを叩き、ファイルを電子メールに添付し、送信ボタンを押している。物音が聞こえた。最初はかすかだったが、しだいに大きくなった。

足音。

マットはエレナーのほうをふりかえった。「早くしろ」鋭い声でいった。「だれか来る」

こちらを見たエレナーの顔に恐怖が浮かんでいるのがわかった。「あと三つだけ」

マットはドアを通って、秘書のオフィスに出た。書類を抱えた女が近づいてくるのが目にはいった。超美人秘書のひとりだ。ナタリーか、ナターシャか、それともネイディーンだったか。

ここで一度会っているから、正体を見破られるかもしれない、とマットは思い、突然の不安に襲われた。秘書はマットをじろじろ眺めていたが、顔よりはオーバーオールの汚れのほうが気になるようだった。

「あんたなんなの？」マットのほうに鋭い視線を向けて、秘書がいった。

マットはうしろをちらりと見た。エレナーはまだコンピュータの前にいる。マットはモップを押しながら歩き、秘書のほうをふりかえった。「せ……せ……せ」

「なに？」秘書が腹立たしげにいった。「ちゃんとしゃべりなさいよ」

「せ……せ……せ」マットは身を乗り出した。

女があとずさった。「ラクリエールさんのオフィスに清掃員ははいっちゃいけないことになってるのよ。あんたなんなの？」

「え……あ……あ」マットはなおもいった。「おれ……」激しい咳をした。「え……あ……あ」

「いますぐに出てって。早く」秘書がいった。

マットはうしろを見た。エレナーはコンピュータの前にいるが、ダスターを出して、画面を拭いているふりをしている。秘書がそっちへ歩いていこうとした。マットはモップを両手で持つと、頭の上に掲げ、すばやく歩を進めた。秘書がふりむこうとしたとき、モップの柄がおりてきて首にかかった。マットは両腕で柄を抱え込むようにして締めつけた。柄が喉に食い込んで、器官を圧迫し、秘書は息ができなくなった。「こうするのがあんたのためなんだ」マットは耳もとでささやいた。「脳に酸素がいかなくなって気絶するが、痣《あざ》は残らない。きれいな顔を傷つけたくないからな」

秘書がそれをありがたく思ったかどうか、マットには知る由がなかった。膝の力が抜け、スカートが太腿までまくれあがって、秘書は倒れた。首ががくんと揺れて、体が横向きになった。マットはすばやくモップをはずして、脈拍を調べた。死んではいない。ポケットから白い布切れと粘着テープを出した。布切れを口に突っ込み、テープを貼りつける。つぎに、両手をうしろにまわして、それもテープで縛った。朝までに死ぬことはないだろう。

おれたちはまだ運に恵まれている。だが、そろそろそれも危ない。

「行くぞ」マットは、エレナーを鋭い声でうながした。「逃げ出そう」


エレナーは、コーヒーとハム・サンドイッチをマットのそばに置いた。二日前のパンだったが、うまかった――ハマースミスの隠れ家にアイヴァンが用意した食料品の一部だ。腹ぺこで身を潜めているときには、どんな食べ物でもうまい。

「なにを手に入れたか、たしかめましょう」エレナーがいった。

「ああ、どれどれ……」アイヴァンがいった。

暗がりからアイヴァンが出てきた。マットはアイヴァンが用意してくれたノート・パソコンから顔をあげた。

「あんたたちのお守りをしてるのさ」アイヴァンが、にやにや笑いながらいった。

アイヴァンは、床に座って、コーヒーを注いだ。ラクリエールのオフィスから盗んだデータを、エレナーはすでにダウンロードしていた。ファイルをあけてスクロールしながら、エレナーは真剣な表情で画面の左右に視線を走らせ、大量の情報を読み取ろうとした。

「これよ」低い声で、エレナーが決然といい放った。「ぜんぶここにある」

マットはうしろにまわって、エレナーの両肩に手を置き、画面を覗き込んだ。

「NATO向けの勇敢になる薬の開発と生産のために、トカーは一九九〇年代ずっと、国防省から支払を受けている。薬の名はXP22」言葉を切り、キイボードを叩きはじめた。

「毎年国防予算から一億ポンド、十年にわたって支払われている。つまり十億ポンドよ」

「あいつら」マットは威嚇するような声を出した。「最初から政府が黒幕だったんだ」

「イギリス秘密情報部」アイヴァンがいった。「信用ならない連中だ」

エレナーが、画面を指さした。「このお金は、トカーの口座にじかに振り込まれてはいない。秘密を守る必要があったからよ。ヨーロッパ各地に散らばったダミー会社をいくつも通して支払われている。どれもトカーがひそかに所有している会社で、医薬品の売買代金に見せかけて、そこから入金される仕組みになっている」

マットは肩をすくめた。「まあ当然だろう。勇敢になる薬があるということは、だれにも知られたくなかったはずだ。ことに、投与する予定の哀れな兵隊に知られてはまずい」

エレナーが、画面をスクロールして、さらにリストを見ていった。「薬をテストした兵士のリストだわ。名前が書いてある」画面を指でなぞった。「五十人。話に聞いたとおりよ」言葉を切り、深い嘆息を漏らした。「テスト中に五人が死亡。でも、ほら、ほかにもこんな名前が――バリー・レッグ、サイモン・ターンブル、サム・メントーン、デイヴィッド・ヘルトン。わたしが調べたひとたちよ。みんな元兵士で、精神的疾患の病歴がないのに、急に頭がおかしくなって暴れ出した。ぜんぶこのリストにある。どれも大文字でMと記してある」

「モル」アイヴァンが口をはさんだ。「フランス語で〝死〟の意味だ」

「ダービーのケン・ブラックマン」エレナーがいった。「やはり消された印がついている。始末したということよ」

「ちくしょうどもめ」マットがいった。

アイヴァンが、コーヒーをひと口飲んだ。「副作用がいまごろ出はじめるとすると、数年後に国じゅうにいっせいに殺人鬼が出現するのは避けたい。ベーコンとチキンとレタスとを合わせてクラブ・サンドイッチをこしらえるやつが、遅かれ早かれ出てくるだろう。エレナーが見抜いたように。そいつはまずい。自分たちのしでかしたことを秘密にしておきたいのなら――どうしても秘密にしておきたいはずだが――唯一の方法は生き証人を消去することだ」膝をつき、鋭い目つきで画面を指さした。「それじゃ、この支払はだれが受け取ってる？」

エレナーは、アイヴァンの示した個所を見た。「毎年百万ポンド、勇敢になる薬の収入が元金で、ルクセンブルグの口座ふたつに振り込まれている」

「だれの口座だ？」マットは、サンドイッチを食べ終えた。

「わからない。口座番号だけだ」アイヴァンがいった。「しかし、こいつは重要な手がかりだろうな」

マットは立ちあがり、窓に近寄った。筋肉が疲れ、神経がぴりぴりしていた。ビーチへ行って、濡れた砂を踏みしめたかった。潮の香りを嗅ぎ、海の空気を胸いっぱい吸いたかった。都会にも逃げ隠れするのにも飽《あ》き飽きしていた。

「でも、これだけわかればじゅうぶんじゃないか？」マットはいった。「XP22のことはわかっている。ラクリエールがイギリスに技術を持ち込み、国防省が採用したこともわかっている。イギリス軍兵士をテストに使ったこともわかっている。薬の副作用で、何人かが頭がおかしくなったこともわかっている。そういった経緯を揉み消すために、やつらがおおぜいを殺しているのもわかっている。ほかになにが必要なんだ？　すべてつじつまが合う。真相を突き止めたんだ」

アイヴァンが部屋を横切って、マットのそばに立った。コーヒーを差しあげて、マットの顔に近づけた。「よく嗅いでみろ。目を醒まして、コーヒーの香りを嗅ぐ潮時だ」

「なにがいいたい？」マットは急に怒りをおぼえた。

「この情報をどうするかっていうことだよ。あんたはまだそいつを考えていない。深みにはまればはまるほど、あんたはややこしいことになってる。どんな計画があるんだよ？　警察へ行く？　逮捕される。ＳＩＳへ行く？　そもそもあんたを泥沼に引き込んだのはやつらだ」

「新聞よ。前にそういったじゃない」エレナーが横からいった。「このスキャンダルを大々的に暴露してくれるわ」

アイヴァンがそっぽを向いて、ふっと笑った。「ジョン・グリシャムの小説ならそうかもしれない。でも、現実の世界では、そうはいかない。この話をにおわせただけでも、新聞社は業務停止処分をくらう。ほんの一部でもこいつを知ったジャーナリストは消される。マット、やつらはとことん本気なんだ。だからこそ、インクレメントがあんたを付け狙ってる。こいつは猛毒だ。触れる人間はみな命を落とす」

「外国の新聞」エレナーが、なおもいった。

「だめだ」アイヴァンは首をふった。「頭のいかれた陰謀論者に見られる。逆上してたわごとをいってると思われる。敵が身動きできないところまでやらなきゃだめだ」言葉を切り、マットとエレナーをまっすぐに見た。「この口座の持ち主を突き止めないといけない。口座番号だけでは、なんの意味もない。その情報がわかるまでは、この話をだれかに信じさせるのは無理だ」

マットは窓ぎわに立ち、向かいの薄汚い公営住宅を眺めた。「おれたち三人対世界の勝負なんだ、マット」アイヴァンが、マットの肩に手を置いた。「〈ウィリアム・ヒル〉（大手の賭け屋）がこいつのオッズを出したとしたら、おれは世界のほうに賭けるね」

マトラムは、死体を見おろした。数分前に、ギルの呼吸はとまっていた。筋弛緩剤によって深い眠りに落ち、鼓動が遅くなって生命を維持できなくなると、音もなく最後の息を引き取った。

マトラムはギルの頬桁《ほおげた》を拳で強く殴った。顔に打ち身ができた。「馬鹿な女だ」憎しみのこもった耳障りな声でつぶやいた。「やつのいどころをいえばいいものを」ふりむいて、トレンチとスナドンを見た。「こいつを運べ」

トレンチが、冷ややかな視線を返した。「ここに置いていきます。ここにはだれもいない。何日も、ことによると何週間も、発見されないでしょう」

「おまえはなんにもわかっていないんだな、この間抜け」マトラムは声を荒らげた。「この死体は発見されなければならないんだよ。運び出して、近くの駐車場に捨てろ。どこでもいいからすぐに見つかる場所に」

ギルのほうをふりかえり、指で瞼《まぶた》を閉じた。「ミミズになってもらおう。釣り師が土からほじくり出し、ちょん切って釣り針に刺すあれだ。そして、川に糸を垂れる。魚を釣りあげるためにな」

20

エレナーが、マットの部屋にはいってきた。白いTシャツを着ていて、柔らかく温かそうな乳房の輪郭がわかった。「怖い。眠ろうとしたけど、眠れないの」

マットは、窓のほうを見た。ふたたび最初の隠れ家に戻っていた。毎日移動するほうが、所在を突き止めにくい。いまもアイヴァンはふたりのために、べつの隠れ家を用意しているはずだ。夜明けの最初の光が、曇りガラスから漏れはじめていた。

「前にもいったけど、怖がるのはかまわないんだ」マットはいった。「恐怖は自然な感情だから」

エレナーの髪を梳《す》いてやった。汗をかいていても、エレナーはいいにおいだった。張りつめた顔で、眠たそうだった。マットはエレナーを両腕で抱き締め、乳房を自分の胸に感じた。ふたりはまだセックスをしていなかった。ギルに悪いと思っていたからだ。でも、ギルのほうが去ったのだから、とマットは心のなかでいいわけをした。ふたりのあいだでなにかが起きて、惹《ひ》きつけ合っていた。追われていて、ふたりいっしょに危険を味わっているせいかもしれない。あるいは、極度の緊急事態に投げ込まれたからか。マットにはよくわからなかった。ただ、たしかなことがひとつだけある。いまは、ほかのだれよりもエレナーといっしょにいたいと思っている。

ふたりいっしょにこれにはまり込んだのだから、脱け出すときもいっしょだ。

ベッドからそっと出て、バスルームで洗面をした。シャワーはなく、蛇口に短いホースが取り付けてあって、そこから錆《さび》の混じった水がちょろちょろ出るだけだった。戸棚にあった剃刀《かみそり》はひとつだけで、何年も前に使われたきりになっていた。刃が錆《さ》びて、汚れがつき、剃《そ》ろうとすると皮膚にひっかかった。顎に切り傷が二カ所できたのを洗い流し、鏡に映る自分の顔を見た。老けて見える。目のまわりに皺があり、肌が荒れて、顔色もまだらになっている。のびた髪が乱れている。だいぶ体にこたえているな、と思った。早く片をつけないと参ってしまう。

ジーンズは椅子の背にかけてあり、ポロシャツがその脇にあった。マットは服を着はじめた。ポケットの携帯電話が鳴った。合点のいかない顔で、マットはそれを見た。ずっと使っていた自分のノキアではない。追跡されるおそれがあるので、それは捨てた。安物のモトローラだった。逆探知を避けるために、アイヴァンが毎日新しい携帯電話を用意してくれる。盗品に新しいプリペイドのSIMカードを差し込んだもので、もちろん名義は偽名だ。それなら持ち歩いても危険はないし、番号はアイヴァンしか知らない。

マットは電話を取って、グリーンの通話ボタンを押した。「マット」アイヴァンの声だった。そこで間があった。

「デイミアンから、たったいま連絡があった。ギルのことだ」

「どうした?」マットはすかさずきいた。

ふたたび間があった。この不吉な間のことは、SASにいたころから知っている。兵士の死を母親や妻や女のきょうだいに告げるとき、将校はこんなふうに間を置く。

「死んだ」

マットは顔を片手で覆った。ギルからもう何週間も連絡がなかった。マルベラで口論をしたあと、これまでなら考えられなかったようなやりかたで、ギルは姿を消した。いまにも結婚しようとしていたのに、つぎの瞬間にはいなくなっていた。ふたりを別れさせたのは、ガイ・アボットとアボットが押しつけたろくでもない仕事だった。

マットは壁を殴りつけ、埃が飛び散った。おれになんらかの責任があってギルが死んだのだとしたら、この先自分を許すことができない。

「どこで?」マットはきいた。「どんなふうに死んだ?」

「マット、落ち着かないとだめだ」アイヴァンがいった。

「ひと目会いたい」

「やめろ」アイヴァンが大きな声を出した。「危険が大きい。やつらに見つかるおそれがあるところへは、どこだろうと行ったらだめだ」

「いいからどこなのか教えろ?」マットは荒々しくどなった。

電話が切れた。マットは携帯電話を投げ捨て、服を見た。百通りの感情が頭のなかで燃えあがっていた。悲しみ、後悔、困惑、絶望が、すべて入り混じって、人を殺しかねないカクテルになった。だが、ただひとつの感情が、すべてをしのいでいた。怒りが。一線を越えた。まったくちがう世界に踏み込んだ。やつらを裁きにかけるだけでは足りない。勇猛果敢に復讐しなければならない。さもなくば、復讐のさなかに死ぬか、どちらかだ。

マトラムは、トラヴェロッジのテーブルにもたれた。フロントが〝特製朝食ビュッフェ〟と呼ぶものを食べているところだった。噛み切れないクロワッサン一個、加工品の紙パック入りオレンジジュース、甘ったるいストロベリー・ヨーグルトというメニューには大げさすぎる呼び名だと思った。とはいえ、これでまた一日がんばらなければならない。

「いよいよわれわれの出番だ」インクレメントの面々を見渡して、マトラムはいった。「獲物が間もなくわれわれの手に落ちる」

八人の表情を消した顔が、無言で見返してうなずいた。朝いちばんに、マトラムは地方に配置してあった六人を呼び戻した。きょうはここにいる全員が必要になるはずだ、と考えていた。優秀な将軍は、理性だけではなく直感によって指揮をとる。いまマトラムの直感は、想像以上に敵は間近に迫っていると告げていた。間もなく敵は餌に食らいつく。

第二次世界大戦中にヨーロッパで戦ったアメリカ陸軍の指揮官で、マトラムのもっとも尊敬する軍の英雄であるパットン将軍の言葉が、頭のなかで鳴り響いていた。まずまずの計画をいま荒々しく実行するほうが、完璧な計画を来週実行するよりもずっといい。

「昨夜、トカー製薬のエデュアルド・ラクリエールCEOのオフィスに侵入したものがいる」マトラムは、一同に目を向けた。「けさになって、気を失っている秘書が発見された。昨夜、侵入者を見とがめて襲われたのだ」言葉を切った。「われわれのターゲットのブラウニングとブラックマンにちがいない」拳をぎりぎりとこすり合わせた。「やつらを発見しろ。ただちに見つけ出せ」

八人は黙したままだった。マトラムはゆっくりと歩き、窓から表を見た。兵隊であろうが将校であろうが平等という暗黙のルールが、SASにはある。任務中は、だれの意見でもおなじ重みがある。インクレメントはちがう。マトラムの部隊であるインクレメントでは、隊員は命じられたことをやらなければならない。

「きのうわれわれが捕らえた女は、ブラウニングの婚約者だった」マトラムはいった。「ブラウニングは、死んだことをもう知っているはずだ。ひと目会おうとするだろう。そういう男だ」

マットは、プラムステッド・コモンをひとりで歩いていた。早朝だが、すでに太陽がぎらぎら輝いていた。西からの弱い風は、暑気を追い払う役には立たなかった。また暑い一日になりそうだった。

母親ふたりが子供たちと遊んでいるのが、遠くに見える。子供はパンツ一枚になって、水をかけ合っている。マットはしばらくそれを眺めていた。いつかギルと落ち着いて、子供をひとりかふたり作りたいと思っていた。あまり真剣には考えなかったが、そうなるという気がしていた。外国の悲惨な戦争でおれが死なないかぎり、いずれはいっしょに暮らしていたはずだ。

でも、ギルは死んだ。そういう未来は灰燼《かいじん》に帰した。

一〇〇メートル向こうで、ディミアンが公園のベンチに独り座っているのが見えた。肩を落とし、うなだれ、地面を睨んでいる。近づくのが嫌で、足が遅くなるのがわかった。

ディミアンは、ギルの兄で、マットの旧《ふる》い親友でもある。きょうだいは得してそうだが、ディミアンとギルは外見は似ていないのに、声と癖がよく似ている。マットとディミアンは幼なじみで、たがいの家を駆けまわっていた。この公園にもよく遊びに来た。家に近いし、ふたりきりで遊んでもいいことになっていた。この縄張りで何度となく戦争ごっこをやった。それに、怒った警官や園丁やバスの車掌やアイスクリーム売りのワゴン車の運転手を撒《ま》くのに使えるトンネルや抜け道や迷路が、ここにはいくらでもある。

その後、ディミアンは犯罪組織にはいり、マットが陸軍にはいったが、それもふたりを隔てはしなかった。おたがいに暮らしを立てようとがんばっている男同士で、それぞれの仕事にはそれぞれのルールがあることを認め合っていた。マットにはディミアンよりも親しい友人はおらず、完全に信頼できる相手もほかにいなかった。ギルと婚約して、義兄弟になるはずだったが、それ以前から心のきょうだいだった。それなのにこんなことになった。

「どういうことだ？」マットは、デイミアンの横に座りながらきいた。

「けさ早く、死んでいるのが発見された」デイミアンはゆっくりと慎重にしゃべっていたが、声を詰まらせそうなのが感じられた。「プットニー・ヒースで。遺体安置所に運ばれて、警察が検死した。おれが呼ばれて、身許確認をした」言葉がつかえそうになって、間を置いた。「明確な死因はわからない。頬に殴られたような打撲傷があった。だが、それが死因じゃない。いまのところ、どういうことなのかわかっていない」

公園を眺めていたマットの目が鋭くなった。遠くで母親がいまも子供と遊んでいる。ひと組の男女が犬を散歩させている。男が犬に向けてどなっているが、犬は反応していない。犬はゴールデン・スパニエルで、ふたりの前方でぴょんぴょん跳びはねている。顔に汗をかいているジョガーが角を曲がり、荒い息をついて、小径をこっちへ向かっている。「独りだろうな、デイミアン？」マットは低く鋭い声でいった。「ここに来るのを、だれにも見られなかっただろうな？」

突然、デイミアンが両手でマットの喉をつかんだ。指が食い込むほど強く握られ、喉笛が締めつけられて、脳に運ばれる酸素が減るのがわかった。「おまえはなにをやってるんだ、マット？」デイミアンが、怒りに顔を紅潮させて叫んだ。「ギルが死んだ。おまえは逃亡者みたいにロンドンじゅうをこそこそ移動してる。どういうことなんだよ？」

マットが抵抗しないのを見て、デイミアンが喉から手を放した。マットは黙っていた。

「また儲け仕事にギルを巻き込んだのか？」デイミアンがどなった。

「厄介なことになってる。こんな厄介なことになるのははじめてだ」

「話せ」

マットは説明した。アボットのことからはじめて、ウクライナでの仕事や、それ以降に起きた、エレナーと潜んでいるハマースミスの隠れ家のことまで、すっかり打ち明けた。言葉を発するのすら怖いというように、マットは苦労しながらのろのろとしゃべっていた。話を終えると、手をのばし、デイミアンの肩に置いた。「おれはインクレメントを敵にまわしてる。おれの推測をいおう。やつらがギルを捕まえたのは、おれを見つけ出す手がかりになると思ったからだ」

マットは、公園に目を向けた。犬を連れた男女は、公園を横切ってひきかえしている。男はあいかわらず犬を叱っている。ならんで歩いている女が、こっちを盗み見た。マットはデイミアンに目を向け、やはりあの男女に目を留めていることを知った。

「犬を連れたふたりだが」マットはいいかけた。

デイミアンがうなずいた。「ああ……犬はふたりを飼い主だと見ていない」

「偽装だ」マットはささやいた。「尾《つ》けられていないはずじゃなかったのか」

デイミアンは首をふった。「ＳＡＳの最強チームが相手とは知らなかった」と、辛辣にいった。

マットは口ごもった。これではっきりした。ギルから情報を引き出そうとしたが、何も知らなかったので、殺して死体を捨てたのだ。発見されるのを承知のうえで。デイミアンが死体を受け取りにいき、こちらに連絡することまで読んでいた。あとはデイミアンを尾行すればいいだけだ。

その手をくって、チェスの駒みたいに動かされた。ジャック・マトラムの殺しのマニュアルどおりに。

ふたりは見通しのきく場所にいた。目撃者がすくなくともふたりいる。子供を連れた母親ふたりから見える。それが掩護になる。インクレメントがどんな交戦規則を命じられているかはわからないが、見通しのきく場所での銃撃は避けたいと考えている可能性が高い。

「下水道」デイミアンがいった。

マットはうなずいた。

「先に歩き出せ」デイミアンがいった。

マットは立ちあがった。犬を連れた男女のほうをちらりと見た。公園内の三〇メートルほど離れたところにいる。男は三十ぐらいで、髪はブロンド、冷たいグレーの目。女はいくぶん年上のようで、黒い髪をショートにしている。犬はあいかわらず命令を聞かず、前のほうで跳びはねている。

「五秒稼ぐ」デイミアンがささやいた。「あとは独りでやれ」

八歳か九歳のころ、マット、デイミアン、悪童仲間の数人は、通りかかるバスに生卵を投げた。学校からの帰り道にかならずやった。一度だけ、運転手がバスをとめ、おりて追いかけてきたことがあった。マットとデイミアンは、公園を八〇〇メートルほど行ったところにある使われていない古い下水道に潜り込んで逃れた。出口は目抜き通りに近い自動車修理工場の裏にある。

もう二十五年も前だ、とマットは思った。あの下水道はまだあるのだろうか？

マットは気を引き締めた。頭のなかには、ここから隠れ家までの地図が収められている。ハマースミスまで、一五キロメートル以上ある。エレナーがいまも独りで待っている。逃げ切ることができたら、エレナーのところへ行って、移動しなければならない。どれだけ早く移動できるか、それしだいだ。それと、運しだいだ。

デイミアンが、口笛で犬を呼んだ。三〇メートル離れたところで犬が耳を立てて、デイミアンのほうへ走り出した。デイミアンが子供のころから犬の扱いがうまかったのを、マットは思い出した。どういう種類の犬が、どういう合図や口笛に反応するかを、デイミアンはよく知っている。マットはそのとたんにデイミアンの意図を察した。一気に駆け出す時が来た。

「行け」デイミアンが低い声で命じた。「早く」

マットは横に離れ、公園を横切る舗装された歩道を力強く蹴って走り出した。芝生に出て、下水道の方向へと斜面を登っていった。横のほうで、犬がデイミアンに向けて走っている。地面から持ちあげられ、抱えられた犬が、吠えているのが聞こえた。男がどなっている。

「犬をおろせ。犬を下におろせ」

マットはすでに芝生を走っていた。動悸が速くなる。大きく息を吸って酸素を肺に送り込む。

うしろから叫び声ともみ合うのが聞こえた。ふりかえるな、と自分にいい聞かせた。一秒の数分の一でも貴重なのだ。たとえ数メートルでも余分にやつらから遠ざからなければならない。

銃弾が飛んできた場合には、背中で受けるほうがいい。それなら当たるまで気づかない。

通りと公園の境の藪に向けて、弧を描くように小径を走った。全身の筋肉を使い、がむしゃらに駆けた。スペインでは毎日走っていて、ときには六ないし八キロメートル走ることもあった。だが、体をじゅうぶんに休めていたし、水もたっぷり飲み、走ったのはビーチだった。いまは喉がからからで、額を汗が流れている。

叫び声と争う物音が、まだ聞こえていた。一瞬ふりかえり、怒りと混乱を尻目にディミアンが逆方向に逃げ出すのを目に留めた。

応援がいる。やつらがインクレメントなら、予備をどこかに伏せているはずだ、と思った。それに、すぐにヘリコプターが上空から捜索を開始するだろう。

懸命に走って藪にはいり、追跡者から姿を隠した。地べたに伏せて、両手で泥の地面をまさぐる。記憶にあるとおりの場所にあった。腐りかけた板数枚がキイチゴや木の根に厚く覆われている。マットは地面に手を突っ込み、キイチゴの棘《とげ》で指を切った。だが、たしかに穴がそこにあった。板をどけると、マットは狭い穴に潜り込んだ。

その下水道は、ヴィクトリア朝時代に造られたもので、五十年前から使われていない。

八歳の子供は楽々通れるが、大人には窮屈で、苔《こけ》に覆われた煉瓦《れんが》の壁に肩がぶつかった。光はまったくはいらず、勢いよく進むうちに暗闇に押し包まれた。壁を通って根が張り出しているところもあったが、進むにつれて、前方が広くなった。どこかの子供が見つけて、邪魔物をどけたのだろう。

ロンドンのこのあたりは、昔もいまもいっしょだ。子供はなにかから逃げまわるという遊びをする。

光が見えた。下水道の突き当たりに裂け目がある。そこを覆っている板を蹴とばして、路地に出た。子供のころ、そこは自動車修理工場だった。いまは〈スターバックス〉の裏になっている。コーヒーの空袋がゴミ容器にあふれている。カプチーノの香りが建物内から漂ってくる。

マットは、〈スターバックス〉の横の狭い路地を走って、通りに出た。不安がいまも胸を突き刺している。くわえ煙草でベビーカーを押している母親の脇をかすめたとき、煙草がはじき飛んだ。ののしられたが、聞こえないふりをした。なおも進みつづけ、商店の前を通り過ぎる。とまらずに進みつづけろ、と自分にいい聞かせた。逃げおおせるにはそうするしかない。

「おまえ」ひとりの男が叫んだ。「どこへ……」

マットはずんずん進んだ。隠れ家へ案内してはならない。確実に撒《ま》いたとわかるまで、そこへ向かってはいけない、と自分にいい聞かせた。

脇道に折れて、歩道をがむしゃらに走り、べつの路地にはいった。だれも追ってくるようすはない。さらに通りを二本、小走りに駆け抜けた。それでまた大通りに戻った。足をとめ、背後を確認した。

追ってくるものはいない。

大通りは人通りが多く、買い物客でにぎわっていた。マットはためらった。顔を汗が流れ、酸素をもっと肺に送り込もうとして、息が荒くなっている。背中を丸め、しばし休んで、筋肉の力が回復するのを待った。

強盗かなにかと思われているにちがいない。通行人はおれを見ておびえている。無理もない。

歩きはじめ、大通りをはずれると歩度を速めた。たえずうしろを確認し、尾行がいる気配を捜した。ヘリコプターはいないかと、空を見あげた。駐車している車にも目を配り、一台一台なかを覗いて、じっと座って待っている人間がいないことをたしかめた。

タクシー。マットは飛び乗って、運転手に行き先を大声で告げた。また午前十一時過ぎだった。それから二十分、尾行の有無を何度となく確かめるあいだ、汗が流れつづけていた。やがて、タクシーをおりて、ハマースミスの隠れ家のドアをあけると、声を限りに呼んだ。「エレナー、エレナー」

エレナーとデイミアンは、キッチンにいた。マットはふたりを見てほっとした。エレナーが無事だったので、胸をなでおろした。

「行くぞ」マットはどなった。「早く」

「荷物を取ってくる」エレナーが奥へ行こうとした。

「だめだ」マットはノート・パソコンを持った。「このまま行く。急げ」

ハマースミスの隠れ家を離れると、デイミアンがギャング仲間に電話し、すぐにBMW5シリーズの黒い車が到着した。どこでも希望するところへ運んでくれる安全な交通手段だ。今後は、IRAの隠れ家を使うのは危険が大きい。そういう場所に潜んでいたことを知ったら、インクレメントはしらみつぶしに調べるはずだ。情報機関は、隠れ家を把握しているにちがいない。一か八か、ホテルに泊まるしかない。

エセックス州バックハースト・ヒルのホリデイ・イン・エキスプレスは、スタンステッド空港から三〇キロメートルのところにあり、ロンドン東部を空路で出入りするひとびとがおもに利用しているようだった。出張のビジネスマンやライアン航空の客室乗務員が数人泊まっていた。

われわれは敵に半歩先んじている。それが精いっぱいだ。

フロント係からキイを受け取ると、マットは一カ所しかない階段を使って部屋へ行った。エレナーがすぐあとをつづいた。アイヴァンが手回しよく偽名の旅券と現金を用意していた。旅券は通用したし、キース・トッドという新しい名前をサインするのにマットがちょっと手間取ったことに、フロント係は気づかなかった。

現金で払い、名前を変えれば、いどころはそう簡単には突き止められない。あまり音をたてないように、ドアをそっと閉めた。部屋におかしなところはなにもない。淡いブルーのカーペット、パステル・カラーの掛け布団、薄いピンクの壁。ホリデイ・インに共通の内装だ。おなじような部屋がイギリス国内に千室ほどある。それでも、マットは一瞬、全身の緊張が和らぐのを感じた。ふたりきりで、だれにも見張られていない。当面は安全だ。

「あなたを見つけるのに、あとだれが利用できるの？」エレナーがきいた。「ギルが捕まえられたのは、ギルを使ってあなたを見つけようとしたからでしょう」言葉を切った。

「ほかにそういうひとは？」

「デイミアンがいる」マットはエレナーに視線を投げた。「でも、デイミアンは、目をつけられているのを承知している」ベッドからタオルを取って、額の汗を拭った。「あとはアイヴァンだ。情報機関はアイヴァンのことを知ってる。かなり前から使っていたからだ。だが、アイヴァンは用心のしかたを知っている」

タオルをベッドにほうり、エアコンのスイッチを捜した。表の気温は四〇度近く、ホテル内を抜ける空気は排気ガスなみに熱かった。「きみのほうは？　どういう手がある？」

「ケンのことはもちろん知っているでしょうけど、それは役に立たない。ケンもサンディも死んだ」

マットはうなずいた。「ほかには？　お母さんやお父さんは？」

「母は死んだ。父はポルトガルに旅行にいっている。どうやって連絡をとればいいのかもわからないわ」

「彼氏は？」

はっきりとはわからなかったが、エレナーは顔を赤くしたようだった。頬が一瞬紅潮した。「いいえ。いない」

マットは頬をゆるめた。馬鹿なことだが、ちょっとうれしかった。「ほんとうかな。元彼氏も？　二年ぐらいたっていてもおなじだ。やつらはそいつを捕まえ、痛めつけて情報を引き出そうとするかもしれない」

エレナーが首をふった。「いないの。ずっと忙しかったし、ああいう仕事だから。だれかを見つけるのは難しいのよ」

「女性雑誌の記事みたいないいかたはやめてくれよ」マットはいった。

窓へ歩いていって、カーテンをあけた。いま言葉を荒らげたのを、早くも後悔していた。緊張のせいで神経が尖《とが》っている。これからは八つ当たりしないように気をつけよう。ホテルは小さな庭園を見おろすように建ち、裏に駐車場がある。太い飛行機雲で青空を汚し、スタンステッド空港に向けて巡航速度で飛ぶ飛行機が見える。そのとき、エレナーの腕が背中をもぞもぞと這いまわるのを感じた。温かい感触だった。「怒ってるのかしら」からかいを含んだ声で、エレナーがいった。「だれか男がいるんじゃないかと心配になったの？」

マットはふりむいて、荒々しく口にキスをした。舌を押し込み、両手でエレナーの体をまさぐった。長いブロンドの髪を払いのけ、ブルーのブラウスのボタンをはずした。エレナーにジーンズを引っ張られ、ベッドに引き倒された。マットはエレナーを仰向けに押さえつけながら思った。セックスと危険は、たがいに強く惹《ひ》かれずにはいられない。

21

マットは携帯電話をぱたんと閉じた。「アイヴァンからだ」といって、エレナーの顔を見た。

エレナーは素裸で、白いシーツを体に巻きつけていた。髪が乱れ、肌がまだうっすらと汗ばんでいる。こんなに美しいエレナーを見るのははじめてだと、マットは思った。

「それで？」エレナーがきいた。

「例の口座番号を調べたそうだ。あらゆるコネを使ったが、なにもわからないといってた」

エレナーが怒りの色を浮かべた。「なにか方法があるでしょう？」

マットは、深刻な面持ちでうなずいた。「いつだってなにかしら方法がある。強い力を使う覚悟さえあれば」

「たとえば、どんなふうに？」

「きみがラクリエールのコンピュータから引き出した情報にあった口座ふたつは、どちらもデシャン・トラスト銀行のものだ。口座番号だけで、名前がない。その名前を、おれたちは突き止めないといけない。アイヴァンの知り合いのハッカーがそこのコンピュータに侵入しようとしたが、セキュリティが厳重なんだ。ハッキングに何週間もかかる」

「それじゃ、どうするのよ?」

「SAS方式」マットはいった。「ほんとうにほしいものがあれば、手に入れにいく。邪魔をするやつがいたら押しのける」言葉を切り、Tシャツを着た。「アイヴァンが、そこの銀行のロンドン支店長の住所氏名を調べあげた。そいつに会いにいく」


デシャン・トラスト銀行ロンドン支店長の自宅は、ロンドン郊外のエピングのはずれにあった。スポーツ・センターの裏手のニコル・ロードに面し、目抜き通りに近い。一九三〇年代のこぎれいな角ばった連棟式住宅で、いかにも、きちんとした家族が暮らし、一家の主はロンドンの金融街《シティ》に通っているという感じだった。南西のシティまでは、二〇キロメートルほどの通勤距離になる。

マットは、ホテルのそばの中古車販売店から盗んだ古いボルボを、ターゲットの一〇〇メートルほど手前でとめた。エレナーはホテルに残った。アイヴァンとはあとで会う手はずになっている。そこはヒマラヤスギの並木の通りで、女の子がふたり、バービーのスクーター(片足スケート)を取り合って喧嘩している。もう寝る時間を過ぎているぞ、とマットは思った。ハンドブレーキを引き、一瞬の間を置いて、体の力を抜いた。ゆっくりと息を吸い、しばらく目を閉じて、自分の思考以外のものをすべて締め出した。

どんな仕事でも、もっとも重要な瞬間は、心の準備をしているときだ。骰子《さいころ》の目が自分に有利であっても不利であっても成就できるかどうかは、最終的にそれで決まる。

あっという間に暗くなりはじめているのがわかった。車のドアを閉めて、通りを歩いていった。目的ありげなきびきびした足どりだが、それでいてターゲットの家を観察できる程度の速さで歩いた。十七番地の居間から光が漏れている。二階も二カ所に明かりがついている。マットの得た情報によれば、アラン・サーロウの家族は、妻と十二歳の娘だという。木曜日の夜九時だから、家族三人がいる可能性が高い。

サーロウがあっさりと口を割ることを祈ろう。馬鹿なまねをしたり、勇気があるところを見せようとしたりしないことを。もみ合いだけは避けたい。

十七番地の前で立ちどまり、かがんで靴紐を締め直すふりをした。エセックスのこのあたりの広い住宅は百万ポンドはする。シティへの通勤にも便利だ。リヴァプール・ストリート駅直行の列車がある。居間の窓はあいていた。イギリス人はたいがいそうだが、サーロウ家でも家に外の空気を入れる習慣になっている。テレビの音が通りに漏れ聞こえた。俳優の声までわかる。火曜の晩。ＩＴＶの警察ドラマ『ザ・ビル』だ。上品なふつうの家族の上品ないつもの夜。

サーロウの勤務するデシャン・トラスト銀行は、ルクセンブルクに本店がある小規模な銀行だ。創業百年で、少数の裕福な顧客に金融・投資相談を提供している。ルクセンブルクの銀行は軒並みそうだが、ここも秘密厳守を最大の売り物にしている。口座は番号のみで、税金は払わない。だれが所有している口座か、調べる方法はない。ただし、ドアを打ち破る覚悟さえあれば、調べることができる。

マットは身を起こし、通りの向かいへと歩いていった。くだんの女の子ふたりは、まだ庭でスクーターの取り合いをしている。大きい子が取ったが、小さい子は泣き叫び、怒ってちっちゃな拳をふりまわしている。折り返して、おなじ通りを逆方向に歩きながら、人間はいつだってなにかを取り合っていると、マットは思った。

その家に侵入するには、いろいろな方法が考えられた。裏には庭があるはずだ。屋根にはたぶん天窓があるだろう。屋根裏部屋のある広い家には、明かりがなくてもなかが見えるように、たいがい天窓を切ってある。

マットは通りに目を配った。十五番地は明かりがついていない。旅行にでも出かけているのだろう。もっとよく見た。ゴミ容器が空だ。やはり旅行中にまちがいない。ゴミ容器の上に登り、裏庭との境の木戸を乗り越えた。芝生は乾いて白茶けている。水を撒《ま》いていない。留守だ。

十五番地の裏を見たかぎりでは、下水管を登るのがいちばんいいようだった。見あげると、天窓があるのがわかった。ここにあるとすると、十七番地にもあるはずだ。この連棟式住宅は、すべておなじ造りになっている。

靴を脱ぐと、下水管を昇り、屋根をとなりの十七番地へと這っていった。できるだけ音をたてないようにしなければならない。十七番地の縁に達すると、樋《とい》につかまって体を支えた。だいじょうぶだ。

天窓は、数メートル先にあった。差し渡し一五〇センチぐらいのガラスが、金属の枠にはまっている。縁が錆びていた。天窓をだれも点検していないのだろう、と思った。見えない部分は気にしないものだ。天窓を使うのは、屋根に衛星放送のアンテナを立てる作業員ぐらいのものだ。

こんな天窓は、やすやすと破ることができる。

枠とスレートのあいだの隙間に、刃渡り一五センチのハンティング・ナイフを差し込んだ。古くなって剝離しかけていたパテが、簡単にはずれた。天窓と屋根のあいだに隙間ができ、そこに指を突っ込むと、枠ごとはずれた。ちょっと音をたてたが、テレビの音が大きいから、聞こえる気遣いはない。腕で懸垂《けんすい》するようにして、マットは屋根裏部屋におりた。

超小型懐中電灯をつけてあたりを眺め、ひどい散らかりようなのを見てとった。予備の寝室に改造され、ビリヤード台が置かれ、シャワーもあったが、ほとんど使われていないようだった。古いおもちゃ、ベビーカー、書類や本のはいった箱を、マットは眺めた。サーロウ一家は、ここに住みはじめてからずっと、よけいなものをなにも捨てていないようだ。マットはくしゃみをこらえながら、ガラクタのなかを慎重に進んでいった。

奥に階段があった。下にだれもいないことをたしかめてから、小走りに二階におりた。廊下に視線を走らせる。一階からはなおもテレビの音が聞こえている。ニュースに変わっていて、トニー・ブレア首相が猛暑担当特命長官を任命し、すさまじい暑さへの対策を練るよう命じたことを報じていた。人気ポップ・シンガーのジャスティン・ティンバーレイクのポスターが貼ってあるドアが前方にあり、音楽が聞こえていた。

マットはそのドアに近づき、息を整えた。気を静めるために、しばし間を置いた。これから数分間、すばやく、手荒く、怒りと暴力を爆発させなければならない。ここの家族にあたえる苦しみを和らげるすべはない。大きな目的があるとはいえ、それで家族三人の気が休まるわけではない。そんなことはどだい無理だ。

これは戦闘だ、と思おうとした。しばらくはそこから遠ざかっていたが、暴力を駆使する方法は体が憶えている。ときにはなんの罪もない第三者を傷つけてしまうこともある。

マットはドアをあけた。女の子がベッドに寝て、コンピュータから聞こえる音楽を聞いていた。携帯電話を持って、メールを打っている。十二歳だというその子は、黒い髪をショートにして、ふっくらした丸顔だった。まだ子供らしい感じだ。品のいいふつうの子供だ、とマットは思った。すぐにこんなことは忘れてしまうだろう。

すばやく部屋を横切ると、女の子に悲鳴をあげる隙をあたえず、口をふさいだ。ぎゅっと押さえると、掌《てのひら》が唾で濡れるのがわかった。手足をばたばた動かしたが、まだ力が弱く、引っかき傷をこしらえるぐらいのことしかできなかった。マットは右手で口をふさいだまま、左手でハンティング・ナイフをさっと抜き、切っ先が喉に向くようにした。「いうとおりにすればだいじょうぶだ」耳もとでささやいた。

マトラムは、テレビの前で立ちどまり、ボリュームを下げた。ホテルの部屋に沈黙がひろがり、インクレメントの隊員八人が、マトラムの顔を見返した。「ターゲットが逃れたのは、これで二度目だ」言葉をゆっくりと引き出すようにしていった。「どういうことなのか知りたい」

だれも答えなかった。

マトラムは、腰のうしろで手を組み、一歩踏み出した。「どういうことなのか知りたいといっているんだ」

「ターゲットは巧妙に逃れました」大声でくりかえした。スナドンが立ちあがった。「われわれが尾行するよう命じられた男が、立ち向かってきたんです」となりに立っていたトレンチがいった。「われわれの正体と意図を、向こうが見抜いたにちがいありません」

「注意をそらされた隙に、ターゲットが駆け出しました」スナドンが、あとを受けていった。「追ったのですが、撒《ま》かれました」

マトラムは腕組みをした。「そんなことが説明になるか。インクレメントは失敗は容赦しない」

「公共の場所です」スナドンが、おろおろしながらいった。「ああいう状況では、効果的な行動がとれません」

「失敗は失敗だ」マトラムはどなり、コーヒー・カップを壁に投げつけた。カップが砕けた。「失敗を看過できる状況などない。おまえたちは、SASでも最高の精鋭なんだぞ。言いわけの許されない失敗だ。もう一度しくじったら、まばたきする間もなくイラクへ送り込んでやる。わかったか？」不気味なくらい声を落とした。「よし、おれの目の前から失せろ」

口をふさぎ、ハンティング・ナイフを喉に突きつけて一階へ連れていくとき、女の子の恐怖が嗅ぎ取れた。女の子は恐ろしさのあまり冷や汗をかき、顔や腕がじっとりと濡れていた。

この子はおれが何者か知らないし、どんな恐ろしい思いを味わうのかもわからない。正義の味方だといってもいいが、この状態ではぜったいに信じてもらえないだろう。

マットは、うしろから押すようにして、階段をおりていった。手摺りに足がぶつかる音がした。「ルーシー？」居間から母親が呼んだ。「あなたなの？」

もう一度押した。ルーシーがすこし足を速めて、よたよたと廊下におりた。マットは体をつかむ力を強めて、ゆっくりと戸口へ進めた。

「動くな」と叫んだ。「ぴくりとも動くんじゃない。おれのいうとおりにすれば、三人とも無事でいられる」

ふたりは動いた。アラン・サーロウと妻のアリスが、ソファから立とうとした。一般市民はこれだ、とマットは思った。頭が悪すぎる。動くなといわれたのに、釣り針につけたミミズみたいにのたうちはじめる。

マットはルーシーを部屋のまんなかに押しやった。「動くなといっただろうが」

ふたりはショックのあまり表情を凍りつかせて、ソファに座った。サーロウは五十前とおぼしく、健康な体つきだったが、黒い髪は薄くなりかかり、薄く長い鼻の先に眼鏡がずり落ちていた。アリスは痩せたブロンドで、ブルーの目が鋭く、中年になって定まったらしい尊大な顔つきをしている。ふたりともマットをじっと観察し、目で動きを追っていた。娘の喉もとで揺れているナイフの切っ先に、視線が向いている。

「娘にひどいことをしないで」アリスがいった。「手を出さないで。なんでもいうとおりにするから」立ちあがり、いまにも飛びかからんばかりの勢いで、近づこうとした。サーロウのほうはソファで縮こまっている。子供を護ろうとするときは、得てして女のほうが男よりも勇敢になる、とマットは思った。

「座れ」マットは命じた。アリスが立ちどまった。

「きみは何者だ?」サーロウがおたおたといった。

「何者でもいい。知らないほうが身のためだ。あんたたちに危害をくわえる目的で来たんじゃない。ただし、やむをえない場合はべつだ。情報がほしいだけだ。そいつをくれれば、こんなことはすぐに終わる」

サーロウがわずかに身を乗り出すのが目に留まった。自分の読みとはちがったのだろう。

強盗か強姦魔だと思ったのだ。そういうふうに見られていた。答を知りたがっている男ではなく。

「どういう情報だ？」サーロウがきいた。

マットはルーシーの髪をつかみ、白い喉がのびるようにした。ナイフが両親によく見えるように。協力しなければ、娘がどうされるか、これで想像がつくはずだ。「デシャン・トラストの口座番号を、これからふたついう」サーロウの顔を見て、言葉を切った。「口座の持ち主が知りたい。それを教えれば、おれは立ち去る」

サーロウが妻に目を向け、さらに娘を見てから、マットに視線を戻した。「無理だ。うちの銀行は口座の持ち主はぜったいに明かさない」

「いいから教えろ」

「だいいち自宅ではだめだ。ここではわからない」

「だめなんです」アリスがいった。「教えられれば教えます」

「黙れ」マットはどなった。ナイフの刃をルーシーの喉もとでふり動かし、皮膚にもっと食い込むようにした。「コンピュータがあるはずだ。ここからデータにアクセスしろ」左手で胸ポケットから紙切れを出し、ほうり投げた。「そこに番号が書いてある。早く名前を教えろ」

サーロウがマットを見返し、つかのま視線がからみあった。こいつはおれの心を読もうとしている、とマットは思った。どれほど恐ろしい人間か、判断しようとしている。強盗や娘を犯そうとする人間なら、なにをやるかだいたいの見当はつく。しかし、情報を欲しがっている人間は？　この男はどこまでやる気なのか？

「できるものなら協力する」サーロウがいった。「でも、だめだ。さあ、出ていってくれ。警察は呼ばない。すべて忘れてやる」

マットはもう一度ルーシーの髪をつかんで引っ張った。首の筋肉に無理な力がかかり、あえぎ声が漏れた。喉を切れ、そうすれば本気だと悟る。娘の喉を血が流れれば、口を割るだろう。

だが、この子は無関係な一般市民だ。この事件に巻き込まれたことに、なんの責任もない。苦しめられるいわれはない。情報は得られるだろうが、そういう手を使ったことを、のちのちまで後悔するだろう。

しかし、そういう手を使わなかったら、おれもエレナーも命はない。デイミアンとアイヴァンも殺されるだろう。ボスニアでインクレメントと決別した日のことを思い出した。マトラムの指摘は的を射ていたのかもしれない。おれにはこういう選択を行なうだけの勇気がないのだ。

マットが喉を押さえていた手を放すと、ルーシーは床に倒れ、両親のすぐ目の前に横たわった。打ち身ができ、よろよろしていた。カーペットに涙をこぼしながら、両親のほうへ這っていった。

ベルトに吊るした装備袋からマットが〈テイザー〉を出すと、サーロウとアリスが恐怖のあまりすくみあがり、目を剝《む》いた。バッテリーを内蔵したこの小さなスタンガンは、二五万ボルトの電撃をあたえることができる。心臓が弱くなければ害はなく、痕も残らないが、痛みはすさまじく、まるで電球みたいに体が光る。マットはルーシーの腕をつかんだ。息を飲み込み、トリガーを押した。

高電圧の放電を浴びたルーシーの体が大きく揺れ、体が一瞬青く光った。ものすごい痛みを感じて、ルーシーは床に倒れた。白目を剝き、膀胱がゆるんで、小便が太腿を流れ落ちた。口をぎゅっと閉じて、吐くまいとしていた。ほんの一秒でそれが終わったが、全身の末梢神経がひりひりと痛んでいた。

「見たか」マットはゆっくりといった。「いくらでもおまえたちを痛めつけることができる。どのみちこっちにはおなじことだ。おれのいうとおりにすれば危害はくわえない」

「やって、アラン」アリスが、叱りつけるようにいった。「このひとは頭がおかしいのよ。いうとおりにして早く帰ってもらって」

サーロウが立ちあがった。催眠状態にあるように表情がなかった。「書斎にコンピュータがある」

マットはアリスとルーシーのほうにナイフをふった。「おまえたちもついてこい」

母と娘は、抱き合うようにして心配そうに立ちあがった。ルーシーは電撃でダメージは受けていなかったが、脚に力がなかった。書斎に向かうサーロウのあとから廊下に出るふたりを、マットはじっと見守った。ナイフを右手に持ち、すばやく三人のあとにつづいた。

デスクにルーシーとアリスの写真が一枚ずつあった。十年ほど前に撮ったとおぼしい写真のアリスは、ずっと若く、かわいらしかった。夫にとっては、自分が結婚したころの相手を思い出すよすがなのだ。デスクの中央にデルのコンピュータがあり、横に手紙や請求書の束があった。

「早くしろ」マットは鋭い声を発した。

コンピュータが起動した。サーロウがインターネットに接続し、デシャン・トラストのロゴのあるホームページにログインした。アリスとルーシーは、部屋の隅でうずくまっている。サーロウは依然として無表情だった。「二四九九〇一」マットは語気鋭くうながした。「それと六五四四二八。口座の持ち主の名前は？」

サーロウは、沈痛な面持ちで、マットのほうを見た。「どうして知りたいんだ？」

「いいから教えろ」

サーロウが画面を叩いて、マットに顎をしゃくった。マットはナイフを握り締め、そっちへ近づいた。サーロウのうしろに立ち、椅子の背もたれに手をかけた。

コンピュータの画面に、黒い文字でふたりの名前が表示されていた。

「まさか」マットはナイフをしまい、痛む手で額を拭った。「予想もしていなかった」

22

「どうしたんだよ？」マットの赤く血走った目を見て、アイヴァンがきいた。

マットは、疲れてたるんだ顔をさすった。「オフィスでの残業がつらくてね」

サーロウの家からボルボで戻ってきたところだった。ロンドン北部のエッピング・ロードにある〈リトル・シェフ〉で、ふたりは会っていた。午後十一時過ぎだった。ふたりとも食事をしなければならない。この時刻なら客がすくない。スタンステッド空港での勤務を終えた労働者や、渋滞を避けるためにM1高速道路を夜間に走る前に食べ物を詰め込むトラック運転手ぐらいしかいない。一日いつでも朝食が食べられるという触れ込みは嘘ではないと思いながら、マットは卵ふたつとトーストがついているオリンピック・ブレックファーストを注文した。

「口座の持ち主はそのふたりにまちがいないというんだな？」アイヴァンがきいた。「アボットとマトラムだと」

マットはうなずいた。「画面でたしかに見た。サーロウは心底おびえていた。ごまかすそぶりはなかった」

「つまり、もともと、やつらがラクリエールとつるんでやった陰謀だったんだ」アイヴァンが、ひとことずつ畳みかけるようにいった。「勇敢になる薬を国防省がひとまとめにして始末しない理由がわかった。政府はまだ、副作用のことすら知らないのかもしれない。最初から私的な作戦だったんだ。ラクリエールはアボットとマトラムを使い、自分のやったことを隠蔽しようとしているんだ」

マットは拳を固めた。「つまり、おれたちが戦っている相手は政府じゃない。たった三人だ」

アイヴァンは、疑わしげに店内を見まわした。「なにをしなければならないか、わかっているだろうな？」

マットはうなずき、ベーコンをトーストに挟み込んで頬張った。「反撃に出る」

アイヴァンがにやりと笑って、頭の横を叩いた。「前にもいったかもしれないが、マット、ときどき頭のなかで電球がついたみたいに、物事がはっきり見えるようになることがある」

「たとえばどんなふうに？」

「説明しよう」ウェイトレスが注ぎ足したコーヒーをひと口飲むと、アイヴァンはいった。「オーリーナの関与には、最初からおかしなところがあった。工場へ行ったときのことを憶えてるか？　予想以上に抵抗が激しかった。そして、最後の部屋に突入した時、負傷して床に倒れていたやつが、オーリーナを知っていた」

「オーリーナ、オーリーナ、と叫んだ」マットはいった。「憶えてる」

「そうだ」アイヴァンの表情が険しくなった。「ほかにもなにかいった」

「ロシア語かウクライナ語で、意味不明のことをいった。許してくれといっていたんだ」

アイヴァンは首をふった。「おれは調べたんだ。オーリーナがいい返したのは、リークヴァンニャという言葉だった」そこで間を置き、天井を、見あげた。「すると男は悪態をついた。オーリーナは男を撃ち殺した」

「説明してくれよ」

「リークヴァンニャはウクライナ語で〝治療法〟の意味だ。つまり解毒剤だよ」

マットは、料理を押しのけた。「解毒剤？　XP22を治す薬か。オーリーナはそれを捜していたというんだな？」

アイヴァンが肩をすくめた。「確信はない。ただ、オーリーナは男にそうきいた。男は知ったことかとののしった。するとオーリーナは男を撃ち殺した。つまり、オーリーナは重要ななにかを捜してた」アイヴァンは言葉を切った。「だとすると、あんたもオーリーナが捜してたものを捜せばいい」

マットは、アイヴァンの顔を見てうなずいた。「治療薬があるのなら、リストの連中をすべて救える。XP22のテストに参加した連中を……」

アイヴァンが、にやりと笑った。

「なんとしてもそいつを手に入れないといけない」マットはなおもいった。「治療薬があるようなら、なんとしても捜し出すんだ」

マットは、エレナーの顔を見た。張りつめた色が目に宿っている。まるで引っ張ったように皮膚が緊張し、高い頬がいっそう目立っていた。

もう朝になっていて、窓から光が漏れている。目が醒めて太陽をちらりと見たマットは、かつて戦場で感じたのとおなじ戦慄に見舞われた。

きょうが最期の日になるかもしれないという思いがあるとき、夜明けはちがったように見える。

きのうの眠りはとぎれとぎれだった。アイヴァンと別れたあと、尾行がないことをたしかめながらマットはホテルに戻り、エレナーの寝ているベッドに潜り込んだ。

そしていま、エレナーはアイヴァンが買ってきてくれたクロワッサンを食べている。長い白のTシャツだけを着ていて、髪が顔にかからないようにバレッタで留めていた。アイヴァンはコーヒーを両手に抱えるように持っている。「わたしたちになにができるのよ?」うわずった声で、エレナーがいった。

「こっちから攻撃をかける」マットはいった。「今夜、金曜日に。即刻、片をつける。つねに敵地で戦えというのが、SASで学んだ教訓のひとつだ。前にもラクリエールとは対決したが、あのときは支援がなにもなかった」

「それに、考えが浅はかだった」アイヴァンがいった。「ラクリエールは、専用列車に乗っているときがいちばん攻撃に脆《もろ》い。自宅やオフィスを狙うのはだめだ。どっちも警備が厳重だ。列車のほうが防御しづらい。列車に乗っているときにやつをひっ捕まえる」

「専用列車の発車時刻は、毎週金曜日の八時四十分だ」マットはいった。「デイミアンに頼んで武器弾薬を用意してもらおう。アイヴァン、あんたはうちに帰って、家族の無事を確認したら、爆弾を用意しておれたちを手伝ってくれ」

「列車でラクリエールを捕まえたら、どうするの？」エレナーが質問を投げた。

「治療薬を手に入れる」アイヴァンがいった。

「そのあとで殺す」マットは、非情な言葉をあっさりと口にした。

エレナーがちょっとひるんだ。「わたしは？」

「ここにいてくれ」マットはいった。「ここなら心配ない。今回の仕事は、熟練の戦士のものだ」

エレナーが口をひらきかけた。

「そのとおりだ」アイヴァンがいった。「女の友情にはいつだって賛成だが、戦いがはじまると女は邪魔になる」

「いいえ」エレナーがいった。「わたしも行く」

「危険だ」マットは荒々しくいった。

エレナーが顔を真っ赤にした。「それじゃ、ラクリエールが教えた治療薬がまちがいないものなのかどうか、科学の天才のあなたたちにわかるっていうの？」

アイヴァンが薄笑いを浮かべて、マットのほうを見た。「あいにくエレナーの意見が正しいようだぞ」

「ぜったいにだめだ」マットはつぶやいた。「おれたちだけでやったほうがいい」

「マット、あなた自分の欠点がわかっている？」エレナーがいった。「英雄症候群に取り憑《つ》かれているのよ」

「ちがう」マットは応じた。「一日が終わるまで生き延びたい症候群に取り憑かれてるだけだ」

ドーセット州の人口数千人の町シェルボーンの中央広場には、市が立っていた。もう正午に近く、生花や焼きたてのパンのにおいがあたりに漂っていた。マトラムは屋台で足をとめて、涼を得るためにアイスクリームを買い、目抜き通りを歩きつづけた。

アルカイダの連中はうまいことをいっている、と心のなかでつぶやいた。山が預言者ムハンマドのほうへ来なければ、ムハンマドが山のほうへ行かなければならない。

無認可保育所〈ハッピー・タイムズ〉は、目抜き通りの突き当たりにあった。保育は十二時で終わる。地元警察から得た情報によると、アイヴァン・ロウの息子のジョージは、金曜の午前中はかならず預けられるという。子煩悩のアイヴァンがいつも迎えにくることも、保育所で聞き出した。かならず来る。

マトラムは時計を見た。十二時二分前。やつはもうじきこっちの手の届くところへ来る。

通りの向かいの白いワゴン車に乗って待機しているハートンとゴッドソールに合図した。用意しろ！　ワゴン車のエンジンがかかり、一瞬回転があがって轟音が響いたが、すぐにまたアイドリングに落ちた。

マトラムは、通りの左右に目を配った。何人かが市場をひやかしているが、人出はすくない。みんな暑さのために外出を控えているのだろう。店はたいがいがらがらだった。アイヴァン・ロウの車、三年前の型のアウディA4アヴァントが走ってくるのが見えた。道端に駐車すると、男がひとりおりた。マトラムは、頭にファイルしてある写真と、その男をすばやく照合した。まちがいない。あの男がロウだ。

スミス&ウェッソンを胸につけるようにして持ち、マトラムは歩を進めた。通りの向かいにひとりいるが、こっちは見ていない。マトラムはアイヴァンのそばに立った。ふたりの視線がぶつかった。マトラムはすばやく拳銃を突き出して、アイヴァンの脇腹に押しつけ、わずかに上に向けた。その位置から発射すれば、肋骨の下を通過した弾丸が心臓を切り裂き、脳に達する。まず生き延びられない。

「あそこに白いワゴン車がとまっている、アイルランド人」マトラムはうなるようにいった。「三秒以内にあれに乗れ。さもないとおまえは歩道の汚いしみになる」

無言でうなだれると、アイヴァンはワゴン車の後部へと歩いていった。

マットはそろえられた武器を眺めた。きちんとならべてある武器は、所持者が警察に捕まったら終身刑を受けるほどの質と量だった。ライフルはほとんどがロシア製――ウクライナでマットが使った新型のAN‐94ではなく、カラシニコフAK‐47だった。その横に、射程の長いアメリカ製のハンティング用ライフル、ウィンチェスターX2が六挺あった。狙撃にもってこいの銃だ。拳銃はグロックだった。ポケット・サイズの小さなモデル27セミオートマティック・ピストルが二十四挺、もっと強力なモデル17が十挺。

いずれも一挺ごとに箱入りの弾薬が用意されていた。その隣には、プラスティック爆薬のセムテックスが十五箱に導火線、防弾服や抗弾ヴェストがあった。

発展途上国相手に戦争ができるくらいの武器だ。

「それで、どうしてここが〝北岸《ノースバンク》〟と呼ばれているんだ?」マットはきいた。

デイミアンが、にやりとした。「外国に長くいたせいだな、マット。こっちの事情がわからなくなってるぞ」

マットはうなずいた。「ハイバリー・スタジアムのノースバンク・スタンドか、アーセナルの熱狂的サポーターのいる」

「そうだ。ここはおれたちの武器庫《アーセナル》だからな」

ふたりはロンドン東部のチャトナムからすこし離れた鉄道廃線のガード下の地下室にいた。ロンドン南部のギャングに配る武器を、デイミアンはここに隠している。味方になればただであたえるが、そうでなければ法外な値段をつける。いずれも海外から運ばれたものので、ベルギーかオランダから来る大型トラックに隠して持ち込む。どちらの国も武器の密売が盛んで、東欧の品物はドイツを、中東の品物はバルカン諸国を経由する。二二トン積みのトレーラー・トラックの積荷に銃を二挺隠せば、まず発見される気遣いはない。運転手はM20高速道路の指定されたサービス・ステーションに寄って、駐車場で品物を手渡す。それで二百ポンドの手間賃が現金でもらえるのだから、こんなうまい話はない。デイミアンのネットワークは、運転手が女房に知られずにヨーロッパで遊べるように、ユーロで払う。

「武器はいっぱい必要だ」マットは、ずらりとならんだ武器を指さした。「カラシニコフ二挺、拳銃が四挺。抗弾ヴェストも役に立つ。セムテックスはできるだけたくさんあったほうがいい」

デイミアンはうなずいた。「やっぱりやる気なんだな」

「ほかに方法があるっていうんなら、そっちをとるだろうが」マットは口をゆがめて、凄みのある笑みを浮かべた。「いまはほかの手は考えられない」

デイミアンが、AK‐47二挺をラックから取って、マットに渡した。一九四七年にソ連軍が制式採用したことから47という数字があたえられているこのアサルト・ライフルは、木の薄い銃床と先台、バナナ形の三十発入り弾倉に特徴がある。五十年以上前の設計なのに、いまも最高の銃のひとつでありつづけている。マットも使い慣れている。

人生であてにできることはそう多くはないが、AK‐47に裏切られる心配はない。アサルト・ライフルの弾薬をまとめ、さらにグロックを四挺と弾薬数箱を取った。セムテックスは二〇個取った。一ポンド単位で、なんの危険もないラードの塊みたいに、なんの変哲もない油紙にくるんである。アイヴァンに渡されたナイロン製のバックパックにそれを入れた。かなり重いが、これぐらいかつげる。

突入し、やつらを吹っ飛ばし、ローラースケートをはいたネズミよろしく必死で逃げ出す。

マットは、バックパックを背負った。九〇キロぐらいあるにちがいない。だが、階段を二階分あがり、車まで二〇〇メートル歩けばいいだけだ。SASの訓練では、重い大型背嚢を背負い、吹きさらしのブレコン山地《ビーコンズ》で一月の霙のなかを三日間行軍する。それとくらべれば、どうということはない。

階段を昇りきり、地下室を出たところで、デイミアンがマットの肩をつかんだ。「ほかにどんな支援が欲しい？　おれもおまえとおなじだ。ギルの敵が討ちたい」

マットはためらった。決意と力がデイミアンの顔に表われていた。復讐の熱意が燃えているのもわかった。「おれたちは列車を襲う」マットは答えた。「人数が必要だ。今夜までに」

デイミアンがうなずいた。「おまえたちを支援できるやつらを知っている」

ワゴン車の後部は暑く、じとじとしていた。マトラムが窓を密封するよう指示していたからだ。アイヴァンが叫んだ場合——たぶん声をたてるだろう——音が外に漏れないようにするためだ。田舎を猛スピードで走っていても、なにをやっているかが発覚する危険性がある。

ワゴン車にはエアコンがなかった。正午の気温は三五度近くに達して、熱気が押し寄せ、呼吸もしづらいほどだった。ハートンが運転して、ドーセットのなだらかな山野を走っていた。ゴッドソールはマトラムといっしょに後部に乗り、アイヴァンが逃げられないように見張っていた。

アイヴァンはいまのところ抵抗していなかった。だが、北アイルランドにいたときには、PIRA《プロヴォ》の猛者《もさ》だったのだ。こいつは殴られても耐えることができる。

「ここだ」マトラムはいった。

ワゴン車がとまった。田舎の小径の突き当たりだというのが、窓から見てわかった。二〇〇メートルほど先に農家があるが、木立にさえぎられて、ここまでは見えない。目にはいるのは、そばの野原で草を食んでいる数頭の羊だけだ。

「やつを外に出せ」マトラムは命じた。

ゴッドソールが後部ドアをあけて、小径の土の地面にアイヴァンを手荒く押し落とした。ひび割れた地面はコンクリートなみの硬さで、アイヴァンはそこに肩から落ちた。衝撃を和らげるために、アイヴァンは転がり、脇を締めた格好でじっと横たわっていた。

なかなか利口《りこう》だ、と思いながら、マトラムはワゴン車から跳びおりて、アイヴァンのそばに立った。これから殴られたり蹴られたりするが、自分にはなにもできないというのをこいつは承知している。そして、精いっぱい生き延びるそなえをしている。

「なあ、アイルランド人、こっちの意向しだいでは、おたがい、仲良くやっていけそうだと思うんだがね」マトラムはゆっくりといった。

アイヴァンは、地べたに頬をくっつけたまま、身じろぎもせずにいた。

「おまえは爆弾作りだと聞いている」マトラムは、アイヴァンのそばにしゃがんでいった。「おれも子供のころから花火は大好きだった。ドカーンという音とともにきれいな光が出て、生存者はごくわずかだ。兵隊にはぜひとも必要な技術だよ」間を置いた。「だから、友だちになれば、なんとかやっていけないこともない。不愉快な目に遭わずにすむ」

「爆弾を作ってほしいのか？」アイヴァンはいった。「それなら手伝えるかもしれない」

マトラムは、ゆっくりとかぶりをふった。「いや、ちがうんだ。あんたの友だちのマット・ブラウニングのいどころが知りたい」

「ブラウニング？　あいつを知ってるのか？」

「前に会ったことがある」

「それなら、ろくでもないくそ野郎だっていうのを知ってるはずだ」アイヴァンが、荒々しい声で、吐き捨てるようにいった。「よっぽどいい医療保険にはいってるんならべつだが、やつには近づかないほうがいい」

アイヴァンの胸が蹴りつけられ、心臓のすぐ上にブーツがめり込んだ。全身が揺れるほどの激しい衝撃で、激痛が胸から体じゅうにひろがった。息が詰まり、咳き込みながらアイヴァンは転がった。「いまもいったように、いどころを教えれば、痛い思いをせずにすむ」

「冗談は抜きだ、アイルランド野郎」マトラムは語気鋭くいった。「いどころなんか知らない」アイヴァンは、声を出すのも苦しげだった。

マトラムは、アイヴァンの耳もとに顔を近づけた。「われわれはインクレメントだ」ひどくやさしい声でいった。「北アイルランドにいたころに、噂は聞いているはずだ。だいぶ楽しませてもらった。ブリティッシュ航空のシャトル便で海を渡っては、おまえらアイルランド野郎を射撃練習に使った。葬ってやる前に痛めつけるのはもっとおもしろかった」口のなかでその言葉を転がし、楽しんでいるふうで、すこし間を置いた。「おまえらはだいたい怖れを知らないが、おれたちのことは怖れていた。もちろん理由があってのことだ」

アイヴァンは、目を上に向けた。マトラムに強い視線を向け、きちんと髭を剃《そ》っているつるんとした顔や、つぶれた太い鼻、じっと視線を据えている鋭く冷たい目を、探るように見た。「やつのところへ案内しよう」手をのばして、いった。「おれを立たせてくれ」

キャンバーウェル・チャーチ・ストリートの〈トゥー・フォクシィズ〉は、酒を飲みになにげなくはいってきた客の目には、ロンドン南部に無数にあるパブと変わりなく見える。壁には古びたヴィクトリア朝時代のコーチ・ランプ、しみだらけの厚板のカウンター、どのテーブルにもビール会社のロゴ入りコースターが置いてある。いつも夕方になるとやってくる異様な風体の年取った常連ふたりが、隅のほうに座ってビールをちびちび飲み、手巻きの煙草を巻いている。だが、事情を知る人間にとって、そこはオフィスだった。ウォルターズ・ファミリーの取引の場だ。

ここほど安全な場所はない。警察はやってこない。やつらにそんな度胸はない。

エレナーは、きょうは一日ホテルにこもっていることになっている。デイミアンがマットに紹介しようとしている連中は、女が参加すると聞いたらいい顔をしないだろう。古いしきたりを守っていて、強盗は男の仕事だと思っているからだ。

ジャック・ポインターが、向かいの席のマットをじっと見つめた。手巻きの煙草をくわえている。「SAS《レジメント》か？」軽蔑をこめてその言葉を発した。

どことなく見おぼえのあるような男だった。丸い頭が禿げあがり、刑務所暮らしが長い人間に特有の死人みたいなどす黒い肌をしている。「前の話だ」マットはいった。「二年前に辞めた」

「おなじこった」ポインターがいった。「おれにいわせりゃ、どうせオカマ野郎だ」

「やめろ、ジャック」デイミアンが口をはさんだ。「この一件はいっしょにやるんだ」

ポインターが、ブラック・スタウトをごくりと飲んだ。「まだ決まっちゃいない」

突然、だれに似ているか、マットは気づいた。ハリー・ポインターだ。マラガでロシア・マフィアの下で借金の取り立てをやっている悪党だ。〈ラスト・トランペット〉にもたまに来る。以前、マットはポインターの筋の人間に借金をして危ない目に遭いかけたことがあった。

「あんたの息子のハリーとは知り合いのようだ」マットはいった。「根っからの犯罪者のむかつくでぶ野郎だ」

　ポインターが頬をゆるめた。「たしかにうちの坊主だ。美男子だろう」がらりと機嫌がよくなり、マットのほうを見た。「デイミアンの話では、手伝いが欲しいそうだな」

「列車をとめたい」

　ポインターがにやりとした。「おれの十八番だよ」

「ベラムの仕事のこと、聞いてるか？」デイミアンがたずねた。

　マットは首をふった。ギャングは軍隊とおなじだ、と思った。どの連隊にも輝かしい勝利の歴史がある。ギャングもそうだ。「聞いたことがないと思う」

「七二年だった。新札をロンドンに運ぶ列車があった。二百万だ。ジャックとその配下が襲撃した。金を奪って、まんまと逃げた。当時、二百万といえば、たいへんな金だった」

「それじゃ、どこでどじったんだ？」マットはポインターを眺めた。六十は超えているようだし、調子が悪そうだった。

「七七年に密告《さ》された」ポインターがいった。「三十年くらって、去年出た」にやりと笑った。「まだＩＣタグを持たされてるんだが、家に置いてきたよ」

「で、いまも列車をとめられると思うか？」

ポインターは煙草の袋をポケットから出して、柔らかな葉を汚れた指で丸めはじめた。「コネックス・サウス・イースタン、ブリティッシュ・レイル、どこでもおなじだ。この国の鉄道は、まったく新しいテクノロジーを導入しない。それだけはあてにできる。七〇年代とおなじやりかたでとめられるんだ。信号をいじくるのさ」

〈リズラ〉の巻紙をなめた。「問題は、そいつをやる動機だな」

マットが口をひらきかけたが、ディミアンが制した。「あんたはSASを叩きのめすことになる。それが理由だ」マットのほうに視線を向けた。「八四年にブリクストン刑務所で派手な暴動があった。ジャックと仲間が、何日かひと棟を占拠した。バリケードで逆封鎖したんだ。SASが派遣されて、抵抗をやめるまでひとりずつ叩きのめした。ジャックの仲間がひとり、脳を損傷した。いまも生命維持装置をつけてる」

「まあ、SASのやつらを殺せるんなら」ポインターが口をあけると、前歯が二本欠けているのがわかった。「寝床を這い出す値打ちはあるだろうよ」

M25高速道路の渋滞で、ボルボは調子がおかしくなっていた。キャンバーウェルからエセックスへ行くのに、このルートがいちばん早いと思ったのだが、車が数珠《じゅず》つなぎになっていて、オーバーヒートしかかっている車も多いようだった。このボルボも、エアコンがついていたら、とっくにいかれていただろう。まったく進まない車の列には、険悪な雰囲気が漂っていた。それを眺めているマットの背中を、汗が伝い落ちた。

なんてこった。故障だけは願い下げだ、とマットは思いながら、水温計の針がじわじわとレッドゾーンに近づくのを見ていた。救援に来た警察は、うしろに積まれた大量の武器を発見することになる。

時計を見た。もう四時二分になっている。ラクリエールのパリ行きの列車は、午後八時四十分に出発する。一時間後には英仏海峡トンネルにはいってしまう。この渋滞では、エレナーを迎えにいき、それからロンドン南部にひきかえして列車の線路を目指すのに、時間が足りなくなる。最後の急襲の準備に、わずか四時間しかない。

イギリスの交通事情はひどすぎる。ちかごろでは、車ではどこへも行けやしない。助手席に置いた携帯電話に目を向けた。アイヴァンが用意してくれた最新型だ。使ってもだいじょうぶだろう、と心のなかでつぶやいた。

もう一度時計を見た。四時二十分。車の流れは、せいぜい五、六〇メートルしか進んでいない。この分では、来週の水曜日に着ければいいほうだ。

そのときにはもう、復讐の瞬間は遠ざかっている。

マットはギアをローに入れ、八メートル進んだところで、ブレーキを踏んだ。前を走っているトラックが、濃い黒煙を吐き、路側帯には、エンジンから濛々《もうもう》と湯気をあげている車二台がとまっている。用心していられる場合じゃない。こうして走っていること自体、危険が大きいのだ。もうひとつの危険など、たいしたことはない。あとは神々がおれに笑みを向けるかどうかというだけのことだ。

携帯電話を取り、ホテルの番号をダイヤルして、一二号室を呼び出してもらった。エレナーが二度目の呼び出し音で出た。「だいじょうぶ？」心配そうにきいた。

「いまのところは」マットはそっけなく答えた。「そっちは？」

「だいじょうぶよ。待っているだけ」

「よく聞いてくれ。そっちに行ったら間に合わない。渋滞がひどいんだ。バタシーで落ち合おう。バタシー・ライズの坂のてっぺん、陸橋のところで五時四十五分だ。六時までにおれが行かなかったら、最悪の事態を考えてくれ」

ワゴン車は、M3高速道路に乗り、ベイジングストークの出口の標識を過ぎて、ロンドンへとひた走っていた。アイヴァンは助手席に乗り、マトラムが運転していた。ハートンとゴッドソールは、アイヴァンが逃げるのを防ぐために離れないようにしつつ、うしろに乗っていた。

「ホテルの名前を教えろ」マトラムがいった。アイヴァンはいった。「エセックスのバックハースト・ヒル。スタンステッド空港のすぐそばだ」

マトラムが、アイヴァンのほうを向き、にんまりと笑った。「おれが前から思っていたとおりだな。PIRA《プロヴォ》のやつらはギャングとおなじだ。血を見たとたんに仲間を裏切る。おまえらの国でもここでも変わらない」

備をはじめていた。さいわい、銃やナイフを持っていないかどうを調べられただけだった。小さな爆発物を、〈リグレー〉のガムに見せかけて銀紙に包み、ポケットに入れてある。あとは、ころあいを見計らって床に落とし、踏みつけて起爆すればいいだけだ。

「名前を教えろ、アイルランド人」マトラムがどなった。「やつらはどんな偽名で泊まってるんだ？」

アイヴァンは、冷ややかな目で見返した。「キース・トッドとヘレン・ナゲット」

「嘘をついていないと、どうしてわかる？」

「電話してたしかめればいい。ホテルが宿泊客の名前を知らないはずはないだろう」

マトラムが運転席で身をよじり、携帯電話をハートンに渡した。「電話しろ」つっけんどんにいった。「いるかどうかたしかめるんだ」

ハートンが携帯電話を受け取って、番号案内にかけ、バックハースト・ヒルのホリデイ・インにかけ直した。つながるあいだ、車の音を避けるためにうしろを向いて、携帯電話を耳に押しあてた。

その一瞬、ハートンはアイヴァンに背中を向ける格好になり、ゴッドソールの動きも妨げていた。

アイヴァンは躊躇《ちゅうちょ》した。自分の足が吹っ飛ぶ危険があるのはわかっているが、チャンスはいましかない。ズボンのポケットからこっそり爆発物を落とした。農業用品店ならどこでも売っている肥料の硝酸カリウムと砂糖を、ローマ花火の筒に詰め込んだもので、単純な仕組みだが、けっこう威力がある。爆竹よろしくそれがはじけると、いやなにおいの濃い煙がもくもくと湧き起こった。

アイヴァンはさっと身を投げるようにして、右手でハンドルをつかみ、思い切り右に押した。「おまえの運転の腕を見せてもらおうか、くそったれ」マトラムの顔に唾を吐きかけた。

ワゴン車が急激に向きを変え、右の走行車線めがけてななめに跳び込んだ。乗っている四人が同時にわめきはじめた。うしろから衝突の音が聞こえ、左側に追突されたワゴン車が、こんどは左に横滑りした。濃い煙のせいで車内も外もまったく見えず、すさまじい勢いで揺れ動いていた。

アイヴァンはなおもハンドルを握ったまま、マトラムが引き戻そうとするのを逆にまわした。左手をのばして、ハンドブレーキを探った。握り締め、肩の筋肉を使って、一気に引いた。タイヤが舗装面で煙をあげ、ワゴン車は急停止して、マトラムとアイヴァンはフロント・ウィンドウにぶつかった。停止したワゴン車にうしろからなにかが激突した。

ドアをあけると、アイヴァンは跳びおりた。舗装面に着地すると、後続車に轢《ひ》かれないようにすばやく横に逃れた。後続車は、アイヴァンのわずか二メートル手前で、クラクションを鳴らし、タイヤを鳴かせ、横滑りして、急停止した。そこにもう一台が追突して、激しく向きを変え、片方のタイヤを浮かし、あやうく横転しそうになった。さらに後方では、一台のトラックが急ブレーキをかけ、車輪からすさまじい音をたてて、懸命に減速していた。怒号や蒸気や煙のなかでアイヴァンは身をかがめて、中央分離帯を逆方向に駆け出した。

マトラムは、運転席から体を抜き出して、サイド・ウィンドウをあけた。そこから道路に跳びおり、後方に視線を投げた。一〇〇メートルほど向こうでアイヴァンが道路のまんなかに向けて走るのが見えた。三車線の高速道路をアイヴァンが一気に横切ろうとしたとき、何台ものブレーキの音が響いた。

果たして横断できたかどうかは、見届けられなかった。乗用車やトラックの嵐にまぎれて姿が見えなくなった。車の群れが轟然と押し寄せ、マトラムの視界をさえぎっていた。


ポインターは、線路脇でしゃがんだ。農民が畑の土を手に取るような感じで、砂利を掌《てのひら》にすくいあげた。「ここだ。ここで待ち構える」

マットはポインターの背後を見た。デイミアンがとなりに立ち、ほかに三人がいた。

「こいつらをどこで見つけたんだ?」マットはきいた。

「キース、ペリー、アーチーだ」ポインターがいった。「キースはおれの息子だ」髪を刈りあげ、腹がせり出し、腕にいくつも刺青《いれずみ》を彫っている二十代の男を、顎で示した。「ハリーみたいないい子じゃない。キースは生まれついてのワルだ。よちよち歩きのころから乱暴で、それからなにも変わってない。ペリーは」ワイヤーのような強靭な筋肉がついている、上半身が逆三角形の四十代の男を示した。黒い顔の目が、ふた粒の真珠のようだ。「ブリクストンでおれといっしょだった。親友がSASにこっぴどくやられた。アーチーは」五十前とおぼしい小柄な男のほうに顎をしゃくった。赤毛で、赤ら顔に雀斑《そばかす》がある。「グラスゴーからわざわざやってきた。あんたの昔の仲間に、格別の用事があるそうだ。一九九〇年代ずっと、警備が最高に厳重なショッツの刑務所にいて、あんたの仲間と縁があったらしい。ちょっとした恨みつらみがあるわけだ」

マットはうなずいた。三人とも、線路作業員の黄色いパーカーを身につけている。気に入らない連中だと思った。だが、SASにはいるとすぐに学ぶ鉄則がある。熾烈な戦いでは、敵の敵は味方だ。それが今夜ほどあてはまる場合はない。

「みんな」マットはいった。「全員用意ができたら、はじめよう」

マットは、ポインターとならんで線路脇にしゃがんだ。そこは上下線とも狭い谷間を走っているような個所だった。マットは身をかがめ、線路を見渡した。そこを選んだのは、線路の横が急斜面で、上から見られる心配がないからだ。手に触れる砂利が熱く、鋼鉄の信号塔が日中の太陽で温まっていた。レールがかすかに震動しているので、列車が近づいているとわかったが、まだ数分の余裕がある。

接続箱は、塔の下にあった。簡単な南京錠がついているだけだ。ポインターがそれをつまんだ。南京錠を通してある蓋の穴にドライバーを突っ込み、こじってはずした。蓋をあけると、色とりどりのコードが現われた。信号機は、青、黄、赤の単純な三色のものだった。前方に危険があるように見せかけて、ラクリエールの列車が減速するように仕向けなければならない。それには、赤の点滅が一回、黄色の点滅がつづけて二回、そして青になるようにする必要がある。「モールス符号だ」と、ポインターが説明した。「それさえわかれば、鉄道のコードは簡単だ」

レールの響きが大きくなっていた。ポインターが接続箱を閉じて、転がるようにレールを離れ、斜面にずっとのびている乾燥した藪に隠れた。列車が分岐線にはいって、時速五〇キロメートルほどで通過しはじめた。マットはちらりと見あげて、汗だくの通勤客を眺めた。あとのものたちも、うしろで斜面の藪に隠れるように身を伏せている。

「終わった」ポインターが、線路から遠ざかりながらいった。「当面、ふつうに作動するようにしておく。フランス人の列車が来るときにまた、赤ひとつ、黄ふたつの点滅に戻す」

ポケットの電話が鳴っていた。マットはグリーンの通話ボタンを押して、耳に押しつけた。

「マット、おれたちの動きがばれた」

聞き慣れた耳に快いアイルランドなまりだったが、口調がいつもとちがう。アイヴァンは、熾烈な戦闘のさなかでも沈着冷静で、うろたえるということがない。それがいまは、動揺し、おびえ、そわそわしている。

「どうした？」

「やつらに捕まった」アイヴァンがつづけた。「あんたたちのホテルと偽名を教えた」

マットは、みぞおちにパンチをくらったような心地がした。息が詰まりそうだった。

「どうしてそんな……」

「しかたなかった」アイヴァンが、腹立たしげにいった。「時間を稼ぐためだ。あんたたちが出発していることはわかっていた。エレナーもいっしょなんだろう？」

「おれの命を使って賭けをするな」マットは声を荒らげた。「エレナーの命もかかってるんだ」

「エレナーはいっしょじゃないのか？」アイヴァンがきいた。

「バタシーに向かってるはずだ」マットは周囲に目を配った。ポインターとデイミアンは、待ち伏せ攻撃の詳細を打ち合わせている。「迎えにいく」

「急いでくれ。やつらがエレナーを尾《つ》けてるかもしれない」アイヴァンが、緊張した声でいった。「もしやつらに捕まったら、エレナーは……」そこで言葉がとぎれた。

マットは、赤いボタンを押して電話をいったん切ってから、ホリデイ・イン・エキスプレスに電話して、キース・トッドの部屋につないでもらった。呼び出し音が十二回鳴ったが、だれも出ず、やがて自動応答に切り替わった。「このお客様へのメッセージを残されるかたは、米印《こめじるし》を二度押して……」コンピュータ合成の声が告げた。

マットは携帯電話を切って、ポケットに入れた。エレナーはどこかに独りきりでいて、襲われればひとたまりもない。エレナーをふたたび抱き締めないと、どうにも気が休まらないというのはわかっていた。

燃えるように熱い空を見あげた。

こんな窮地にエレナーを引っ張りこんだのはおれだ。おれが救い出さなければならない。

マトラムは、シーツに鼻を近づけた。しわくちゃで、汗の染みが残り、男と女がいっしょに寝ていたことを示すすえたにおいがする。

犬は賢い、と思った。獲物のにおいを嗅ぎつけたら、ぜったいに逃さない。

「いつごろ出ていったんだ？」支配人の顔を見て、マトラムは語気荒くきいた。

支配人のデイヴィッド・プラントは、二十七、八の痩せた愛想のいい男だった。ホリデイ・インのカスタマー・サービス講習をよっぽど長時間受けたのか、媚《こ》びへつらうような態度が板についている。「正確には申しあげられません。ホリデイ・インは自動チェックイン・サービスを実施しています。昨年、〝お客様のスタイルを自由に選択〟カスタマー・サービス・プログラムに基づいて導入いたしました。お客様にもとても評判がよく、フロントの人数もすくなくてすみますし、お徳用の……」

マトラムはプラントに詰め寄り、立ちはだかって顔を覗き込んだ。「カスタマー・サービスの説明などどうでもいい」どなりつけた。「ゴキブリを捜すときは、このホテルがうってつけだな。だが、おれが捜しているのは、テロリスト容疑者二名、男と女だ。おまえはふたりを見たのか？」

プラントが、不安なまなざしをさまよわせた。マトラムの左右には、ハートンとゴッドソールが立っている。

「男のほうは、けさ出ていきました。女は一時間ほど前です」プラントは顔を真っ赤にしていた。「宿泊料は支払済みです」

「そいつらは、だれかと話をしたか？」

「いいえ」

「だれかに会ったか？」

「わたしにわかっているかぎりでは、だれにも会っていません」

「ホテルに持ち込んだもの、持ち出したものは？」

プラントは首をふった。「大きな荷物があれば、目に留まっているはずです」

「電話はどうだ？」

「何回かかかってきました」希望の光が見えたという口調で、プラントが答えた。「すくなくとも二回」

「それじゃ教えろ」マトラムは荒々しくいった。「発信人の記録は見られるか？」

「ええ、ええ。新式のコンピュータ・システムが、発信者や受信者を自動的に記録いたします。それも、プログラムの一環で、こちらは……」

「いいから番号をいえ」マトラムはどなった。

プラントのあとから、何階か階段をおりて、フロントへ行った。プラントがフロント係に休憩するようにと丁重に指示し、コンピュータにログインした。キイボードを叩き、マトラムのほうをふりむいた。

「この番号です。二度かかってきました。〇七四五六二九一一八六」

マトラムは携帯電話を出して、八つの短縮ダイヤルのうちのひとつにかけた。八つそれぞれが、インクレメント隊員の番号だ。プラントに聞いた十一桁《けた》の番号を読みあげた。

「この携帯電話を追跡しろ。ただちにやれ」

携帯電話を持ったまま、マトラムは歩きまわった。額の汗を拭い、ロビーのデスクから水のはいったグラスを取ると、一気に飲み干した。

携帯電話の番号を残すとは。馬鹿なやつだ。かかってきた電話の番号をこっちが突き止められないとでも思っていたのか。この携帯電話をいまも持っているとすると、標的を描いたでかい旗を持っているのと変わらない。ついに大きなまちがいを犯したな、ブラウニング。ここにいる蠅とおなじように、おまえを叩き潰してやる。

「ああ」携帯電話を耳に押し当てて、マトラムはいった。「わかったか？」言葉を切り、答を待った。「やつはどこだ？」うなずいたとき、口もとに笑みがひろがった。「見つけたぞ」ハートンとゴッドソールのほうを向いた。「携帯電話を持ってる」

「バタシー？」ハートンが怪訝《けげん》な顔をした。「そんなところでなにをしてるんだ？」

「やつを捕らえればわかる」マトラムはいった。「それはそうとして、おれの読みをいおう」言葉を切り、携帯電話をズボンのポケットにしまった。「やつは列車を襲撃するつもりだと思う」

23

マットは、足早に通りを往復していた。夕暮れが近づき、地面の影が長くなっている。バタシー・ライズの坂上に立った。クラパムに向けて下っていく方向には、しゃれた感じの店やレストランがつらなっている。ポインターたちは、すでに出発して、線路脇の襲撃位置の準備にかかっている。エレナーにここで会う約束をしたが、マトラムがやってくる前にエレナーが逃げ出すことができたかどうかは定かでない。エレナーが捕まったとしたら、ここで待っていることが、もうやつらにわかっているはずだ。エレナーが暴力に屈しないで黙りとおせるとは思えない。インクレメントの拷問にはまず耐えられないだろう。

背後のウォンズワースの方角には、細長い公園がある。マットが立つ陸橋の下には線路があって、南の沿岸部に向かう通勤電車が、ゆっくりと分岐線にはいるところだった。マットは電車の屋根を見つめて、車体のひびや細かい凹凸《おうとつ》を観察した。走る列車は武器にも棺桶にもなる、と思った。

ひとりの男が目に留まった。五、六メートル前方にいる。身長一八〇センチ以上で、スーツ姿だが、襟ボタンをはずし、脱いだジャケットを肩にかけている。行き先が決まっていないかのように、のろのろ歩いている。歩道をぶらぶらして陸橋を渡り、エマニュエル校前を過ぎて、角のパブに向かった。そこでひきかえし、おなじ側を歩く。口もとに薄笑いを浮かべているが、不安そうな面持ちでもある。戦闘にそなえて気を引き締めているようなふぜいがあった。

マットは時計を見た。六時四分前。エレナーは十分ほど前に着いていなければおかしい。バタシー・ライズの坂のてっぺん、陸橋で落ち合おう、と指示した。時刻は五時四十五分を指定した。十五分待って、おれが現われなかったら、最悪の事態を考えるように、といったはずだ。おれは死んでいるから、あとはひとりで切り抜けろ、という意味だ。

エレナーが先に来なかった場合のことは、考えていなかった。

マットは坂の下を見た。ロンドン北部からここへ、エレナーはどうやって来るだろう？電車でクラパム・ジャンクション駅まで来て、そこから歩く。遅くなったら、タクシーを使うだろう。坂をあがってくる女の顔を眺めて、見慣れた豊かな長いブロンドの髪と、真っ赤な唇、こちらを覗き込むときにきらきら輝く青い瞳を捜した。じろじろ見られているのに気づいた女たちのしかめ面や眉間の皺を、マットは無視した。夏の夜に女漁りの秋波を送っている馬鹿な男だと思われているにちがいない。そんなことはへいちゃらだ。ただし……

いったいどこにいるんだ？頼む。どっちかがやつらに捕まるのなら、エレナーじゃなくておれのほうであってほしい。

くだんの男がまた目に留まった。こんどは道路を渡り、こちら側を歩いている。距離は約一〇メートル。行くあてがないのか、目的の場所へ行くのに果てしない時間をかけてでもいるように、所在なげにぶらぶら歩いている。弾丸を撃ち込む瞬間を待ち構えている暗殺者のようにも見える。こちらを見て、視線をからめた。だれだかわかったという目つきをしたような気がした。狩り出す人間の写真を見せられていて、この男にまちがいないと悟った、そんな感じだった。

マットはポケットの拳銃を手探りし、べとついている引き金を指でこすった。しっかりとグリップを握り、いつでも抜き撃ちできるようにした。あたりに視線を配って、状況を見定め、ここで銃撃戦が開始された場合に、死傷者を最小限に食い止めるにはどうすればいいかと考えた。

おれを斃《たお》したければやるがいい。だが、背中から撃たれはしない。かならず応戦する。

「ジャック」マットの一〇メートルうしろで、女が叫んだ。

マットはふりむいた。日に焼け、スポーツで鍛えた体つきの黒い髪の女だった。ゆるやかなブルーのブラウスにジーンズというでたちで、いかにもインクレメントの隊員らしい感じだった。マットはあとずさり、店のウィンドウにじりじりと近づいた。ウィンドウ脇の店の出入口に身を隠すことができる。

「メアリ」くだんの男がそういって、歩を進めた。女をぎゅっと抱きしめて、手を取り、公園に向けて歩いていった。

デートの待ち合わせをしていたカップルだった。女がなかなか来ないので、男はふられたかと思っていたのだ。だから心配そうな顔をしていたのだろう。

やれやれ。マットは思った。亡霊がいたるところにいる。もっと鋭敏にならないと、自分が亡霊になってしまう。

列車内の空気はひんやりしていた。エアコンを二三度という快適な温度に定めている。トカーのオフィスは、全世界どこでもおなじ室温と決まっている。ものの本によれば、二三度はもっとも精神集中できる温度だという。そこで、ラクリエールは、自分の帝国すべてをその温度で運営するようにと指示した。

マトラムがプラットホームから客室にはいったときには、まだだれもいなかった。発車時刻は午後八時四十分で、それまで列車はずっとホームにとまっている。ラクリエールは、毎週金曜日のおなじ時刻にパリへ発《た》つことになっている。マトラムの調べたかぎりでは、列車に異状はなかった。爆弾、トリップワイヤー、怪しい電子機器のたぐいはない——窓は防弾だ。どんな車輛でも一〇〇パーセント安全とはいい切れないが、この列車に限っていえば、かなり安全だろう。

「どういうわけで、やつがこの列車を襲撃すると思ったんだ?」アボットがきいた。

アボットは客室のデスクやコンピュータの脇に置かれた革の肘掛け椅子に座り、たいそうくつろいだようすだった。白い麻のスーツは皺が寄り、日に焼けた鼻の皮がめくれている。まだ火をつけていない煙草を左手につまんでいる。

「知恵を絞った結論だ」マトラムは不機嫌にいった。「マット・ブラウニングは、バタシーのどこかにいる。この列車は、イギリス海峡トンネルにはいる前に、そこを通る。列車に用がなければ、なんでそんなところにいるんだ？」言葉を切り、椅子二脚を持ちあげて、その下を調べた。

「ひとりでこんな強力な電気機関車を？」アボットがいった。「あんたらSASの連中は、かなり強いつもりでいるんだろうが、そんな途方もない話があるかね」

「ひとりでも、ありとあらゆることができる」マトラムは声を荒らげた。「列車を乗っ取り、爆破するという手もある。必死で集中すれば、あとはほんのちょっぴりの幸運があればいい」

アボットは首をふった。「やつは逃げ出したと思うね。ブラウニングの本性は臆病者だ。だからこそ、まともな仕事に就かず、金持ちが引退生活している土地でサングリアやフライドポテトを客に出しているんだ。やる気さえあれば、いまごろインクレメントの指揮官になっていたかもしれないのに」

「そんなことはない」マトラムはいった。「あいつがSAS《レジメント》に入隊できたこと自体が僥倖《ぎょうこう》だったんだ。臆病者のくず野郎が」

「落ち着け、マトラム。きっとそうなんだろう」アボットはくすりと笑った。「あいつはコメディの『フォールティ・タワーズ』に出てくる見かけ倒しのスペイン人ウェイターとおなじだ。マヌエルって大声で呼べば、のろまな笑い顔で駆けつけてくる」煙草をくわえた。「だから、フケたと思う。いまごろはあのブロンドとセックスしながら、アルゼンチンでちっちゃなレストランをひらく計画を練っているだろう」

マトラムは首をふった。「やつは列車を襲撃する」ゆっくりといった。「SASの訓練が身についてる。そいつは捨てられないものなんだ」

「野外で突進するわけだぞ」アボットは煙草に火をつけた。「愚かにもほどがあると、わたしは思うがね」

「作戦規定がそうなってる。訓練当初から、兵士たちに叩き込まれる。窮地に追い込まれた場合、突貫して敵を襲う。みずから攻撃をかける。無鉄砲に思えるかもしれない。たしかに無謀な場合もあるが、勝ち目はそこにしかない」

「それじゃ、ラクリエールに、パリへ飛行機で行けといったらどうだ」アボットが居心地悪そうにいった。「それとも、取りやめて、週末はイギリスにいる。それだとまずいのか？」

マトラムは、窓に近寄り、線路を見おろした。列車はまだ側線にとまっていた。本線に出て駅のプラットホームにはいるまでに、まだ一時間ある。「だめだ」マトラムは低い声でいった。「それじゃ、おれたちが自信がないように見られる」アボットのほうを向いた。「それに、おれは前にもブラウニングと対決したことがある。あいつは弱虫だ。おれが始末する」

「独りで？」

マトラムは首をふった。「もちろん独りでもやれるが、この列車にインクレメント四名が乗る。それとおれだ。ブラウニングに勝ち目はない」

「列車を爆破しようとしたらどうする？」

マトラムはもう一度首をふった。「こんな混んだ路線でそういうことをやったら、一般市民が巻き添えになる。ブラウニングはそこまで無茶はやらない。そこが弱点でもある。やつは待ち伏せ攻撃をかけるつもりだろうが、飛んで火に入る夏の虫だ」

安堵が血管にあふれ出して、大きなエネルギーが全身に行き渡った。バッグを肩にかついで坂を登ってくるエレナーの姿が見えた。頬が汗ばんでいる。マットは駆け寄って、キスをすると、ふたたび走り出した。

どれほど好いているかということは、二度と会えないかもしれないと思いはじめるまで、考えもしないものだ。

「急いで」マットはエレナーの手をつかみ、引っ張っていった。「ぐずぐずしてはいられない」

「どこへ行くの？」エレナーの声を、風がさらっていった。

「線路におりる」マットは鋭くささやいた。

ふたりは黙り込んで、すばやく歩道を進んでいった。もう六時十五分で、ラッシュアワーが収まりはじめていた。道路の向かいの一〇〇メートルほど先にあるパブ〈ミル・ポンド〉の前に、ビールを飲んでいる酔っ払いたちがたむろしている。もう何杯目かのグラスを手に、シャツの前をはだけている。線路におりられるフェンスの切れ目があり、マットはそこからはいり込んで、エレナーを両手で引き寄せた。急傾斜の斜面には棘《とげ》の多い乾いた藪があった。踵《かかと》を地面に食い込ませて体を支えながら、下へおりていった。列車が通ったあとで、ディーゼル機関車の排気のにおいが強く残っていた。体勢を立て直し、線路脇をしっかりした足どりで進んでいった。五〇メートルほど前方の藪を見据えた。デイミアンがそこに武器を隠したはずだ。それさえ無事なら、おれたちに勝算はある。

「ここだ」藪を指さして、マットはいった。

エレナーがついてきて、土手の斜面をすこし登り、向こう側に下って、藪の近くの低い林にはいった。あとのものたちは、早くも到着していた。デイミアンが、ポインター、キース、ペリー、アーチーとならんで、地べたに伏せていた。ポインターが巻いたばかりの煙草をまわしのみし、アーチーはカールズバーグ特別醸造《スペシャル・ブルー》の缶ビールの六本パックを脇に抱えている。

「このひとたちはなに？」エレナーがささやいた。「ここでなにしてるの？」

「応援の連中だ」マットは答えた。「おれたちは列車を襲撃する。ラクリエールを襲う」

エレナーが、埃を払いながら腰をおろし、男たちに自己紹介をした。デイミアンはやあといったが、あとの連中はうなずいたりうなったりしただけだった。女がなにをしにきたんだと思っているのが、表情からわかった。「戦闘がはじまったら、さがって、邪魔にならないようにしてくれ」

「ここにいろ」マットはささやいた。「戦闘がはじまったら、さがって、邪魔にならないようにしてくれ」

「いっしょに行く」エレナーが頑固にいった。「わたしがいなかったら、治療薬が手にはいらない」

「だめだ」マットは厳しい声でいった。「連れていけない。列車を乗っ取るまで待て。それから迎えにくる」

エレナーは、黙って顔をそむけた。

「危険が大きすぎる」マットはいくぶん声を和らげ、線路を見おろした。「おれたちの敵はインクレメントだ。血みどろの残虐な戦いになる」

「それで、これからどうするの？」エレナーがきいた。

「兵隊がつねにやっていることをやる」マットは答えた。「不安にかられながら、戦いがはじまるのを待つ」

マトラムは、線路を見渡した。あたりに漂っているディーゼル排気が蒸し暑い夜気と入り混じり、硫黄分を含んだ有毒性のにおいが大気に満ちていた。死の臭気。ナパームとおなじだ。

マトラムは、ロンドン南部の地図を地面にひろげ、指さした。バタシーにくわえて、クラパム・ハイ・ストリートの一部とウォンズワース・コモンまでの五平方キロメートル弱を、赤インクで丸く囲んである。「ここだ」マトラムは鋭い声を発した。「このどこかにいる」

マットが持っていることを突き止めた携帯電話は、Tモバイルのプリペイド式の機器だった。同社の記録によると、六週間前にレスターで盗まれたモトローラ製品だという。その後、SIMカードと電話機が何度か交換された可能性もあるが、それは関係ない。通話がウォンズワース・コモンに近い基地局を中継していたことがわかっている。赤い丸は、その基地局の電波が届く範囲を示していた。その範囲を出ると、電話は自動的にべつの基地局を捜してロック・オンする。

その五平方キロメートルの円内のどこにマット・ブラウニングがいるかはわからない。しかし、その範囲内にいることはまちがいない。それはたしかだ。

自分が列車を襲撃するとしたら、どこを選ぶだろう？ 隠れ場所が欲しい。上から攻撃できるように、斜面があったほうがいい。それに、襲撃をひそかに実行できるように、線路を見おろす建物がない場所でなければならない。

「行動を開始する前に身を隠すのに使うような場所を捜そう」

「このあたりに隠れ家があるんじゃないですか？」ハートンが疑問を投げた。

「考えられないではない。何事も確実にこうだとはいい切れない。しかし、可能性は低いと思う。やつをおもに支援しているのは、もとPIRA《プロヴォ》のアイヴァン・ロウだ。プロヴォは以前、ハマースミスやキルバーンや波止場地区《ドックランズ》に隠れ家を持っていたが、バタシーにはほとんどなかった。何時間かかくまってくれるような友だちがいるならべつだ。それはないだろう。注意を惹《ひ》くおそれがない、人目につかない場所を見つけようとするはずだ。パブにでもはいって、ビールをちびちび飲みながら、《イヴニング・スタンダード》を読んでいるにちがいない」

「でも、線路も捜索するんでしょう？」ゴッドソールがきいた。

マトラムはうなずいた。「やつは隠れているかもしれないし、列車を待ち伏せているかもしれない。いずれにせよ、われわれの目をそう長いことごまかせはしない。線路も細かく調べて、やつが隠れていないかどうかを確認しろ。仕掛け爆弾や爆発物などがなにもないことをたしかめるんだ」

目の前に手をかざして陽光をさえぎり、ウォータールー駅から弧を描いて南へのびている線路を見やった。「ひとつでもミスを犯したら、インクレメントから追放し、SAS連隊《レジメント》から追い出す」間を置いた。「そのあと、いどころを突き止めて、素手で殺す」

マットは、〈ヨーキー〉のチョコバーを取って、すこし折り、エレナーに渡した。八時半になっていた。日が沈みかけ、ロンドン南部の汚れた灰色の空を背景に、強烈な赤い縞がひろがっていた。日中の暑さはいくぶん収まり、ようやく東から弱い風が吹いて、顔を扇いでいた。

ふたりの横では、アーチーがカールズバーグを配り、めいめいが一本ずつ飲んでいた。いかにも悪党どもらしい、とマットは思った。仕事をする前にはかならずビールを一本飲む。それが連中にとってのXP22だ。戦闘前に勢いをつけるためにウィスキイを持ち歩いている兵隊は、陸軍にもいるが、大半は戦場では完全にしらふを通す。

「準備はいいか？」マットは、ポインターに向かっていった。

「SAS野郎を血祭りにあげる準備なら、いつだってできてるぜ」ポインターが、片方の眉をあげた。

アーチーがくすくす笑い、ビールの泡が口からこぼれた。

怒りの波が、マットの全身に押し寄せた。今夜は、やらなければならないことをやろうとしている。しかし、それが元の同僚たちの命を奪うことになるなら、この先かならず後悔するはずだ。運命はおれたちにおかしな意地悪をする。インクレメントを去ったときには、そいつらを敵にまわすことになろうとは、思いもしなかった。ましてや、ロンドン南部の悪党どものチームと組んで戦うはめになるとは。

「手順はみんなわかっているな？」

かなり細かい部分まで、計画は検討してあった。すべてが、ポインターの列車襲撃の経験と知識に基づいている。ポインターは、一九六三年の有名なロニー・ビッグズの大列車強盗実行の手口を話して聞かせて、一同を楽しませた。ひとりが信号機によじ登り、古い革手袋で青信号を覆う。それからバッテリーを接続箱につないで、赤信号を点灯させ、列車をとめた。運転士が列車をおりて、電話で事情を確認しようとしたところを、強盗団は襲撃した。

今夜の計画も、それに似ている。ポインターが接続箱の回路をいじくって、列車が徐行運転をするよう仕向ける。赤と黄色の点滅は、危険が前方にあるから減速しろという合図だ。昔とはちがって、運転士は電話をかけるのにおりる必要はない。無線か携帯電話を使う。しかし、列車が減速したところで、キースとペリーが線路に丸太を置き、列車が停止せざるをえないようにする。つぎに、マット、ポインター、デイミアン、アーチーが、列車の後部から激しい銃撃をくわえ、防御しようとする兵士がいれば斃《たお》す。銃撃で窓は割れるはずだ。そこでドアを撃ってあけ、車内に突入する。

マットは思った。軍事作戦はすべてそうだが、今回も奇襲と激しい攻撃の組み合わせが、勝利の鍵を握る。そこにちょっぴり運がくわわれば、成功するだろう。

マットはのびをした。寝そべっている地面は硬かったが、チョコレートを食べているうちに、緊張がいくらか弱まるのがわかった。いつもこんなふうだ。戦いの瞬間が近づくと落ち着いてくる。恐ろしいことが起きる可能性をくよくよ考えるのをやめ、目前の仕事に集中するように脳が働きはじめる。防衛本能のようなものだろうか。人間の脳がもともと戦闘向きにできている証拠だ。

「きみは来ないほうがよかった」マットは、エレナーのほうを見てささやいた。

エレナーはチョコレートを飲み込んだ。「ほかに行くところがないじゃないの。それに、あいつらは兄を殺したのよ」

「ギルも殺した」マットは首をふってそういった。なぜか、エレナーにギルのことをほとんど話していなかった。「ギルとは幼なじみだったんだ。おたがいの暮らしはときどきちがう方向へ進んで、ちがうことをしていたり、ちがう人間とつきあったりしていた。ほんとうはあまり共通点がなかった。おれは軍隊が好きだったし、ギルは子供や教えるのが好きだった」言葉を切り、エレナーを見てから、線路を眺め、その向こうの空き倉庫や錆びて腐ったレールが目につく叢林《そうりん》地帯に目を凝らした。「SAS《レジメント》にいたころは、復讐という言葉を使ったよ。そんな単純なことだ」

声をあげて笑い、エレナーの腕をこっそり握った。

「ひとりの男にひとりの女などということはないのよ」エレナーが、低い声でいった。「そんなのは御伽噺《おとぎばなし》だけよ」

マトラムは、風上に耳をそばだてた。遠くからなにかが聞こえたような気がした。つぶやくような声が、風に運ばれてきた。角をまわって近づくパトカーのサイレンが、それよりも大きく聞こえた。足をとめ、また耳を澄ました。聞こえる。動物だろう。いや、子供が遊んでいるのか。それとも人の声か。

あいつをおれの前によこしてくれ、と心のなかでつぶやいた。そうしたら、素手で殺してやる。

叢林地帯のほうを見やった。ウォータールー駅から三キロメートルほど、レールに沿って歩いてきた。線路に目を凝らし、いじくられた形跡がないかどうかを調べた。レールの傷、砂利の道床《どうしょう》のへこみ、枕木に残されたゴミ。なにかしら目に留まれば、それが用意されている罠を知る手がかりになる。目前に控えている戦闘で、優位に立てる。

おれが唯一有罪を宣告されない罪がある。敵を見くびるという罪だ。

声が聞こえた。マトラムは顔をあげて、土手の上を見あげた。藪があり、枯れ草があり、その先はコンクリートの壁で、向こう側が道路になっている。地平線を見た。動きがある。

歩き出した。ハンティング用リヴォルヴァーのスミス&ウェッソン500マグナムが、ショルダー・ホルスターに収まっている。藪までの距離は一〇メートル弱。枯れたキイチゴなどの草木の葉が残っていて、ひとりかふたりは隠れられる。

マトラムはリヴォルヴァーを抜き、前で構えた。そこに隠れているものが武器を持っているおそれがあることを意識しつつ、じりじりと接近した。銃弾が飛んでくるとしたら、どの方向から来るか、予想がつかない。それがわかる前に死んでいる。

立ちどまり、折り敷いて狙いをつけた。三発の銃弾が藪を切り裂き、さらに三発が放たれた。大きな音がした。当たった。鳴き声。藪に駆け込むと、犬が横倒しになっていた。腹から血が流れていたが、地面が硬いためしみこまず、斜面を流れ落ちはじめた。

マトラムは、スミス&ウェッソンの弾薬を込めなおし、犬の頭に銃口を突きつけた。一発放ち、即死させた。

そのとき、また物音が聞こえた。携帯電話をポケットから出し、耳に当てた。「線路は異状ないか?」アボットの声だった。

マトラムはうなずいた。「だいじょうぶだろう」用心深くいった。「部下が線路沿いを調べた。警察のヘリも上空から捜索した」犬をちらりと見た。「いまのところ、なにも見つかっていない」

「そんな曖昧《あいまい》な返事が聞きたかったわけではない」アボットが棘々《とげとげ》しくいった。「イギリス海峡の向こう側の出身の御仁が、間もなく列車に乗る。やっこさんの身に万一のことがあったら困るだろうが」

「線路は異状ない、といった」マトラムはいい返した。「これからも全線を監視する。疾走する列車にブラウニングが乗り込む方法はあるまい。スーパーマンではないからな」言葉を切って、線路のあちこちに目を向けた。「どのみち、乗り込んできたら殺すだけだ。それで一巻の終わりだ」

「それなら列車に戻れ」アボットがぴしりといった。「出発が遅れている」

24

ラクリエールの専用列車は、ウォータールー駅を出発した五分後、つまり八時四十五分に通るはずだったが、まだやってくる気配がなかった。運行がとりやめになったのだろうか、とマットはいぶかった。そんなことになれば、おれたちはもうおしまいだ。

そのとき不意に、かたわらの鋼鉄の線路が震動し、揺れ動いた。すさまじい力が伝わってくる。まだなにも見えないが、前方の信号の淡い光が変化しはじめた。

うまくいっている、と気づいた。ポインターはみごとに信号を変えた。

線路から二メートルほど離れたところに、接続箱がいくつもならび、信号箱までつらなっている。マットはその蔭に隠れた。待ち伏せ攻撃の最初の段階では、それが掩蔽物になる。カラシニコフの木の銃床をきつく握り締め、戦闘開始にそなえた。デイミアンが横にいた。ポインターが駆け戻ってきて合流する。キースとペリーは、線路に丸太を置く準備をしている。信号で列車が徐行するのを見届けて、そうすることになっている。

祈るのならいまのうちだ。

列車が近づいてきた。もう一〇〇メートルと離れていない。マットはうしろに視線を投げた。エレナーは二〇メートルばかりうしろの藪に隠れている。今夜おれが死んでも、エレナーは逃げ延びるだろう。アイヴァンが連絡してきて、万一のために妻子を外国に連れ出すことにしたと報せた。今回の戦いは、あのアイルランド人抜きでやらないといけない。

電気機関車一輛が、客車二輛を曳いていた。機関車の先端が前を通過するとき、激しい機械音が襲いかかり、車輪から火花が散った。マットは一瞬目を閉じて、それを避けた。

列車がさらに二〇メートルほど進むと、最後尾の客車が正面に来た。これで攻撃できる。

「行くぞ！」マットは叫んだ。

デイミアン、アーチー、ポインターがともに立ちあがり、AK‐47を構えた。じっくりと狙い定めて、前進を阻まれた列車に一斉射撃を浴びせた。

「どうした？」列車が揺れながら速度を落とすと、アボットが叫んだ。

マトラムは窓の外を見た。ふたりともラクリエールのオフィスのうしろの車輛に乗っていた。ラクリエールには仕事があり、邪魔をしないようにといいつけられていた。インクレメントの兵士四人――ゴッドソール、ハートン、スナドン、トレンチ――がそこにいた。いずれもライフル、拳銃、爆発物を渡されていた。

マトラムは、かすかな懸念をおぼえた。先ほど警察のヘリコプターに線路をずっと捜索してもらった。危険はないはずだった。窓の外にふたたび視線を投げた。谷間を走る線路と上の道路のあいだは、藪の多い急斜面になっている。そのとき、斜面に蛍光色の黄色いパーカを着た男たちが藪のなかを動いているのが見えた。たったひとつの言葉が、脳裏を駆けめぐった。待ち伏せ攻撃。

しばし沈黙が垂れ込めた。調べにいかせよう、とマトラムは決意した。

「おい」スナドンに目を向けた。「ドアを見てこい」

スナドンが、客車のいっぽうへ歩いていった。赤いレバーが非常口の場所を示している。スナドンはレバーを下に強く引いた。空気の漏れる音がして、非常灯が点滅しはじめた。非常口がゆっくりとあき、スナドンが線路ぎわを見おろした。

「特別配達です」マットがスナドンのほうを見あげた。「宛名はジャック・マトラム様」

カラシニコフの引き金を絞り、一連射でスナドンの体をずたずたにした。胸と肺が穴だらけになり、切り裂かれた動脈からほとばしる血がシャツの前を染めた。苦しげにかすれた叫びをひとつ発して絶命したスナドンが、前のめりに倒れた。

「離脱、離脱、離脱」客車内でマトラムがどなった。

「最高だぜ」ポインターが、跳びはねるようにしてマットのそばに来た。「こういう派手な列車をとめるなんて。ロニーの場合とおんなじだ。このジャックさんの作戦もうまくいった」

マットは、ポインターのほうを見て、にやりとした。スナドンの死体から流れ出す血が、靴を濡らしていた。非常口はあいたままで、機関車の低いうなりをのぞけば、あたりは静まり返っていた。なかに何人いるのか？　四人か五人だろう。インクレメントは八名編成だが、マトラムが全員を投入したとは考えにくい。指揮官はそんな賭けはしないものだ。

　ふたたび接続箱の蔭に戻り、だれかが出てくるかどうかを見届けた。ドアから跳び込むのは危険だ。まちがいなく撃たれる。デイミアン、ポインター、アーチーが、二メートルほどの間隔をあけて、マットのうしろにならんでいた。いずれも接続箱を掩蔽物にして、アサルト・ライフルを構えている。キースとペリーは、線路の反対側に移動しようとしている。二輛目の客車は、これで完全に包囲される。

「撃て」マットは叫んだ。

　五挺のアサルト・ライフルが一斉に火を噴き、夜のしじまを破った。夏のコオロギの鳴き声に似たカタカタという連打音だが、その百倍もやかましい。線路を挟む急斜面にその銃声がこだまして、よけいに大きく聞こえたが、やがて街の騒音のシンフォニーにまぎれてしまった。

　くそ、マットは思った。ガラスはまったく割れない。「前進」命令が聞こえるように、マットは声をふりしぼった。防弾ガラスを破ることができないとなると、べつの侵入法を考えなければならない。

　デイミアンに合図し、マットはすばやく客車のそばへ行った。車体に体をくっつける。なかにいる連中も、非常口から出てこないかぎり、狙い撃つことはできない。出てくればポインターらの連射で薙《な》ぎ倒される。あいたままの非常口まで行き、カラシニコフを突っ込んで右に向け、車輌内に弾丸をばらまいた。応射の弾丸が雨霰《あめあられ》と降ってきた。はいるのは無理だ。

「さがれ」マットは叫んだ。「後退」ディミアンとともに、ふたたび接続箱の蔭にはいった。

二輛目の客車の前方のドアが一瞬あいて、手榴弾が空に弧を描いた。マットはそっちを向いて撃とうとしたが、間に合わなかった。すでにドアは閉まっていた。手榴弾が投じられ、斜面の藪に落ちた。マットが警告の叫びを発しようとした刹那《せつな》に爆発した。大きな火の玉が夜空に噴きあがる。爆薬のにおいがたちこめた。煙が晴れると、片脚と片手がもげたペリーが倒れているのが見えた。顔に切り傷を負ったキースが、よろよろと戻ってきた。ポインターが息子のキースに駆け寄って抱きかかえ、線路を横切ってひきずってきた。

「斜面の上に連れていけ」マットは叫んだ。「エレナーに傷の手当てをしてもらうんだ」

「おれの息子だ」ポインターが文句をいった。「おれが面倒をみる」

「エレナーは医者だ」マットはどなった。「おれたちには負傷者をみているひまはない」

ふたたび客車から手榴弾が投じられ、線路で弾んで、藪に落ちた。「伏せろ」マットはどなった。

ディミアンをひきずるようにして、地べたに伏せた。鼓膜がおかしくなりそうな音をたてて、手榴弾が炸裂した。道床の砂利が高く飛ばされて、無数の硬い小石が降り注いだ。線路の先のほうでアーチーが手榴弾の破片をくらい、腹の傷から血がどくどく流れているのが見えた。

三名が死傷。それなのに、戦いはほとんど進捗していない。

「あそこだ。あそこだ」マットは、手榴弾二発が投じられたドアを指さした。ポインターはすでにキースを斜面に連れてゆき、エレナーがTシャツを脱がせて、傷に巻いているところだった。ポインターはアサルト・ライフルを構えて、そのドアめがけてすさまじい連射を放ち、手榴弾が投げられるのを防いだ。

マットとデイミアンは、線路を這い進み、列車の向こう側に行こうと考えた。形勢を逆転するには、べつの侵入口を見つけなければならない。さもないと、手榴弾で粉みじんになる。

線路はふたたび静まり返っていた。最初に動くものが攻撃に脆《もろ》くなる。心理戦になりつつある、と気づいた。

そのとき突然、デイミアンがあいたままの非常口に向けて駆け出した。マットはすぐあとにつづいた。銃火をものともしないデイミアンの勇気に舌を巻いていた。と、トレンチが非常口からのぞき、左右に視線を走らせた。マットは目の前にカラシニコフを構えて照準を定め、一連射を放った。トレンチが蜂の巣になり、首をおかしな格好に曲げて地面に転げ落ちた。

ふたり斃《たお》した。マットは思った。だが、あと何人残っているのかはわからない。

マットとデイミアンは線路に伏せた。これだけ近ければ、窓を破ることができるかもしれない。だが、いくら撃っても弾丸が跳ね返るばかりだった。「これじゃだめだ」デイミアンが叫んだ。「車内にはいれない」

車輛の下から三人の足が見えた。向こう側から出たにちがいない。「やつらが反撃に出てきた」と、マットはデイミアンにささやいた。

車体の下を狙い、連射を放って、三人の足を撃ち抜こうとした。銃弾が道床に食い込んだが、敵はすばやかった。斜面を駆け登って線路から遠ざかるのが見えた。

遮蔽物に隠れるつもりだ。そして、高みを占領する。斜面の上の道路に近いところに陣取れば、列車の屋根越しに狙い撃てる。おれたちをひとりずつ狙撃できる。

マットは、エレナーのいる場所に目を向けた。姿をさらけ出している。やつらの目に留まったら、確実に殺される。「やばいことになった」デイミアンのほうを見て、マットはいった。

「おれはぴんぴんして戦ってる」デイミアンが、頑固にいった。

「馬鹿いえ。これじゃ吹っ飛ばされるのがオチだ」

デイミアンは肩をすくめた。「一か八か、やってみるさ」

マットは首をふった。「だめだ」深刻な口調になっていた。「SAS《レジメント》だって引き揚げる潮時は知っていた。ここを離れて、隊伍を整え、つぎの強襲の準備をする」

突然、接近するヘリコプターの音が聞こえた。マトラムが応援を呼んだのだ。すぐそばの列車も大きく震動して息を吹き返すのがわかった。重い金属の塊を波のように震動が伝わり、車輪が動きはじめる。けたたましい機械の音が、あたりに響き渡った。

「ちくしょう」マットは叫んだ。「逃げられる」

列車が発進した。巨大な機関車が線路に横たわる丸太を押しつぶし、無数の細かい切れ端に変えた。エレナーが息を切らし、激しい怒りをあらわにして、斜面を駆けおりてきた。

「取り逃がしてしまうじゃないの」と叫んだ。

「戻れ。戻れ」マットは怒りに顔を真っ赤にして叫んだ。

だが、エレナーはなおも走ってきた。一発の銃弾が地面に突き刺さった。マットは手をのばし、動きはじめた列車の蔭にエレナーを引き込んで、射界から逃れさせた。

列車は加速しはじめていて、車輪が土埃を捲《ま》きあげていた。それがマットの視界を妨げた。マットは駆け出して、あいた非常口とならんだ。

エレナーはひとりでは生き延びられない。一分たりとも。あとの連中といっしょに狙い撃ちされる。連れていくしかない。

右手をのばして、揺れている非常口ドアのレバーをつかんだ。左手をのばしてエレナーの腕をつかむ。列車が勢いを増した。マットは腕を巻きつけるようにしてつかまっていた。筋肉が引っ張られるのがわかる。突然の加速に、肩がもぎ取れるのではないかと思った。

体をひねって、全身の力を腕にこめ、自分とエレナーの体を引きあげた。非常口にしがみつくようにして、列車の床に昇り、ドアをばたんと閉めた。列車は速度をあげている。床をすべて覆っている薄いベージュのカーペットに、男がひとりうつぶせに倒れて死んでいた。下腹の傷から出た血が溜まっている。

あとはまったくひと気がなかった。

マットはグロックをポケットから出して、前方に向けた。敵はあと何人残っているのか？ と自問した。

エレナーを立たせた。「用意はいいか？」

Tシャツについていたキースの血を拭いながら、エレナーがうなずいた。「話をつけにいきましょう」

ヘリコプターが離陸した。低空飛行でロンドン南部の街路をかすめるように飛んだ。いったんウォンズワース・ブリッジ上空に出てから南下して、イギリス海峡沿岸に向かう路線の線路上空に達した。

「あれだ」マトラムが叫んだ。「あの列車だ」

「なにも見えない」アボットがいった。「ほんとうにやつは乗り込んだのか？」

「もっと降下しろ」マトラムは指示した。「はっきりたしかめたい」

一輛目の客車の自動ドアが、なめらかにあいた。マットはグロックを右手に構えて、トリガー・セフティに指をかけ、歩を進めた。このしゃれたカーペットをまた血で汚すことになるだろう。

そばの肘掛け椅子に、ラクリエールが座っていた。デスクのノート・パソコンの蓋があけてある。スピーカーから大音量で音楽が流れている。歌劇『マノン・レスコー』の音が、列車の音をかき消していた。ラクリエールは、アリアのメロディに合わせて指でリズムを取り、窓外に目を向けていた。

マットが手をのばし、音楽を切った。

ラクリエールが視線をあげて、マットと見つめ合った。平静な顔だが、必死で計算しているのがわかる。どうやって乗り込んだのだろうと思っているのか？　銃撃戦の音が聞こえなかったはずはない。インクレメントがかならず撃退してくれると確信していたのか？それとも、これは罠か？

「イギリス人というのは」ラクリエールが、軽蔑を含んだ声でいった。「音楽のわからない人種だよ」

マットは詰め寄った。ロンドンの南の郊外に達していた列車は、かなりの速度を出していた。マットはラクリエールの前に立ち、グロックの銃口をラクリエールの額に押しつけた。SASにいたときに学んだ教訓が脳裏をよぎった。交渉するときには、冷たく丸い銃口の感触を相手に味わわせるといい。

「当ててみよう」ラクリエールがいった。「わたしが断われないような提案をするつもりだな？」

マットは頬をゆるめた。「断わってもいいんだ」慎重な落ち着いた声だった。ラクリエールの額を銃口で二度つついた。「だが、断わる前にじっくり考えなければならない理由が、こいつに十発ばかりはいってる」

「わたしはビジネスマンだ。交渉のなんたるかは知っている。希望をいえ」

エレナーが進み出た。「XP22のことが知りたい。あなたが製法を買って、テストし、それで儲けたことはわかっているのよ。なにもかもわかっているし、証拠もある。副作用のことがばれないように、テストに参加した元兵士がひとりずつ殺されているのも知っている」

ラクリエールは、両手をひろげた。「それじゃ、なにもかも知っているわけだ。わたしに力を貸せることはなにもない」

「治療薬よ」エレナーがいった。「治療薬のありかを知りたい」

「治療薬？」ラクリエールが椅子を引き、ゆったりとした笑い声が喉の奥から出てきた。「そんなものはない」

「嘘だろう」マットはいった。「ベラルーシの工場で、オーリーナが捜していた」

「そうかね」ラクリエールの口調が用心深くなった。「しかし、マット、きみとオーリーナの任務は、工場をただ破壊することじゃなかったのか」マットのほうを見た。「きみは兵士だし、兵士は戦うためにいる。それよりも大きな問題にはかかわらない。自分の役目ではないからだ。よし、いまここで終わりにしようじゃないか。金が欲しいのなら、額をいえ。それできょう片をつけよう」

「治療薬をよこせといってるんだ」マットはどなった。

「そんなものはないと返事した」

「リークヴァンニャ」マットは荒々しくいった。「工場でオーリーナはそう叫んだ」

「ウクライナ語はどうも苦手でね……」

「治療法という意味だ」マットはいった。「あるいは治療薬」

「あなたも治療薬は必要としている」エレナーがいった。「それがなかったら、XP22は使えない。なんの役にも立たない。テストはだいぶ前に終わっていて、それを飲んだひとたちが逆上して暴力的になることが、今年になってわかった。どこの国の陸軍も、二度と投与しないでしょう」間を置いた。「でも、副作用を抑える治療薬があれば、全面的に使える。トカーは莫大な儲けを手にする」

ラクリエールが、骨ばった細い指で髪をかきむしった。エレナーのほうを見あげて、品定めするように眺めた。体に視線を走らせてから、顔を見つめた。「きみは？」

「エレナー。ケン・ブラックマンの妹。ケンはXP22のテストに参加して、数週間前に頭がおかしくなり、何人かを殺して、そのあと死んだ」言葉が喉につかえ、エレナーは口ごもった。

「ふだんわたしは女を見かけだけで評価するんだが」ラクリエールが冷ややかにいった。「きみは例外にしてもいいようだ。一見、頭は悪そうだが、そうではないようだな」

椅子から立ちあがって、窓ぎわへ行き、外を眺めた。顎をかいてから、マットとエレナーに向き直った。「ひょっとして、治療薬はあるかもしれない」

マトラムは、覗いていた双眼鏡をおろした。「やっぱりな」語気鋭くいった。「ブラウニングはあのときに、列車に乗り込んだんだ」

アボットが目を向け、頭の上の回転翼のすさまじい音のなかで、マトラムの言葉を聞き取ろうとした。列車の真上の位置を保とうとパイロットが必死で操縦し、ヘリコプターは風に翻弄されるシャボン玉みたいに揺れていた。アボットの顔から血の気が引いた。

「たしかか?」

「自分で見ろ」マトラムが双眼鏡を差し出した。

「くそ」アボットがどなった。

マトラムが、パイロットのほうを見た。「運行係に命じて、あの列車を徐行させろ。それから、おれたちが乗り込めるように降下しろ」

アボットのほうをふりかえった。「動いている物体に跳びおりられることぐらいできるだろうな。これから乗り込む」

アボットがさらに青い顔をして、速度をあげている列車に向けて降下するために機体を傾けたヘリコプターの内側にしがみついた。

マトラムは声をあげて笑った。「おれたちの思いどおりの場所で、ようやくやつを捕まえた。水槽のなかの魚とおなじだ。もう逃げられない」

「どこにある?」マットはいった。

二歩進んで、ラクリエールの頭にグロックを突きつけ、椅子に座らせた。銃口を押しつけられた額に、小さな丸い痕ができている。「それが欲しいといっただろうが」

「きみたちには使いこなせない。きみとオーリーナが工場から持ち出したハードディスクから、興味深いデータを手に入れた。それで治療薬を製造できるかもしれない。さっきは、そういう意味でいったんだ。XP22を服用した人間にかならず生じる副作用を抑える薬だよ。しかし、まだまったくの実験段階だ」エレナーのほうをちらりと見た。「バイアグラみたいな特効薬をいますぐ渡すことはできない」

列車が減速するのがわかった。拳銃を引くと、ラクリエールの頬を思い切り殴った。拳が頬骨の上あたりに炸裂し、ラクリエールの首に激痛が走った。マットの拳もすりむけたが、ラクリエールの受けたダメージのほうがずっと大きいはずだ。齢を取って、骨が脆くなっている。若者とはちがい、強いパンチを吸収する柔軟性がない。「おれはおしゃべりをするために来たんじゃない」マットは吼えた。「おれたちの望みのものをよこせ。おまえを殺すかどうかは、そのあとで決める」

ラクリエールは頬の腫《は》れた個所をそっとなでていた。顔の前にある銃口とは反対に顔をそむけて、マットのほうを見た。「いまもいったように、きみたちには使いこなせない。いま使えるわけじゃない」

「テストに参加した五十人のうち」エレナーがいった。「五人が姿を消した。十人ないし十五人がみずから命を絶つか殺された。それでも三十人ぐらいが残っているのよ。治療薬があれば、そのひとたちを助けられるかもしれない」

「兵士たちだろう」ラクリエールが天井を仰ぎ、肩をかすかにすくめた。「政府のために命を捨ててもいいと誓った連中だ。政府にどういうふうに処理されようが、文句がいえる立場ではない」マットに視線を戻した。「もちろん、そいつがラシュならべつだが」また天井を仰いで、つけくわえた。「失礼。フランス語だ。臆病者という意味だよ」

マットは、手の甲でラクリエールの顔を殴った。さっきとおなじところに節が当たった。腫れあがった個所がさらに真っ赤になり、首に激痛が伝わって、ラクリエールがひるんだ。痛めつけるには、おなじ場所を何度も殴るのがいい。痛みが倍になり、やがては耐えられなくなる。単純で、残忍で、効果的だ。

「くそったれめ」マットは吐き捨てるようにいった。

「情報を教えなさい」エレナーがいった。「いますぐに」

客車の油圧装置のシューッという音と機械のきしむ音がして、マットとエレナーが通ってきた自動ドアがあいた。マットは不安にかられ、視線を投げた。左腕でラクリエールの首を締めつけ、引き寄せた。グロックを頭の横、耳のすぐ下に向ける。

マトラムが客車にはいってきた。細長い車室に大股で悠然と踏み込み、アボットとあとふたりがつづいていた。マットは、そのうちのひとりに見おぼえがあった。ボスニアでインクレメントに背を向けた日に、その場にいた。どちらも、戦闘に際して昂ぶっているプロフェッショナルの兵士らしい超然とした目つきだった。

マトラムたちは、中くらいの町を殲滅《せんめつ》できるほどの武器を携行していた。

マットの脳裏を、たったひとつの考えがよぎった。おれに勝ち目はない。

「そのひとを放せ、ブラウニング」マトラムが吼《ほ》えた。「いますぐに解放しないと、おまえの脳みそを吹っ飛ばす」

一瞬、マットとマトラムの目が合った。たがいに目を合わせるのは、四年ぶりになる。前回、マットはインクレメントに背を向けた。マトラムの表情は冷たく、顔の筋ひとつ動かさなかった。だが、無関心をよそおっているものの、目もくらむばかりの激しい憎悪がその下にあるのを、マットは感じ取った。

これからなにが起きようが、こいつはおれをきょう死体にする決意を固めている。

マットは、ラクリエールの喉を締めつけたまま、一歩下がった。数歩離れていたエレナーも、おなじようにあとずさり、客車の壁ぎわへ行った。ナポレオン時代の大きな剣が二本、むき出しのまま壁に掛かっている。

おれが死ぬことになるのなら、全員を道連れにしてやる。マットは肚《はら》を決めた。このパーティは地獄で終わらせる。

「なあきみ、これにはいいかげんうんざりしているんだ」アボットがいった。「ちょっとは他人とうまくやっていくということを学んだほうがいい」言葉を切り、ポケットからダンヒルの煙草を出して、一本くわえた。「この男のいうとおりにして、手際よくさっさと終わらせよう」

マットは、まずアボットを見てから、マトラムに視線を向け、そのうしろのハートンとゴッドソールをちらりと見た。マトラムはスミス&ウェッソンのリヴォルヴァーを持っていて、ハートンとゴッドソールは標準支給装備のMP-5サブマシンガンを持っている。インクレメントといっしょにいたときの経験から、拳銃も隠し持っているはずで、ほかにナイフも携帯していることはわかっていた。アボットは武器を手には持っていないが、だからといって丸腰とは限らない。しわくちゃの麻のスーツの下に隠し持っているにちがいない。

マットは、ラクリエールの頭にグロックを強く押しつけた。「おれと彼女に手を出そうとしたら、こいつの脳みそが床にすてきな模様をこしらえることになる」

マトラムが右腕をのばして、銃身がやたらと長いスミス&ウェッソンをまっすぐに突き出した。距離は三メートルほどだった。マットが目を凝らせば、まっすぐこっちを向いている銃口から、銃の内部構造まで見えるはずだ。

「おれの知ったことか、「ブラウニング」」マトラムがどなった。「殺したければ殺せ。つぎはおまえの脳みそがそれと混じり合う」

「惜しかったな、マトラム」マットはいった。「だが、そいつははったりだ。おまえにはこの男が必要だ。そもそも、これははなからSISの仕事じゃなかった。インクレメントの仕事でもない。おまえとアボットとラクリエールの三人が仕組んだことだ」言葉を切った。「こいつがボスだった。ずっとそうだった。おまえには必要な人間だ。金を払ってくれるご主人さまだからな」

マトラムが顔をゆがめるのがわかった。ビーチに打ち寄せる波のように、怒りが盛りあがっている。マットの額にスミス&ウェッソンの狙いをつけたまま、マトラムがじりじりと近づいた。マットの背すじを、汗の細い筋が伝い落ちた。これではうまくいかない、と思った。このままでは、こいつに殺される。

死ななければならないのなら、それはそれでいい。だが、こいつの手にかかるのはごめんだ。

張りつめた不安定な沈黙が漂った。線路の継ぎ目を拾う車輪のリズムが聞こえる。ラクリエールの苦しげな息遣いが、腕のそばから聞こえる。だが、あとは静まり返っていた。

と、二、三メートル左で、アボットが煙草に火をつけ、悪臭の漂う空気のなかで濃い紫煙が立ち昇るのが見えた。

つぎの瞬間、予想外の敏捷《びんしょう》さで、アボットがエレナーめがけて突進し、横向きに突き倒した。肩にMP－5を構え、引き金に指をかけたハートンとゴッドソールが、つづいて前進した。アボットにみぞおちを殴られたエレナーが悲鳴を発した。エレナーが苦しげに体を折り、白目を剝《む》くと、アボットは喉を拳で殴りつけた。

マットのほうをふりむき、にんまりと笑った。「女がいつだってあんたの弱みだな」猫なで声でいった。「陽気な騎士サー・ランスロットとおなじだ。槍を使えば天下一品でも、スカートをちらりとめくってみせたら、だらしないことおびただしい」火のついた煙草が、口から落ちそうになっていた。右手でエレナーの首を絞めると、アボットは煙草を左手で口から取り、肺をTシャツの胸に落とした。「あきらめろ。このイニングはよく戦ったが、攻守交替だ。さて、これからあんたを始末する。命を助けてやるだなんてくだらないことはいわない。そんなつもりは毛頭ない。そっちもそれはわかっているだろう。しかし、この女は」エレナーを見た。「こんなかわいい顔を吹っ飛ばさなければならない理由はない。だから、いい子にして、銃を捨てろ。あんたは手際よくあっさりと殺してやる。そうすればみんな帰れるんだ」

マットは、エレナーの目を覗き込んだ。目の縁が赤くなり、血走った目と、わなないている唇、小刻みにふるえている手に、恐怖が見てとれた。一時間前には強がりをいって、反抗的だったが、いまはそんなものは雲散霧消している。兵士ではないから無理もない、とマットは思った。地獄を見ていないし、自分が死ぬことも考えたためしがない。どう対処してよいかわからないのだ。

エレナーが、右手でアボットの手を口から押しのけた。「このひとのいうことを聞いてはだめよ」弱々しくいった。「ぜったいに聞かないで」

人間の嘘には際限がない、とマットは思った。口と本心がちがう。自分の命のほうがだいじなのだ。

マットは、ラクリエールの頭からグロックの銃口を離しかけた。左腕の力をゆるめ、ラクリエールの喉を楽にした。ラクリエールが、息をつこうとしてむせた。マットは、ハートンとゴッドソールに目を向けた。ふたりとも脚をすこしひらいて立ち、表情を消して、こっちをサブマシンガンで狙っている。「この仕事はSAS《レジメント》とは無関係だ」マットはいった。

ふたりとも沈黙を守り、無感動な生気のない目をしていた。

マットは、ゆるぎない視線で、ふたりを見据えた。切り札は一枚しかない。使いかたをまちがえないようにしないといけない。

「ハートン、おまえには一度会ったな。どういう人間かは知らないが、おなじSAS連隊の仲間だ。おれたちは自分の誓った掟を知っているし、ぜったいにそれを忘れない。おれたちは荒々しく、そしてずる賢く戦う。ルールもへったくれもない。戦いがフェアじゃないほどありがたがる。勝ちつづけるのがおれたちの仕事だ。だが、越えてはならない一線がある。おれたちは無法者じゃない。傭兵でもない。独立して自分の力でやりはじめないかぎりは。現地の女をレイプしたり、盗みをはたらいたりはしない。おれたちは、ほかの何者のためでもなく、部隊のために戦う」

言葉を切り、前方を見据えた。ふたりとも表情はまったく変わらず、耳を貸しているようすもない。「きょうのこの仕事は、部隊のためのものじゃない。SAS《レジメント》の任務じゃないんだ。あんたたちは、巨額の金を儲けている犯罪者三人のために、なんの罪もない人間ふたりを殺そうとしている」

マットは、ハートンとゴッドソールから目を離さなかった。ゴッドソールは依然として無表情だが、ハートンの顔をなにかがかすめた。よく見れば、MP‐5の引き金にかけた指の力がかすかに弱まっているのがわかる。

アボットが煙草を床に投げ捨てて、靴の踵で踏み消した。「演説が上手だな」棘々《とげとげ》しくいった。「いいから、戦友同士のたわけたやりとりは抜きにして、処刑にとりかかれ。もう一度いおう、マット。銃を捨て、ラクリエールを解放すれば、晩飯までに天国の門をくぐれる。あんたは殺すが、エレナーは助けてやろう」

不意にハートンが口を切った。「おまえは臆病者だ、ブラウニング。ボスニアでインクレメントの訓練に失敗したのは、負傷するのが怖かったからだ。いまもなんとか助かろうと必死になってるじゃないか」

「ちがう。いまのインクレメントは、この三人に利用されて、汚れ仕事をやらされている」マットは間を置いて、パンチをくり出すようにつぎの言葉を口にした。「コンピュータのところへ行け。ルクセンブルクのデシャン・トラストという銀行の口座番号を教える。その口座ふたつに、トカーから一千ポンドの振り込みがあるのがわかるはずだ。口座の持ち主は」ハートンとゴッドソールを交互に見てから、語を継いだ。「ガイ・アボットとジャック・マトラムだ」

ハートンが、MP‐5の銃口を下に向けかけた。マトラムをちらりと見てから、コンピュータに目を向けた。ゆっくりとそこへ歩き出した。

「動くな」マトラムがどなった。「命令だ」

マットは、マトラムのほうを見た。「やつの命令に従うもよし」そちらへ顎をしゃくった。「良心に従うもよし」ハートンをまっすぐに見据えた。「おれは真実をいっている。おれを殺せば、あんたたちの人生はめちゃめちゃになる。死ぬまで刑務所暮らしだ」

「こいつは頭がいかれてる」アボットが行った。「SASに不満があるんだ。こいつの話を聞いたらだめだ」

「われわれはこいつをインクレメントから叩き出したんだ」マトラムがいった。「能力が低かったからだ。肌は白いが、血管には卑怯者の黄色い血が流れてる」

マットは、ハートンから目を離さなかった。「おれを信じるもよし、こいつらを信じるもよし。それとも、コンピュータで証拠を自分の目で見るか」

ハートンはふりかえらず、コンピュータに向けて歩いていった。

「おれの命令に従わないのか」マトラムが叫んだ。

25

一発の銃声が響き、密閉された車室に大きな音が反響した。マットは一瞬鼓膜がおかしくなり、平衡感覚を失いかけた。

ハートンが死んで床に倒れていた。一発で額を撃ち抜かれている。傷口から血がしたたり、ベージュのカーペットにひろがっていた。苦しげな息のようなものが肺から出てきたが、目はすでに閉じていた。

つかのま、あたりは静まり返った。マットには、それがまるでスローモーションの場面を見ているように感じられた。時間がとまったようだった。この一瞬に攻撃を仕掛けられる。

マットは右手のグロックをしっかりと握り、左腕でラクリエールを強く締めつけた。足をふんばって体を安定させ、肘をしっかりとのばすと、銃を突き出した。細い照星を通して、ハートンにまだ銃を向けているマトラムの手の輪郭を捉えた。引き金を絞り、反動を肩で吸収した。

弾丸がスミス&ウェッソンに命中した。床に落ちたスミス&ウェッソンの銃身がばらけた。掌《てのひら》にかすり傷を負ったマトラムが一瞬たじろいだが、表情はまったく変わらなかった。

ゴッドソールがマトラムとアボットにMP-5を向けて歩を進めるのが見えた。「そこから動くな」ゴッドソールが、マットとエレナーに目を向けた。「その口座をたしかめる」

マトラムは身じろぎもせず、ゴッドソールが向けているサブマシンガンを見つめていた。マットは顔色に出さないようにしていたが、内心でにんまり笑った。骰子《さいころ》を一度しかふれないときには、いい目が出るようにふらないといけない。

ゴッドソールが、ラクリエールのデスクのノート・パソコンを見おろした。「www.deschampstrust.comにアクセスしろ」マットは指示した。「それから〈口座〉をクリックする」

ゴッドソールの指がキイボードを動きまわるのを、マットは見守った。ゴッドソールは、画面に視線を据え、コンピュータに送られてくるページをじっと見ている。「これが口座番号だ」マットはゴッドソールが情報を打ち込む動きに合わせて、十二桁《けた》の番号を読みあげた。依然として、ラクリエールの頭にグロックを突きつけていた。ゴッドソールがこっちにつけば、生きてここを出られる見込みがある。

「ブロックされてる」ゴッドソールがいった。「パスワードが必要だ」

マットは、べつの十二桁の番号を教えた。「それでアクセスできるはずだ」

ゴッドソールが、番号を打ち込み、Enterキイを押した。列車は加速している。ロンドン南部の在来線を離れて、高速線をトンネルへと突っ走っていた。五分以内に時速二一〇キロメートルに達するはずだ。客車と機関車のあいだにある鋼鉄の扉に、マットは目を留めた。運転手はすぐうしろで起きていることに、まったく気づいていない。まるでべつの惑星にいるみたいに、おれたちは孤絶している。六人だけでこの問題の片をつけようとしている。

「出たか？」マットは、ゴッドソールのほうを向き、鋭い声できいた。

ゴッドソールがうなずくのが目にはいった。

マットはほっと息を漏らした。あいかわらず汗が背中を伝い落ちている。「なんて書いてある？」

マトラムとアボットが、そっちを見ていた。ラクリエールまでが、グロックを顔の横に押しつけられたまま、首をまわそうとしている。

「口座がふたつ表示された」

「名前だ」マットは吼えた。「名前は？」

ゴッドソールが、MP－5を抱えた。銃口を横に向けて、体の前で保持した。この距離からだと、車内を掃射すれば、ひとり残らず薙《な》ぎ倒すことができる。「……ジャック・マトラムと、ガイ・アボット」

安堵がマットの全身にひろがった。これで疑いの余地はないはずだ。マトラムに利用されてきたことを、こいつは悟るだろう。マトラム個人が金を儲けるための任務に駆り出され、そのために仲間が犠牲になったということを。

SASの基本的な掟を、すべて破ることになる。戦利品があれば、全員で分ける。おなじ危険を背負い、おなじ報酬を受ける。それがSASの掟だ。

「金額は？」マットはきいた。

ゴッドソールは、なおも画面を見つめていた。頭のなかの計算機が、目の前の数字を噛み砕いている。「一千万。五度ずつ」

マットは笑みを浮かべた。ラクリエールの喉をさらに強く締め、頭に銃口を押しつけた。

「これでわかっただろう？」大声でいった。

そういったとき、ゴッドソールの顔に衝撃とともに怒りが表われるのを見た。この数週間、ゴッドソールとインクレメントの隊員たちは、イギリス各地で順序立てて人を殺してきた。それ自体は気にならない。もともとそういう仕事だからだ。しかし、政府の命じた任務ではなかったとわかった。マトラムのために働いていたのだ。手を汚した血が重く感じられてきた。

「さっきもいったように、SAS《レジメント》の任務じゃない。個人のビジネスだ」マットはなおもいった。「SASのルールはそう多くはないが、これはそれに含まれていない。マトラムはルールを破った」

マトラムに目を向けたが、みごとなまでに落ち着き払っていた。右手から血がしたたり落ちているが、顔にはなんの感情も恐怖も浮かんでいない。とんでもない悪党だが、銃火を浴びても度胸を失わないのはさすがだ、とマットは思った。

「マトラム、なにかいうことはあるか？」ゴッドソールがいった。

マトラムの表情は、真夏の湖の水面みたいに波ひとつなく静かだった。「口座はもうひとつある。先を見るがいい」

「もうひとつあるって？」ゴッドソールがきき返した。

「おまえの耳はどうかなってるのか」マトラムがどなりつけた。「おれの名義の口座の下を見ろ。そこにも振り込まれてる」

マットは、ゴッドソールのほうを見た。「ごまかしだ。ひっかかるな」

「口座を見ろ」マトラムが語気を荒らげた。視線はマットに向けたままだった。「ちょうど二週間前だ」

「動くなよ」ゴッドソールがいった。

マットのうなじを汗が流れ落ちた。ゴッドソールが、ノート・パソコンの画面に視線を落とした。決意のにじむ真剣な顔をして、右手ですばやくキイボードを叩いた。「四百万が振り込まれてる。ラウル・コーズランド名義のべつの口座に」

マトラムの口もとにかすかな笑みが浮かび、非情な目におもしろがるような色がうかがえた。自分だけのジョークを楽しんでいるかのように、歯をむき出して冷笑を浮かべた。

「インクレメントの隊員の数は？」マトラムがきいた。

ゴッドソールがうなずいた。「八人です」

「そうだ。四百万を八で割ると五十万になる。で、ラウル・コーズランドとは？」

「ジョークの名前」ゴッドソールが、マットのほうをちらりと見た。「インクレメントがビールを飲みにいくとき、とってくる役目はラウルになる。何者か？　だれでもない。あるいは隊員全員」

「つまり、おまえたちが大金をもらえるようになってる」マトラムがいった。「ひとり頭五百万、ルクセンブルクの秘密の銀行口座にある。ちょっとした年金になるぞ。警備員の仕事を捜してあくせく働くこともない。イラクでアメリカの石油会社の重役を警護してきんたまを撃ち抜かれることもない」マットのほうに顎をしゃくり、顔いっぱいに笑みをひろげた。「犯罪海岸でギャングに生ぬるいビールと冷めたフライドポテトを出すこともない」

ゴッドソールの表情が変わった。ついさっきまでは張りつめた面持ちだったのが、はじめてにやりと笑った。MP-5をあらためて肩に構え、引き金に指をかけた。「わかりました」

マトラムがうなずき、マットを見据えた。「どうだ、ブラウニング、墓石はなんにする？　御影石《みかげいし》か、砂岩か、大理石か？　凝った縁取りがあるのがいいか？　それとも聖書の文句を彫っただけの素朴な石がいいか？　SAS隊員にはまっとうな墓石を建ててやりたいと、かねがね思っていた。ことにおまえの場合は、墓のなかから這いずり出して、また厄介をかけかねないからな」

締めつけられているラクリエールが緊張を解いているのが、腕から伝わってきた。張りつめた表情も和らいでいる。その向こうでは、アボットの顔にずる賢そうな笑いがひろがっていた。口の端にくわえたダンヒルが落ちそうになっていて、紫煙の小さな雲が天井に昇っていた。

すれちがう列車が窓の外をあっという間に通過し、客車が大きく揺れた。たがいの速度が速いので、乗客がすれちがう列車の車内の出来事を見届けることはできない。ゴッドソールはともかくとして、要するにマトラムはインクレメントの隊員をこの陰謀に加担させていたのだ、とマットは思った。そこまで読むべきだった。ユリウス・カエサルこのかた、指揮官とはそうしたものだ。戦って戦利品を手に入れ、黄金やダイヤモンドの大部分は自分のものにするが、部下が忠実であるように、多少は分けあたえる。

「どうした、ブラウニング」マトラムが、馬鹿にするようにいった。「おまえは自分の好みの墓石を、とっくに決めていたんじゃなかったのか。SAS隊員はだれでも、頭の奥でそういう覚悟をしているものだろう」

「白木の十字架だけでいい」マットは低い声でいった。

マトラムはうなずいた。「無名戦士の墓か。おまえのことなど、あっという間に忘れてしまうだろうよ」

隅のほうでエレナーがふるえているのが目にはいった。恐怖が激しい風のように全身をゆさぶっている。エレナーのためにも、早く片をつけたほうがいい。

「一発で殺《や》れるか？」マトラムはふりかえらなかったが、ゴッドソールに向けた質問であることは明らかだった。

ゴッドソールが選択肢を検討しているのがわかった。ゴッドソールは、熟練の暗殺者で、腕が立つ。角度を見定め、武器の威力を考慮して、頭蓋骨を砕いた弾丸が脳のどこを破壊すれば、指を動かす命令を処理する部分の機能を停止できるだろうと考えていることが、興味深げで客観的な表情からうかがえた。

どうせだれかに撃たれるのなら、最高の腕前のやつに撃たれるほうがいい、とマットは辛辣な皮肉を思い浮かべた。

「一発でいけます」ゴッドソールがいった。

「ラクリエールをあの銃で撃つひまをあたえないようにしろ」

答は徹底して考えてあるというように、ゴッドソールがゆっくりと首をふった。「それは保証できません。ほぼ確実にやれるといえるだけです。この距離なら威力はじゅうぶんです。一発くらったら、まず反応する時間はない。せいぜい十分の一、二秒でしょう。一秒はない」

「それじゃだめだ」マトラムが、いらだたしげにどなった。「確率をいえ」

「七対三です」ゴッドソールが、即座に答えた。「成功の確率が七」

マトラムは、ラクリエールに視線を向けて、じっと見つめた。「それでいいですか？」

マットは、ラクリエールの頭に銃口を食い込ませ、撃てるうちに引き金を引こうかと悩んだ。ゴッドソールのいうとおりだ。MP‐5の弾丸をくらうと同時に、指を動かせなくなり、たとえ一瞬生き延びられたとしても、発砲するのはかなわないだろう。だが、いま撃てば、自分とエレナーを銃弾の嵐が襲う。ラクリエールは確実に殺せるが、自分とエレナーもまちがいなく死ぬ。こめかみに銃口を当てて引き金を引くのとおなじぐらい確実だ。万に一つでも望みがあるうちは、ラクリエールを撃つわけにはいかない。

「彼女はどうする？」マットはいった。「この一件とは関係ない」

アボットが煙草をふかして、煙を宙に吐き出した。「気の毒だが、もう駆け引きしている段階じゃない。さっきわたしの申し出を受け入れればよかったんだ。この女の命だけ余分にもらうことになる」

「やつを殺せ、ゴッドソール」マトラムがいった。「さっさと撃て」

ゴッドソールがMP‐5を肩に当てて構えるのが、マットのところから見えた。静かな満足の色を浮かべている。肚《はら》を決め、決断を実行に移そうとしている男の顔だ。処刑という言葉がいまくらいふさわしいときはない、とマットは思った。

この瞬間のことを、マットは何度となく考えたことがある。陸軍入営直後に、おなじ部隊の兵士が訓練演習中に死んだ。その後十年のあいだに、同期入営の十人のうち四人が、SASで実戦部隊勤務中に死亡した。ふたりは戦死、あとのふたりは訓練中の死亡だった。周囲の兵士の死亡率がそれだけ高いと、暗い夜にはしばしば眠れずに自分の運命をくよくよ考えることがある。自分の最期はどういうふうに訪れるのだろう、と。

マットは、全身の神経を統制して、びくとも動かずにいた。額に汗をにじませることもなく、指もまったくふるえていない。

ぜったいにやると自分に約束してきたことをやるまでだ、と自分にいい聞かせた。おれの名前が書かれた銃弾が飛んできたら、尊厳を保って受けとめる。

一発の銃声が轟き、車室内に反響した。薬室で火薬が炸裂する音と、強化された鋼鉄の恐ろしい塊が空気を切り裂く感覚が伝わってきた。死のまぎわは時間の流れが遅くなるという話を何度も聞いた。戦場で重傷を負いながら、なんとか生き延びた兵士と、話をしたことがある。みんなおなじことをいう。ついに最期が訪れたと思った瞬間に、時計の進みがひどく遅くなる。後悔していることをすべて頭のなかでならべ立てる時間を神様がくれたんだろう、と辛辣にいい放った兵士がいた。

悲鳴、叫び声、そして力ないうめきが聞こえた。

マットは目をあげた。ゴッドソールが客車の床に倒れ、頭の横の細い血の条《すじ》が、赤ワインみたいにきらきら光っていた。

26

オーリーナが足を進め、踵《かかと》の低い革靴で血を流しているゴッドソールの死体を慎重にまたいだ。髪はうしろで縛り、象牙のバレッタで留めている。顔は汗と埃にまみれていた。

腰をかがめ、ゴッドソールの頭をマカロフのセミオートマティック・ピストルでつついた。熱い金属が傷口に触れると、ゴッドソールが、痛みのあまり吠えるような声を発した、
オーリーナは一瞬の間を置き、真剣な面持ちになって、引き金を引いた。頭の横を撃ち抜かれたゴッドソールは、即死した。

死からよみがえるには銃が格好の小道具だな、とマットはよけいなことを考えた。オーリーナに目を向けた。ふたりの視線がからみ合う。オーリーナはかすかな笑みすら浮かべていない。ゆっくりと身を起こす。決然としているが、それでいて慎重な動きだった。叢を這い進む蛇のようだ。

マカロフをまっすぐに突き出している。残弾は六発か七発のはずだ。すっきりした形の銃身が、マットの目に留まった。これも旧ソ連時代の傑作兵器だ。つぎの弾丸をくらうのはだれだ？　オーリーナはだれの手先だ？

「きみはどっちの味方だ？」マットはきいた。

「これまでとおなじだよ」ラクリエールが、吐き捨てるようにいった。「自分だけが味方だ」

「そのとおりです」オーリーナが、平然といった。

「どうやってここに？」エレナーがきいた。

マットは、エレナーのほうを見た。「その銃を取れ。マトラムに渡すな」

エレナーがMP-5のほうに歩いていって、拾いあげた。顔を汗が流れ、髪が濡れてからんでいた。

「ウォータールーからずっと乗っていたのよ」オーリーナが、落ち着いた声で答えた。「前からこの列車の鍵を渡されていたから。CEOのセキュリティ責任者として働いていた特権ね。汚れ仕事はあなたとマットに任せようと思っていたんだけど」天井を仰ぐそぶりをして、長い溜息をついた。「あなたたちがあんまりひどいドジを踏むから、手出しするしかないと思ったのよ」

「なにが望みだ？」ラクリエールがいった。

「そのひとたちとおなじ」オーリーナが、マットとエレナーのほうを顎で示した。「治療薬。それが欲しいから、あなたの会社にずっと勤めていたのよ。治療薬を渡しなさい」

マットはオーリーナの拳銃に目を留めた。おれではなく、ラクリエールに狙いをつけている。

「ロマーンというお兄さんがいるといったな。アフガニスタンで戦ったと」マットはいいよどんだ。「XP22を飲んだんだろう。治療薬がなく、いつ頭がおかしくなるかわからなかった」

オーリーナがうなずき、マカロフをまっすぐ前に構えたまま、ラクリエールにさらに近づいた。「もうベラルーシの工場から取ってきたハードディスクのデータ分析がかなり進んでいるはずよ。どこにあるの？」

「死んだと思っていた」ラクリエールがいった。「こんどはきちんと確認することにしよう」

オーリーナが口をほころばせた。一瞬、さもうれしそうな顔をした。まったく驚きだ、とマットは思った。人間は、どんな切迫した状況でも、自分の賢さに満悦する余裕がある。

「ケヴラーの抗弾ヴェストをつけていたんだ。ペトールに会いにいくとき、おれを撃つか、撃たれる可能性が高いとわかっていた。だから、撃たれた場合にそなえて、抗弾ヴェストをつけていた。それで倒れたように見せかけて、煙にまぎれて逃げた」言葉を切り、オーリーナの顔を見た。「生還おめでとう」

「ありがとう」オーリーナがいった。「ゲームはもう終盤だけど、遅ればせながら気づいたようね」

マカロフを高めに構えて、ラクリエールにまっすぐ狙いをつけた。「どこにあるの？」と、質問をくりかえした。

ラクリエールが肩をすくめるのがわかった。いかにもフランス人らしいしぐさで、敗北を認め、成り行きがどうであろうと、もう関心がないことを示している。「コンピュータだ。XP44というファイルがある。ファイル名だけで一目瞭然だ。きみたちが持ち帰ったハードディスクのデータだけで、研究所の科学者たちはもとになる薬品を再現できた。XP22を服用した兵士は、それを一度注射すれば副作用は起こさない。当面は心配ない」

オーリーナが、床でまだ血を流しているハートンの死体を避けるために大股になり、デスクに近寄った。「どこ?」語気鋭くきいた。

「まずはファイルをひらけ」ラクリエールが腹立たしげにいった。

突然の揺れに、マットはバランスを崩しそうになった。急ブレーキがかかって、車輪がレールをこする甲高い音が聞こえ、車輛が左右に揺れた。背中が壁に押しつけられたが、ラクリエールの首を絞めている腕はゆるめなかった。

やつらにとっては好機だ、と気づいた。まずい。

アボットがエレナーに迫るのを、マットは目の隅で捉えた。「近づかないで」張りつめた声で、エレナーがいった、「さもないと撃つ」

全員が、エレナーのほうを向いた。アボットが両眉をあげた。「つまらないことをいわないで、お嬢ちゃん」

「撃つわよ」エレナーがくりかえした。

床から取りあげたMP-5を構えているが、手がふるえている。怖いのだ、とマットは気づいた。人間を撃つのは、傍目《はため》で見るほどたやすくはない。狙いを定めて引き金を引くという動作は単純だが、それをやる根性があるかどうかはべつの話になる。

　エレナーにはそれがない。

　MP-5がうなり、弾丸が空気を切り裂いたが、だれにも当たらないで壁に突き刺さった。一メートル以上はずれていた。アボットがMP-5をもぎ取り、エレナーを押しのけた。エレナーは涙をぼろぼろこぼし、まだ手をふるわせていた。

　もう間に合わない。エレナーが戦いの主導権を相手に渡してしまった。アボットがオーリーナをMP-5で狙っていた。

　オーリーナがさっとふりむき、マカロフを突き出した。MP-5から一発がすでに発射され、空気を切り裂いていた。銃口から煙が立ち昇っている。心臓のすこし上に弾丸が命中し、衝撃でオーリーナの体が揺れた。と同時に、オーリーナが反射的にマカロフの引き金を絞り、一発を発射した。床に倒れたオーリーナが、意識を失っていった。

　アボットは腹を抱えていた。オーリーナの放った一発が当たった個所を、両手で強く押さえている。シャツとジャケットに血がひろがり、白い麻が鮮やかな深紅に変わっていった。膝をつき、それから前のめりに倒れた。くわえたままの煙草が顔で押しつぶされ、頬の皮膚を焼いた。アボットが叫び、燃えている煙草を払いのけて転がった。その拍子に腹から両手が離れた。半リットル以上もの血が噴き出して床にこぼれ、カーペットにひろがった。アボットの喉から咆哮が湧き起こった。

アボットはみぞおちのあたりを撃たれていた。長さが二センチほどの硬い鋼鉄の塊が胃壁に穴をうがち、入り組んだ動脈をずたずたに切り裂いて、すさまじい出血を起こしていた。マットはそうした銃傷を戦場で何度となく見てきた。助かる見込みがないわけではないが、それには腕のいい外科医に早く処置してもらわなければならない。すくなくとも、包帯を巻いて失血をできるだけ食い止め、鎮痛剤をあたえる必要がある。どちらも無理なら、やがて死ぬ。苦痛にもだえながら、あの世へ行く。血と生命が徐々に体から抜け落ちるあいだ、頭痛に苦しみ、朦朧《もうろう》とし、体の力が抜ける悪夢のような感覚を味わう。

こういうとき、あてにできるのは戦友だが、アボットにそういう仲間はいない。

その向こうでは、マトラムが車輌の前寄りへと動いていた。機関車との境のドアが、空気の漏れる音とともにひらき、新鮮な空気が押し寄せた。

マットはラクリエールを床に押し倒し、失神させるために側頭部を強く打った。エレナーはすでにアボットの落とした銃を拾いあげていた。「見張ってろ」マットはエレナーに叫んだ。「おれはマトラムを追う」

めまぐるしく頭脳を働かせていた。じきに官憲が列車に乗り込んでくる。いまマトラムを斃《たお》さなかったら、二度と斃す機会はない。

ドアはあいたままだった。一発見舞おうとグロックを構えたが、マトラムはもう運転室にはいりかけていた。列車はなおも加速しており、アシュフォード・インターナショナル駅をあっという間に通過した。あと数分でトンネルにはいる。

マットは一気に駆け出したが、ほんの一瞬遅かった。ドアが閉まり、マトラムは運転室にはいっていた。

内側からロックされていた。非常用の赤いレバーを押したが、反応はなかった。マトラムがいちはやく作動をとめたにちがいない。マットは悪態を漏らした。はいる方法はただひとつ。爆破して誘い出す。

背負ったままになっていた背嚢から、デイミアンに渡された小さなプラスティック爆薬の球を出した。ドアの片側に突っ込み、導火線を差し込んで、うしろにさがった。爆発物の扱いは、SASの基本訓練で教わる。襲撃した船の金庫をあけるために、アイヴァンがこのやりかたでドアを吹っ飛ばすのを、一年前に見ている。だが、あのときも必要な爆薬の量の計算をまちがえて、あやうく命を落としかけた。いくら専門家でも、ドアを吹っ飛ばす爆発物の量を精確に見極めるのは不可能に近い。

おれは専門家ですらない。

うしろを見て、エレナーがラクリエールにちゃんと狙いをつけていることを確認した。危険のことをじっくり考えているひまはない、と思った。

導火線に火をつけて、エレナーに伏せろと叫び、自分も客車の床に身を投げた。起爆するまで五秒ある。マットはカウントダウンした。

爆発の衝撃が、列車を揺るがした。突然、あたりが闇に包まれた。爆発でヒューズが飛んだにちがいない。しかも、左右の壁は真っ黒だった。イギリス海峡トンネルにはいったのだ。

機関車内を爆風が突き抜けて、車輪が揺れ、跳びはねるのが感じられた。一瞬、脱線するのではないかと思われた。なにかが焼けるような吐き気をもよおすにおいがたちこめたが、機関がとまることはなかった。

グロックを握り締め、マットは躍り出た。ドアがもげそうになっているのがわかった。ねじれた金属やちぎれたワイヤーと化しているはずだ。グロックを前に突き出した格好で、ずんずん進んだ。マトラムに当たることを願って闇にめがけて発砲したかったが、弾薬を無駄にはできない。運転室にはいると、意識を失っている運転士の体につまずきそうになった。

そのとき、マトラムの笑い声が聞こえた。

声は聞こえるが、姿が見えない。

グロックを上に向けて、一発放ち、さらにもう一度発砲した。ガラスが割れる音がして、しまったと思った。弾丸はマトラムには当たらず、横の窓が割れていた。客車とはちがって防弾ガラスではなく、弾丸によって砕け散った。

「一対一だな、ブラウニング」マトラムがいった。「おまえとおれ、差しの勝負だ」

すさまじい風が運転室内を吹き荒れ、マットは前方に吸い寄せられた。側面につかまって平衡を取り戻し、右手のグロックをしっかりと握った。耳もとで風が咆哮し、他の物音をすべてかき消していた。

「いつでもかかってこい」グロックを安定させ、マットはどなった。

手を叩いた。ゴルフクラブで殴られたような、神経が砕けそうな衝撃だった。マットは必死でグロックを保持しようとしたが、こんどは手首を殴られた。思わず引き金を引いてしまい、暴発した拳銃が反動で手から離れて落ちた。あとはおれたちが生まれながら持っている武器で戦うしかない。拳と、知恵だ。

「臆病者めが」マトラムがあざけり、火傷を負い、痣《あざ》ができている顔が、突然闇から現われた。「おまえをインクレメントにくわえなかったのは、臆病だからだ。銃弾を受けることもできない。銃弾をぶち込むこともできない」

「臆病者かもしれないが、殺人鬼じゃない」マットは吐き捨てた。

「殺人鬼?」マトラムがいった。「インクレメントがやっているのは殺人ではない、暗殺だ。それにいいか、ブラウニング。つぎはおまえの番だ」

「おまえの最高のパンチをくり出してみろ、マトラム」マットは荒々しくいった。「どっちが生きてここを出られるか、やってみようじゃないか。どっちが花に包まれて棺桶に入れられるか」

「空威張《からいば》りもそこまでだな、ブラウニング」マットの顔をしげしげと見ながら、マトラムがいった。「だからおまえにはインクレメントの素質がない。あのときもいまもおなじだ。これからもな」

マットの頬にパンチが炸裂した。拳が頬骨を打ち、神経を押しつぶして、すさまじい痛みが脳髄にまで響いた。マットは体をひねって、衝撃をできるだけ吸収した。制御盤のレバーに背中が激突し、一瞬背骨がしびれた。つぎの攻撃にそなえて、必死で体勢を立て直そうとした。

マトラムが膝をあげて、股を蹴ろうとしているのが見えた。マットは横にかわし、太腿の柔らかい部分でマトラムの膝を受けとめ、蹴りをそらした。その動きと同時に、マトラムの喉仏を殴りつけた。マトラムの首がねじれ、衝撃でぐらりと揺れた。マットはすばやく動いて、間合いをとり、片手を引いてまっすぐに突き出し、マトラムの頬に拳をめり込ませた。

「このパンチが、おれにインクレメントの素質があるといってるぜ」マットはうなり、もう一発マトラムの顔を殴りつけた。

マトラムがくるりと体をまわし、片腕をふってバランスを取り戻そうとした。マットは詰め寄ってとどめのパンチをくらわせようとした。脚がさっとのびてきて、マットの急所を蹴りあげようとした。ブーツがみぞおちに食い込み、体が一瞬浮きあがる。つぎの瞬間、マットはつんのめり、肩から床にぶつかった。上から殴打が襲ってきた。マトラムが右手で顔を、左手で下腹を殴りつけていた。

「おまえの切符ではこの列車に乗れない」マトラムがいった。「ほうり出すしかないようだな」

マトラムに首をつかまれ、絞められて、割れた窓に向けてひきずられていくのがわかった。ガラスが割れてギザギザになっている隙間から押し込んで落とすつもりなのだ。マットはあらがい、殴りつけてマトラムの手をふりほどこうとした。だが、息ができないので、力をふりしぼることができなかった。頭が窓から出た。マトラムがうしろから抱え込んでいる。トンネルの壁がすさまじい速度で目の前を流れていた。列車は時速一六〇キロメートル以上で走っていて、濡れた壁が髪をかすめるかと思えた。

「旅の終わりだな、ブラウニング」マトラムが大声で笑った。

マットは下に手をのばして、割れた窓のガラスの破片をつかんだ。皮膚が破れるのもかまわず右手で握り締め、腕を横にねじった。すばやい動きで激しく腕をふり、マトラムの脇腹にガラス片を突き立てた。

まぐれ当たり。苦しげなうめきが漏れたところからして、動脈に突き刺さったらしい。蛇口の栓をひねったみたいに、マトラムの体から突然血が噴き出し、生温かいべとべとの液体がマットの背中を流れた。

うしろに蹴りを入れて、マトラムの体をふり放し、ガラス片を抜いた。向きを変え、マトラムの体を窓に押しつけた。ガラス片を握りなおし、マトラムの左目に突き立てる。脳にまでガラス片が達すると、哀れっぽい声が唇から漏れた。

生まれてはじめて、人を殺すのに快感をおぼえている。

マットは息を吸い、肺に酸素を送り込んだ。煙がまだ残っていて、胸の奥が痛くなり、咳き込んだ。目を閉じて、間を置き、力を取り戻した。人が死ぬのは、前にも見ている。

撃たれ、焼かれ、ナイフで刺され、あるいは絞め殺されるのを、だが、じわじわと死ぬのを見たことはなかった。マトラムのように、最後の息を引き取るのを拒み、苦しみ、罰を受けながら死んでゆくのを見るのは、これがはじめてだった。こいつは神みたいな力がそなわっている。いや、悪魔のほうか。

「これはギルの分だ」マットはどなった。

ガラス片をマトラムの頬に突き刺すと、歯茎にまで食い込むのがわかった。そこでマットはマトラムの肩をつかんで、窓に強く押し込んだ。

持ちあげてひと押しし、一秒のあいだ窓ぎわに乗せたままにする。自分にどういう運命がふりかかるかを見届けさせるためだ。

全身の力を肩にこめて、マトラムの頭がガラスのあいだから外に突き出すように持ちあげた。壁にぶち当たった頭蓋骨が砕けた。窓枠に乗った上半身がのびて、腹や胸にガラスが突き刺さり、運転室を吹き抜けるすさまじい風が血の噴流を撒《ま》き散らした。

そのときマトラムの首がもぎ取れ、マットは首なし死体を抱えたまま尻餅《しりもち》をついた。

27

マットは目をあげた。運転士はまだ気を失っている。どうやって意識を回復させればいいのかわからなかった。列車は自動運転で走っている。このままにしておこう、と思った。このトンネルを抜け、列車をおりることだけが重要だ。おれたちの仕事は終わった。

身を起こし、客車に向けて駆けていった。

耳をつんざく悲鳴が聞こえた。女の悲鳴だ。

「マット、気をつけて!」エレナーが金切り声をあげた。

客車に跳び込むと同時に、マットは身をかがめた。左肩の痛みが激しく、腕の感覚がなくなりかけている。ラクリエールが壁に向けて身を躍らせるのが見えた。

トンネルの明かりが射し込み、鋼鉄の輝きがひらめいた。くそ、ラクリエールはサーベルを取ろうとしている、とマットは気づいた。何百年も前のものでも、鋭く研がれた鋼鉄の刃はよく切れるにちがいない。ましてラクリエールは元兵士だ。その手に握られれば、ナポレオンの猟騎兵がふるうのとおなじように必殺の武器になる。

ラクリエールが、サーベルを一本取った。それが壁からはずされた拍子に、陳列ケースが落ちた。ラクリエールはサーベルをひとふりし、上段に構えた。マットは転がった。痛めた肩からふたたび激痛が走った。ラクリエールが二歩詰め寄るのを、目の隅で見ていた。背筋を使い、力をふりしぼって、上から襲いかかろうとするラクリエールに蹴りをくり出した。すさまじい勢いで脚をふりまわすと、ラクリエールがたくみな動きでかわした。

中年にはなっていても、こいつはまだ戦いのコツを忘れていない。

サーベルが空を切り裂いてふりおろされ、マットは転がって逃れようとしたが、右脚を切られた。ジーンズを切り裂いた刃が、太腿を薄くそいだ。皮膚に当たった刃の感触は冷たく、外科医のメスなみの切れ味で、筋肉に食い込んだ。長さ二〇センチ、深さ一センチの傷口がぱっくりとひらき、肉がはぜて皮膚が外側にめくれた。

脇腹を鋭い痛みが駆け抜けた。マットは身を起こした。「殺してやる、くそ野郎」

だが、ラクリエールは真正面でサーベルの刃を上に向けていた。顎の下、喉仏のすぐ上で、切っ先がぴたりととまっていた。外科医でもこう精確にはいかないだろう、とマットは思った。ひと突きで喉笛を貫ける。ほんの数分で死ぬ。

「見たところ、武器を持っているのはわたしひとりのようだ」ラクリエールがいった。

「だから、死ぬのはおまえのほうだろうな」

切っ先が皮膚に食い込むのがわかった。磨きこまれ、よく研がれたサーベルは、剃刀《かみそり》なみの切れ味だった。そういう状態を保つには、よっぽど丁寧《ていねい》に手入れしなければならない。ラクリエールはこのサーベルを壁にただ飾っていたわけではない。護身用でもあったのだ。

だよ」

「とどめを刺せ、この野郎」マットは語気鋭くいった。「マトラムは死んだ。それで満足

ラクリエールの手が揺れているのがわかった。指がふるえ、目が暗く、曇っている。こいつはくじける寸前なのだ、とマットは気づいた。手がもっとひどくふるえたら、首をかき切られてしまう。

「あの女にまず銃を捨てろというんだ」ラクリエールがいった。「さもないと、おまえを即座に殺す」

ゴッドソールのMP－5を構えて、エレナーがラクリエールに背後から迫っていた。

「気をつけろ、エレナー」マットは、その動きを注視していた。

ラクリエールは、サーベルをしっかと握って、じっと立ちはだかっていた。熱に浮かされたようなよろこびの色が顔をよぎった。「銃を捨てろというんだ」

「わたしがこいつを片づけるわ、マット」エレナーがいった。

その瞬間、列車がトンネルを出た。ブレーキがかかるのが音でわかり、速度が落ちはじめた。エレナーは、サブマシンガンを構えたまま、ラクリエールの横にまわった。安全装置を動かすのが見えたが、やりかたがまちがっている。あれでは引き金をいくら引いても弾丸は出ない。ラクリエールは気づいただろうか？

列車が大きく揺れ、停止した。

「このサーベルをどけろ」マットはいった。「列車はフランスに着いた。いま投降すれば、

自分の国の刑務所に入れる。あんたは金持ちだから独房にはいれるだろう。何年かで仮釈放になるはずだ」

ラクリエールが笑った。「わたしはどこへも行かない。おまえを殺すまでは」

「わたしがこいつを片づける」エレナーがくりかえした。

マットは、エレナーのほうに不安なまなざしを投げた。自信があるのだろうが、それは無理だ。首に当たっている切っ先が、いまも皮膚を破り、ときどき痛みが頭にまで響いている。銃創を負った肩が痛く、脚の切り傷からいまも血がにじみ出している。おれはまだ倒れていはいない。だが、これ以上ずたずたになったら、体がもたない。

「剣を捨てて」エレナーがいった。「さもないと殺す」

ラクリエールが口をゆがめて笑った。「聞こえなかったのか?」ゆっくりといった。「おれはこいつを殺すつもりだ」エレナーのほうをふりかえったとき、サーベルがあぶなっかしく揺れた。「そっちこそ銃を捨てろ。さもないとおまえも殺す」

「自殺もおなじだというのがわからないのか」マットはどなった。「頭に一発くらったらそれでおしまいだ」説得しろ、と心のなかでつぶやいた。恐怖に負けるように仕向けるんだ。恐怖が魂を蝕《むしば》むようにしろ。それしか勝ち目はない。

だが、ラクリエールのぎらぎら光る目を覗き込み、マットはそこに狂気が宿っているのを見てとった。「おれは見かけよりもずっと勇敢なんだよ」ラクリエールがいった。「おまえの脅しなどなにも怖くない」

エレナーがラクリエールのほうを見て、医師らしく興味を示した。「飲んだのね？　そうでしょう？　XP22を」

ラクリエールがエレナーに目を向けた。突然、双眸《そうぼう》が燃えるように輝いた。「だれだって飲むだろうよ」

「薬で勇敢になれるものか」マットは吐き捨てるようにいった。「勇敢かどうかは、もともとの資質だ」

ラクリエールがサーベルを突き出し、肉屋がどこを切ろうかと考えているように、マットの喉の皮膚を切っ先でまさぐった。「死ぬ覚悟をしろ」麻酔科医が眠らせる前に使うようなやさしい低い声で、ラクリエールがいった。「目を閉じて、祈り、痛みに身を任せて、もっと楽しくてやさしいところへ行くんだ」

どこかで銃声が鳴り響いた。客車の狭い空間に一発の銃声が反響し、火薬のにおいがしてきた。目の前でラクリエールが床に倒れた。手を撃ちぬかれ、ひと条《すじ》の血が床に流れ落ちていた。

マットは、ラクリエールの手からサーベルを蹴とばした。手をのばして、つかみ、空を切り裂いた。怒りが湧き起こり、サーベルをふりかざして、眼前に横たわっている男の首を切り裂こうとした。

「だめだ、マット、やめろ」アイヴァンが叫んだ。「おれたちにまかせろ」

マットは顔をあげた。グロックを持ったアイヴァンが進み出た。そのかたわらに、ＳＩ

S長官のサー・デイヴィッド・ラトレルの姿があった。

「アイヴァン」マットは、衝撃を隠しきれない声でいった。「どうしてここに？」

「あんたの命を救うためじゃないか」アイヴァンが、ハートンとゴッドソールの死体を慎重にまたぎながら答えた。「あんたには、家族のことを始末するためにドーセットに行くといったが、じつはこの御仁《ごじん》に会いにいったのさ」にやにや笑った。「助けがほしいだろうと思ってね」

ラトレルが、茶色のウィングチップに血がつかないように用心しながら、アイヴァンにつづいてはいってきた。ブルーのコットンのチノパンをはき、白いシャツの襟ボタンをはずしている。右の掌《てのひら》に隠れそうな銃身の短いスプリングフィールドの小型拳銃を持っている。「これはまた血の海というやつだな」死体を見まわして、ラトレルがいった。

マットは、ラトレルの顔を見た。「あんたたちは昔の友だちなんだな。ベルファスト担当だったころからの。アイヴァンは情報提供者だったからな」

ラトレルが、頬をゆるめた。「友だちとはいえない。だが、ブリッジはときどきやった」アイヴァンのほうに顎をしゃくった。「強いが、ちょっと無謀だ。高すぎるビッドを出すことがある」

「あんたがマトラムに狙われているとわかったから、応援を呼ぼうと考えたんだ」アイヴァンがいった。「マトラムとその配下《ザ・ファーム》は、見た目よりもずっと手ごわい」言葉を切り、真剣な表情で、マットの顔を見た。「SIS内部ではぐれ者の集団が動いてるのを、おれたちはだいぶ前から察してた。ただ、正体が不明だし、なにをたくらんでいるのかがわからなかった」

「おれたち？」マットはいった。「ちょっと待てよ……」驚きを抑えるのに苦労した。いろいろな形で騙《だま》されてきたが、まさかアイヴァンに騙されるとは。

アイヴァンが首をふった。「なあおい、偽の旅券、隠れ家、爆発物——あれだけの用意ができたのを、不思議に思わなかったのか？　おれは守護天使じゃない」嘆かわしそうな笑みを浮かべた。「どうしてだと思う？　ベラルーシでいっしょに工場を爆破するのを引き受けたのは、どうしてだと思う？　パートナーの手の内を見抜かないといけないんだよ。まあ、これもそのたぐいだと思ってくれ」マットのそばに来た。「おれがいったのを憶えてるだろう？　いつか頭のなかでちっちゃな電球がついたみたいに、物事がはっきり見えるようになるって」

「おかげでおれは死ぬところだったんだぞ」

「滅相《めっそう》もない。おれはサー・デイヴィッドに連絡して、一部始終を話したんだ」アイヴァンはあわてていった。「この機関車を制御しているコンピュータにじかにアクセスできる無線リンクを使って、列車を減速できるように、安全装置が搭載されている。運転士の身になにかがあったとき、停止するためのものだ。おれたちはそれを作動し、トンネルから出たところに乗り込んだんだよ」

マットはなおもサーベルをぶらぶらふっていた。その下では、ラクリエールが意識を失っている。

マットは、ラトレルに視線を戻した。「それじゃ、最初からこういう計画だったんですね？」

ラトレルが、シルバーグレーの髪を指で梳《と》かした。あたりのようすを見るようなふりをして、マットの視線をはずした。「アイヴァンがいったように、アボットが腐ったリンゴではないかと疑っていた。セント・ジョンズ・ウッドの瀟洒《しょうしゃ》な屋敷。セラーにはヴィンテージのポートワイン。われわれの収入ではとてもまかなえないものばかりだ。どんな悪行をやっているのかがわからなかった。きみらふたりをこうして組ませれば、なにかしら突き止められるかもしれないと考えた」得意げなにやにや笑いが、口もとにひろがった。

「どうやら万事うまくいったようだな」

「おかげさまで」マットは皮肉をこめていい返した。

「そうそう、心配するな」ラトレルがうなずいた。「口座には振り込んでおく。商会《ザ・ファーム》は勘定がきちんとしていることで知られている。全額戻す」まわりを見た。「さて、後片づけをしないといけない」きびきびといった。

向こう側で、エレナーがオーリーナの上にかがみこんでいた。「生きてる。どうしてかわからないけれど、死んでいないわ」

「抗弾ヴェストだよ」アイヴァンが、上着の前をあけた。「ブラウスの下にケヴラーの抗弾ヴェストをつけてるんだ。鋼鉄なみに頑丈なんだよ。被弾の衝撃で失神してるが、弾丸はヴェストを貫通してない。ひどい打ち身が残るけど、たいしたことはない」

「ラクリエールも命は取りとめるようだ」脈を診《み》て、ラトレルがいった。言葉を切り、まずアイヴァンを見てから、マットに目を向けた。「フランスではなくイギリスで逮捕したかった」

マットは床にほうり出してあったサーベルを拾いあげ、六歩進んで車内を横切った。足をとめ、ラトレルの胸にサーベルを突きつけた。「こいつは置いていけ」

アイヴァンが、マットの腕をつかもうとした。

「離れてろ」マットがどなった。

獰猛《どうもう》さがむき出しになった声に、アイヴァンがはっと足をとめた。

「馬鹿なまねはするな」ラトレルがいった。

マットは、サーベルの切っ先を突き出し、ラトレルのシャツをほんのすこし切り裂いた。ボタンが床に落ちて、車内に垂れ込めていた沈黙を破った。「おれの顔を見て、どれほど馬鹿だと思っているか、いってみるんだな」

ラトレルが溜息をついた。「そんなふうには……」

「どれほど馬鹿だというんだ?」マットは吼《ほ》えた。

「マット、わたしは……」まばらに生えている胸毛にねじ込むようにマットが切っ先を近づけると、ラトレルの言葉がとぎれた。

「ラクリエールは国防省の仕事をしていた」マットは、怒りの波が全身を呑み込むのを感じていた。「XP22は政府が予算を出したプロジェクトだった。それははっきりしてる。それで、やばいことが起きはじめると、ラクリエールはマトラムとアボットに何百万も払って、始末をさせた」いくらか落ち着いて、言葉を切った。「だが、あんたはラクリエールを裁判にかけるつもりはない。やつは知りすぎているからな。列車から連れ出して、多少お仕置きをして、うちに帰すだろう。だがいいか、ラクリエールはおれの友だちの死に責任がある。おれの婚約者が殺されたのにも責任がある。それには血で贖《あがな》ってもらうしかない」

「無茶をいうんじゃない」ラトレルがいった。

「無茶？　それじゃ、ここでなにをしている」

「アイヴァンがいったように、きみを救い出しにきたんだ。すこしは感謝しろ」

マットは大きく首をふった。「SISはおれが死のうが生きようが気にしないはずだ」

ラクリエールのほうを顎で示した。「こいつを連れ出すためにきたくせに」

「すこしは規律というものを守れ」ラトレルがいった。「きみは兵士だろうが」

マットはにやりと笑った。「そいつは二年前にやめた。そのあたりをわきまえてほしいね」

サーベルをふりあげて襲いかかる構えをした。「そこを動くな」

ラトレルのスプリングフィールドが、マットをまっすぐに狙っていた。「やむをえない場合は撃つ」

マットはまっこうからラトレルを見据えた。「そんな度胸はないでしょうね」ゆっくりといった。「部下に命令を下し、墓場に送り込む人間もいる。銃で相手を撃って、やはり墓場に送り込む人間もいる。だが、その両方ができる人間はめったにいない」言葉を切り、ふっと笑った。「あんたはそのどっちでもない」

「アイヴァン」ラトレルがどなった。「この道理のわからないやつに、常識を叩き込んでやれ」

アイヴァンが、ちらりと視線を返した。「それができるんなら、とうの昔にやってますよ」

マットはサーベルを下ろした。急にふたりとも大声で笑い出した。

エピローグ

柔らかな光を放つ夕陽が水平線に落ちて、淡いオレンジ色が地中海にひろがっていった。マットは顔の汗を拭い、カウンターに向かって腰をおろした。ビーチを八キロメートル走ったところで、服がまだ汗に濡れていたが。涼しくて爽やかな気分だった。肩と脚の傷はほぼ治り、先月からまたランニングができるようになっていた。

「ビールをくれ」ジェイニーのほうを見て、マットはいった。

新聞の切り抜きは色褪せていたが、ビールの栓を抜くときにそれが目に留まった。六カ月たったいまも、それを見ると笑みが浮かぶ。中古SUV売りたしというメモや、ポーランド人学生のホームステイと家事手伝い希望というメモといっしょに、その切り抜きはコルクの掲示板に貼ってある。〈ユーロスター二十四時間の遅れ〉という見出しが、四十八ポイントの活字で印刷されていた。

昨夜、フランス北部リールの郊外一五キロメートルの地点で、ユーロスターが緊急停止した。機関車が損壊した先行の列車が線路上で動けなくなったため、丸一日かかって作業員が列車を撤去した。鉄道会社によれば、緊急停止した列車に乗客は乗っていなかったという。通常の機械試験のための運転で、客車は無人だった。その後四十八時間、線路に異状がないかどうかを点検するために、大きな遅れが出るおそれがあることを、鉄道会社はあらかじめ乗客に謝罪した。

鉄道会社の幹部は、事故は最近の猛暑が原因であると釈明している。

天気ではなくほかの熱いやつが原因だろうよ、と思いながら、マットはにやにや笑い、ビールを持って、店の奥へはいっていった。

熱いやつとはたったひとつ——弾丸だ。そいつをくらうかどうかの話だ。

入口にはクリスマスツリーが飾られ、根元に常連数人が置いたプレゼントがある。クリスマスのランチは予約がいっぱいだし、大晦日《おおみそか》のパーティのチケットはもう五十枚も売れている。にぎやかなパーティになるはずだ。アバのコピー・バンドが出演するし、ジェイニーは新しいカクテルをいくつか考え出した。マットはビールをちびちび飲み、冷たいアルコールで神経を静めた。一日のうちでいまごろがいちばん好きだった。ひと息入れ、爽やかな風に吹かれてのんびりする。昼間はレストランの切り盛りに追われているが、この時間にはもうそれもない。夜にはすごい美人とベッドをともにするという楽しみが待っている。

目をぱっちり醒ましてさえいれば、なにもかもそう悪くはない。

海から風が吹いていたが、空はまだ晴れていて、深紅とブルーの夕焼けが見られた。ふたつ離れたテーブルで、ペネロペとスージーがまたチリの白ワインを一本、いっしょに飲み、自分たちの私生活で最近失敗したことを分析している。ふたり同時にしゃべるので、なにがなにやらマットにはわからなかったが、とぎれとぎれに聞こえてくる言葉から、スージーの新しい彼氏が、プエルト・バヌスのフィットネス・クラブのインストラクターとできてしまったらしい。ペネロペのほうは、別れた夫がだれかとくっついて、息子のリーアムの養育費を値切ろうとしているようだ。

マットは頬をゆるめ、バーのほうをふりかえった。ボブとキースが、二日前の《デイリー・メイル》を眺め、税金が高くなったことをどっちが声高に文句がいえるかを競争している。ふたりともイギリスには二年ほど戻っておらず、どのみち税金は払っていない。先ごろ導入したばかりのプラズマ・テレビは、スカイ・スポーツにチャンネルが合わせてある。マンチェスター・ユナイテッドとアーセナルのクリスマスの翌日の試合の予想に熱がこもっている。今シーズンで最高の試合になると、解説のアンディ・グレイが力説しているが、毎週そういっているのを、マットは知っていた。〈ラスト・トランペット〉では、毎日がおなじだ。

水平線に視線が向いた。夕焼けの燃え残りが、黒い波の下に隠れようとしている。陽はけっして沈まない、とマットは心のなかでつぶやいた。地球が回転しているためにそう見えるだけだ。

早々とクリスマス・ソング集のCDがかけられていた。『レット・イット・スノー』の
あとに、『ロッキンアラウンド・ザ・クリスマスツリー』、『ホワイト・クリスマス』、
『リトル・ドラマー・ボーイ』——さんざん聞かされるうちに、どの歌詞やトナカイやヒ
イラギのことしか歌っていないように思えてくる。マットは替えようとするのだが、ジェ
イニーはクリスマスが大好きで、またそのCDをかけるのだ。おれはおとなだから、負け
ると決まってる戦いはやらない、そう自分にいい聞かせた。ジェイニーが好きなら、いく
らでもかけるがいい。

クリスマスカードをひらき、エレナーがおなじ病院の医師と婚約したと知って、にっこ
り笑った。エレナーが順調に人生を歩んでいるのがうれしかった。

「この席、空いてるかしら？」

マットは目をあげ、オーリーナに笑みを向けて、また〈サンミゲル〉の栓を抜いた。オ
ーリーナはマラガに買い物に出かけていて、帰ってきたところだった。ザラ、ヴェルサー
チ、シャネルの袋を抱えている。「ランニングはどうだった？　傷はもう治りかけている
の？」

「脚と肩はまだちょっと痛い」マットはいった。「だいじょうぶだ。きみとちがって、弾
丸をくらったわけじゃない」オーリーナのそういうところがすばらしいと思う。ほんもの

の戦士だ。戦いかたを知っている。

オーリーナが声をあげて笑った。列車でもケヴラーの抗弾ヴェストをつけていた。左の乳房の下にひどい打撲傷ができて、かなり腫《は》れたが、大事はなかった。撃たれても平気でいられる能力が、ふたりのあいだのいつものジョークになっていた。

「キエフのペトールの家でのことだけど、わたしはあなたを撃つ気はなかったのよ」

マットは、不思議そうにオーリーナの顔を見た。

「だけど、わたしをもう一度撃ったら」にこにこ笑いながらいった。「ほんとうに怒るから」

「ずっとききたいと思っていたことがあるんだ。ペトールを撃ったのはなぜ？」

「兄の体をだめにした薬を開発したからよ。兄だけじゃない。善良な兵士たちが、あの男のせいで何人も死に、家族が悲惨な目に遭った。死んで当然よ」

マットはうなずいた。その説明は、マットにも納得がいくものだった。自分がラクリエールを殺したいと思ったのとおなじ理由で、オーリーナはペトールを殺したのだ。「お兄さんから便りは？」

「心配ないみたい」オーリーナがいった。「エレナーは、ほかのひとたちにも治療薬を投与したの？」

「生きているもの全員に」マットは答えた。「もう副作用は起きていないようだ。みんな無事にやっている」こっそりと笑みを浮かべた。「ひどい仕事だったが、終わりはまずまずだった。それで、クリスマスが終わってからもいるんだろう?」

オーリーナが来たのは、三カ月前だった。ラクリエールの死後、トカーは経営陣が変わって、オーリーナは雇用契約を解除された。CEOを裏切った社員に人事課はいい評価を下せないだろう、とオーリーナは皮肉まじりにいった。だが、和解金はふんだんに出した。政治的に厄介な事件を揉み消したいときには、大企業はたいがいそうする。最初は数週間の滞在予定だったが、それが三カ月に延びた。

マットは、オーリーナの目つきに気づいた。目を伏せ、誘うように唇を動かしている。

「だいじなことをききたいんだけど」

「クリスマスソングを黙って聞いているよ」マットは答えた。

「ウクライナで仕事の話があるのよ。興味がないかと思って」

マットは笑って、肩をさすった。「撃ち合いは一年に一回と決めているんだ。それに、デリバリーのピザばかり食べるのもごめんだね。そのふたつがこんどの新年の計だよ」

オーリーナが、テーブル越しに手をのばした。左手の指環が目に留まった。ダイヤモンド、エメラルド、プラチナが縒《よ》り合わさって優美な三日月形になり、きらきら輝いている。数千ドルの飴玉《あめだま》だ、とマットは思った。「大きなお金になるかもしれないのよ」オーリーナがいった。「それに、またいっしょに仕事ができるし」

マットはにやりと笑った。心惹かれないといったら嘘になる。海辺の暮らしは静かすぎる。オーリーナとの仲がこの先どうなるかわからないが、このまま模様眺めの状態がつづいてもいい。「レストランをやっていればそれで満足なんだ」マットは答えた。「面倒なことは、オリーブオイルの発送のまちがいぐらいにしてもらいたいね」

訳者あとがき

クリス・ライアンの新作『抹殺部隊インクレメント』*The Increment*（2004）をお届けする。原題は〝増大〟〝増殖〟〝増強〟〝増分〟といった意味の言葉だが、本書では特殊暗殺任務を行なうSASのごく小規模な超極秘部隊の名称とされている。SASよりもさらに精強な突出した小部隊、というような含みを持たせているのだろうか。

主人公は前作『テロ資金根絶作戦』とおなじ元SAS隊員マット・ブラウニングで、今度はSIS（イギリス秘密情報部）に任務をやらされるはめになる。イギリスの製薬会社の薬品を密造している工場を破壊しろ、というのだ。だが、当然ながら、それには裏があった。マットはほんとうの事情を知らされないまま、製薬会社の東欧系の美人セキュリティ担当者オーリーナの指揮のもと、元PIRA（IRA暫定派）の爆弾作りアイヴァン・ロウを相棒に、工場のあるベラルーシに向かう。

その後、事態は二転、三転し、敵味方が定かでない状況がつづくなか、マットはべつの事件にも巻き込まれる。しばらく前からイギリスでは、元兵士が頭がおかしくなり、周囲の人間を見境なく殺しては自殺をはかるという事件が起きていた。マットの友人もおなじ運命をたどった。その友人の妹エレナーは精神科医で、兄の死に疑問を抱き、少し前にマットに調査を手伝ってほしいと頼んでいた。マットとエレナーがあちこちで事情を聞くうちに、ベラルーシでの任務とイギリスの事件の結びつきが、しだいに明らかになっていった。しかし、そのいっぽうで、インクレメントがマットとエレナーの動きを追っていた。

そしてついに、数年前、ボスニアでの任務の際に遺恨を残して別れたインクレメントの指揮官マトラムとの宿命的な対決の場面が訪れる。疾走するユーロスターの豪華な専用列車の車内で、マットとマトラムは最後の死闘をくりひろげる。

戦闘場面に迫力があり、展開がスピーディで、映画にしてもらいたいようなできばえだ。最後の対決など、西部劇的といえなくもない。それになんといっても、登場人物に味がある。アメリカのこの手の小説は、どうもパックス・アメリカーナのにおいが鼻につくのだが、さすが本家イギリスの冒険小説だと思う。

考えてみれば、ここ十年ばかり、ＩＴの発達にはすさまじいものがあった。パソコン、インターネット、携帯電話といったツールが、スパイや探偵の世界を一変させた。しかし、最終的にはやはり個人の力がものをいう。現代は、それがあらためて見直された時代でもある。社会を動かすのは、やはり個人なのだ。

そう、クリス・ライアンの一連の小説は、個人の力がまんざらでもないことを教えてくれる。煎《せん》じ詰めれば、冒険小説は知恵と勇気と肉体の力の物語といえる。クリス・ライアンはそれを描く現在最高の作家だ。

前回はMI5、今回はSISと、イギリスの二大秘密情報機関が登場しているが、ここでちょっと楽しめる豆知識を披露しよう。

インターネットの時代、MI5はしばらく前にオフィシャル・ホームページを開設していたが、現在はSISにもホームページがあり、ピアース・ブロスナン主演の007号シリーズ映画でおなじみのヴォクスホール橋の南にある風変わりな本部ビルの映像も見られる。http://www.mi6.gov.uk/output/Page79.html

国内の保安を担当するMI5のほうは、テムズ川を挟んでやや離れたところにある地味な建物テムズ・ハウスに本部を構えている。ホームページも、こちらのほうが地味かもしれない。http://www.mi5.gov.uk/

どちらのホームページも、スパイ・冒険小説好きには一見の価値がある。

MI5とSISの対抗意識はなかなか激しいといわれている。MI5もSISの前身のMI1cも、MI（Military Intelligence）が冠されていることからもわかるとおり、最初は陸軍省（War Office）の管轄だった。MI1cの長は〝C〟ことサー・マンスフィールド・カミング海軍中佐で、陸軍省の管理下に置かれるのは不本意であっただろうが、第一次世界大戦中だった当時の情勢からして、海よりも陸の情報が優先されていたため、やむをえなかったようだ。MI1cはその後、一九二一年にSISと改称された。ついでながら、人口に膾炙《かいしゃ》しているMI6という名称は、MI5と対比させるために用いられたSISの別称と考えたほうがいい。一九三〇年代から第二次大戦中にかけて便宜上かなり用いられたが、だいぶ以前から使われないようになっている。

最後に、最新作*Blackout*（2005）を簡単に紹介しておこう。

身分を偽装してアルカイダ幹部を追っていたSAS隊員ジョシュ・ハーディングが、意識を失っているあいだに殺人容疑者の濡れ衣を着せられる。記憶をなくしたまま、警察の追撃をかわし、ジョシュは核心に迫ってゆく……。

新作ごとに目新しい趣向を提供してくれるクリス・ライアンに、今後もいっそう期待したい。

二〇〇六年六月

冒険アクション

暗殺工作員ウォッチマン
クリス・ライアン／伏見威蕃訳

上司を次々と暗殺するMI5工作員とSAS大尉テンプルが展開する秘術を尽くした戦闘

SAS特命潜入隊
クリス・ライアン／伏見威蕃訳

フォークランド諸島の奪取に再び動き始めたアルゼンチン軍とSASの精鋭チームが激突

テロ資金根絶作戦
クリス・ライアン／伏見威蕃訳

MI5の依頼でアルカイダの資金を奪った元SAS隊員たちに、強力な敵が襲いかかる。

傭兵部隊〈ライオン〉を追え上下
ブラッド・ソー／田中昌太郎訳

アメリカの大統領を誘拐した傭兵組織と闘うシークレット・サーヴィス警護官ハーヴァス

テロリスト〈征服者〉を撃て上下
ブラッド・ソー／田中昌太郎訳

幾多のテロ組織を統合する黒幕を倒せ。素顔も知れぬ標的を追うハーヴァスの痛快な活躍

訳者略歴　1951年生，早稲田大学商学部卒，英米文学翻訳家　訳書『ミッションＭＩＡ』ポロック，『ブラックホーク・ダウン』ボウデン，『テロ資金根絶作戦』ライアン（以上早川書房刊）他多数

HM=Hayakawa Mystery
SF=Science Fiction
JA=Japanese Author
NV=Novel
NF=Nonfiction
FT=Fantasy

抹殺部隊《まつさつぶたい》インクレメント

〈NV1122〉

二〇〇六年七月二十日　印刷
二〇〇六年七月三十一日　発行

（定価はカバーに表示してあります）

著者　クリス・ライアン
訳者　伏《ふし》見《み》威《い》蕃《わん》
発行者　早川浩
発行所　株式会社早川書房
郵便番号　一〇一 - 〇〇四六
東京都千代田区神田多町二ノ二
電話　〇三 - 三二五二 - 三一一一（大代表）
振替　〇〇一六〇 - 三 - 四七七九九
http://www.hayakawa-online.co.jp

乱丁・落丁本は小社制作部宛お送り下さい。
送料小社負担にてお取りかえいたします。

印刷・信毎書籍印刷株式会社　製本・株式会社川島製本所
Printed and bound in Japan
ISBN4-15-041122-0 C0197